Menaces sur une innocente

*

Protégée malgré elle

LISA CHILDS

Menaces sur une innocente

Traduction française de
PIERRE VANDEPLANQUE

BLACK ROSE

HARLEQUIN

Collection : BLACK ROSE

Titre original :
AGENT TO THE RESCUE

Ce roman a déjà été publié en 2016

HARPERCOLLINS FRANCE
83-85, boulevard Vincent-Auriol, 75646 PARIS CEDEX 13
Service Lectrices — Tél. : 01 45 82 47 47 - www.harlequin.fr
ISBN 978-2-2804-9946-0 — ISSN 1950-2753

Composé et édité par HarperCollins France.
Imprimé en novembre 2023 par CPI Black Print (Barcelone)
en utilisant 100% d'électricité renouvelable.
Dépôt légal : décembre 2023.

FSC
www.fsc.org
MIXTE
Papier issu de sources responsables
FSC® C159065

Pour limiter l'empreinte environnementale de ses livres, HarperCollins France s'engage à n'utiliser que du papier fabriqué à partir de bois provenant de forêts gérées durablement et de manière responsable.

1

La sensation d'étranglement était insupportable.

Dalton peina à avaler sa salive. Sa gorge était desséchée par l'angoisse et une tension nerveuse paralysante. Il tira sur son nœud papillon trop serré et remercia le Ciel de ne pas être celui qui se mariait en cet instant.

Il ne se voyait pas promettre à une femme un amour éternel pour devoir ensuite s'efforcer jusqu'à la fin de ses jours de la rendre heureuse. S'il ne voulait pas de cela pour lui-même, il ne s'en tenait pas moins à côté de l'agent spécial Ash Stryker, tandis que ce dernier disait oui à Claire Molenski.

Ash se tourna alors vers Dalton, le regard pressant. Dalton se maudit intérieurement : il avait raté le signal ! Aussi s'empressa-t-il de chercher l'alliance dans sa poche. Bon sang ! Pourquoi avait-il accepté d'être le garçon d'honneur ? Porter cette tenue de pingouin était déjà dur en soi, mais avoir en plus la charge de cette maudite bague…

C'était trop. Il préférait se faire tirer dessus par des voyous plutôt que de supporter le poids de tous ces regards. L'église était bondée, et il y faisait une température d'étuve.

La lèvre emperlée de sueur, Dalton trouva enfin l'alliance. C'était une délicate bague en or, aussi délicate que l'était la mariée.

La première fois qu'il avait vu Claire Molenski, Dalton l'avait trouvée follement sexy. Mais là, dans cette robe de dentelle blanche, elle était un ange, ni plus ni moins.

Dalton, lui, avait toujours préféré les « mauvaises filles » aux yeux trop fardés, aux lèvres trop rouges et aux jupes de cuir trop courtes.

A peine la cérémonie terminée, il se précipita dehors pour respirer un grand coup.

— On aurait dit que c'était toi le marié, ironisa un homme depuis l'ombre d'un grand chêne. Vu la façon dont tu transpirais...

— Ça n'arrivera jamais, répliqua Dalton avec l'assurance d'un homme qui n'a jamais été amoureux et tient à ne jamais tomber dans ce piège. Aucune femme ne me mettra la corde au cou !

L'homme s'avança dans la lumière. S'il était là avant lui, songea Dalton, cela signifiait qu'il avait quitté l'église avant la fin de la cérémonie. Mais il y était resté assez longtemps pour voir Dalton suer comme un bœuf devant l'autel. Et comme cet homme n'avait pas attendu la fin pour sortir de l'église, il ne devait pas plus aimer les mariages que lui.

Puis Dalton le reconnut et comprit pourquoi.

— Jared Bell...

L'homme était le profileur le plus en vue du FBI. Une légende. Recruté dès l'université, il avait déjà une longue et brillante carrière pour son jeune âge. Mais il était presque plus connu pour le tueur en série qu'il n'avait pas encore réussi à alpaguer que pour les criminels qu'il avait arrêtés. Le pervers sanguinaire qui lui glissait sans cesse entre les doigts prenait son pied à assassiner des futures mariées...

Il n'avait sans doute pas été facile pour Jared de voir Claire dans cette robe blanche, devina Dalton. Jared avait certainement pensé à toutes ces femmes qui n'avaient pas vécu assez longtemps pour se faire passer la bague au doigt. Toutes ces pauvres victimes...

Jared tendit la main à Dalton.

— Et toi, tu es l'agent spécial Reyes.

Dalton aurait dû se sentir flatté que le profileur le connaisse. Mais le nom de Dalton Reyes jouissait également d'une certaine notoriété au Bureau. Dalton avait grandi dans un gang de Chicago. Il avait ensuite quitté la rue pour entrer dans la police, où le FBI l'avait recruté. Devenu agent spécial, il avait été affecté à la division du crime organisé.

— Ravi de te rencontrer, lança Dalton. Je suppose que tu connais Ash, ajouta-t-il avec un regard en direction de l'église.

Tout sourire, le jeune marié se tenait en haut des marches de la petite bâtisse pleine à craquer, sa blonde épouse rayonnant de bonheur à son côté. Ash Stryker semblait incapable d'ôter ses mains de la délicieuse jeune femme, mais Dalton ne pouvait l'en blâmer.

Jared hocha la tête.

— Oui, je le connais. Pas aussi bien que toi apparemment, puisqu'il t'a choisi comme garçon d'honneur.

Une note de surprise pointait dans la voix de Jared et Dalton ne put retenir un sourire.

— Tu pensais que ce serait Blaine Campbell ?

Le profileur acquiesça de nouveau.

— Stryker et Campbell étaient ensemble chez les marines.

Les deux hommes se fréquentaient depuis plus longtemps que Dalton ne connaissait l'un et l'autre. Pourtant, c'était à Dalton qu'était échu l'honneur de seconder le marié. Ash et Claire lui avaient expliqué que sans lui ils n'auraient pas pu s'avancer jusqu'à l'autel. Ces derniers jours, de nombreuses personnes s'étaient échinées à vouloir les tuer, et Dalton leur avait été d'un précieux secours. Mais il n'avait fait que son travail.

Un travail qu'il adorait. Il n'arrivait toujours pas à comprendre la décision d'Ash de ne plus effectuer de missions d'infiltration.

Il secoua la tête et soupira. OK. Il avait accepté d'être son garçon d'honneur. Mais il ne l'approuvait pas pour autant.

Son portable sonna, lui épargnant de répondre à Jared. Il attrapa l'appareil dans la poche de son smoking.

— Heureusement que ça n'a pas sonné dans l'église, observa Jared, pince-sans-rire.

Dalton hocha la tête. Il aurait sans doute été viré sur-le-champ de son rôle de garçon d'honneur.

Il consulta l'écran de l'appareil. Pourquoi le poste de police local l'appelait-il ?

— Il faut que je réponde, s'excusa-t-il auprès de Jared. J'espère que nous aurons l'occasion de parler davantage à la réception.

Le profileur soupira. Il devait croire que Dalton voulait discuter de son affaire non résolue de tueur en série. Ce n'était pas totalement faux.

Dalton pressa la touche de communication.

— Agent Reyes, annonça-t-il.

— Officier Littlefield, police d'Etat du Michigan, s'identifia son interlocuteur. Je crois savoir que vous assistez à un mariage dans mon secteur.

Littlefield avait aidé Blaine, Ash et Dalton à arrêter les auteurs d'un cambriolage dans une villa située non loin de la petite église. Ash avait alors découvert l'existence de cette dernière. Et pour avoir été invité à son mariage, Littlefield était bien sûr au courant.

— Je suis en effet dans votre coin, reconnut Dalton. Pourquoi vous n'êtes pas au mariage ?

— Le boulot, précisa Littlefield. Je ne pouvais pas me libérer. Le standard m'a branché sur vous. Vous êtes en service ?

On ne pouvait pas mieux dire. Garçon d'honneur...

— Non, pas pour le moment.

— En fait, c'est au sujet de ce réseau de voleurs de voitures, expliqua l'officier.

Dalton sourit intérieurement. Il devait être écrit qu'il enquêterait toujours sur un réseau de voleurs de voitures. Dès qu'une opération était bouclée, une autre survenait... Parfois il se débrouillait pour infiltrer le réseau, parfois il se servait d'informateurs, mais jusque-là il n'avait connu aucun échec. Cette affaire-ci, cependant, lui donnait du fil à retordre. Sans doute parce qu'elle se révélait plus vaste qu'il ne l'avait soupçonné de prime abord.

— Oui, je suis toujours dessus, répondit-il.

Il avait récemment diffusé une note à l'intention des différents postes de police et bureaux de shérifs, leur demandant de se tenir à l'affût de tout véhicule suspect.

— Je viens de croiser une étrange Mercedes sur une route forestière, l'informa Littlefield d'un ton confidentiel. Un modèle de collection.

Une Mercedes de collection sur une route forestière ? s'étonna Dalton. Il était peu probable que son propriétaire ait pris le risque d'en abîmer la peinture ou les suspensions.

— Où êtes-vous ? s'enquit Reyes. Et comment je peux vous rejoindre ?

— Et votre cérémonie de mariage ?

Ash comprendrait. Peut-être.

Dalton pourchassait ces voleurs de voitures depuis un bon moment, mais sans succès. Leur atelier de désossage devait se trouver au fin fond de la forêt, au bout d'un sentier perdu, dissimulé parmi les arbres.

Comme cette église...

Dalton défit son nœud papillon, puis se dirigea vers son SUV. Avec son puissant moteur, il devrait rattraper la Mercedes en un rien de temps.

La Mercedes couleur bronze doré dérapait sur la route de terre et de cailloux, soulevant derrière elle un nuage de poussière, tandis que Dalton la poursuivait. Il l'avait rattrapée plus vite que prévu. Son impatience allait croissant. Si elle pouvait le mener à l'atelier de désossage...

Mais son chauffeur devait avoir remarqué la voiture de patrouille de Littlefield, à distance prudente derrière lui. La Mercedes avait alors accéléré pour semer le policier. Heureusement, le SUV du Bureau, plus puissant, avait facilement dépassé le véhicule de patrouille. Dalton avait fini par apercevoir la Mercedes, mais son chauffeur avait-il noté sa présence ?

Avec l'épaisse poussière qu'il soulevait, pouvait-il voir le SUV noir ? Rien n'était moins sûr.

En outre, il était désormais peu plausible que le chauffeur cherche à gagner l'atelier de désossage. Plus vraisemblablement, il allait abandonner la voiture dans la nature sachant qu'un policier l'avait vue. Mais Littlefield ne s'en était pas assez approché pour pouvoir lire la plaque.

Dalton, lui, était assez près, mais à travers la poussière celle-ci était illisible. D'ailleurs, il n'y en avait peut-être même pas.

Soudain, la Mercedes accéléra. Son chauffeur devait avoir repéré Dalton.

Celui-ci écrasa sa pédale d'accélérateur. Le moteur du SUV vrombit, mais ses roues patinèrent sur la terre. Peu fréquentée, la route n'était pas entretenue. Il y avait de profondes ornières, et les accotements s'étaient effondrés dans les fossés inondés de chaque côté. Si Dalton partait en crabe, il risquait d'y finir sa course. Il ralentit donc un peu et retrouva le contrôle du véhicule.

Pour être né et avoir grandi en ville, Dalton n'était pas habitué aux routes de terre. En revanche, le chauffeur de la Mercedes semblait y être à l'aise. Peut-être était-ce un habitant du coin. En tout cas, il disparut à la sortie d'un virage en épingle.

Dalton jura. Il avait été si proche. Il ne pouvait pas le perdre, non ! Il accéléra. L'arrière du SUV chassa.

Alors que Dalton abordait le virage sur deux roues, il manqua de perdre le contrôle du véhicule. Redoutant de faire un tonneau, Dalton lâcha un nouveau juron. Les roues retombèrent sur le sol, mais Dalton se retrouva en travers de la route, roulant droit vers le fossé.

Il freina en catastrophe et serra les dents. Le SUV continua à glisser. Dalton empoigna le volant de toutes ses forces, dévia la trajectoire et parvint in extremis à éviter le fossé, mais dut batailler de nouveau à l'approche d'un second virage. Il dérapa et faillit heurter le pare-chocs de la Mercedes. Le luxueux véhicule avait piqué du nez dans le fossé, et seul l'arrière émergeait de l'eau.

Finalement, songea Dalton, le chauffeur n'était peut-être pas si coutumier de ces routes.

Les pneus du SUV hurlèrent tandis que Dalton écrasait la pédale de frein. Après avoir placé le levier de la boîte automatique en position « parking », il sauta sur la route. Sortant son arme de dessous son smoking, il marcha avec prudence vers la Mercedes vintage.

Le moteur tournait encore, et de la fumée s'élevait du capot abîmé. L'eau grésillait sous la chaleur du métal. La voiture n'irait plus nulle part, mais le chauffeur s'était échappé. Sans doute en passant par la portière passager.

Dalton orienta son arme vers les bois de ce côté-là. L'homme avait dû s'y réfugier. Peut-être était-il tout près, caché derrière un arbre. A moins qu'il n'ait suivi une piste menant à l'atelier de désossage que Dalton s'était juré de localiser. Enfant de la ville, il se perdrait sans doute dans la forêt. Il se dirigea néanmoins vers le fossé avec l'idée de suivre les traces du fuyard.

Trop lisses, les semelles de ses souliers de cérémonie ripèrent sur la terre molle du bord du fossé, et il commença à glisser vers l'eau. Y tomber ne l'aurait pas dérangé si la location de sa tenue n'avait pas été aussi chère. Il s'accrocha d'une main au coffre de la Mercedes, mais sa main glissa comme l'avaient fait ses chaussures sur la boue. Surpris, Dalton baissa les yeux et comprit pourquoi.

Sa paume était pleine de sang. Ce sang était également visible sous la poussière qui couvrait le capot arrière.

L'estomac de Dalton se noua. Pour avoir vécu dans des quartiers chauds et travailler au FBI, il avait déjà vu des cadavres dans des coffres.

Et selon toute vraisemblance, il y en avait un dans celui-là !

Dalton n'ayant rien sur lui pour forcer le capot ou sa serrure, il choisit la facilité et, du talon, brisa la vitre côté chauffeur. Sans se soucier de l'alarme qui se déclencha, il plongea la main à l'intérieur et actionna la manette de déverrouillage. Par chance, la voiture n'était pas d'un modèle assez récent pour disposer d'une sécurité électronique. Le mécanisme cliqueta et le capot s'ouvrit, tel un drapeau se déployant dans la forêt.

Mais ce n'était pas un drapeau de reddition. L'ennemi s'était enfui dans les bois, et pour une raison évidente : s'il ne s'agissait pas d'un véhicule volé, il aurait du mal à expliquer la présence de ce corps dans le coffre.

Dalton inspira une grande goulée d'air frais pour s'armer de courage.

De la dentelle blanche maculée de sang s'étalait sur le rebord du coffre.

Dalton se força à regarder à l'intérieur. A l'exception du sang qui s'y collait, le visage de la femme était d'une blancheur de craie, et ses longs cheveux tout emmêlés étaient roux flamboyant.

Dalton reconnut le type de robe, car il venait d'en voir une identique. Mais la jeune mariée qui la portait à l'église était vivante et heureuse. Celle-ci était morte. Dalton avança la main pour en avoir la confirmation, et ses doigts glissèrent sur le cou, là où il aurait trouvé un pouls si la femme en avait encore un.

Et, miracle, il y en avait encore un. Certes très faible, mais régulier !

Dalton se pencha sur le visage de la jeune femme, au moment même où les paupières de celle-ci s'ouvraient sur des yeux d'un gris pâle, presque argenté. Ils s'écarquillèrent. De confusion, d'abord. Puis de terreur.

La fille hurla et tenta de cogner Dalton avec ses pieds et ses poings, comme si sa vie en dépendait.

Le hurlement le stoppa net, et il interrompit sa fuite au milieu des bois. Il avait déjà entendu ce hurlement, quelques instants avant qu'il ne tue — ou ne croie tuer — cette femme. Bon sang, il était sûr de l'avoir fait !

Comment pouvait-elle être encore en vie ?

C'était impossible...

Plus important, c'était inacceptable.

Il s'était laissé distraire par ce policier. Le cœur battant à grands coups, glacé d'effroi, il n'avait pas su comment réagir à la présence de ce véhicule de patrouille derrière lui. Au début, il avait conduit normalement, espérant que le policier ne remarquerait pas l'absence de plaque et le laisserait filer à la faveur d'un appel radio plus intéressant.

Mais l'agent devait avoir demandé du renfort, un membre d'une agence quelconque, parce qu'un SUV noir était apparu.

Son instinct lui avait alors hurlé de rouler aussi vite que possible pour échapper à ce SUV.

Au lieu de cela, son véhicule avait quitté la route et plongé dans ce maudit fossé.

Il avait à peine eu le temps de s'extraire de la Mercedes avant que le type n'arrive en courant.

En smoking...

Quel genre d'agent gouvernemental portait un smoking ?

Le genre à tomber du ciel dans la pire situation et au pire moment.

Il devait faire demi-tour. Il ne pouvait pas laisser la femme en vie. S'il le fallait, il tuerait aussi l'homme. Et cette fois, il s'assurerait qu'elle était vraiment morte.

2

— Tout va bien, lui dit l'homme de sa voix grave. Vous n'avez rien à craindre.

Elle n'en était pas si sûre. L'individu tenait un pistolet d'une main et lui enserrait les deux poignets de l'autre.

Elles étaient si larges qu'elle ne pouvait se libérer. Aussi, elle se servit de ses pieds. Du moins, elle essaya. Mais sa robe se prenait dans ses jambes, la tirant malgré elle… vers l'intérieur du coffre d'une voiture.

Alors elle comprit et une peur panique la submergea : elle avait été enfermée dans ce véhicule. Jusqu'à ce que cet homme ouvre le capot. Il fallait qu'elle en sorte, mais les élancements dans sa tête étaient trop violents. Une sirène déchirante accrut sa douleur, et sa vue se brouilla tandis que son esprit menaçait de basculer de nouveau dans le néant. Elle parvenait à peine à distinguer l'homme.

D'en dessous, il paraissait très grand et très costaud. Ses épais cheveux bruns encadraient un visage tanné, et il la considérait de ses yeux aussi noirs que de l'onyx. Il avait l'air aussi choqué qu'elle.

Elle gigota de nouveau, tirant sur ses mains pour les libérer de sa prise. En vain. Elle tenta une fois encore d'agiter les jambes, mais elles étaient empêtrées dans cette lourde robe qu'elle portait.

Elle baissa les yeux et la vue de tout ce tissu blanc l'aveugla presque. De la dentelle. Du satin. Blancs, à l'exception des grosses gouttes qui tombaient en pluie rouge sur le tissu. Elle saignait. Non seulement on l'avait enfermée dans un coffre de voiture, mais elle était blessée.

Gravement ?

Une nouvelle vague de terreur lui oppressa les poumons.

Rassemblant ses forces, elle ouvrit la bouche et hurla de nouveau. Mais sa voix était faible, et seul un cri d'oiseau s'échappa de sa gorge.

— Vous n'avez plus aucune raison d'avoir peur, dit l'homme. Vous êtes en sûreté, maintenant.

Sa vue s'éclaircissant, elle put détailler l'individu. Il portait une veste noire, avec une rose carmin épinglée sur l'un des revers. Quant à sa chemise, elle était plus blanche que sa robe à elle. Un nœud papillon défait pendait sur le plastron.

Cet homme était en smoking, réalisa-t-elle. Et elle-même en robe de mariée. Quel scénario tordu avait-il conçu pour elle ? A moins que... S'était-il déjà déroulé ?

Elle ne se rappelait ni ce qui s'était passé, ni de quelle manière elle avait fini dans ce coffre de voiture. Puisque de toute façon elle ne pouvait changer le cours des choses, elle décida de se concentrer sur le présent. Où était-elle ?

Elle étudia son environnement. Une dense forêt entourait le véhicule à moitié plongé dans un fossé. Il l'avait amenée au milieu de nulle part.

Et elle ne voyait qu'une raison à cela. Se débarrasser de son cadavre...

Parce que là, personne ne la retrouverait jamais. Elle ignorait où elle était. Il y avait tant d'arbres au-dessus de sa tête que le ciel perçait à peine à travers la canopée de grosses branches. Quant à savoir dans quelle direction s'échapper, ou même si elle en aurait l'énergie, elle ne le savait guère. Et vu la manière dont l'homme emprisonnait ses poignets, il était plutôt grand et fort.

— S'il vous plaît, murmura-t-elle. S'il vous plaît... Ne me faites pas de mal.

Elle n'aurait pas dû gaspiller son souffle. Le simple fait de prononcer ces mots lui coûtait une bonne partie de ce qui lui restait de forces, et elle ne nourrissait guère d'espoir quant à l'humanité de cet individu. En avait-il seulement ? Ce devait être lui qui l'avait mise dans ce coffre, lui qui l'avait brutalisée.

Dressé de toute sa hauteur, il lui entravait les mains... et tenait un pistolet. Ce devait être lui qui avait...

Mais elle ne parvenait pas à se souvenir de ce qui était arrivé.

Les élancements s'accentuèrent dans sa tête tandis qu'elle luttait pour réveiller sa mémoire.

Mais son esprit était vide. Totalement vide.

Elle ne savait même pas qui elle était…

L'attention de l'homme était totalement concentrée sur la femme. Le réduire à l'impuissance serait donc chose aisée.

En outre, l'alarme continuait de ululer…

Il pourrait approcher sans se faire repérer.

D'un pas décidé, il avança. Mais le soleil perça les épaisses frondaisons au-dessus de la route, faisant briller le métal de l'arme dans la main de l'homme.

Comme il l'avait soupçonné, ce type n'était pas un bon samaritain qui se trouvait là par hasard pour sauver la femme. Il était armé. Malgré le smoking, il devait être membre de la police.

Une intense frustration le saisit, s'ajoutant à son aversion viscérale pour les forces de l'ordre. Le pistolet allait compliquer les choses. Mais cela ne l'arrêterait pas.

Il prendrait même encore plus de plaisir à tuer l'homme. Mais il lui faudrait agir vite, avant que des renforts n'arrivent.

Il ne pouvait attendre une seconde de plus.

Il devait veiller à ce que la femme meure pour de bon, et le type avec elle.

La panique qui contractait les traits de la jeune femme fit à Dalton l'effet d'une gifle. Déjà immenses, ses yeux gris argent étaient dilatés par la peur, et son visage avait pris une pâleur cadavérique.

Conscient de l'effrayer, Dalton recula d'un pas. Mais s'il la relâchait, elle risquait de se blesser en tentant de fuir. Aussi garda-t-il ses poignets prisonniers.

— Ne bougez pas, intima-t-il.

Mal en point comme elle l'était, elle risquait d'occasionner d'autres dégâts à son corps meurtri.

Mais elle l'ignora et lutta de plus belle, se démenant comme une diablesse dans le coffre de la voiture. Peut-être ne l'entendait-elle pas avec cette maudite alarme. Mais heureusement, celle-ci s'affaiblissait, soit parce que la batterie était presque vide, soit à cause de l'eau qui inondait le moteur désormais éteint.

Pour le moment, Dalton devait juste veiller à ce que la jeune femme reste en vie.

— Vous êtes blessée, dit-il, pour le cas où elle n'aurait pas remarqué le sang qui tachait sa robe et lui poissait les cheveux.

Elle en avait tant perdu qu'une flaque cramoisie s'était formée sous elle dans le coffre. Elle avait besoin de soins aussi vite que possible. Sinon, le pire était à craindre.

— Il faut rester tranquille, insista Dalton. Jusqu'à ce que j'aie pu obtenir de l'aide.

Mais pour cela, il devait ranger son arme et sortir son téléphone portable. Il observa les environs : le chauffeur de la Mercedes était-il de retour ?

Les hautes futaies jetaient leurs ombres partout dans la forêt et sur la route de terre, créant une atmosphère quasi nocturne alors que ce n'était que l'après-midi.

Le conducteur pouvait être revenu par un déplacement circulaire et se trouvait même peut-être derrière eux.

Dalton scruta la végétation plus encore, à l'affût du moindre mouvement suspect. Des taches de soleil scintillaient parmi les arbres.

Des reflets sur du métal ?

Peut-être tout simplement une canette de bière laissée là par des jeunes en vadrouille ou un chasseur.

Dalton avait passé sa vie dans la rue, il en connaissait les dangers. Mais il n'avait aucune idée de ce à quoi s'attendre en forêt, loin de tout.

Il semblait n'y avoir personne. Toutefois, la peau de Dalton le chatouillait entre ses omoplates. Comme si quelqu'un l'observait. Peut-être était-ce le fait de ne pas être dans son élément qui le mettait mal à l'aise et l'empêchait de ranger son arme.

Pour autant, il n'avait pas le choix. Il devait aider la jeune mariée. Elle avait déjà perdu beaucoup de sang. Trop, peut-être, pour survivre.

— Tout ira bien, assura-t-il.

Il avait dit cela si souvent au cours de sa carrière que ce mensonge lui venait facilement à la bouche. Mais il n'était pas médecin : il n'avait aucun moyen de connaître la gravité des blessures de la jeune femme. Aussi, comme il venait de le dire, tout irait *peut-être* bien…

— Mais il faut que vous restiez calme. Et me faire confiance.

A cause des innombrables bobards qu'il avait servis, à cause de tous ses anciens amis du gang qu'il avait trahis et arrêtés, très peu de gens lui faisaient encore confiance. Et en tout cas, aucun sachant qui il était et d'où il venait.

Mais pour elle il était un étranger.

D'ailleurs, elle cessa de lutter. Peut-être aussi était-elle trop affaiblie par tout ce sang qu'elle avait perdu.

Dalton relâcha donc ses poignets, puis rangea son pistolet dans son holster et sortit son portable. Mais il n'avait aucun réseau dans cette forêt dense.

Il grogna un juron. Il ne pouvait pas laisser seule la jeune femme, grimper dans sa voiture et rouler jusqu'à un endroit où il capterait un signal. A son retour, la victime pourrait avoir succombé à ses blessures. Ou l'homme qui l'avait fourrée dans ce coffre serait revenu finir le travail…

Dalton hésitait. Prendrait-il le risque de la bouger ? De la transporter dans son SUV et de la conduire dans un hôpital ? Bon sang, il ne savait même pas où en trouver un dans ce secteur !

A sa grande surprise, la jeune femme prit une inspiration et, avec une grimace, tenta une nouvelle fois de sortir du coffre. Dalton posa une main sur son épaule pour l'en empêcher. Mais il n'en avait sans doute pas besoin. Le poids de sa robe imbibée de sang l'entravait dans ses efforts.

— Ne vous agitez pas, lui conseilla-t-il. Vous êtes blessée à la tête.

Du moins, le sang semblait provenir de là. Lui avait-on tiré dessus ?

Dalton le savait d'expérience : la plupart des gens trouvés dans des coffres de voitures avaient été tués d'une balle en pleine nuque, dans le style *exécution*. Pas un n'avait survécu. Si la jeune femme avait reçu une balle dans la tête et que Dalton la déplaçait…

Elle mourrait aussi, probablement.

Mais ne pas la bouger n'était pas non plus une solution. Il y avait trop de sang.

Elle leva une main et se toucha la tête. Son beau visage se crispa de douleur. Elle laissa retomber sa main et baissa les yeux sur ses doigts ensanglantés.

Une sorte de miaulement s'étrangla dans sa gorge.

— Vous savez ce qui s'est passé ? s'enquit Dalton.

Peut-être pouvait-elle lui dire si on lui avait tiré dessus.

Son regard était flou, et ses yeux vitreux, nota Dalton. Elle était en état de choc. Mais sa faiblesse et son hébétude pouvaient aussi être dues à sa blessure.

— Non… murmura-t-elle.

Si on lui avait tiré dessus, ne s'en souviendrait-elle pas ? Pour sa part, il se souvenait de toutes les balles qu'il avait reçues dans sa vie.

— On vous a peut-être frappé sur le crâne, suggéra-t-il.

Elle pouvait souffrir d'une commotion cérébrale après avoir reçu un coup violent, ce qui expliquerait l'hémorragie. Au fil des ans, Dalton avait vu beaucoup de blessures de ce type.

Il était également possible qu'on lui ait logé une balle dans le crâne par-derrière, de sorte qu'elle n'avait pas eu le temps de comprendre ce qui lui arrivait.

Des gravillons roulèrent sur la route, et des petits cailloux rebondirent près de Dalton pour tomber dans le fossé. Un cliquetis se fit entendre, pareil à celui d'un pistolet que l'on arme. Et c'était bien cela, réalisa brusquement Dalton. Quelqu'un s'était avancé sans bruit derrière lui pour lui tomber dessus par surprise.

Le maudit chauffeur devait les avoir contournés pour revenir achever le travail. S'assurer que sa victime était morte et ne pouvait par conséquent l'identifier.

Les yeux de la jeune femme s'écarquillèrent de terreur. Soit elle avait vu l'homme, soit elle aussi avait entendu le cliquetis de l'arme.

Dalton déplaça légèrement son corps, de sorte à s'interposer entre les deux. Si l'individu voulait la tuer, il devrait l'abattre d'abord.

De nouveau, Dalton plongea la main vers son pistolet.

3

L'homme avait de nouveau sorti son arme, mais cette fois elle n'avait plus peur de lui. Elle avait peur *pour* lui. Une ombre avait coupé la route derrière lui, et ce cliquetis qu'elle avait entendu devait être celui d'un autre pistolet que l'on armait...

La balle le toucherait d'abord, puis ce serait elle. Il s'était positionné pour qu'il en soit ainsi. Pour la protéger.

Peut-être n'était-il pas celui qu'elle s'était imaginé. Peut-être n'était-il pas la personne qui l'avait blessée. Peut-être n'était-il pas un monstre. Mais comment avait-il fait pour la retrouver ?

— Qui êtes-vous ? murmura-t-elle.

Ce n'était pas seulement son nom qu'elle demandait.

— FBI, annonça-t-il d'une voix forte, à l'intention de l'inconnu derrière lui. Posez votre arme.

Un gros soupir de soulagement se fit entendre.

— Agent Reyes, je ne savais pas si c'était vous ou pas... De dos... et en smoking... Mais bien sûr, vous étiez au mariage...

Le nouveau venu émit un bruit de gorge en la découvrant dans le coffre de la Mercedes.

— C'est la mariée ?

— Non, répondit l'agent Reyes. Enfin, pas celle de ce mariage-là. J'ignore qui elle est. Je l'ai trouvée dans la voiture que nous poursuivions.

A la différence de l'agent en smoking, l'homme portait un uniforme kaki qu'elle avait déjà vu quelque part et un insigne était épinglé sur sa poche de poitrine. Lui aussi devait être dans les forces de l'ordre.

A son tour, elle soupira. Peut-être, en définitive, avait-elle été sauvée...

Si seulement elle se souvenait de quoi.

— Où est le chauffeur ? demanda le policier en uniforme.

Il était plus petit et plus corpulent que l'agent du FBI et, sous son chapeau, son crâne était aussi lisse qu'un caillou.

De la main, l'agent Reyes désigna les bois.

— Il s'est enfui avant que j'aie pu le voir. Ensuite, j'ai trouvé cette jeune femme dans le coffre. Elle a besoin de soins médicaux, et très vite.

L'urgence vibrait dans la voix de l'agent Reyes, remarqua-t-elle. Elle était donc dans un état aussi critique qu'elle le craignait.

— Est-ce que votre radio ou votre portable fonctionnent ? demanda l'agent Reyes au policier. Car je ne capte aucun signal.

Le second porta la main au col de sa chemise et pressa un bouton sur la petite radio qui y était fixée.

— Nous avons besoin d'une ambulance, annonça-t-il.

Eux n'en avaient pas besoin. Mais elle, si. Elle était gravement blessée. Tout ce sang était le sien. Pas étonnant qu'elle se sente aussi faible. Trop faible même pour s'extraire de ce coffre. Trop faible pour continuer à lutter.

— Les secours arrivent, assura l'agent Reyes.

Il lui avait déjà porté secours en stoppant le chauffeur de cette voiture, puis en ouvrant le capot du coffre. Elle voulait l'en remercier, mais bouger les lèvres lui demandait un effort surhumain.

— Chut, fit-il, comme s'il percevait sa difficulté. Vous allez bientôt être prise en charge par des médecins. L'ambulance arrive.

Mais ce serait peut-être trop tard, redoutait-elle.

— Tenez bon, l'encouragea-t-il.

Elle secoua la tête, et un étourdissement soudain l'envahit. Son estomac tangua. La douleur se répercuta dans sa tête comme le choc du battant d'une cloche contre le bronze.

— Vous êtes solide, ajouta-t-il.

Au lieu de lui saisir les poignets, il prit sa main et lui imprima une légère pression.

— Vous devez l'être ou, à l'heure qu'il est, vous ne seriez plus en vie. Vous êtes une battante. Vous y arriverez.

Plus tôt, quand il lui avait dit que tout irait bien, et surtout qu'elle devait lui faire confiance, elle l'avait soupçonné de lui mentir. Là, elle en était certaine : il mentait. Jamais elle ne s'était sentie aussi faible. Du moins, elle le pensait...

Car c'était toujours le grand vide dans sa mémoire.

— Comment vous appelez-vous ? s'enquit-il.

Elle cligna des yeux et, de nouveau, tenta de faire le point sur son visage. Il était vraiment bel homme, avec cette peau mate, ces yeux noirs, ces cils épais et ces cheveux bruns à la texture si riche. Ils étaient un peu longs, en tout cas plus qu'elle ne s'y serait attendue chez un agent gouvernemental.

— Comment vous appelez-vous ? insista-t-il.

Quelques instants plus tôt, il l'avait enjointe au silence quand elle avait voulu parler. Soudain, il la pressait de le faire. Voulait-il savoir son nom pour le cas où elle décéderait avant l'arrivée de l'ambulance ?

Elle rassembla le peu de forces qu'il lui restait.

— Je ne sais pas..., lâcha-t-elle d'un pauvre filet de voix.

Ce n'était pas comme si ses souvenirs refusaient de refaire surface. Ils avaient purement et simplement disparu. Ils l'avaient quittée en même temps que son sang, laissant son esprit aussi vierge qu'une page de cahier neuf.

— Je ne sais pas..., répéta-t-elle.

Puis elle sombra de nouveau dans le néant.

— Où est cette maudite ambulance ? grogna Dalton.

Cela ne faisait que quelques minutes que le policier avait appelé les secours, mais ces minutes semblaient des heures alors que la jeune femme gisait inconsciente dans le coffre de la voiture.

Dalton pressa son voile de mariée sur sa blessure afin d'endiguer le flux de sang, mais l'étoffe était trop fine.

De l'index, Littlefield désigna la route de terre, où il devait avoir laissé sa voiture de patrouille vu qu'il était arrivé à pied.

— Je l'entends, dit-il. Elle est là.

Le faible ululement d'une sirène parvint également aux oreilles de Dalton, tandis qu'à distance un nuage de poussière s'élevait parmi les arbres.

— Les secours arrivent, annonça-t-il à la femme. Restez avec moi, OK ? Ils arrivent.

Puis il se tourna vers le policier. Il était plus âgé que lui, plus petit et plus gros. Et il transpirait avec abondance, à tel point que la sueur coulait de son crâne chauve jusqu'à son cou, tachant le col de sa chemise kaki. Il n'avait probablement pas choisi de faire à pied le reste du chemin sur la route de terre. Avait-il eu un accident ? Le moteur de son véhicule avait-il surchauffé ?

— Votre voiture ne bloque pas la route ? s'assura Dalton.

Littlefield secoua la tête.

— Je l'ai rangée sur le bas-côté. Comme vous, ajouta-t-il en désignant le SUV du FBI.

Dalton ne l'avait pas rangée. Il avait juste eu la chance de finir sa course à cet endroit-là plutôt que dans le fossé, contrairement à la Mercedes.

— Pourquoi vous l'avez abandonnée ? demanda Dalton.

— J'ai entendu les deux voitures s'arrêter, répondit le policier. Je ne savais pas à quelle situation m'attendre...

Il regarda la femme dans le coffre de la Mercedes.

— Pas à ça, en tout cas, soupira-t-il.

En dépit du nombre de cadavres que Dalton avait trouvés dans des coffres de voitures au cours de sa carrière, il ne s'était pas non plus attendu à une telle situation. C'était quand même une drôle de coïncidence qu'il ait trouvé une jeune mariée enfermée dans l'un d'eux, songea-t-il, se souvenant de sa conversation avec l'agent Jared Bell, le profileur du FBI, à la sortie de l'église.

Cette jeune femme pouvait-elle être la dernière victime du tueur en série que Jared traquait ?

A ce qu'en savait Dalton, ce maniaque n'avait plus tué depuis deux ans. Et dans ce cas-ci, la victime était en vie et le resterait si Dalton pouvait y faire quelque chose.

Le bruit de sirène s'amplifia, et les lumières d'un gyrophare éclairèrent le sous-bois.

— Les secours sont là, annonça Dalton à la mariée. Vous allez vous en sortir.

Les paupières de la jeune femme battirent, puis s'entrouvrirent sur ses yeux gris argent.

— Ne me mentez pas, dit-elle.

— Les secours sont vraiment là, je vous dis.

Alors même qu'il prononçait ces mots, un groupe d'urgentistes se précipita vers la voiture. Dalton confia le voile imbibé de sang à l'un d'eux, puis voulut libérer la main de la blessée qu'il tenait toujours.

Mais elle le retint avec une force qui le surprit.

— Non, l'implora-t-elle, ne me laissez pas.

Peu de temps auparavant, un des collègues de Dalton avait failli perdre un témoin. Des braqueurs de banque avaient tenté d'enlever ce témoin dans l'hôpital où elle avait été conduite. Dalton ne voulait pas prendre un tel risque. La jeune mariée en avait déjà trop subi.

— Il faut que je l'accompagne, déclara-t-il aux hommes en blanc, avant de se tourner vers elle. N'ayez crainte, je ne vous laisserai pas.

Ses yeux se refermèrent. Elle lui faisait confiance, réalisa-t-il, alors qu'elle n'avait aucune raison de se fier à lui ni à personne après ce qui lui était arrivé. Mais que lui était-il arrivé au juste ?

— Elle est blessée par balle ? demanda-t-il à l'urgentiste qui ôtait avec prudence le voile de sa nuque.

Le jeune homme haussa les épaules.

— Je l'ignore. Ils vont lui faire un scanner à l'hôpital. Il faut l'emmener tout de suite.

Aidé d'un de ses collègues, il plaça une minerve autour de son cou, puis l'installa sur une planche qu'ils placèrent ensuite sur la civière laissée sur la route.

Dalton dut courir à côté d'eux tandis qu'ils l'emmenaient jusqu'à l'ambulance. Il sauta à l'arrière de celle-ci juste avant que les urgentistes ne referment les portes et que le véhicule ne démarre. Vu leur hâte, il était clair que l'état de la jeune femme était aussi critique qu'il l'avait redouté.

— On est loin de l'hôpital ?

— Vingt minutes, répondit le chauffeur.

Chacune d'elles était précieuse, songea Dalton. Le médecin resté à l'arrière avait placé la mariée sous perfusion et masque à oxygène. C'était plus que ce que Dalton avait pu lui offrir, mais ce n'était pas suffisant. Pas si elle avait une balle dans la tête.

— Quel est son nom ? s'informa l'urgentiste.

— Elle ne le sait pas, répondit Dalton. Pourrait-elle souffrir d'amnésie ?

— Possible, en cas de commotion cérébrale. Mais comment s'appelle-t-elle ?

— Elle n'a pas pu me le dire. Donc, je l'ignore.

— Vous n'êtes pas son époux ?

Un étrange frisson saisit Dalton.

— Non, pas du tout. Je suis un agent du FBI. Je l'ai trouvée dans le coffre de cette voiture.

Baissant les yeux sur le smoking de Dalton, l'urgentiste hocha la tête comme s'il ne voulait pas le contrarier.

— Je venais juste d'assister à un mariage, expliqua Dalton. Mais ce n'était pas le mien.

Ce ne serait jamais le sien.

— J'ignore qui elle est, répéta-t-il.

Mais des indices sur son identité étaient peut-être restés dans le coffre de la Mercedes, réalisa soudain Dalton. Un portefeuille, une pochette, un reçu… Les papiers de la voiture, qui pouvait très bien être la sienne.

Il aurait dû rester sur les lieux. Il aurait pu ainsi faire plus pour elle qu'en jouant les infirmiers à l'arrière de l'ambulance. Du reste, pourquoi l'homme qui l'avait jetée dans ce coffre prendrait-il le risque de se montrer à visage découvert à l'hôpital ?

S'il était intelligent, il devait toujours être en cavale.

— Nom de Dieu, qu'est-ce que…, murmura le chauffeur depuis l'avant.

Dalton leva les yeux et scruta la route à travers le pare-brise. Une voiture de police fonçait droit sur eux, ses feux d'urgence allumés et la sirène hurlante.

— Il veut que je m'écarte ou quoi ? demanda le médecin en saisissant sa radio de bord. Pourquoi il ne me dit pas ce qu'il veut ?

Un nouveau frisson traversa Dalton, si profond qu'il lui glaça le sang. Ils n'avaient pas encore dépassé la voiture de patrouille abandonnée de Littlefield. C'était certainement celle-là, pressentait Dalton.

Mais ce n'était pas le policier chauve qui la conduisait. La personne derrière le pare-brise portait un chapeau qui lui cachait la moitié du visage. S'il roulait droit sur eux, comprit Dalton, c'était pour les éjecter de la route afin de récupérer la victime qui avait failli lui échapper.

Le chauffeur de l'ambulance donna un brusque coup de volant et partit vers l'un des fossés. Au dernier moment, il contre-braqua, et, rétablissant sa direction, évita de justesse l'épaulement.

— Bon sang, mais quelle mouche a piqué votre policier ?

— Ce n'est pas lui, expliqua Dalton.

Plutôt l'homme qui s'était échappé de la Mercedes. Il devait avoir contourné les lieux et être tombé sur la voiture de patrouille vide.

— Ne vous arrêtez pas, ordonna Dalton.

— Mais il va nous tuer ! s'exclama l'urgentiste. Il fonce sur nous !

Sauf que l'individu ne pouvait avoir prévu qu'un agent du FBI se trouvait à l'arrière de l'ambulance. Dalton bénéficiait donc de l'effet de surprise. Il sortit son pistolet de son holster, se pencha par-dessus le siège passager et pointa le canon de l'arme par la vitre ouverte.

L'homme dut l'apercevoir, car il accéléra comme s'il voulait les pousser hors de la route avant que Dalton ne puisse tirer. La poussière s'élevait en tourbillons autour du véhicule de police, saturant l'espace. Dalton n'y voyait pas grand-chose, mais il fit feu. Encore. Et encore.

Avait-il touché la voiture ou le chauffeur ? Il n'aurait su le dire. Le véhicule continuait de rouler vers eux tel un bolide, de plus en plus vite.

Le conducteur de l'ambulance jura.

— Continuez tout droit ! exigea Dalton.

La route était trop étroite, le fossé trop profond, et la terre caillouteuse trop instable.

— Ne déviez pas d'un pouce.

Mais son avertissement arriva trop tard.

Leur chauffeur n'avait pas les nerfs assez solides pour cette dangereuse partie de roulette russe. Avec un juron bien salé, il tourna le volant et le véhicule se retrouva sur deux roues.

L'urgentiste à l'arrière hurla de frayeur.

Le chauffeur ne parvint pas à reprendre le contrôle du fourgon médical. Celui-ci effectua plusieurs tonneaux, projetant Dalton par-dessus le siège vers le pare-brise. S'il le traversait, s'il perdait connaissance, il risquait de perdre la jeune mariée...

Si elle n'était pas déjà morte. Cet accident était suffisant pour l'achever. Son état était déjà critique.

Dalton bloqua son souffle et s'arc-bouta.

Mais c'était trop tard.

L'ambulance gisait toute cabossée dans le fossé, mais ses lumières clignotaient toujours, et sa sirène continuait de hurler.

D'une main gantée, il éteignit les feux et la sirène de la voiture de patrouille. A distance, comme en écho, lui parvenait celle de l'ambulance.

D'autres véhicules de secours arrivaient sur les lieux. Le policier avait peut-être demandé assistance. Et l'agent avait peut-être réussi à passer un appel avant que l'ambulance ne se renverse.

Il l'avait vu y grimper pour accompagner la femme. De toute évidence, il était décidé à la protéger.

L'agent avait même fait feu sur lui. Les trous dans le pare-brise de la voiture de patrouille étaient trop près de là où se trouvait sa tête. Il avait échappé de peu à la mort, réalisa-t-il en frissonnant. Même avec les deux véhicules en mouvement, l'agent avait failli le toucher. C'était un satané bon tireur. Un homme dangereux.

De fait, il hésita à s'approcher de l'ambulance accidentée. Qui se trouvait à l'intérieur ? Des cadavres ou un agent gouvernemental encore armé.

La puissance de la sirène diminua, tandis que celles des véhicules approchant s'accroissaient. Il devait se hâter. Avant que tout le personnel de secours ne soit là, il devait s'assurer que la femme et son protecteur étaient morts.

Son cœur et sa tête battaient de peur et de douleur. Sanglée sur la civière arrimée au plancher, elle avait été relativement épargnée par la violence du choc. Elle n'avait pas été projetée de tous côtés comme les autres occupants de l'ambulance.

L'urgentiste blond qui se tenait à l'arrière avec elle avait valdingué comme une poupée de chiffon, avant de s'affaisser, sonné, contre la paroi latérale du véhicule en partie immergé dans le fossé.

Etait-il juste inconscient...

Ou...

Un cri lui brûla la gorge, mais elle le réprima, refusant de paniquer. Pour le moment.

Immobilisée par les sangles, le corps glissant de côté, elle ne pouvait que tordre le cou pour savoir ce qu'il était advenu des autres... Et de l'agent du FBI.

Coincé derrière le volant, le chauffeur était toujours sur son siège, mais comme son collègue, il ne bougeait pas. Etait-il gravement blessé ?

Ces hommes étaient venus la sauver. Là, c'était eux qui avaient besoin d'aide. A cause d'elle ?

La culpabilité la frappa avec une brutalité semblable à celle de la chute de l'ambulance dans le fossé. Tout cela était-il sa faute ?

Avait-elle commis quelque acte infâme responsable de cette destruction, de cette souffrance ? Mais quelle était l'étendue des dégâts ?

Elle tendit le cou, mais l'agent ne semblait plus là. Etait-il passé à travers le pare-brise ? Le verre avait éclaté, mais peut-être était-ce lui qui l'avait fait exploser en tirant pour arrêter cette voiture qui cherchait à les éjecter de la route ? Les urgentistes avaient dit qu'il s'agissait d'une voiture de police.

L'uniforme kaki de l'officier lui avait paru vaguement familier. L'avait-elle déjà vu ? Etait-ce cet homme qui l'avait mise dans le coffre ?

Y avait-il quelqu'un à qui elle pouvait se fier ? L'agent spécial Reyes avait fait de son mieux pour la sauver. Mais où était-il ? Avait-il été écrasé sous le véhicule lors des tonneaux ?

Elle imagina le pire et frissonna. Puis une douleur diffuse se mit à battre dans sa tête. Mais les battements n'étaient pas seulement dans sa tête.

Quelqu'un cognait sur les portes arrière de l'ambulance, essayait de les ouvrir. Elle se tortilla sur la civière, mais les sangles étaient trop serrées. Elle ne pouvait pas bouger, et encore moins s'échapper. Tout ce qu'elle pouvait faire, c'était attendre que celui qui les avait expédiés dans le fossé vienne l'achever.

4

L'eau froide traversait le smoking de Dalton, le trempant jusqu'aux os. Il se réveilla en sursaut et poussa un grognement tandis que sa tête cognait contre du métal. Des étoiles dansèrent devant ses yeux, et il faillit s'évanouir de nouveau. Mais son attention fut éveillée par des coups portés sur l'ambulance, des coups assez puissants pour la faire bouger.

Dieu merci, il n'était pas sous le véhicule. Au lieu de passer à travers le pare-brise, il s'était agrippé au tableau de bord et avait réussi à se recroqueviller au-dessous, entre le siège passager et la portière. Le fourgon était couché sur le côté dans le profond fossé, et l'eau s'engouffrait dans l'habitacle par cette même portière. Si Dalton ne s'était pas réveillé, peut-être se serait-il noyé.

Mais il n'était pas encore tiré d'affaire. Les portes arrière gémirent puis cédèrent. Quelqu'un tentait de rentrer dans le véhicule. Celui qui avait provoqué l'accident ?

Dalton ne laisserait personne faire plus de mal à sa protégée qu'elle n'en avait déjà subi. Il tâtonna sur le plancher mouillé à la recherche de son pistolet, et ses doigts rencontrèrent enfin du métal. Il referma les doigts sur l'objet, mais le canon était coincé entre le montant du siège et la portière passager enfoncée lors de l'accident.

Tout en tirant sur le Glock, Dalton leva la tête pour évaluer la situation. La jeune mariée était retenue en position inconfortable par les sangles de la civière. Ses yeux gris étaient ouverts, dilatés par la peur. Elle savait qu'elle était piégée. Puis elle remarqua Dalton.

Alors, l'espoir illumina son visage, et un peu de couleur rehaussa la pâleur morbide de son teint.

Un peu de la couleur de la vie...

Elle allait s'en sortir, décida Dalton.

Cela étant, il ne pouvait même pas récupérer son pistolet. Il se détourna donc de la mariée, se concentra sur les portes qui s'ouvraient...

Et poussa un gros soupir de soulagement.

Jared Bell était là, avec Blaine et Ash.

Rapidement, la situation fut de nouveau sous contrôle et la jeune mariée transportée à l'hôpital le plus proche. Dalton confia sa protection à son ami Blaine, tandis que Ash retournait à ses noces et que Dalton restait sur place avec Jared Bell pour mener l'enquête. Mais l'homme qui avait forcé l'ambulance à sortir de la route s'était bel et bien échappé.

En tout cas, remarqua Dalton, il avait court-circuité les fils de l'allumage pour faire démarrer aussi bien la Mercedes que la voiture de patrouille. Le tueur en série connaissait-il ce truc ? Du reste, les voleurs de voitures que Dalton pourchassait n'avaient jamais pris d'otage. Alors à qui cette affaire revenait-elle ? Dalton redoutait que Jared lui pique le dossier et son témoin. D'ailleurs, le profileur du FBI l'accompagna au petit hôpital de campagne où la jeune femme avait été transportée.

Deux officiers de la police d'Etat se tenaient devant le rideau de son alcôve, tandis que Blaine montait la garde près du lit.

— Comment va-t-elle ? lui demanda Dalton.

Blaine secoua la tête.

La gorge de Dalton se noua.

— Est-elle...

Il se tourna vers le lit où elle reposait, sa robe de mariée remplacée par une blouse d'hôpital. On avait nettoyé le sang sur son visage, et celui-ci était livide. Mais sa chevelure rousse éclatait sur l'oreiller et les draps. Non, elle ne pouvait pas être morte.

N'auraient-ils pas couvert son visage, son si beau visage, si elle l'était ?

— Seigneur non, se hâta d'assurer Blaine. Mais les médecins sont inquiets pour sa blessure à la tête.

— Pourquoi elle n'est pas au bloc opératoire dans ce cas ?

Les longs cils de l'inconnue battirent alors sur ses joues, ses paupières s'ouvrirent, et elle regarda Dalton d'un air un peu surpris.

— Vous êtes revenu, dit-elle avec un soupir de soulagement.

Le poids qui pesait sur la poitrine de Dalton s'envola. Elle n'était pas morte...

— Où sont les médecins ? demanda-t-il.

Il ne les chercha pas autour de lui : il était incapable d'ôter son regard du sien.

— Elle n'a pas besoin d'être opérée, expliqua Blaine.

— Mais la blessure à la tête, ce n'est pas une blessure par balle ? s'étonna Dalton.

— Elle n'a reçu aucune balle, annonça Blaine.

Dalton poussa un soupir de soulagement, imité par Jared Bell.

— J'ai subi une commotion cérébrale, annonça-t-elle. D'après le neurologue, c'est sans doute la raison pour laquelle je ne me rappelle rien.

— Vous voulez dire, rien du tout ? s'enquit Jared.

Elle le regarda, mais reporta aussitôt les yeux sur Dalton, comme si elle cherchait de sa part l'assurance qu'elle pouvait faire confiance au jeune agent. Dalton n'hésita qu'un instant avant d'acquiescer à sa question muette. Oui, elle pouvait faire confiance à Jared Bell. Le profileur était connu au sein du Bureau pour son intelligence et sa détermination. Depuis qu'il y travaillait, un seul criminel avait réussi à lui échapper.

— Je ne me rappelle rien, confirma-t-elle. A part lui, précisa-t-elle en désignant Dalton. Quand il a ouvert le coffre de cette voiture...

— C'est tout ? insista Jared. Vous ne vous souvenez de rien avant cela ?

Elle ferma les yeux comme pour fouiller dans sa mémoire. Mais peut-être était-elle simplement épuisée.

— Elle n'est pas en état d'être interrogée, conclut Dalton.

— Les médecins disent qu'elle souffre d'une sévère commotion, ajouta Blaine. Elle a perdu beaucoup de sang avec sa blessure à la tête. Elle est vraiment très faible.

L'intéressée rouvrit les yeux.

— Je ne suis pas faible.

— Elle ne l'est pas, approuva Dalton. Elle est au contraire très forte, ajouta-t-il, comme il le lui avait déjà dit.

Elle avait échappé à deux tentatives de meurtre.

— Je peux supporter un interrogatoire, reprit-elle. J'aimerais répondre à vos questions, à toutes vos questions, si j'avais des réponses à vous fournir. Mais je suis incapable d'expliquer comment je me suis retrouvée dans ce coffre. Je ne peux même pas vous dire mon nom.

Des larmes brillèrent dans ses yeux, mais elle battit vivement des paupières pour les refouler. Des larmes de frustration, devina Dalton. Il ne pouvait imaginer perdre tous ses souvenirs, sans exception, au point de ne même plus connaître son propre nom. Comme il l'avait fait lorsqu'elle qu'elle perdait son sang dans le coffre de la Mercedes, il lui saisit la main. A ce moment-là, c'était pour l'enjoindre de s'accrocher à la vie.

Là, c'était pour qu'elle s'accroche à lui.

Elle la lui serra avec force.

— Puisque vous ne pouvez pas m'interroger, c'est moi qui vais vous interroger, déclara-t-elle. J'ai besoin de réponses. J'ai besoin de savoir qui je suis et ce qui m'est arrivé.

Dalton sourit intérieurement. Il ne s'était pas trompé. Elle était forte. Assez, espérait-il, pour affronter la vérité quelle qu'elle soit.

Il se tourna vers Blaine.

— A-t-elle d'autres blessures ?

— Mes derniers souvenirs sont les paroles du médecin, l'informa-t-elle. Sinon, je ne me souviens de rien avant que vous n'ouvriez ce coffre.

Dalton ne voulait pas la choquer en lui demandant de quelle autre manière elle avait pu être blessée, mais il était important de savoir à quel type de criminel ils avaient affaire. Un prédateur sexuel ?

Une sourde colère envahit Dalton. Il voulait trouver ce salaud. Et il voulait le faire souffrir pour tout ce qu'il avait infligé à la mariée.

— Quelles sont vos autres blessures ? demanda Jared.

Elle frissonna malgré l'épaisseur de sa couverture et la blouse d'hôpital. Dalton serra sa main pour la réconforter et l'encourager. Elle lui répondit par un sourire. Dieu qu'elle était belle. Si belle que l'air manqua quelques secondes à Dalton.

— Ce que vous avez en tête ne s'est pas produit, dit-elle.

Elle tressaillit de répulsion à cette pensée, ainsi que de soulagement, comprit Dalton.

— J'ai quelques plaies et contusions...

— En plus de sa blessure à la tête et de son amnésie, termina Blaine pour elle.

— Mon amnésie..., répéta-t-elle avec amertume. Il faut que je sache qui je suis. Vous êtes tous agents du FBI. Vous *devez* savoir quelque chose sur moi.

— Contrairement à ce que croient les gens, précisa Dalton, nous ne possédons pas un dossier sur chaque citoyen. Nous ne connaissons pas votre identité, nous n'avons encore aucun élément d'information vous concernant.

— Nous avons étudié le fichier des personnes disparues dans ce secteur, intervint Jared. Aucune disparition de jeune mariée n'a été signalée.

Elle regarda Blaine, puis Jared, et finalement se tourna de nouveau vers Dalton.

— Aucun d'entre vous n'a de réponses, conclut-elle avec un soupir accablé. Vous ignorez qui je suis et pourquoi je me trouvais dans le coffre de cette voiture.

— C'est exact, reconnut Dalton.

— Alors comment dois-je m'appeler ? demanda-t-elle.

Sa voix était faible, atone, et trahissait son état d'épuisement.

— Jane Doe ? suggéra Blaine.

Elle fronça le nez.

— J'aurais l'impression de ne pas avoir survécu, maugréa-t-elle. D'être une morte.

Dalton avait une autre idée, mais il ne voulait pas la perturber davantage.

— Nous découvrirons votre identité, et comment vous vous êtes retrouvée dans ce coffre, affirma-t-il. Je vous le promets, ajouta-t-il en gratifiant sa main d'une nouvelle pression.

Si elle n'était pas faible, elle était à bout de forces. Ses paupières s'alourdissaient. Elle s'endormit devant eux.

Jared s'approcha de Dalton.

— Tu n'aurais pas dû lui faire de promesses.

— Pourquoi ?

Parce qu'il avait l'intention de lui piquer son affaire ?

— Ça ne te ressemble pas, approuva Blaine. Toi qui jures tout le temps que tu ne feras jamais de promesses à personne, que tu ne te marieras jamais...

— Je n'épouserai personne, confirma Dalton d'un ton sec.

C'était une promesse qu'il s'était faite longtemps auparavant.

— Je veux juste découvrir qui elle est et pourquoi on l'a mise dans ce coffre.

— Mais si personne n'a signalé sa disparition et que son ADN ne figure dans aucune banque de données, tu n'as peut-être aucune chance de le savoir, souligna Jared. Et tu ne peux pas diffuser sa photo dans les médias.

— Je ne le ferai pas, assura Dalton.

Il ne pouvait risquer que des dingues de tout poil débarquent en déclarant qu'ils la connaissaient ou que c'était leur copine. Pas dans son état de vulnérabilité.

— Pourquoi pas ? objecta Blaine. Son agresseur sait qu'elle est vivante, c'est évident. Sinon, il n'aurait pas tenté d'éjecter l'ambulance de la route.

Jared secoua la tête.

— La dernière chose que souhaite ce salaud, c'est certainement de la publicité.

Mais Dalton se fichait de l'agresseur. C'était d'elle qu'il se souciait.

— C'est probablement le seul moyen, insista Blaine. Les médecins disent qu'elle ne recouvrera peut-être jamais la mémoire.

Dalton en avait le cœur serré pour elle. Il haussa néanmoins les épaules.

— Peu importe. Je découvrirai qui elle est et ce qui lui est arrivé.

Et il le ferait sans la plonger dans un danger plus grand encore.

Il se le promettait...

Elle ne recouvrera peut-être jamais la mémoire.

Si elle avait fermé les yeux, c'était pour refouler un nouvel afflux de larmes, pas pour dormir. Ainsi, elle avait entendu ce qu'avait dit l'agent.

Mais elle l'avait déjà appris de la bouche du médecin, aussi le choc fut-il amoindri. Simplement, cette répétition de ce qu'elle savait déjà rendait les choses plus réelles. Elle ne se rappellerait peut-être jamais rien de sa vie avant le moment où l'agent spécial Dalton Reyes avait ouvert le coffre de cette voiture, la sauvant sans doute du pire.

Son plus ancien souvenir, c'était lui. Penché sur elle, beau comme un dieu dans son smoking avec son nœud papillon défait. Sans l'inconfort du coffre, la commotion cérébrale et tout le sang, ç'aurait même pu être un bon souvenir. Seigneur, il était si séduisant. Autant qu'un héros.

Les agents du FBI ne devaient pas s'être aperçus qu'elle ne dormait pas, parce qu'ils parlaient librement devant elle, comme si elle n'était pas là.

Et vu qu'elle ne se rappelait pas qui elle était, c'était presque comme si elle n'existait pas vraiment. Elle n'avait pas de nom, pas d'histoire...

— Et tu n'as rien trouvé sur place qui puisse nous mettre sur la piste de son identité ?

Ce devait être l'agent blond, Blaine Campbell, qui avait posé la question, étant donné que c'était lui qui avait été chargé de sa protection dans la seconde ambulance. Dieu merci, les urgentistes de la première n'avaient reçu que des blessures superficielles dans l'accident, et eux aussi l'avaient accompagnée jusqu'à l'hôpital.

— Non, répondit Dalton. La boîte à gants était vide, et la voiture n'avait pas de plaque d'immatriculation. Il faudra que j'envoie le numéro de moteur au sommier pour savoir qui en est le dernier propriétaire.

Elle-même ?

Elle n'avait pas vu le véhicule. Elle n'avait aucune idée du genre de coffre dans lequel elle avait été trouvée.

— N'oublions pas qu'on a démarré la voiture en mettant en contact les fils d'allumage, poursuivit Dalton. Comme pour la voiture de l'officier Littlefield. Ce type est un pro.

— Tu crois qu'il fait partie de ce réseau de voleurs de voitures que tu traques ? demanda l'agent Campbell.

— Absolument.

— Tes voleurs de voitures ont déjà pris quelqu'un en otage auparavant ? s'enquit le troisième homme.

Dalton le lui avait présenté comme étant l'agent Jared Bell. Elle se souvenait du nom de chacun. C'était du sien qu'elle ne se souvenait pas.

Dalton réfléchit un instant, mais avant qu'il ne puisse répondre, Jared Bell posa une autre question.

— Prendraient-ils le risque de revenir sur les lieux pour récupérer leur otage ?

Dalton lâcha un juron.

— Je sais où tu veux en venir, dit-il d'un ton accusateur. Tu veux que cette affaire soit *ton* affaire, n'est-ce pas ?

Elle faillit ouvrir les yeux pour protester. Elle voulait que ce soit l'agent spécial Dalton Reyes qui s'en occupe. Pas seulement parce qu'il lui avait promis de découvrir qui elle était et ce qui s'était passé. Aussi parce que son plus ancien souvenir, c'était lui. Parce qu'il lui avait sauvé la vie, parce qu'elle se sentait tellement connectée à lui... dépendante, même, de lui.

Elle n'avait aucune conscience d'elle-même. Il était la seule personne qui avait une certaine réalité à ses yeux. Mais cette réalité se résumait à une chose : il était agent spécial du FBI. Elle ne savait rien de sa vie. Elle l'avait entendu dire qu'il ne se marierait jamais, mais cela ne signifiait pas qu'il n'avait pas une compagne. Qu'il n'avait pas d'enfants.

— J'espère de tout cœur qu'elle ne fait pas partie de mon affaire, répliqua l'agent Bell avec gravité. Je ne veux pas penser qu'il est revenu, qu'il a recommencé à tuer...

— Elle n'est pas morte, fit observer Dalton.

— Elle l'aurait été, si tu n'avais pas stoppé ce type. Mais tu ne l'as pas vraiment stoppé. Il est revenu sur ses pas et il a court-circuité les fils d'allumage de la voiture de patrouille. Il a fait une nouvelle tentative.

— Mais il ne l'a pas tuée, répéta Dalton. Ce n'est pas lui, ce n'est pas ton tueur en série. Sinon, elle serait morte. D'accord, certaines de ses victimes n'ont jamais été retrouvées, mais aucune ne lui a échappé. Jamais. Donc, cet homme n'est pas le « Boucher des Jeunes Mariées ».

Le Boucher des Jeunes Mariées...

Ces mots la glacèrent, mais elle réprima un tressaillement d'horreur. D'horreur et de réminiscence, car ce surnom lui était vaguement familier.

Pourquoi cet assassin s'en serait-il pris à elle ? Elle n'était pas une jeune mariée. Si ?

Elle ne se souvenait plus de rien.

Mais, réalisa-t-elle, quelque chose de fin, de métallique, ceignait son annulaire gauche. Une bague. Etait-elle fiancée ? Mariée ?

— J'espère que ce n'est pas lui, soupira l'agent Bell. Parce que si c'est lui, il récidivera et il n'aura de cesse de l'avoir tuée.

Donc, elle n'avait peut-être pas seulement perdu la mémoire. Sa vie était peut-être toujours menacée...

Au moment où il était arrivé à l'hôpital où elle avait été emmenée, l'établissement fourmillait d'agents du FBI et d'officiers de la police d'Etat. Comme les lieux de l'accident un peu plus tôt.

Il avait presque réussi à ouvrir les portes cabossées de l'ambulance lorsque tous ces autres véhicules étaient arrivés. Il était donc retourné se cacher dans les bois tandis que deux hommes vêtus d'un smoking, ainsi qu'un autre en costume, s'étaient précipités pour porter secours aux victimes du crash et les protéger.

Il avait assez vite regagné le couvert de l'épaisse forêt pour qu'ils ne le voient pas. Et ils avaient été trop occupés à prendre soin des autres pour se rendre compte qu'il les observait.

Comme il les observait en cet instant, dans ce petit hôpital situé non loin du lac Michigan. Ils étaient si nombreux : agents fédéraux, police d'Etat, et même quelques shérifs adjoints pour faire bonne mesure. Il lui faudrait donc redoubler de prudence, parce qu'il était hors de question qu'il se fasse prendre.

Il devrait gagner du temps jusqu'à ce que l'occasion idéale se présente. Et tôt ou tard, elle se présenterait. Il ne baisserait pas les bras. Il ne s'arrêterait que lorsqu'il aurait achevé sa mission.

Lorsqu'il l'aurait achevée, elle...

Mais elle n'était plus la seule qu'il voulait éliminer. Il devait également tuer l'agent spécial du FBI. Sans doute devrait-il même le tuer en premier, puisque celui-ci s'était attribué le rôle de chevalier servant de la jeune femme.

Pour pouvoir de nouveau accéder à elle, il devrait probablement l'éliminer d'abord. Mais l'ordre importait peu. Ce qui comptait, c'était qu'il s'assure qu'ils meurent tous les deux, la femme et son héros.

5

Dalton l’observait depuis l’entrée de la chambre. Elle était réveillée, mais ne le voyait pas. Au lieu de cela, elle baissait les yeux sur sa main et étudiait la bague ornée d’un diamant. Soit elle admirait la grosse pierre carrée, soit elle cherchait à se souvenir d’où elle venait.

Sa mémoire s’était vraiment envolée. Lui aussi avait parlé aux médecins, et ceux-ci avaient confirmé ce que Blaine Campbell lui avait dit la veille. Restait à avoir la confirmation ou non de ce que Jared Bell lui avait dit.

Si elle avait réellement été enlevée par le tueur en série surnommé le Boucher des Jeunes Mariées, Dalton devrait laisser l’affaire à Jared. Le profileur était celui qui connaissait le mieux le dossier.

Mais Jared avait échoué à attraper le tueur quand il en avait eu l’occasion. Et il ne s’était jamais engagé à l’attraper.

Dalton était le seul à avoir fait des promesses à la rescapée. Lui, et probablement celui qui lui avait glissé cette bague au doigt.

Lorsque Dalton l’avait découverte, elle portait une robe de mariée. L’était-elle ? Ou était-elle juste fiancée ? Qui était l’homme dans sa vie, et pourquoi n’avait-il pas signalé sa disparition aux autorités ?

Dalton s’était renseigné, mais il n’avait trouvé aucun rapport correspondant à sa description. Age : vingt-quatre, vingt-cinq ans. Taille : un mètre soixante-dix environ. Cheveux roux. D’une beauté renversante...

S’il avait été l’homme qui lui avait passé cette bague au doigt, il n’aurait pas seulement signalé sa disparition. Il l’aurait cherchée partout, aurait retourné chaque pierre, arpenté chaque route pour la retrouver.

Mais peut-être cet homme était-il aussi celui qui l'avait placée dans ce coffre de voiture. Dalton avait désormais un nom pour le propriétaire. Il avait aussi une adresse. Mais pour suivre cette piste, il lui faudrait laisser la jeune femme sous la protection de quelqu'un d'autre.

Blaine ? Jared Bell ? L'officier Littlefield ? Ce dernier n'avait pas laissé ses clés sur le tableau de bord de son véhicule. Il n'avait commis aucune faute. Il méritait d'avoir une chance de démontrer ses capacités. Mais pas avec elle comme cobaye...

— Vous avez de mauvaises nouvelles ? demanda-t-elle. C'est pour ça que vous hésitez à entrer ?

Dalton ne put retenir un sourire. Cette femme ne cessait de le surprendre. Par sa force, par son intuition. Il ne s'était pas douté qu'elle sentirait son regard sur elle. D'un autre côté, elle ne ratait pas grand-chose. Sauf ce qui concernait son passé.

Dalton entra dans la chambre et s'approcha du lit. Elle se tenait assise et, grâce à la perfusion fichée dans son bras, avait meilleure mine. Elle paraissait plus forte.

— Non, pas de nouvelles, dit-il.

Elle soupira.

— Dommage.

— Et vous ? Toujours aucun souvenir ?

Le fait de contempler ce diamant en avait-il réveillé un dans sa mémoire ? Par exemple un sentiment amoureux vis-à-vis de celui qui lui avait offert cette bague ?

Elle secoua la tête, pour grimacer aussitôt.

— Ça vous fait toujours mal ? s'inquiéta Dalton.

— Pas trop, grâce aux antalgiques qu'on m'a donnés, répondit-elle. Je ne ressens qu'une douleur diffuse, sauf si je fais un mouvement brusque.

— Vous êtes résistante, commenta Dalton.

D'après le médecin, elle avait reçu un coup violent, sans doute avec une barre en métal ou un club de golf. Ce coup avait fait éclater la peau et occasionné une fracture du crâne. Mais celle-ci lui avait probablement sauvé la vie : l'hémorragie avait diminué la pression du sang, ce qui lui avait évité un dangereux hématome sous-dural. Voilà pourquoi il y avait eu tant de sang. Mais les transfusions avaient remplacé celui qu'elle avait perdu. D'après le médecin, elle réagissait remarquablement bien.

— Je suis résistante, approuva-t-elle. Vous pouvez donc m'en dire plus sur ce *pas de nouvelles*.

Heureusement, songea Dalton, car il avait l'intention de ne rien lui cacher. Il y avait déjà trop de choses qu'elle ignorait, qu'elle ne pouvait se rappeler. Il se plia donc à sa demande.

— Aucun signalement de disparition de femme correspondant à votre description n'a été fait.

De nouveau, elle fit la moue.

— Autrement dit, je ne manque à personne.

— Cela m'étonnerait beaucoup, nuança Dalton.

Parce qu'elle *lui* aurait manqué, s'il était resté sans nouvelles d'elle. Alors qu'il la connaissait à peine.

— Je suis sûr qu'il y a une autre explication, avança-t-il.

— Comme quoi ? répliqua-t-elle.

Il la jugeait forte. Aussi décida-t-il de lui dire la vérité.

— L'homme que vous avez épousé est peut-être celui qui vous a mise dans le coffre de cette voiture.

— Vous pensez que je suis mariée ? demanda-t-elle en baissant de nouveau les yeux sur la bague.

— Je n'en sais rien.

Mais une partie de lui espérait que non, celle qui faisait battre la chamade à son cœur devant sa beauté. Le roux de ses cheveux était si éclatant, le gris argent de ses prunelles si acéré, si empreint d'intelligence et de force...

— Parce que ce bijou ressemble plutôt à une bague de fiançailles, reprit-elle. Aucune alliance n'y est soudée. A mon avis, je ne suis pas mariée.

— Elle a raison, approuva une voix de femme.

Dalton la reconnut tout de suite et se retourna. Claire était là, avec Ash. Elle portait une robe bain de soleil bleu roi qui mettait en valeur sa blondeur scandinave. Ash était en jean et T-shirt. Les deux époux se tenaient côte à côte, un bras passé autour de la taille l'un de l'autre.

— Que faites-vous là ? leur demanda Dalton. Vous ne devriez pas être en voyage de noces ?

Les événements de la veille avaient-ils à ce point gâché leur mariage ? s'alarma Dalton.

— Nous sommes en route pour l'aéroport, assura Ash.

Vu la manière dont il enlaçait Claire, il devait mourir d'impatience d'être de nouveau seul avec elle.

— Mais Claire voulait passer voir comment tu allais, ajouta-t-il.

— Je vais très bien, répondit Dalton.

Claire émit un claquement de langue dubitatif.

— Tu as eu un accident, fit-elle remarquer.

— Ce n'était pas un accident.

L'homme au volant de la voiture de patrouille avait délibérément cherché à leur faire quitter la route.

— C'est encore pire, insista Claire.

— Je vais très bien, répéta Dalton.

— Parfait, dit-elle.

Son teint de porcelaine se piqua de rose.

— Je me sens un peu moins coupable d'avoir souhaité ta mort en apprenant que tu avais quitté notre mariage pour courser une voiture volée.

Dalton ne pouvait en vouloir à Claire d'avoir été fâchée. Il imaginait sans mal les noms d'oiseaux dont elle avait dû l'affubler.

— Je suis désolé, Claire.

S'écartant de son mari, elle se jeta sur lui et l'étreignit.

— Mais je suis si heureuse que tu l'aies fait !

Puis elle se tourna vers le lit et adressa un sourire à son occupante.

— Moi aussi, répliqua la jeune femme d'un ton enjoué. Car il m'a sauvé la vie.

— Il fait ce genre de choses, souligna Claire. Sauver des vies est son passe-temps favori.

Elle s'approcha du lit et tendit la main.

— Claire Stryker.

Ash se fendit d'un petit gloussement.

— Elle ne cesse de se présenter, ironisa-t-il. Même à son papa.

La rescapée prit la main de Claire dans la sienne.

— J'aimerais pouvoir vous dire mon nom, mais...

— Vous ne vous rappelez vraiment rien ? demanda Claire.

— Non.

— Nous découvrirons qui vous êtes, promit de nouveau Dalton. Mais d'ici là, il faut vous trouver un nom.

Tout sauf *la rouquine*.

— L'agent spécial Campbell a suggéré Jane Doe, lui rappela-t-elle. Je crois que c'est ainsi que l'on appelle les femmes sans identité.

Dalton n'avait pas aimé, parce que Jane Doe était le nom que la police attribuait en général aux cadavres.

Cela étant, il avait cru qu'elle en était un lorsqu'il avait ouvert le coffre de cette fichue voiture.

L'espace d'un instant, il l'imagina morte et un frisson le traversa.

— Pourquoi pas Mercedes ?

La veille, il avait hésité à avancer cette idée, mais c'était mieux que Jane Doe.

— Mercedes ? répétèrent les deux femmes à l'unisson.

— C'est la marque de la voiture dans laquelle il l'a trouvée, expliqua Ash. Et comme Dalton est un spécialiste des voitures...

Au souvenir du véhicule de collection, Dalton lâcha un sifflement admiratif.

— C'était vraiment une magnifique voiture !

Avant qu'elle ne plonge dans le fossé. Et désormais, il savait à qui elle appartenait. La voiture. Car, espérait-il, il n'y avait pas quelque part un homme qui considérait que la jolie rousse lui appartenait.

Les sourcils blonds de Claire se froncèrent.

— Jane ou Mercedes ?

L'intéressée haussa les épaules, comme si elle s'en fichait.

— C'est sans importance.

— Il faut que nous découvrions votre vrai nom, insista Claire.

— Nous le ferons, assura Dalton.

Un vague malaise le saisit devant la facilité avec laquelle il faisait toutes ces promesses, car il n'avait jamais été ce genre d'homme. Celui de Blaine ou Ash. Il n'avait pas un passé chez les marines. Il n'était pas un héros. Il était juste un type qui travaillait dur parce que son job était sa vie. C'était tout ce qu'il avait. C'était aussi tout ce qu'il voulait.

— Je suis assez bonne en informatique, indiqua Claire.

Doux euphémisme, songea Dalton. Les talents de hackeuse de Claire étaient internationalement reconnus.

— Je pourrais effectuer quelques recherches, proposa-t-elle.

— J'ai déjà une équipe dessus, objecta Dalton. Ils se servent de la reconnaissance faciale pour tenter de dénicher son double sur Internet. L'opération est en cours et, vous deux, vous avez un avion à prendre.

— Tu es sûr de ne pas avoir besoin de notre aide ? demanda Ash.

Son offre paraissait sincère, et Dalton se serait réjoui de leur concours. Claire était un génie, et Ash une légende du FBI en plus d'être un ancien marine.

Mais en aucun cas Dalton n'entraverait davantage leurs projets. Ils avaient traversé l'enfer et avaient amplement mérité leur bonheur.

— Je ne crois pas que ceci ait à voir avec le terrorisme ou la sécurité nationale, déclara-t-il, puisque c'est la division à laquelle tu appartiens, Ash.

— Dans ce cas, conclut celui-ci, Jared est peut-être ton homme.

« Jane Doe » secoua de nouveau la tête, puis se tourna vers Claire.

— Vous êtes d'accord avec moi, n'est-ce pas ? Je ne suis pas mariée. Par conséquent, si je ne viens pas de célébrer mes noces, je ne peux pas être une victime du Boucher des Jeunes Mariées.

Bon sang, elle les avait entendus la veille ! comprit soudain Dalton. Il avait cru qu'elle dormait, mais elle avait écouté tout ce que Blaine et Jared Bell s'étaient dit dans sa chambre.

Un désagréable remords envahit Dalton. S'il ne voulait rien lui cacher, il était quand même préférable qu'elle ignore certaines choses... Comme ce qui se rapportait à l'ignoble tueur en série.

Si c'était lui qui l'avait enlevée, il valait sans doute mieux qu'elle ne se souvienne jamais de ce qui lui était arrivé. Elle ne se remettrait pas du cauchemar qu'aurait été sa confrontation avec un tel monstre.

Une soudaine panique la gagna. En réalité, ce n'était pas d'avoir un tueur en série à ses trousses qu'elle redoutait le plus, mais de perdre l'agent Reyes.

Non, il ne pouvait pas transmettre l'affaire à un autre...

— Les victimes du Boucher ne sont pas forcément mariées, indiqua l'agent Ash Stryker. En fait, il enlève les jeunes femmes au cours du dernier essayage de leur robe.

Elle secoua la tête. Non pas pour nier ce qu'elle venait d'entendre, mais parce qu'elle n'avait pas pu essayer une robe de mariée.

— Non...

— Vous vous rappelez quelque chose ? s'enquit Claire Stryker. Quelque chose qui vous fait penser que vous n'êtes pas fiancée ?

— Non, je ne me souviens de rien...

Elle contempla les jeunes époux, admirative. L'amour qui les unissait était presque palpable, comme une autre présence physique dans la chambre.

— Mais si j'avais été mariée ou fiancée, je devrais me souvenir de lui, non ?

— Peut-être que justement vous ne voulez pas vous souvenir, avança Dalton.

Apparemment, il soupçonnait cet homme, mari ou fiancé, de l'avoir violentée.

Se pouvait-il qu'elle ait manqué de finesse psychologique au point de tomber amoureuse d'un sadique ?

S'approchant du lit, Claire avança sa main et déplaça la bague sur son doigt.

— Que voyez-vous ? demanda-t-elle, piquée par la curiosité.

Une telle intelligence brillait dans ses yeux de Claire qu'elle voulait avoir son opinion.

— Je vois que cette bague est sur votre doigt depuis un bon moment, répondit Claire.

Son cœur rata un battement. Et la personne qui l'y avait glissée n'avait même pas signalé sa disparition aux autorités ? Quel genre d'homme était son fiancé ? Le monstre que Dalton Reyes semblait soupçonner ?

L'agent Stryker consulta sa montre.

— Si nous ne voulons pas rater notre vol, nous devrions y aller.

— Nous ferions mieux de rester, objecta Claire. Nous pourrions l'aider...

— Vous pourriez, la coupa Dalton, mais vous ne le ferez pas. Vous allez partir en voyage de noces et passer de merveilleux moments à deux.

Claire semblait hésiter. Et son mari aussi.

— Je peux te parler deux minutes, Dalton ? demanda-t-il.

Elle frissonna tandis que les deux hommes sortaient dans le couloir. L'agent Stryker allait certainement essayer de convaincre Dalton de transmettre l'affaire à l'agent Bell.

— Ne vous inquiétez pas, la rassura Claire. Si nous avons proposé notre aide, c'est parce que nous avons une dette envers Dalton, et non parce que nous le croyons incapable de résoudre seul cette affaire. Dalton est un excellent agent.

Elle hocha la tête.

— Je sais. Je ne serais plus en vie s'il ne l'était pas.

— Mais il est différent d'Ash ou de Blaine Campbell, poursuivit Claire. Tous deux ont été Marines, et ils ont grandi en sachant faire la différence entre le bien et le mal.

Une bouffée de colère la gagna, et elle ouvrit la bouche pour prendre la défense de son sauveur. Il était indubitable que l'agent spécial savait faire la différence entre le bien et le mal.

Mais Claire ne lui laissa pas le temps de s'exprimer.

— Dalton est un enfant de la rue, expliqua-t-elle. Il a grandi dans un gang. Il a dû déterminer par lui-même ce qui était bien et ce qui était mal. Je trouve cela encore plus impressionnant.

— Moi aussi...

Mais chez Dalton, tout l'impressionnait.

Et elle ? Qui était-elle ? Une personne honorable ? Capable de faire la différence entre le bien et le mal ?

— Ça doit être si dur pour vous d'avoir perdu tout souvenir, confia Claire. De ne pas vous rappeler votre enfance, vos parents, vos amis...

En avait-elle seulement, puisque personne n'avait signalé sa disparition ?

Dalton et l'agent Stryker firent leur retour dans la chambre. Tout comme l'amour entre les époux Stryker, le lien d'amitié entre les deux hommes était manifeste.

Une intense sensation de perte la prit à la gorge. Elle n'avait pas perdu que des amis. Elle avait aussi perdu son identité.

Dalton poussa un long soupir, mais ses yeux brillaient d'amusement.

— J'ai dû donner des conseils à ce gars pour sa lune de miel...

Il se tourna vers Claire.

— Non, non, ne me remercie pas.

Claire éclata de rire.

— Comme si tu avais une quelconque expérience en la matière, ou en aurais un jour...

Elle tendit un peu plus l'oreille. Apparemment, de la même façon qu'il s'était forgé le caractère dans la rue, Dalton avait décidé de demeurer célibataire. Elle n'avait pas été surprise quand elle l'avait entendu dire à Blaine Campbell qu'il n'épouserait personne. Dans l'ambulance, lorsque les urgentistes l'avaient prise pour sa femme, elle se souvenait vaguement l'avoir entendu dire quelque chose. Comme elle était à demi inconsciente, elle n'avait pas bien saisi les mots, mais le ton avait été éloquent. Il avait paru horrifié qu'on puisse le prendre pour un jeune marié.

En cet instant même, alors qu'elle baissait de nouveau les yeux sur sa main, elle était dans le même état d'esprit. Cette bague la dérangeait. Elle ne pouvait être fiancée. Cela semblait faux.

— Si vous ne filez pas sur-le-champ tous les deux, vous ne saurez pas non plus ce qu'est une lune de miel, avertit Dalton.

Claire se tourna vers elle.

— Mais je pourrais vous apporter mon aide...

— J'ai déjà quelqu'un, intervint Dalton en poussant Claire vers la porte. Je sais que vous ne pouvez pas vous supporter l'un l'autre plus de cinq minutes, ironisa-t-il, mais vous en avez pour cinquante ou soixante ans au bas mot.

Les jeunes mariés pouffèrent de rire. De toute évidence, ils avaient totale confiance en leur amour et dans la qualité de leur relation.

Elle contempla de nouveau la bague. Pourquoi la portait-elle, alors qu'elle avait l'absolue certitude de n'avoir jamais rien éprouvé d'aussi fort pour celui qui la lui avait offerte ? D'un autre côté, un amour comme celui des Stryker était rare, hors du commun.

— C'était un plaisir de faire votre connaissance, lança Claire.

Elle avait rencontré Claire et son mari. Mais eux, avaient-ils réellement fait sa connaissance ? Elle ne savait même pas qui elle était. Ni Jane, ni Mercedes, en tout cas. Cela étant, peut-être devait-elle adopter l'un de ces prénoms. Après tout, il était possible qu'elle ne se souvienne jamais du sien.

— Bon voyage, lança-t-elle en adressant un au revoir de la main à Claire et Ash.

Ils donnèrent une chaleureuse accolade à Dalton puis quittèrent la chambre.

Dalton les regarda un moment comme s'il était tenté de les rappeler, puis reporta son attention sur elle.

— Qui est cette personne qui vous aide ? lui demanda-t-elle.

— L'officier Littlefield. Il montera la garde devant votre chambre pendant que je vais à Chicago explorer une piste.

— Littlefield ?

N'était-ce pas ce policier dont le véhicule avait été volé ? A cause de cela, et du fait que quelque chose en lui — ou dans son uniforme — lui semblait familier, elle ne se sentirait pas vraiment en sécurité. En réalité, elle ne se sentait vraiment en sécurité qu'avec Dalton.

— C'est un bon flic, assura-t-il. C'est lui qui m'a appelé après avoir remarqué la Mercedes dans la forêt. Il a tout de suite compris que quelque chose clochait.

Elle acquiesça. Il y avait bel et bien eu quelque chose qui clochait : elle dans le coffre. Et si Littlefield n'avait pas vu la voiture ? Si Dalton ne l'avait pas stoppée ? Elle serait morte, cela ne faisait pas l'ombre d'un doute.

Un frisson la parcourut. Quelqu'un, quelque part, voulait sa mort. Quelle sorte de personne était-elle pour que l'on puisse la haïr au point de vouloir la tuer ?

— Est-ce que ça va ? s'enquit Dalton d'une voix grave, chargée d'inquiétude. Claire ne vous a pas trop perturbée, j'espère ?

Elle secoua la tête. Non, Claire ne l'avait pas perturbée. La rencontrer, en revanche, l'avait fait réfléchir.

— Si seulement...

— Oui ?

— Si seulement je savais quel genre de personne je suis, dit-elle. Si je suis comme Claire...

Ou si elle était quelqu'un qui méritait qu'on la haïsse.

— J'aimerais juste savoir qui je suis...

— Vous ne savez peut-être pas comment vous vous appelez, mais vous savez qui vous êtes, souligna Dalton. Une femme forte, intelligente, courageuse.

Elle ne se sentait rien de tout cela. Elle était terrifiée. Terrifiée par l'existence de cette personne qui voulait la tuer, terrifiée à l'idée d'être loin de Dalton Reyes, et terrifiée à la perspective de découvrir qui elle était vraiment.

Tout ce qu'il avait eu à faire était de prendre son mal en patience. L'agent spécial avait fini par s'en aller, en même temps que ses collègues. Ils n'étaient pas gardes du corps, mais enquêteurs.

Peu importait ce qu'ils trouveraient. Il ne s'en inquiétait pas. Il avait veillé à ce que rien ne permette de remonter jusqu'à lui. Pas même la femme...

Mais elle devait mourir quand même.

Et il lui serait facile de la tuer puisque l'agent était parti, laissant derrière lui le policier chauve pour assurer sa protection.

Il ne lui restait plus qu'à être patient. Avec la quantité de café que buvait l'homme, tôt ou tard il quitterait son poste pour se rendre aux toilettes. Il l'y attendrait, caché dans l'une des cabines.

Aussi, lorsque le policier fut occupé à se soulager à l'urinoir, il passa à l'action. L'officier n'eut pas le temps de sortir son revolver avant qu'il ne le frappe. Fort. Plus qu'il ne l'avait frappée, elle.

Tandis que l'homme s'effondrait sur le sol carrelé, il laissa tomber le morceau de tuyau. Il portait des gants, de sorte que personne ne pouvait remonter jusqu'à lui. Après quoi, il prit soin d'effacer toute trace de son passage.

Satisfait de son acte, il entreprit de défaire les boutons de la chemise de sa victime. Vêtu en policier, il n'aurait aucun problème pour entrer dans la chambre de la femme et finir le travail. Il était impressionnant en uniforme. L'image même de cette autorité qu'il avait toujours détestée.

Puis il se contempla dans le miroir et sourit.

Elle serait bientôt morte.

Très bientôt...

6

— Vous êtes sûre que ça va ? s'enquit Dalton.

Il jeta un coup d'œil à sa passagère pour s'en assurer. Il s'attendait à ce qu'elle se repose, les yeux fermés. Ou qu'elle ait succombé à l'épuisement. Elle en avait tellement enduré, avait perdu tellement de sang.

Mais le médecin avait assuré qu'il pouvait sans inquiétude lui faire quitter l'hôpital. Et elle-même avait affirmé haut et fort qu'elle se sentait suffisamment remise pour sortir.

Peut-être avait-elle raison. Elle ne dormait pas. Elle n'était pas évanouie. Penchée vers le pare-brise, la sangle de sa ceinture tendue sur son épaule, elle scrutait la route devant eux. Elle avait étudié chaque voie, chaque ruelle, chaque bâtiment entre la zone rurale du sud-ouest du Michigan et les gratte-ciel de Chicago, comme si elle cherchait à reconnaître quelque chose, ou espérait qu'un détail particulier produirait un déclic dans sa mémoire.

Les vibrations du pont se répercutaient, assourdies, dans les roues du SUV tandis que Dalton roulait sur Chicago Skyway pour entrer dans la grande cité.

— Rien qui vous semble familier ?

Elle lui répondit par un grognement.

— Je savais que ce serait trop pour vous, dit-il. Vous auriez dû rester à l'hôpital sous la protection de Littlefield.

Le policier s'était offensé de ce que Dalton lui demande de surveiller une chambre vide. Il avait pensé qu'il ne lui faisait plus confiance.

Ce qui n'était absolument pas le cas.

Mais Dalton en était persuadé : le tueur épiait la jeune femme, attendant qu'une nouvelle chance de l'approcher se présente. Il avait donc fait en sorte qu'il la croie toujours à l'hôpital, sous surveillance rapprochée. Plutôt que seule, avec lui pour toute protection. Heureusement, Blaine était sur le pied de guerre. Dalton pouvait l'appeler à tout moment, de même que plusieurs autres agents, en cas de besoin. Mais personne ne l'avait filé. Il avait pris un itinéraire détourné et gardé un œil vigilant sur ses rétroviseurs.

— Comment vous sentez-vous ? demanda-t-il à nouveau.

Son teint était redevenu pâle, ce qui, par contraste, rehaussait le roux éclatant de ses cheveux. Elle avait quitté sa blouse d'hôpital pour des vêtements que Dalton lui avait achetés avant de les déposer en catimini dans sa chambre.

Là, elle portait donc un pantalon kaki et un chemisier jaune paille. Il y avait d'autres vêtements dans un sac posé sur la banquette arrière. Elle avait été contrariée de ne pas pouvoir les acheter elle-même, mais comme son identité, son argent et ses cartes de crédit s'étaient volatilisés.

— J'ai de nouveau mal à la tête, maugréa-t-elle.

— Vous voulez que je vous conduise dans un hôpital ?

Son aveu le tracassait, même s'il avait déjà calculé la distance jusqu'au plus proche.

— Non, c'est ma faute, répondit-elle. Je crois que j'essaie trop fort de me rappeler, de trouver quelque chose qui pourrait m'être familier.

Dalton se détendit un peu. Peut-être n'était-elle pas en danger du point de vue médical, mais du point de vue émotionnel ?

— Et ?

— C'est Chicago, dit-elle en guise d'explication. Tout le monde sait à quoi ressemble Chicago, n'est-ce pas ? Comme tout le monde sait à quoi ressemble New York. Pour autant, cela ne signifie pas qu'on y a vécu ou même mis les pieds. On voit si souvent ces villes à la télé, dans des films ou des magazines qu'elles finissent par vous être familières.

— Donc, Chicago vous semble familier.

Elle poussa un soupir de frustration.

— Je n'en sais rien...

— Fermez les yeux quelques minutes, suggéra-t-il. Détendez-vous.

Il ne voulait pas qu'elle aggrave sa migraine.

Elle suivit son conseil. Elle devait être épuisée.

Mais son repos fut de courte durée : lorsqu'il se gara dans le parking du centre-ville, elle rouvrit les yeux.

— Où sommes-nous ?

— C'est l'immeuble où habite le propriétaire de la Mercedes, expliqua Dalton.

— Vous pensez qu'il pourrait être...

Elle déglutit visiblement. Elle devait avoir la gorge nouée par l'appréhension.

— Celui qui m'a mise dans ce coffre ?

Dalton lui passa un bras autour des épaules pour la calmer. Elle tremblait contre lui.

— Bien sûr que non, assura-t-il. Je ne vous aurais pas amenée ici si je pensais qu'il pouvait être l'homme qui vous a frappée.

— Dans ce cas, pourquoi l'avoir fait ? demanda-t-elle.

Elle le dévisageait dans le maigre éclairage du parking. Il coupa le moteur du SUV.

— Il vous reconnaîtra peut-être. Quelqu'un a volé sa voiture pour vous enlever. Il a pu s'agir d'un vol par commodité. Je veux dire, parce que vous vous trouviez dans le même périmètre, la voiture et vous.

Elle balaya des yeux l'espace du parking derrière lui.

— Vous croyez que j'ai pu être kidnappée ici ?

Au lieu de se ratatiner sur son siège, elle ouvrit la portière et descendit du véhicule. Admirant son courage, Dalton descendit à son tour et la rejoignit d'un pas vif. Ils n'avaient pas été suivis. Mais si le tueur avait pressenti qu'ils viendraient là...

Il voulait la garder aussi près de lui que possible dans la pénombre lugubre du parking. Il ne voulait pas la perdre.

Frigorifiée par l'humidité qui régnait dans le parking, elle frissonna. Mais peut-être était-ce pour une autre raison qu'elle était gelée.

Il pouvait y avoir des souvenirs dans les ombres de la structure de béton et d'acier. Des souvenirs qu'elle avait peut-être enfouis si profondément en elle qu'elle ne pouvait plus les atteindre. Ils étaient hors de sa portée... Comme l'agent Reyes.

Un peu plus tôt, il avait glissé son bras autour de ses épaules pour l'apaiser, la rassurer. Mais là, il se tenait éloigné d'elle dans la cabine d'ascenseur. Sans doute était-il déçu qu'elle ne puisse rien se rappeler, qu'elle ne puisse l'aider à résoudre son affaire. Avant de pénétrer dans le parking, il avait appelé quelqu'un. Un technicien de scène de crime du FBI ? Dalton lui avait demandé de venir examiner les lieux à la recherche de sang.

Son sang...

— Vous avez mon ADN, réalisa-t-elle à haute voix.

Grâce aux prélèvements dans le coffre de la voiture volée.

— Vous ne pouvez pas découvrir qui je suis par ce biais-là ?

Jared Bell avait évoqué cette méthode.

— Nous avons votre ADN, admit Dalton. Mais il ne correspond à aucun de ceux répertoriés sur les fichiers nationaux. Pas plus que vos empreintes digitales.

Elle baissa les yeux sur ses mains. Lui avait-on un jour pris ses empreintes ? Elle ne s'en souvenait pas. Mais de quoi se souvenait-elle au juste ?

Comme cette maudite bague sur son doigt...

Claire Stryker avait été catégorique sur le fait qu'elle la portait depuis un moment. Pourquoi, dans ce cas, n'était-elle pas encore mariée ?

Depuis quand était-elle fiancée ?

Et où se trouvait son futur époux ? Pourquoi n'avait-il pas signalé sa disparition ? Parce qu'il ne le pouvait pas ? Parce qu'il avait été présent lors de son agression mais avait été plus gravement blessé qu'elle ?

— Y avait-il un autre ADN dans ce coffre ? demanda-t-elle.

Dalton esquissa un sourire.

— Vu la façon dont fonctionne votre esprit et les questions que vous posez, je croirais presque que vous appartenez également à une structure judiciaire.

Un petit espoir naquit au fond d'elle. Elle préférait être du bon côté de la loi que de celui des gens qui en blessent d'autres.

— Mais si c'était le cas, vos empreintes digitales figureraient dans nos fichiers, ajouta Dalton, douchant son espoir.

La cloche de l'ascenseur tinta, tandis que la cabine s'arrêtait et que les portes s'ouvraient en coulissant.

Une profonde angoisse la saisit. Dalton lui avait affirmé qu'il ne l'aurait pas amenée avec lui si la personne qu'ils allaient voir était celle qui l'avait agressé. Mais cette personne constituait l'unique lien avec la voiture, une voiture qui aurait sans doute été son cercueil si Dalton ne l'avait pas sauvée à temps.

Il la toucha de nouveau. Sa main se serra sur la sienne comme elle l'avait déjà fait. Un frisson la parcourut et sa peau la chatouilla à son contact. Elle était rugueuse et chaude. L'homme était ainsi. Un peu rêche aux entournures, sans doute d'avoir grandi au sein d'un gang comme l'avait expliqué Claire, mais doté de grandes qualités humaines.

Manifestement, il prenait tout à cœur.

Et surtout son travail. Il était désolé pour elle. S'il n'éprouvait que de la pitié, de son côté elle commençait à ressentir... quelque chose de plus. Quelque chose qui semblait totalement nouveau dans sa vie.

— Tout se passera bien, n'ayez crainte, reprit Dalton. Nous allons juste voir s'il vous reconnaît, s'il vous a déjà vue dans cet immeuble auparavant.

Tout en s'avançant dans le couloir, elle étudia les lieux, les murs lambrissés de bois, les motifs colorés du carrelage. Le bâtiment était ancien et sombre, mais il n'était pas décrépit. Il semblait hors du temps.

Ce n'était pas le cas de l'homme qui ouvrit sa porte à l'agent Reyes. Son corps était si voûté que sa tête arrivait à peine à hauteur de la poitrine de Dalton. Son visage était sillonné de rides profondes, et ses iris blanchis par une cataracte avancée.

— Monsieur Schultz ? demanda Dalton.

Le vieil homme hocha la tête.

— Qui êtes-vous ? Pas des démarcheurs, j'espère. Je n'ai ni le temps ni l'argent pour ça.

Puis il recula d'un pas comme s'il s'apprêtait à leur claquer la porte au nez.

Dalton exhiba aussitôt son badge.

— FBI. Agent spécial Reyes.

— Un agent du FBI ? s'étonna le vieux.

Il plissa les yeux et approcha le badge de son visage pour mieux l'étudier.

— Je veux bien être pendu ! gloussa-t-il. Allez-y, dites-moi ce que j'ai fait.

— Vous n'avez rien fait de mal, monsieur Schultz, répondit Dalton d'un ton rassurant.

M. Schultz gloussa de nouveau.

— Ma femme pourrait ne pas être de votre avis, tout dépend de son humeur, ironisa-t-il.

Il s'effaça et les invita à entrer dans son appartement.

Elle scruta les lieux, espérant remarquer quelque chose de familier. Mais aucune clochette ne tinta dans sa tête. Comme le hall, le logement était très classique : un plancher de chêne poli et des murs de plâtre peint. Il aurait pu éveiller quelque chose en elle, mais il ressemblait à mille autres vus dans des reportages ou des magazines d'ameublement.

Des revues et des albums de photos étaient empilés sur la table basse du séjour. M. Schultz leur désigna le canapé tendu d'un tissu floral.

— Asseyez-vous. Désirez-vous une tasse de café ? Ou du thé ?

Rétif au début, le vieil homme semblait désormais se réjouir de leur compagnie.

— Ne vous fatiguez pas pour nous, protesta-t-elle.

— Me fatiguer ? Allons donc ! Ici, je suis à la fois cuisinier et plongeur.

Sur ces mots, il disparut par un passage en arcade dans ce qui devait être la cuisine.

— Il est au courant ? demanda-t-elle.

Dalton secoua la tête.

— Je l'ignore. Il n'a jamais signalé la disparition de sa voiture.

— Qui êtes-vous ? demanda une femme.

Elle se tenait dans l'encadrement d'une porte donnant sur une pièce contiguë, certainement une chambre. Ses cheveux blancs étaient peignés avec soin, et son visage affichait moins de rides que celui de son mari — si toutefois elle était Mme Schultz.

Elle s'avança dans le séjour.

— Je suis l'agent spécial Dalton Reyes, du FBI, se présenta Dalton en se levant.

Il se tourna vers elle et hésita.

Elle hésita également. Sous quel nom devait-elle se présenter ? Jane Doe ? Mercedes ?

Avec un sens de l'humour un peu noir, l'agent Reyes avait suggéré ce second prénom, puisque c'était dans une voiture de cette marque qu'elle avait été trouvée. Une voiture appartenant à M. Schultz.

— Sybil ! répondit la vieille femme à sa place.

Elle tressaillit, son cœur se gonflant d'espoir.

— Vous savez qui je suis ?

Leur hôtesse éclata de rire.

— Bien sûr que je le sais !

Tendant les deux bras en avant, elle l'attira contre elle en une étreinte d'une force surprenante pour une femme aussi frêle.

— Tu es ma fille...

M. Schultz revint dans la pièce, un plateau entre ses mains noueuses. Dalton s'empressa de l'en soulager. Mais il n'y avait pas de place sur la table basse encombrée.

— Pardonnez-la, dit le vieil homme. Ma femme a souvent l'esprit confus.

— Donc, je ne suis pas... Sybil ?

M. Schultz la considéra du même regard apitoyé que celui qu'il posait sur son épouse.

— Vous ne savez pas qui vous êtes ?

Elle secoua la tête.

— J'ai été victime d'une commotion cérébrale qui m'a fait perdre la mémoire.

— Et vous êtes si jeune, soupira-t-il, l'air attristé.

Il aida Mme Schultz à prendre place dans un fauteuil près du canapé.

— Rose avait soixante-dix ans quand elle a commencé à avoir des difficultés à se souvenir...

Elle-même ne connaissait pas son âge. Vingt-huit, vingt-neuf ans ? Trente ? A vue de nez, en tout cas, elle ne devait pas être beaucoup plus jeune que Dalton Reyes.

— Elle a la maladie d'Alzheimer ? demanda l'agent avec

douceur, comme s'il voulait montrer autant d'égards que possible à Mme Schultz.

Peut-être n'était-il pas si rêche aux entournures, finalement, songea-t-elle.

M. Schultz hocha la tête.

— Ma grand-mère en était atteinte, expliqua Dalton.

— Tout le monde connaît quelqu'un qui en est frappé, observa le vieil homme sans une once d'auto-apitoiement, mais d'un ton résigné.

Il se tourna vers elle.

— Vous êtes trop jeune pour perdre la mémoire. Les médecins pensent qu'elle vous reviendra ?

Elle haussa les épaules.

— Ils n'en savent rien.

— Le cerveau humain reste un grand mystère, commenta M. Schultz, sentencieux.

Il prit le plateau des mains de Dalton, trouva une autre table basse pour l'y poser, puis tendit à chacun une tasse de café.

— Mais au fait, quelle est la raison de votre présence ici ?

— Avez-vous prêté votre voiture à quelqu'un récemment ? demanda Dalton, avant de prendre une première gorgée de son café.

Elle goûta le sien, réprima une grimace tant il était fort, et accepta le carré de sucre que M. Schultz lui présentait.

Ce dernier s'installa ensuite dans le fauteuil voisin de celui de sa femme. Silencieuse, celle-ci semblait retirée dans son petit monde personnel, calfeutrée dans ce qui lui restait de lucidité. Le vieil homme lui tapota la main d'un geste rassurant, presque amoureux. Mme Schultz leva vers lui des yeux égarés, où ne se lisait aucune reconnaissance.

Apparemment, elle ne savait pas qui était son mari.

Se passait-il la même chose pour elle ? Etait-elle passée devant son propre domicile sans le reconnaître ? Devant son propre fiancé sans le reconnaître ?

— Je ne connais personne à qui prêter ma voiture, répondit M. Schultz à la question de Dalton.

— Et Sybil ? s'étonna-t-elle. Son mari ? Ou ses enfants ?

— Sybil est morte de leucémie à quinze ans, précisa leur hôte.

Avant même d'avoir connu son premier petit ami. Donc, pas de mari ni d'enfants. Nous n'avions qu'elle.

Là encore, il n'y avait aucun auto-apitoiement dans sa voix. Juste de la douleur. Une douleur qui semblait toute fraîche alors que Sybil était décédée depuis de nombreuses années.

— Je suis navrée, dit-elle en même temps que Dalton.

Lui aussi paraissait éprouver de la compassion pour eux.

Mme Schultz était peut-être plus heureuse que son mari. Comme elle ne se souvenait pas de la mort de sa fille, elle ne souffrait pas comme lui. Le pauvre homme avait perdu son unique enfant, et il était en train de perdre sa femme.

— Vous n'auriez pas pu prêter votre voiture à un voisin ? insista Dalton. A un ami ?

— Non, répondit M. Schultz. Les deux jeux de clés sont dans la cuisine. La voiture est là, je peux vous le prouver.

Dalton secoua la tête.

— Votre voiture est chez nous, l'informa-t-il. Dans un garage du FBI. Elle a été volée.

— Non, ce n'est pas possible, protesta le vieil homme, l'air incrédule.

— Quand l'avez-vous utilisée pour la dernière fois ?

M. Schultz pointa ses deux index vers ses yeux.

— Je ne l'ai plus conduite depuis que mon ophtalmologue me l'a interdit. C'était il y a plusieurs mois. Je dois me faire opérer de cette cataracte.

Le véhicule avait donc pu être subtilisé des semaines plus tôt, sans que M. Schultz ne le remarque, conclut-elle.

— Et vous ne me reconnaissez pas ? tenta-t-elle. Vous ne m'avez jamais vue dans cet immeuble ou ailleurs ?

Plissant de nouveau les yeux, le vieil homme étudia son visage et ses cheveux.

— Je me serais souvenu d'une rouquine. Non, ma petite, je suis désolé.

— Je te connais..., murmura la vieille femme. Je te connais...

Elle frissonna, ne sachant trop à qui parlait Mme Schultz. A elle ? Ou à elle-même ?

Finirait-elle ainsi, à marmonner entre ses dents, si la mémoire ne lui revenait jamais ?

Il était encore furieux d'avoir été dupé ! Il aurait dû prévoir que l'agent Reyes ne laisserait pas la femme sous la seule protection de ce médiocre policier. Cela dit, il n'avait pas perdu trop de temps, car il avait deviné où ils allaient. De toute évidence, Reyes avait remonté la piste de la voiture jusqu'à son propriétaire, à Chicago.

C'était *sa* ville. Il lui serait donc encore plus facile de s'occuper d'eux. Surtout après ce qu'il avait appris à l'hôpital. Ça n'avait pas été une totale perte de temps.

Il était parvenu à surprendre plusieurs conversations entre infirmières, et avait découvert pourquoi les seuls visiteurs de la femme avaient été des membres de forces de l'ordre.

Elle ignorait qui elle était.

Malheureusement pour elle, avant d'avoir une chance de se le rappeler, elle serait morte...

7

Penchée sur le garde-fou, elle contemplait l'eau au-dessous d'elle comme si elle songeait à plonger dans ses froides profondeurs, pensa Dalton. Il n'aurait pas dû la faire marcher ainsi à travers la ville, et encore moins l'amener là, sur Navy Pier.

Dalton garda l'œil sur elle tout en s'écartant pour répondre à l'appel sur son portable. L'appareil avait vibré dans sa poche, mais Dalton n'avait pas osé décrocher tant qu'ils étaient chez les Schultz. A dire vrai, il avait espéré que le vieux couple la reconnaîtrait. Mais avec l'Alzheimer de Mme Schultz et la cataracte avancée de son mari, ils ne l'auraient sans doute pas reconnue même si elle avait été leur fille.

— Agent Reyes, annonça-t-il à la personne qui tentait de le joindre depuis un moment.

Avec un peu de chance, quelqu'un avait trouvé une piste susceptible de mener à l'agresseur et à l'identité de sa victime.

— Reyes ? Jared Bell.

Dalton ravala un grognement. Il voulait une piste, d'accord. Mais il aurait préféré l'avoir de quelqu'un d'autre, parce que celle de Bell les ramènerait certainement à son tueur en série. D'un autre côté, au point où il en était, peu importait. Il avait besoin de quelque chose de concret à se mettre sous la dent, vu que la piste Schultz n'avait mené nulle part.

— Tu as quelque chose pour moi ? s'enquit-il.

— Comment allez-vous, l'amnésique et toi ? demanda Jared Bell d'une voix tendue.

— Bien, répondit Dalton.

Mais il ne parlait que pour lui. Car elle, elle n'allait pas bien. Elle s'était tellement accrochée à son espoir de trouver quelque chose de familier, et cet espoir était parti en fumée. En l'emmenant sur cette piste qui s'était avérée un cul-de-sac, il lui avait porté un sérieux coup au moral.

— Pourquoi cette question ? lança Dalton.

— Quelqu'un a piégé Littlefield dans les toilettes de l'hôpital, l'a assommé et lui a volé son uniforme, expliqua Jared.

Dalton grommela un juron.

— C'est grave ?

— Oui.

Il jura de nouveau, mais d'une voix claire qui arracha la jeune femme à sa contemplation de l'eau. Il inspira à fond pour contenir sa colère. Il ne voulait pas la traumatiser plus qu'elle ne l'était déjà.

— Il est mort ? s'enquit-il en baissant la voix.

— Les médecins l'ont plongé dans un coma artificiel, répondit Jared. Littlefield s'est pris un coup d'une grande violence sur la tête. Ils ne savent pas s'il s'en sortira.

— Je devrais revenir dans le Michigan, avança Dalton.

C'était lui qui avait mouillé le policier d'Etat dans cette affaire, avec ce maudit appel relatif au réseau de voleurs de voitures sur lequel il travaillait.

— Non, répliqua Jared. Garde-la éloignée d'ici. Assure sa sécurité.

Mais Dalton craignait l'avoir déjà mise en danger rien qu'en la conduisant à Chicago.

Il coupa la communication, puis glissa son portable dans sa poche tandis qu'elle s'approchait lentement de lui.

Elle ne paraissait pas très stable sur ses jambes. Celles-ci semblaient trembler, comme si elle était éreintée, à bout de forces.

Mais ce fut elle qui lui demanda :

— Tout va bien ?

Il s'était juré de ne rien lui cacher. Pour autant, il craignait sa réaction à la nouvelle que l'officier Littlefield n'avait peut-être pas eu autant de chance qu'elle. Le policier pouvait perdre davantage que sa mémoire.

— Non, tout ne va pas bien, répondit Dalton avec honnêteté. Il faut que nous partions d'ici. Ces kilomètres à pied, ces tentatives acharnées de réveiller votre mémoire, c'était trop.

Elle ne discuta pas, ce qui signifiait qu'elle devait être épuisée, si épuisée qu'elle vacillait sur ses pieds. Il passa son bras autour de ses épaules pour lui offrir soutien et protection.

Alors qu'ils se mettaient en route le long du quai pour rejoindre les parkings, elle s'arrêta et lui serra le bras. Ses doigts étaient froids sur sa peau, mais ce contact lui chauffa le sang.

— Je ne veux pas partir, annonça-t-elle.

— Pourquoi ? Ce secteur vous semble familier ?

Il le lui avait déjà demandé, mais il ignorait tout du fonctionnement clinique d'une amnésie. Quelque chose pouvait-il déclencher un mécanisme dans son esprit, et tous ses souvenirs lui reviendraient-ils d'un seul coup ?

Elle secoua la tête, le mouvement faisant onduler ses cheveux sur ses épaules. Sous les feux du soleil couchant, les boucles rousses brillaient d'un éclat incandescent.

— Non. C'est juste que...

Elle paraissait si perdue que le cœur de Dalton se serra de commisération et d'inquiétude.

— Que quoi ? insista-t-il.

Elle tourna son visage vers lui. Des larmes brillaient dans ses yeux gris.

— Je ne veux pas partir d'ici car...

Etait-ce parce qu'elle était si forte que ses larmes touchaient tant Dalton ? C'était comme si elle s'était insinuée en lui et que sa souffrance était devenue la sienne. Il resserra son bras sur elle, l'attira contre son torse.

Elle murmura en un souffle qui chatouilla son cou :

— Je n'ai nulle part où aller.

Elle baissa les yeux, mal à l'aise. Comme elle avait dû paraître pathétique à Dalton ! Avec tout ce qu'elle avait subi, ça n'aurait pas dû être aussi déchirant de n'avoir aucun endroit où aller. L'hôpital l'avait renvoyée chez elle.

Mais où était-ce, chez elle ?

Elle ne savait pas qui elle était, encore moins où elle habitait.

Dalton n'avait rien dit en réponse à son triste constat. Il s'était contenté de l'entraîner vers le parking et de la faire monter dans son SUV. Puis il l'avait conduite là, un immeuble résidentiel près du luxueux quartier de River North.

— Où sommes-nous ? demanda-t-elle tandis qu'il l'emmenait vers l'ascenseur du parking souterrain. Vous avez une nouvelle piste ?

Elle avait espéré que c'était l'objet du coup de fil qu'il avait reçu, mais il avait paru trop contrarié pour que les nouvelles aient été bonnes.

— Non, répondit-il. Mais il est déjà tard, et vous êtes trop fatiguée pour sillonner encore la ville, à pied ou en voiture. Vous avez besoin de vous reposer.

En ce cas, pourquoi ne l'avait-il pas emmenée dans un hôtel ? Ou une cellule pour la protection de témoins ?

— Où sommes-nous ? répéta-t-elle.

Il resta silencieux et pressa le bouton du niveau vingt. Ils s'élevèrent dans un silence que seul meublait le souffle discret de l'ascenseur.

L'immeuble était beaucoup plus moderne que celui des Schultz. Il devait s'agir d'un entrepôt ou d'un bâtiment industriel reconverti en lofts de grand standing.

Ils sortirent de la cabine. Au-dessus de leurs têtes se dessinait un haut plafond à structure apparente, remarqua-t-elle. Toute la boiserie était laquée de blanc, tandis que les murs étaient en briques nues.

Dalton s'arrêta devant une porte et tapa un code sur un boîtier électronique. La porte de métal coulissa latéralement comme un portail de grange.

Dalton recula d'un pas et l'invita à entrer.

— C'est ici, annonça-t-il.

L'espoir bourdonna en elle. Il dut se lire sur son visage, car Dalton précisa :

— Nous sommes chez moi.

Elle s'avança dans l'appartement et contempla, médusée, les hautes baies vitrées donnant sur le fleuve. Les murs étaient de briques nues, comme dans le couloir, mais s'agrémentaient ici de poutres et de chevrons apparents, et d'une tuyauterie métallique peinte en couleurs pastel.

— Combien gagne un agent du FBI ? murmura-t-elle. Je devrais peut-être me faire recruter.

Dalton tapa une nouvelle touche près de la porte, et celle-ci se referma sans bruit, comme elle s'était ouverte.

Elle se sentit soudain très isolée et très seule avec un homme qu'en réalité elle connaissait à peine.

Certes, il lui avait sauvé la vie. Mais que savait-elle d'autre sur lui ?

Il avait vécu dans un gang. Il avait grandi dans la rue. Avait-il vraiment abandonné cette vie-là ? Ou la mettait-il à profit pour financer son train de vie ?

Il regarda autour de lui, avec un étrange mélange de fierté et de tristesse dans ses yeux noirs.

— Je dois remercier ma grand-mère pour cet endroit.

— Elle vivait ici ?

— Non, nous vivions dans les quartiers sud.

— Nous ?

Il hocha la tête.

— Elle m'a élevé dans un minuscule studio au-dessus d'une petite épicerie. Elle cumulait trois emplois et ne dépensait pas un sou. En fait, elle mettait l'argent de côté pour que je puisse aller à l'université. C'est avec cet argent que j'ai acheté cet appartement.

— Vous n'êtes pas allé à l'université ?

— J'ai décroché une licence en droit criminel. Mais mon travail d'informateur à l'intérieur du gang et deux bourses d'études ont couvert tous mes frais. Je n'ai puisé ni dans les économies de ma grand-mère ni dans son assurance vie, jusqu'à l'achat de ce loft.

Etait-ce parce qu'elle ne connaissait rien de sa propre histoire qu'elle s'intéressait autant à celle de Dalton ? Mais peut-être était-ce simplement à lui qu'elle s'intéressait…

— Quand votre grand-mère est-elle morte ?

— Juste avant que j'obtienne mon bac, répondit Dalton. Elle a un peu perdu la tête…

Son habituel sourire se déforma en une grimace de souffrance.

— Et elle s'est compromise avec certains membres du gang.

La douleur marquait sa voix.

Elle saisit la main de Dalton et la serra, comme il l'avait si souvent fait avec elle pour lui offrir son soutien et son réconfort.

— Elle en est morte…, reprit-il, d'une voix altérée par l'émotion.

Elle déglutit, saisie d'horreur.

— Ils l'ont tuée ?

Dalton acquiesça d'un mouvement sec de la tête.

— Une vieille femme qui se perdait. Et ils n'ont montré aucune pitié.

Alors, elle comprit.

— C'est à ce moment-là que vous avez saisi la différence entre le bien et le mal.

— Je vous demande pardon ?

— C'est une chose que m'a dite Claire. Que vous étiez différent des agents Campbell et Stryker, qui ont toujours su où se situait la frontière entre le bien et le mal. Vous, vous avez dû le découvrir par vous-même.

Dalton secoua la tête.

— Non, c'est ma grand-mère qui me l'a enseigné. Simplement, je ne lui ai pas prêté attention, je ne l'ai pas écoutée... Jusqu'à ce qu'elle ne soit plus là.

Elle se mit à pleurer.

— Je suis navrée, tellement navrée.

Dalton haussa les épaules.

— C'était il y a longtemps.

Mais à l'instar de M. Schultz, il souffrait encore du traumatisme qu'avait constitué cette perte, devina-t-elle. C'était cela qui avait motivé Dalton, cela qui avait fait de lui un bon agent.

Et cette motivation l'avait sauvée, elle, de la mort.

Dalton leva sa main libre et essuya les larmes qu'elle ne pouvait retenir.

— Ne pleurez pas. Ne pleurez pas...

— Excusez-moi, renifla-t-elle. Je ne devrais pas...

— Oh si, répliqua-t-il. Vous en avez parfaitement le droit, mais pour vous-même, pour ce que vous avez perdu. Pas pour moi.

A son tour, elle haussa les épaules.

— Je ne sais pas ce que j'ai perdu. Peut-être que je devrais me réjouir de ne pas me rappeler.

Elle baissa les yeux sur la bague qui ornait sa main, la main qui tenait celle de Dalton.

— Surtout si mon fiancé est la personne qui m'a mise dans ce coffre.

Dalton soupira.

— Vous n'en savez rien.

— Pourquoi n'a-t-il pas signalé ma disparition, si ce n'est pas lui ?

— Il peut y avoir une autre raison.

A ces mots, prononcés avec lenteur et réticence, elle frémit.

— Une autre raison...

— Vous l'avez déjà envisagé, n'est-ce pas ? lança Dalton. Que cet homme ait été avec vous au moment où vous avez été attaquée. C'est la raison pour laquelle vous avez demandé si l'on avait trouvé un autre ADN dans ce coffre.

Elle trembla de nouveau.

Peut-être était-ce une bonne chose qu'elle ne se souvienne pas de son fiancé, car cela lui épargnait de souffrir de l'avoir perdu, comme n'importe quelle jeune femme à sa place.

— Vous ne pensez pas que lui aussi a pu perdre la mémoire ?

Ce qu'évoquait Dalton était tellement pire.

— Ce serait une sacrée coïncidence, répliqua-t-il. Et je ne crois pas aux coïncidences.

— Moi non plus, reconnut-elle. Du moins, pas aujourd'hui. Parce que j'ignore ce que je croyais avant.

— Je doute que vos certitudes aient changé. Vous êtes ce que vous êtes, quel que soit votre prénom.

— Sybil, dit-elle.

Dalton fronça les sourcils et la regarda avec perplexité.

— La fille des Schultz est morte.

— Je ne pense pas que ça les ennuierait que je prenne son nom en attendant que vous ayez trouvé le mien.

Elle n'escomptait plus un retour de sa mémoire. Après tout, les médecins l'avaient prévenue que celle-ci pourrait ne jamais lui revenir.

— Parce que si les coïncidences n'existent pas, pourquoi étais-je dans leur voiture ?

Elle n'était pas leur fille et le savait pertinemment. Mais n'était-ce pas une volonté du destin qu'elle rencontre le vieux couple et adopte le prénom de leur fille pour entretenir la mémoire de celle-ci, vu qu'elle avait perdu la sienne ?

Dalton reprit la parole :

— La voiture a dû être volée par quelqu'un qui savait que les Schultz ne s'apercevraient pas de sa disparition. Un membre de la famille, par exemple.

— Il a dit qu'ils n'avaient aucune famille, rappela-t-elle.

Tout comme elle-même n'en avait aucune, du moins aucune qui lui manquait ou à qui elle manquait.

— Un voisin, alors…, suggéra Dalton. J'ai mis une équipe là-dessus.

— Vous découvrirez qui je suis ! lança-t-elle. Je vous crois.

Dalton prit une brève inspiration, comme si elle le mettait mal à l'aise par cette foi en lui. Quelqu'un avait-il cru en lui depuis la mort de sa grand-mère ?

En tout cas, il devait vivre seul dans cet appartement. Sinon, il ne l'y aurait pas conduite. Il avait ses amis — elle avait vu l'amour qu'ils lui portaient. Mais une femme ? Quelqu'un d'important dans sa vie ? Même s'il ne voulait pas se marier, il pouvait toujours avoir une compagne.

— Vous voulez que je vous appelle Sybil ? demanda-t-il, un mince sourire sur les lèvres.

Elle acquiesça, puis éclata de rire.

— La figure mythologique de la Sibylle a plusieurs personnalités, et moi j'ai le sentiment de n'en avoir aucune.

— Tout comme vos convictions, vous avez votre personnalité. Votre commotion ne peut rien y changer. Vous êtes forte, courageuse et généreuse.

Il croyait en elle, plus qu'elle-même.

En proie à un immense sentiment de reconnaissance, et d'autre chose de plus flou, elle se hissa sur la pointe des pieds et l'embrassa sur la bouche.

Se sentant soudain idiote, elle se figea, le visage et le corps brûlant d'embarras.

Mais Dalton l'entoura de ses bras, l'attira contre lui et l'embrassa à son tour. Sa bouche couvrit la sienne, taquina ses lèvres jusqu'à ce qu'elle les ouvre, et il approfondit son baiser. Sa langue plongea dans sa bouche avec une telle sensualité qu'un chatouillis la parcourut des pieds à la tête.

Un désir aussi inédit que puissant la submergeait.

Elle voulait Dalton avec une faim qui la consumait tout entière.

Peut-être éprouvait-il lui aussi ce désir insensé, parce qu'il la souleva du sol et la transporta hors du séjour.

Quelques secondes plus tard, son dos se pressa contre quelque chose de très doux.

Dalton se laissa tomber avec elle sur un lit, leurs membres emmêlés, sans que le contact de leurs bouches ne se rompe un seul instant.

Qui était l'agent Dalton Reyes ?

Etait-il vraiment l'honorable agent fédéral qu'il avait cru ? A l'heure qu'il était, Reyes devait avoir appris ce qui était arrivé au policier. Alors pourquoi n'avait-il pas quitté Chicago pour regagner cet hôpital rural du Michigan ?

Mais peut-être était-il préférable qu'il reste en ville avec la femme. Car il lui serait plus facile de les avoir tous les deux.

Sur son territoire.

Il avait été plus facile de les retrouver à l'immeuble où vivait le vieil homme avec sa femme. Bien sûr, il avait su qu'ils s'y rendraient. Et il les avait rattrapés avant même qu'ils ne quittent leurs hôtes.

Il les aurait éliminés dans le parking, sans la présence de ces techniciens de scènes de crime qui fouinaient partout, à la recherche d'indices...

Dans le trafic urbain, il n'avait pas eu de difficultés à suivre le SUV. Malgré son habileté, l'agent ne l'avait pas semé.

Il l'avait suivi jusqu'à River North, mais n'avait pu pénétrer dans le parking souterrain de l'immeuble.

Bien sûr, si Reyes l'avait conduite dans un logement sécurisé du FBI, il aurait rencontré de grosses difficultés pour accéder à elle. Pour accéder à eux.

Il lui faudrait attendre qu'ils repartent. Et à ce moment-là, il les supprimerait.

Ensemble.

8

Elle frissonna, malgré les couvertures qui la couvraient. Elle n'aurait pourtant pas dû avoir froid, parce que sous ces épaisseurs elle était habillée.

Peut-être était-ce parce qu'elle dormait seule...

En réalité, elle ne dormait pas vraiment. Depuis que Dalton l'avait abandonnée, tenaillée par le désir, sur ce lit king size où il l'avait déposée, elle n'était pas parvenue à trouver le sommeil. Elle avait eu tellement envie de lui. Elle ne pouvait imaginer éprouver un tel désir pour personne d'autre.

Stupidement, elle avait cru qu'il partageait ce désir, que lui aussi avait eu envie d'elle. Mais il s'était écarté, puis, sans un mot, sans même un regard, était sorti de la chambre. Il y avait une heure de cela.

— Sybil...

Elle frissonna de nouveau, cette fois parce que le timbre grave de sa voix la sortait de ses pensées, lui chauffant les entrailles, réveillant son désir de lui... Le réveillant ou l'attisant ?

— Vous voulez vraiment que je vous appelle ainsi, n'est-ce pas ?

Depuis quand se souciait-il de ce qu'elle voulait ? Elle se mordit aussitôt la lèvre, de peur que cette question incongrue ne lui échappe. Elle se contenta de hocher la tête.

Sybil était mieux que Jane ou Mercedes. Sybil Schultz était le nom d'une véritable personne, une fille qui avait été aimée et qui manquait encore à quelqu'un.

Contrairement à elle, semblait-il.

— Vous avez froid ? s'enquit Dalton. Je peux vous apporter d'autres couvertures.

Elle ne voulait pas d'autres couvertures. Elle le voulait, lui.

— Vous n'avez pas à vous mettre en quatre pour moi, dit-elle. En fait, ce n'était pas nécessaire de m'amener ici, à votre appartement. Vous auriez pu juste me déposer dans un hôtel.

— Non, je n'aurais pas pu.

Dalton s'avança vers elle, obturant la lumière qui éclairait la chambre depuis le couloir.

— Il y a quelqu'un dehors, quelque part, décidé à s'en prendre à vous. Je ne laisserai pas cela arriver.

Un frisson — de peur, cette fois — la traversa. Oui, il y avait quelque part un homme qui avait failli la tuer. Un homme qui avait réitéré sa tentative en éjectant une ambulance de la route, en mettant en péril d'autres vies que la sienne. Il voulait tant qu'elle meure qu'il se fichait de blesser des innocents. Il ne songeait qu'à la tuer.

Elle aurait pu s'en servir comme excuse pour avoir embrassé l'agent spécial Reyes. Prétendre qu'elle ne l'avait fait que pour oublier sa situation, le danger, son amnésie...

Mais ç'aurait été mentir. Si elle avait embrassé Dalton, c'était pour une seule raison. Parce qu'elle l'avait voulu. Parce qu'elle avait envie de lui.

Il s'assit à côté d'elle, faisant tanguer légèrement le matelas.

— C'est à cause de cette menace que je ne suis pas allé plus loin, murmura-t-il, comme si lui aussi en éprouvait de la gêne. C'est pour ça qu'il fallait que je m'arrête.

Soulagée, elle tourna les yeux vers lui.

— Vous ne vouliez pas vous arrêter ?

— Seigneur non, avoua-t-il. Il m'a fallu toute ma volonté. Mais je n'aurais pas dû vous embrasser. Je n'aurais pas dû vous porter jusqu'ici.

Au souvenir de l'excitation qu'elle avait ressentie en étant soulevée par ces bras puissants, son cœur se mit à battre à grands coups.

— Pourquoi ?

— Parce que je n'ai pas le droit de me laisser distraire, rappela-t-il. Je dois rester sur le qui-vive. Veiller à ce que vous soyez en sécurité.

— Vous ne vous êtes donc pas arrêté à cause de ça ?

Elle leva sa main. Le diamant scintillait sur son doigt, malgré la faible lumière.

— Non, grogna-t-il. Quelle qu'en soit la raison, votre fiancé n'est pas ici.

La suspicion était de retour dans la voix de Dalton. Il avait beau avoir émis la possibilité que ce fiancé soit mort, il ne semblait pas y croire une seconde.

— Mon unique préoccupation en cet instant, c'est vous. Et votre sécurité.

Elle se déplaça vers la tête du lit, à laquelle elle s'adossa, lui faisant ainsi face.

— Vous prenez vraiment votre travail au sérieux.

Les sombres iris de Dalton scintillèrent comme l'avait fait le diamant un peu plus tôt.

— Vous n'êtes pas simplement un travail, déclara-t-il d'une voix rauque.

Son pouls s'accéléra, et elle eut toutes les peines du monde à respirer.

— Vraiment ?

Il poussa un profond soupir.

— Vous devriez l'être, reprit-il. Toutes mes autres affaires n'étaient... que des affaires.

Il secoua la tête.

— Mais il y a quelque chose en vous... Quelque chose qui me déstabilise.

Il avait l'air mécontent, voire en colère.

Plutôt que de se sentir offensée, elle sourit.

— Je n'ai jamais perdu la tête ainsi auparavant, poursuivit-il. J'ai été si près de profiter de vous. Je vous demande pardon, je... Je suis désolé d'avoir perdu mon sang-froid.

Elle secoua la tête, déçue.

— Vous n'avez pas profité de moi.

Elle le regrettait du fond du cœur.

Son beau visage viril se crispa en une grimace de honte.

— Vous venez à peine de sortir de l'hôpital. Vous avez eu une commotion cérébrale, une fracture du crâne et vous êtes frappée d'amnésie.

— Vous disiez vous-même que ça ne pouvait pas avoir modifié mes convictions. Ni changé ma personnalité.

Peu importait le nom dont elle se servait, le sien ou celui de quelqu'un d'autre, elle désirait Dalton.

— Et vous n'avez pas perdu votre sang-froid.

Elle se pencha en avant sur le lit et approcha sa bouche de la sienne.

— Je regrette que vous ne l'ayez pas fait.

Elle avait tant envie de lui...

Il marmonna un juron, et elle savoura son souffle sur son visage.

— Vous me tuez..., confessa-t-il.

— C'est peut-être vous qui êtes en danger, dit-elle.

Sur ce, elle abolit la dernière parcelle d'espace qui subsistait entre eux et posa de nouveau ses lèvres sur les siennes.

Oui, il était en danger. Plus qu'il ne l'avait jamais été, même quand il vivait dans la rue et participait aux activités d'un gang, tout en renseignant en secret la police sur chacun de ses membres.

Cette femme était plus dangereuse que tous les voyous que Dalton avait connus, que tous les tueurs et criminels qu'il avait traînés en justice. Elle était plus dangereuse, parce qu'elle était capable de lui faire plus de mal qu'ils n'avaient pu lui en faire. Lorsqu'il était devenu informateur, il avait déjà perdu la personne la plus importante de sa vie. Il avait donc eu le sentiment de n'avoir plus rien à perdre.

Elle lui faisait croire qu'il *avait* quelque chose à perdre. Comme son cœur...

Par conséquent, il s'était forcé à s'écarter d'elle, à quitter le lit et la femme si tentante qui s'y trouvait.

Au lieu d'en être blessée, comme il avait craint qu'elle ne le soit, elle lui avait ri au nez. Puis elle avait retourné le couteau dans la plaie en se moquant de lui, en le traitant de couard tandis qu'il franchissait le seuil de la chambre. Il s'était arrêté sur ses pas et avait failli se retourner.

Mais elle avait raison.

Il avait peur. D'elle...

De ce qu'elle suscitait au fond de lui.

Il n'avait pas été tout à fait honnête avec elle, et pas uniquement au sujet de l'officier Littlefield. Ça le dérangeait qu'elle porte une bague offerte par un autre. Ça le dérangeait qu'il y ait, quelque part, un homme qu'elle avait assez aimé pour accepter sa proposition de mariage, pour porter sa bague de fiançailles...

Peut-être était-ce cet homme qui l'avait frappée. Ou bien cet homme avait-il été frappé, lui aussi, en voulant la protéger. Si elle avait été sa fiancée, Dalton aurait sans hésiter sacrifié sa vie pour la sauver, ou tenter de le faire. La personne qu'il voulait voir comme un monstre était peut-être, en réalité, un héros.

Il effectua donc une nouvelle vérification, mais ne trouva pas plus de signalement de disparition de femme correspondant à la description de Sybil : silhouette sexy, sourire à fondre et cheveux roux flamboyants.

Il chercha dans les hôpitaux et les morgues un homme qui aurait pu avoir été blessé en même temps qu'elle. Bien sûr, des cadavres d'hommes avaient été recensés à Chicago et dans sa banlieue. Il dépêcha une équipe pour savoir si l'un d'eux n'avait pas une fiancée portée disparue.

Puis il passa un autre appel. A Jared Bell.

— Reyes, dit-il lorsque ce dernier décrocha. Comment va Littlefield ?

— Aucun changement, répondit Jared. Et la femme ?

— Sybil, corrigea-t-il spontanément.

Un bruit de surprise se fit entendre sur la ligne.

— Elle s'est souvenue de son nom ?

— Non, répondit Dalton. Mais elle n'aime pas Jane Doe.

En fait, il s'inquiétait qu'elle puisse ne jamais recouvrer la mémoire. Elle avait mis tant d'énergie à essayer qu'elle en avait eu une migraine infernale.

— Ni Mercedes, ajouta Jared.

Le profileur devait avoir parlé à Ash et Claire, sans doute pour savoir si Ash avait réussi à convaincre Dalton de lui transmettre à la fois le dossier et son témoin.

— Non.

— Elle ne s'est encore souvenue de rien ?

— Non.

Le médecin les avait prévenus : elle pourrait ne jamais se rappeler quoi que ce soit. Jared connaissait les chances pour que sa mémoire lui revienne un jour. Voilà pourquoi il avait montré son désaccord lorsque Dalton avait fait ses promesses.

Et s'il devait ne jamais découvrir son identité ?

Et pourquoi se souciait-il moins de l'éventualité qu'elle reprenne son ancienne vie que de sa protection ? Par égoïsme ? Parce qu'il voulait la garder pour lui-même ? Mais sa vie à elle avait beaucoup plus d'importance que sa mémoire.

Dalton devait trouver ce criminel si décidé à la tuer qu'il était prêt à attaquer le représentant de la loi assigné à sa protection.

— Et toi ? demanda-t-il à Jared. As-tu appris quelque chose à l'hôpital ? Et les vidéos de surveillance ? Des indices sur la personne qui a assommé Littlefield ?

Un bruit de gorge attira son attention vers la porte ouverte de la chambre, plongée dans l'ombre.

Il avait cru qu'elle dormait.

— Cet hôpital est trop petit, trop rural, répondit Jared. Il n'est pas équipé de caméras de surveillance.

De toute évidence, l'assassin le savait. Il était du genre prudent. Mais pas assez pour échapper indéfiniment à Dalton.

— Jamais un tel événement ne s'est produit ici, poursuivit Jared. L'endroit est en pleine effervescence. Il y a même les médias.

— Locaux ?

Jared ricana.

— Oui, un reporter de la feuille de chou du coin.

Mais l'amusement quitta sa voix, au profit d'une amertume teintée de ressentiment.

— Il y a aussi la presse nationale.

Il jura, pour des raisons que Dalton imaginait personnelles. Les médias avaient cloué Jared au pilori pour son échec à mettre la main sur le Boucher des Jeunes Mariées.

Mais ce n'était pas une bonne nouvelle. La couverture de l'événement à l'échelle nationale allait mettre Sybil en danger. Tous les vicieux et les tordus allaient se manifester pour affirmer qu'elle était leur petite amie.

— Dans ce cas, nous allons rester à distance, lâcha Dalton à contrecœur.

S'il se sentait coupable à l'égard de l'officier Littlefield, il tenait à le voir. Il s'en voulait de l'avoir plongé dans cette situation, d'avoir mis sa vie en péril.

— Sois prudent, conseilla Jared avant de raccrocher.

Sybil se tenait toujours dans la pénombre de l'entrée de la chambre.

— Le policier a été attaqué ? demanda-t-elle, le visage d'une blancheur de craie. Il est gravement blessé ?

Dalton serra les dents. Il ne voulait pas le lui dire. Mais elle s'avança vers lui et lui saisit le bras.

— Répondez-moi.

— Il est en coma artificiel.

Le visage de Sybil se crispa d'horreur et d'incrédulité.

— Lui aussi a été frappé au crâne ?

Dalton acquiesça.

— Par l'homme qui m'a agressée, n'est-ce pas ?

Sans doute. Mais ils n'en avaient encore aucune preuve.

— Il n'y a aucune certitude sur ce point, indiqua Dalton.

— Vous m'avez dit que vous ne croyiez pas aux coïncidences, répliqua Sybil.

Il lui en avait beaucoup trop dit sur lui-même. Plus qu'à n'importe qui d'autre.

— Vous parliez de vidéos de sécurité, ça veut dire qu'il est encore parvenu à s'enfuir ? insista Sybil.

Son teint était devenu blême, et sa voix tremblait de peur.

Cette peur déchirait le cœur de Dalton. Aussi attira-t-il Sybil entre ses bras pour la serrer contre lui.

— Tout va bien, assura-t-il. Nous allons l'attraper.

— Vous n'en savez rien, objecta Sybil. Vous ne pouvez pas faire cette promesse.

— Mais...

Elle posa un doigt sur ses lèvres.

— Jared Bell n'a jamais attrapé ce tueur en série. De nombreux criminels n'ont jamais été arrêtés.

— Mais je ne suis pas Jared Bell, protesta Dalton.

Il respectait ce dernier. Mais il était tout à fait différent de lui. Jared était un profileur, qui travaillait avec ses cellules grises. Dalton était un bagarreur de rue. Il n'avait aucun problème à démolir un adversaire en cas de nécessité. Pour Sybil, il se battrait avec tout ce qu'il avait.

Il lui fit donc, délibérément, une autre promesse.

— Je l'attraperai.

Elle hocha la tête. Parce qu'elle le croyait ou juste pour lui faire plaisir ?

— Je veux rentrer, dit-elle.

— Où ? s'étonna-t-il. Vous vous êtes souvenue de quelque chose ?

Quelques heures plus tôt, elle lui avait dit n'avoir nulle part où aller. Voilà pourquoi il l'avait amenée chez lui plutôt qu'à un impersonnel logement sécurisé du FBI.

Elle soupira.

— Non. Et je commence à douter que ça arrivera jamais.

Dalton ne pouvait lui faire aucune promesse à ce sujet. Si de son côté il avait l'intention de découvrir qui elle était, il ignorait si ses souvenirs lui reviendraient un jour.

— Je veux retourner à l'hôpital, dit-elle.

Lui glissant un doigt sous le menton, Dalton lui releva le visage et scruta son regard. Avait-elle mal quelque part sans qu'il ne s'en soit aperçu ?

— Vous souffrez ? s'enquit-il, alarmé.

Qu'il soit parvenu à contrôler son désir pour elle était une bonne chose, même si cela lui avait coûté. Il se serait senti vil, ignoble, s'il avait profité d'elle.

— Bien sûr que je vais vous conduire dans un hôpital.

— Pas *un* hôpital, précisa Sybil. *Cet* hôpital. Je veux m'assurer de visu que l'officier Littlefield va bien.

Dalton secoua aussitôt la tête.

— Non. Il y a des journalistes partout, et le tueur traîne peut-être encore là-bas, escomptant votre retour. Vous ne pouvez pas y aller.

— Il le faut, trancha-t-elle. Des gens ont été blessés à cause de moi. Les urgentistes, et maintenant ce policier.

— Ils n'ont pas été blessés à cause de vous. Ils ont été blessés à cause de cet individu qui en a après vous, rectifia Dalton.

— Exact. Il en a après moi, mais il se fiche bien de faire des victimes innocentes en frappant.

Ses yeux gris pâle s'écarquillèrent d'horreur, comme si elle faisait un cauchemar éveillé.

— Il va vous faire du mal ! tonna-t-elle.

Dalton gloussa.

— Oh non, rassurez-vous.

— Vous avez failli être blessé lorsqu'il a fait sortir l'ambulance de la route, vous l'avez oublié ?

Dalton dédramatisa d'un haussement d'épaules.

— Mais je ne l'ai pas été. Je n'ai même pas eu une égratignure.

— On ne peut pas en dire autant des urgentistes, souligna Sybil.

Ecrasé par le volant, le chauffeur avait eu un bras cassé, tandis que celui qui se trouvait à l'arrière avec elle n'avait été que plaies et bosses.

— Il faut que j'y retourne, dit-elle. J'ai besoin de savoir si l'officier Littlefield s'en sortira.

Une expression de remords et de culpabilité déforma son beau visage.

— Pourquoi ? répliqua Dalton. Jusqu'ici, je me suis tenu informé de son état et je vais continuer.

Ainsi qu'à protéger Sybil.

Elle secoua la tête.

— Il faut que je le voie, insista-t-elle. Vous savez, ajouta-t-elle en soupirant, je n'avais pas confiance en lui.

— Pourquoi donc ?

— Il y avait quelque chose dans son uniforme, dans son apparence… Enfin bref, je n'avais pas confiance en lui, et maintenant que je sais qu'il pourrait y rester, je veux m'excuser.

— Vous n'avez à vous excuser de rien, assura Dalton.

Mais il avait une autre question à lui poser.

— Pourquoi avez-vous confiance en moi ?

— Parce que vous ne cessez de me sauver la vie. Parce que je peux compter sur vous pour me protéger.

— En effet, reconnut-il. Mais je vous protégerai *ici*.

Il ne la conduirait pas là-bas. Il ne mettrait pas sa vie en danger parce qu'elle avait un sens de la culpabilité mal placé.

— Nous ne bougerons pas…

Il se réveilla en sursaut tandis que le SUV sortait du parking souterrain. Il savait que, tôt ou tard, ils bougeraient. Simplement, il ne s'était pas attendu à ce qu'ils le fassent entre chien et loup, en cette heure qui précédait l'aube.

La lune éclairait juste assez pour qu'il puisse distinguer deux ombres derrière les vitres teintées du véhicule. Ils étaient tous les deux à l'intérieur.

Bien entendu, l'agent Reyes ne l'aurait pas laissée seule et sans protection. Son complexe du héros chevaleresque était trop démesuré. Dommage pour lui. Il serait la cause de sa chute.

Sa main tremblait légèrement tandis qu'il glissait sa clé dans le contacteur et la tournait.

Voilà, songea-t-il. *Nous y sommes.*

Il opéra un demi-tour et les suivit dans le trafic matinal clairsemé.

L'occasion se présentait enfin.

De les tuer, tous les deux…

9

Certains appelaient cela le sixième sens. Grâce à lui, Dalton était resté en vie alors que tant de ses amis et associés avaient perdu la leur.

Peut-être était-ce sa grand-mère qui lui parlait depuis l'au-delà, tel un ange gardien qui l'avertissait du danger, lui conseillait de surveiller ses arrières.

Ainsi, depuis un bon moment, il avait les yeux rivés sur son rétroviseur.

La même voiture les suivait discrètement depuis la ville, à une certaine distance. La luxueuse berline était un véhicule que Dalton aurait pu suivre comme il avait filé la Mercedes, du temps où il était accaparé par le réseau de voleurs de voitures. Celui-ci était désormais le cadet de ses soucis.

Il jeta un regard à sa passagère. Affaissée contre le dossier de cuir, Sybil dormait. Dalton ne voulait pas la réveiller. Il ne voulait pas l'effrayer.

Mais cette voiture les suivait depuis trop longtemps pour qu'il s'agisse d'une coïncidence. Et ce n'était pas un véhicule du Bureau.

Ce qui ne laissait qu'une possibilité. Une seule personne avait des raisons de les suivre…

L'agresseur de Sybil et de Littlefield.

Dalton demanda des renforts par radio, puis accéléra.

Mais plus ils approchaient de cet hôpital rural du Michigan, moins il y avait de rues asphaltées. Peut-être était-ce pour ça que l'inconnu avait jusque-là patienté et observé, plutôt que de réduire la distance qui les séparait. Il attendait d'être de nouveau sur des routes de campagne. Afin de pouvoir les pousser dans l'un de ces redoutables fossés... comme l'avant-veille.

Pire encore, la voie rapide sur laquelle ils roulaient suivait la courbe du lac Michigan, avec des épaulements abrupts qui surplombaient une grève rocheuse. Alors que l'ambulance n'avait fait que se cabosser un peu dans le fossé, le SUV, en quittant la route, se fracasserait sur les rochers.

Dalton resserra les deux mains sur son volant. Si Sybil n'avait pas été dans le véhicule à son côté, il aurait opéré un demi-tour en dérapage contrôlé et inversé les rôles. De chassé, il serait devenu chasseur. Mais la première des promesses qu'il avait faites à Sybil était d'attraper son agresseur, et il avait la ferme intention de l'honorer.

Malheureusement, les renforts tardaient à se montrer. Il n'y avait aucun véhicule gouvernemental sur la route, et pas d'hélicoptère dans le ciel. Rien que cette luxueuse berline qui fonçait sur eux. Dalton ne pouvait donc pas affronter le tueur avec sa victime désignée près de lui.

Il ne pouvait pas la mettre plus en danger qu'elle ne l'était déjà.

Il enfonça davantage la pédale d'accélérateur.

S'il avait eu l'intention de rattraper le SUV de Dalton, le type avait volé le mauvais véhicule. Le moteur de Dalton était très puissant.

Mais à l'approche d'un virage serré, Dalton dut ralentir : ses pneus commençaient à riper sur la terre et les cailloux. La voie rapide laissait place à une route simple, non aménagée.

Un juron échappa à Dalton. Tandis qu'il luttait avec le volant, la berline réduisait rapidement la distance qui les séparait. Son pare-chocs vint frapper l'arrière du SUV, qui partit en crabe. Dalton faillit en perdre le contrôle.

Sybil se réveilla en hurlant, tandis qu'une brutale secousse la projetait vers le tableau de bord. Mais le bras de Dalton la retint avant qu'elle ne se cogne la tête.

Il la repoussa contre son dossier.

— Accrochez-vous !

Instinctivement, elle tendit les mains vers lui, mais il s'écarta et, empoignant avec force le volant, effectua un demi-tour en épingle dans une grande projection de graviers et de poussière. Puis il fonça sur un autre véhicule.

— Que se passe-t-il ? demanda Sybil.

Ses deux mains se plaquèrent sur le tableau de bord. Combien de temps avait-elle dormi ? Elle ne reconnaissait rien autour d'elle.

Ils n'étaient pas à Chicago. Pour quelque obscure raison, la ville lui était familière. Quant à cette zone, elle s'y était déjà trouvée depuis sa perte de mémoire. C'était celle où Dalton l'avait découverte dans le coffre de cette voiture.

Dalton accéléra et frappa de son pare-chocs l'autre voiture. Celle-ci fit un tête-à-queue sur la terre, manquant de quitter la route.

— Qu'est-ce que vous faites ?

Puis elle comprit.

Une soudaine terreur s'empara d'elle. Son estomac se révulsa, provoquant un haut-le-cœur.

— C'est lui ?

— J'aimerais beaucoup le savoir, marmonna Dalton.

L'autre véhicule accéléra. Au lieu d'en faire autant, Dalton ralentit, le laissant leur échapper.

— Rattrapez-le ! cria Sybil.

Dalton secoua la tête.

— Je ne peux pas prendre ce risque. Pas avec vous ici.

— Pourquoi ?

— Il est sans doute armé. S'il me descendait et qu'ensuite il vous arrivait quelque chose...

Dalton tressaillit, comme si le plus horrible était son sort à *elle*.

Mais elle aussi s'inquiétait beaucoup pour Dalton. Trop peut-être...

— Si je n'étais pas là, qu'il soit armé ou non n'aurait fait aucune différence, reprit-elle.

— Bien entendu, répondit Dalton en tapotant son holster. Je suis armé, moi aussi.

— Mais nous ne sommes pas dans un western, protesta-t-elle. Vous ne pouvez pas vous affronter en duel, comme cela, dans la rue.

— Allez dire ça aux criminels ! répliqua Dalton. Des duels dans la rue, j'en ai connu plus d'un, croyez-moi.

Bien sûr qu'il en avait connu, songea Sybil. Il avait grandi dans un gang, pour ensuite intégrer les forces de l'ordre. S'il n'avait pas encore été descendu, il le serait un jour ou l'autre. Peut-être survivrait-il. Peut-être pas.

Voilà pourquoi son sort lui tenait tant à cœur. Elle se souciait de lui plus que lui-même ne le faisait. Et à la fin, il la laisserait… Qu'elle retrouve la mémoire ou non.

— C'est pour ça que je ne peux pas le poursuivre, répéta-t-il. Parce que vous pourriez être touchée par un des tirs.

Ses pneus accrochèrent de nouveau l'asphalte tandis qu'il s'engageait dans une rue aménagée, puis bifurquait dans un parking.

— Et dans ce cas, c'est pour vous hospitaliser que je viendrai ici, et non pour voir l'officier Littlefield.

Pendant qu'il cherchait une place, d'autres véhicules pénétrèrent dans le parking derrière lui. La berline qu'il avait tamponnée n'en faisait pas partie, nota Sybil. Les voitures étaient toutes noires, comme son SUV. Lorsqu'il en descendit, l'agent Campbell apparut à l'avant d'un des autres 4×4 et s'approcha.

— Ça va ? s'enquit-il tandis que Sybil posait le pied à terre.

— Oui, répondit-elle d'une voix faible.

En réalité, elle était secouée. Elle avait déjà été confrontée à sa propre mort. Là, elle avait été confrontée à celle de Dalton. Comme pour les urgentistes et l'officier Littlefield, elle avait mis Dalton en danger par sa simple présence.

D'un autre côté, il avait l'habitude. Il risquait sa vie tout le temps. En fait, c'était ce qui la dérangeait le plus.

— Vous l'avez coincé ? demanda Dalton.

L'agent Campbell secoua la tête.

— Mais nous avons trouvé la voiture abandonnée.

— J'étais sûr qu'il s'en débarrasserait, dit Dalton. Elle a été volée, j'en mets ma main au feu. Ce sera facile de le savoir.

L'agent Bell les rejoignit. Il ne venait pas d'un des SUV, mais de l'entrée de l'hôpital.

— Tu crois toujours que ce type est un voleur de voitures ? lança-t-il.

— D'après ce que nous savons, il n'en est pas à son premier véhicule, fit remarquer Dalton. Alors oui, c'est un voleur de voitures.

— Mais pas seulement, insista Bell.

— Personne n'est *une* chose ou *une* autre…, soupira Sybil.

Ces mots lui avaient presque échappé. Les trois agents se tournèrent vers elle.

— Je veux dire... On ne peut pas définir un individu par une seule de ses caractéristiques. Une femme peut être une fille, une mère, une sœur, une avocate, un médecin...

Elle se mit à rougir, gênée de discourir de façon aussi professorale.

— Donc un voleur de voitures peut aussi être un assassin, conclut Dalton, s'adressant à Jared Bell.

Le profileur haussa les épaules.

— C'est dommage que tu ne l'aies pas attrapé.

Le poing de Dalton se serra sur son flanc comme s'il avait envie de frapper le profileur. Sybil se rapprocha,.

— Je ne pouvais pas risquer la vie de Sybil, tempêta Dalton.

— Dans ce cas, tu n'aurais pas dû la ramener ici, dit l'agent Bell.

Sybil fut tentée de le cogner elle-même.

— C'est moi qui ai insisté, intervint-elle. Il vaut que je voie l'officier Littlefield.

Elle avait même menacé de prendre un taxi ou un car jusqu'à l'hôpital si Dalton refusait de l'y conduire. Elle bluffait, bien sûr, et Dalton n'avait pas dû être dupe bien longtemps vu qu'elle n'avait pas un sou sur elle.

— Il est en soins intensifs, la prévint Bell. Il n'y a pas eu d'amélioration. Il peut très bien ne pas se réveiller.

Il était peu probable que l'officier Littlefield entende ses excuses, mais elle avait besoin de les lui présenter. Elle avait douté de lui, et à cause d'elle sa vie ne tenait plus qu'à un fil.

— Je veux le voir, répéta-t-elle.

Bell haussa les épaules.

— Il faudra qu'on vous fasse entrer discrètement par-derrière, parce que le hall est plein de journalistes.

— Je m'en doute, maugréa Sybil. Un policier d'Etat agressé, ce n'est pas une petite affaire.

— Ils ne sont pas là seulement pour lui, nuança Bell.

— Ils sont au courant pour elle ? s'inquiéta Dalton.

Le profileur hocha la tête.

— Ils ont posé un tas de questions.

— Je suis sûr que tu aimes ça, murmura Dalton.

Jared Bell secoua la tête.

— Allons-y, avant que quelqu'un ne remarque notre présence dans le parking, dit-il.

Mais les SUV noirs et les agents eux-mêmes avaient déjà attiré l'attention. Des caméras se braquèrent vers eux, projecteurs allumés. Sybil eut l'impression d'être une actrice esquivant les paparazzis tandis que Dalton et l'agent Bell la faisaient entrer par l'arrière du bâtiment.

— C'est sans doute par ici qu'il est sorti, murmura Dalton. Est-ce qu'on a relevé les empreintes ?

— Oui, répondit Bell. De même que sur le tuyau dont il s'est servi pour assommer Littlefield.

— Il l'a laissé sur place ? s'étonna Dalton tandis qu'ils pénétraient dans l'ascenseur.

— Il n'y avait aucune empreinte dessus, précisa Bell. Ni ailleurs. Ce type est extrêmement prudent. Comme un autre que je connais...

Le tueur en série qui persistait à lui échapper, comprit Sybil.

— Non, répliqua Dalton. Il n'est pas si prudent, ou il n'aurait pas essayé une nouvelle fois de m'éjecter de la route. J'aurais pu l'avoir.

S'il avait été prêt à mettre en danger sa passagère..., ajouta Sybil intérieurement.

— Peut-être ignorait-il quel fou du volant tu es, le taquina Campbell.

Dalton jeta un regard noir à son collègue tandis qu'ils sortaient de l'ascenseur. Il était clair qu'avec Ash, les trois hommes formaient un indéfectible trio d'amis, pensa Sybil.

Etant donné que Littlefield se trouvait aux soins intensifs, il ne pouvait recevoir qu'une personne à la fois. Elle pénétra donc seule dans la chambre, pendant que les trois agents l'observaient par la paroi vitrée.

Tubes et machines étaient reliés au policier chauve. Dans ce lit, il paraissait petit et vieux, se dit Sybil. Comment avait-elle pu se sentir mal à l'aise devant lui ? Il ne constituait pas une menace pour elle. C'était elle, au contraire, qui en avait constitué une pour lui.

— Je vous demande pardon, murmura-t-elle. Je suis désolée que vous ayez été blessé...

Elle songea à Dalton, qui à plusieurs reprises lui avait sauvé la vie. Qu'aurait fait son agresseur à Dalton ?

Malheureusement, elle connaissait la réponse : il le tuerait à la première occasion. Ne serait-ce que pour parvenir jusqu'à elle.

Il était si fou de rage que celle-ci l'aveuglait. Ce qui était probablement une bonne chose dans la mesure où il avait dû prendre une chambre dans un hôtel miteux. Mais c'était le seul endroit où l'on ne demandait pas de carte de crédit.

Son argent liquide commençait à manquer, cependant. Il devait au plus tôt mettre fin à cette mauvaise histoire.

L'agent Reyes était sans cesse en travers de son chemin. L'homme conduisait mieux que les autres flics. Il y avait fort à parier qu'il n'avait pas appris sur les circuits, mais dans la rue.

Il aurait même pu avoir l'agent Reyes… si celui-ci n'avait pas ralenti. A ce moment-là, Reyes devait savoir que les autres agents arrivaient en renfort.

Pour sa part, il s'était contenté d'abandonner la voiture avant que les SUV ne rappliquent.

Ils avaient fouillé la zone, mais ne l'avaient pas trouvé. Ils ne le trouveraient pas. Il savait se rendre invisible. Il n'aurait pas survécu à la prison s'il n'avait pas appris quelques ficelles. Ou peut-être avait-il eu de la chance.

Il ne pouvait pas risquer d'y retourner. Il ne pouvait mettre en jeu sa liberté.

Mais il ne pouvait pas non plus laisser ce travail inachevé. Il devait tuer la femme. Et il voulait tuer l'agent.

Il savait où les trouver. Restait juste à attendre. Encore. Jusqu'à ce qu'une nouvelle chance se présente. Il ne tenterait plus d'éjecter l'agent Reyes de la route.

Sa rage se dissipa, et il y vit beaucoup mieux. La chambre d'hôtel était minable, le lit affaissé et plein de bosses. Mais au centre du matelas se trouvait le revolver qu'il avait déniché quand il était en ville. La prochaine fois, il l'utiliserait.

L'agent Reyes avait été assez fort pour le battre en voiture.

Mais il ne le serait pas assez pour esquiver une balle.

10

Dalton ne la conduisit pas chez lui.

Regrettait-il de l'avoir fait la veille ? se demanda Sybil. En tout cas, là, il n'en était plus question.

— Donc, c'est l'un de ces logements sécurisés ? lança-t-elle tandis que Dalton refermait la porte du cottage derrière eux.

La maison était petite, mais ses murs et son plancher peints en blanc lui donnaient un aspect vaste et lumineux. Les meubles clairs et les rideaux aux couleurs vives rendaient son atmosphère chaleureuse et accueillante. Elle lui rappelait un endroit qu'elle avait déjà visité auparavant... avant de perdre la mémoire.

Mais peut-être était-ce juste une photo vue dans un magazine. Elle ne pouvait se fier à son esprit, quand sa majeure partie était un grand blanc.

— Nous n'avons aucun logement sécurisé dans ce secteur, reprit Dalton. Ici, c'est le cottage que Claire et Ash ont loué pour leur nuit de noces.

Sybil imaginait sans mal les instants romantiques, l'agent aux traits rudes soulevant son épouse à la blondeur scandinave pour lui faire franchir le seuil du cottage.

Dalton, lui, ne l'avait pas portée. A peine l'avait-il regardée.

Il écarta les lames du store et jeta un coup d'œil dehors. Mais ce n'était certainement pas pour admirer le lac Michigan. Le visage tendu, il scruta l'allée et la rue au-delà.

— Vous avez placé des agents tout autour, lui rappela Sybil. Ils seront à l'affût et veilleront à ce qu'*il* ne parvienne pas jusqu'à nous.

Mais le tueur était déjà parvenu jusqu'à eux. Il avait presque réussi à la tuer. Elle avait eu beaucoup de chance de ne perdre que la mémoire. Elle aurait pu se retrouver comme l'officier Littlefield, maintenu en vie par des tubes, ou morte.

— Ce n'est pas seulement lui qui me chiffonne, reprit Dalton. Je veux aussi être certain qu'aucun journaliste ne nous a suivis.

Quand Sybil et Dalton avaient quitté l'hôpital, les médias leur étaient tombés dessus dans le parking. Davantage de projecteurs s'étaient allumés, et des micros leur avaient été tendus sous le nez pour qu'ils répondent à une avalanche de questions.

Qui êtes-vous ?

Vous ne vous souvenez vraiment pas de qui vous êtes ?

Avez-vous été violée ?

A cette pensée, Sybil frissonna. Mais c'était l'une des premières questions que lui avait posées le médecin qui l'avait examinée. Elle n'avait pas été violée de cette façon, mais elle l'avait été autrement. On lui avait passé une robe de mariée qui n'était certainement pas à elle. Et on l'avait enfermée dans le coffre d'une voiture volée.

Plus grave encore, sa mémoire avait été volée.

— Je ne crois pas que des journalistes aient pu vous suivre, fit-elle observer à Dalton.

Personne n'aurait pu le suivre, vu la façon dont il conduisait. S'il n'avait pas averti les autres agents de leur point de chute, ceux-ci ne les auraient sans doute pas trouvés non plus.

Dalton poussa un long soupir et se massa la nuque. Des cernes sombres soulignaient ses yeux. Lui aussi devait être très fatigué, comprit Sybil.

— Vous n'avez pas dormi la nuit dernière.

Il haussa les épaules.

— Vous n'avez pas beaucoup dormi non plus, répliqua-t-il.

— Non. Mais dans la voiture, oui.

— Quelques heures à peine.

— C'est déjà plus que vous, indiqua-t-elle à Dalton. Vous devriez vous allonger un moment. Nous sommes en sécurité. Personne ne peut vous avoir suivi, et d'autres agents veillent pour s'assurer que personne ne nous attaque. Nous ne risquons rien ici.

— Qui essayez-vous de convaincre ? répliqua Dalton. Vous ou moi ?

— J'ai eu très peur aujourd'hui, reconnut-elle. Etre aussi près de lui... sans connaître son identité...

Pouvait-il être l'homme à qui elle était fiancée ? Etait-il à ce point résolu à se débarrasser d'elle qu'il se fichait de faire des victimes collatérales ?

Elle en eut la chair de poule. Dalton s'approcha d'elle, lui offrant un peu de chaleur. Mais elle voulait plus de lui. Tôt ou tard, elle le perdrait. Il ne s'occuperait pas indéfiniment de son affaire. Soit il la résoudrait, soit il la transmettrait à l'agent Bell. Ou il finirait dans une unité de soins intensifs comme l'officier Littlefield. Voire pire...

Elle ne devait pas penser à cela. Elle ne pouvait pas perdre Dalton avant de l'avoir eu, avant d'être aussi proche de lui que possible.

— Nous parviendrons à l'identifier, dit-il, réitérant sa promesse. Et nous l'arrêterons. Il ne vous fera rien.

— Ce n'est pas de lui que je m'inquiète, confia-t-elle. Du moins, pas en cet instant.

Dalton fronça les sourcils.

— De quoi vous inquiétez-vous, alors ? Des journalistes ?

C'était son cas à lui. Elle avait remarqué sa contrariété et sa colère, certainement dues au fait que toutes les questions qu'on leur posait se rapportaient à un même sujet : le tueur en série de Jared Bell.

— Ils se trompent, reprit Sybil. L'agent Bell aussi. Je ne crois pas qu'un tueur en série m'ait choisie, comme cela, au hasard, pour m'attaquer.

Il y avait quelque chose de plus personnel, elle en était certaine.

— Pour commencer, je ne suis pas une jeune mariée.

— Vous êtes fiancée, rectifia Dalton.

— Pour qui est ce rappel ? demanda-t-elle. Pour moi ou pour vous ?

Dalton se pencha, approcha sa bouche de la sienne, presque à la toucher, et murmura :

— Pour tous les deux...

— Je m'en moque, dit-elle.

— Parce que vous ne vous souvenez pas de lui.

— Non. A cause de vous. Vous êtes l'homme que je ne veux pas oublier.

— N'ayez crainte, dit-il, son souffle effleurant ses lèvres. Vous ne m'oublierez pas.

Puis il l'embrassa. L'embrassa vraiment. Avec une fougue et un désir aussi féroces que ce qu'elle ressentait pour lui.

Il la souleva et, de nouveau, la transporta jusqu'à un lit. Comme la fois précédente, il tomba avec elle sur le matelas. Elle s'accrocha à lui, le tint serré contre elle. Elle ne voulait pas qu'il change encore d'avis, qu'il reprenne le contrôle de lui-même.

Aussi l'embrassa-t-elle avec passion, plongeant sa langue dans sa bouche.

Bien que peinant à respirer, il laissa échapper un petit rire. Elle caressa son torse. Le cœur de Dalton battait à grands coups rapides.

Sybil tira alors sur la chemise de Dalton et tenta d'en défaire les boutons.

Il lui saisit les mains.

— Soyez maudit ! s'insurgea-t-elle tandis qu'il se redressait pour quitter le lit. Soyez maudit !

Il se contenta de rire de nouveau. Puis il se défit de son holster et le posa, chargé de son arme, sur la table de chevet. Ensuite, il ôta sa chemise. Son pantalon. Et tout le reste, jusqu'à ce qu'il se tienne admirablement nu, en pleine érection, face à elle.

Les mains tremblantes, elle commença à retirer ses propres vêtements. Elle brûlait d'impatience. Heureusement, Dalton l'aida à se débarrasser de son chemisier et de son pantalon. Il défit ensuite l'agrafe frontale de son soutien-gorge, qui tomba de lui-même et glissa jusqu'au sol.

Dalton ne riait plus. Il n'y avait aucun amusement dans ses yeux noirs fixés sur elle, seulement du désir. Quelqu'un l'avait-il jamais regardée avec une telle avidité ? Elle avait trop envie de lui. Alors elle avança les mains et les passa sur ses muscles parfaits.

Il la toucha à son tour. Sa respiration se bloqua tandis que des vagues de plaisir la traversaient. Dalton caressa ses seins, puis sa bouche remplaça ses mains et de la langue, il taquina ses tétons dressés. Elle se tortilla sur le lit. La tension érotique croissait en elle, suppliant d'être délivrée.

— S'il te plaît… Dalton. S'il te plaît…

Il la toucha entre les cuisses, là où la tension devenait presque insupportable. Tout en continuant à soumettre ses seins à une douce torture, il caressa un moment son mont de Vénus, puis descendit titiller la partie la plus sensible de son corps.

Elle se mordit la lèvre, mais ne put retenir le cri de plaisir qui monta en elle.

En réalité, ce n'était pas assez. Son désir était si fort, si insensé, qu'il lui en fallait beaucoup plus pour être comblé.

D'une main qui tremblait un peu, Dalton fouilla dans son portefeuille et en sortit un préservatif. Elle le lui subtilisa, déchira l'emballage avec ses dents et entreprit de dérouler le latex sur toute la longueur son sexe palpitant.

Il était si grand, si chaud, si impressionnant... Soudain il fut entre ses jambes, poussa avec délicatesse à l'orée de sa féminité... puis s'introduisit en elle. Elle cambra le dos, l'invitant à aller plus loin, plus profond.

Ils bougèrent en parfaite harmonie, comme s'ils faisaient cela depuis des années. Comme s'ils s'étaient toujours connus de façon aussi intime...

Il savait exactement où la toucher, *comment* la toucher, pour la rendre folle. Et ses lèvres couvraient les siennes, sa langue remuait dans sa bouche de la même façon qu'il remuait à l'intérieur de son corps.

Elle s'agrippait à lui, ses ongles s'enfonçaient dans son dos, dans ses fesses, tandis qu'elle venait à la rencontre de ses poussées, cherchant l'extase, la libération. Cette tension était une folie en elle, une folie qui la conduisait aux limbes de la raison.

Puis elle bascula de l'autre côté. Elle hurla son nom tandis que le plaisir la submergeait, la ravageait corps et âme. Il se tendit nettement dans son ventre, avant les ultimes coups de reins pour la rejoindre dans sa folie. Il lâcha un grognement, mais ne prononça pas son nom.

Parce qu'il l'ignorait. Il ne l'appela même pas Sybil. Peut-être parce qu'il savait que ce n'était pas elle. A la vérité, elle n'était plus vraiment quelqu'un.

Mais elle était à lui.

Peu importait qu'elle ait au doigt la bague d'un autre. Son cœur appartenait à Dalton Reyes.

Lovée contre lui, elle s'était de nouveau endormie.

L'une de ses délicates mains blanches était déployée sur son torse. Même dans l'obscurité, le diamant brillait, se moquait de lui. Il était gros. L'homme qui le lui avait offert devait être riche.

S'il avait un superbe appartement, Dalton n'était pas fortuné. Il n'aurait pas eu les moyens d'acheter une telle bague. Bien sûr, il pouvait toujours vendre son logement.

Cette idée le fit se crisper aussitôt. Comment pouvait-il imaginer de telles choses ?

De toute évidence, ça ne tournait pas rond dans sa tête. Sinon, il n'aurait pas fait l'amour avec un témoin blessé. Non, pas un témoin. Un témoin était une personne qui avait vu quelque chose arriver à quelqu'un d'autre. Or, Sybil n'avait rien vu. Du moins rien dont elle puisse se souvenir. Elle était la victime.

Elle avait subi une violence, se morigéna Dalton. Et il n'avait rien trouvé de mieux que de profiter d'elle. Elle avait eu envie de lui, mais c'était parce qu'il était la seule personne qu'elle connaissait depuis que tout avait été gommé de son esprit.

Avant de commencer à écouter les paroles de sa grand-mère, il avait commis certaines mauvaises actions dans sa jeunesse. Au fond de lui, néanmoins, il avait senti qu'il était dans l'erreur.

En faisant l'amour avec Sybil, il avait été convaincu de ne pas être dans l'erreur. En fait, de toute sa vie, jamais il n'avait rien ressenti de plus juste. De plus parfait.

Elle était parfaite.

Et désormais, sa photo figurait sans doute dans la presse. Quelqu'un la reconnaîtrait et viendrait la chercher. Bien sûr, Dalton l'avait toujours su. Quelqu'un viendrait la chercher. Le tueur. Son fiancé.

Etaient-ils une seule et même personne ?

Ou son fiancé était-il lui aussi une victime ?

Dalton s'était renseigné auprès des agents qui suivaient la piste des cadavres récents de sexe masculin. Jusque-là, aucun de ceux qui avaient été identifiés n'avait une fiancée portée disparue. Mais cela ne voulait rien dire. Le corps de l'homme se trouvait peut-être toujours quelque part. En fait, si le tueur était aussi bon que Jared Bell le croyait, le fiancé pouvait très bien ne jamais être découvert.

Mais même si les recherches n'avaient encore rien donné, Dalton n'avait pas l'intention de baisser les bras. Il avait fait deux promesses à Sybil : celle d'attraper l'homme qui avait tenté de la tuer, et celle de découvrir qui elle était.

La traque de tueurs était une activité qui laissait peu de temps à la réflexion. C'était son quotidien depuis l'adolescence. En revanche, rechercher l'identité de Sybil, lui restituer son ancienne vie, tout cela donnait à réfléchir à Dalton.

Au final, il était peu pressé que la mémoire revienne à Sybil, parce qu'alors elle ne serait plus à lui.

Il faillit en éclater de rire. Elle n'avait jamais été à lui !

Peut-être manquait-il à ce point de sommeil que son esprit commençait à s'embrouiller. Il n'était pas comme Blaine et Ash. Il n'allait pas tomber amoureux d'un témoin, ou d'un suspect, ou d'une victime. Il n'allait pas se précipiter vers l'autel pour prononcer des vœux d'amour éternel. Même enfant, il n'avait jamais cru aux contes de fées.

La main bougea sur son torse, caressa sa peau. Il observa le visage de Sybil. Ses yeux étaient ouverts. Leur gris argenté scintillait comme ce maudit diamant dans la pénombre de la chambre. Doucement, sa main descendit plus bas et se referma sur sa virilité.

L'amour éternel, ça n'existait pas. Mais il pouvait savourer le bonheur du moment. Il pouvait savourer la compagnie de cette femme tant qu'elle était encore à lui. Glissant un bras autour d'elle, il la fit venir sur lui.

Elle étouffa un petit cri en le chevauchant. Il s'enfonça tout entier en elle. Puis un long gémissement de volupté s'échappa de la gorge de Sybil.

Elle était si chaude, si serrée, si mouillée, si prête pour lui...

Il entra alors dans une furieuse séance de va-et-vient. Elle ne se fit pas prier pour l'accompagner. Elle lui agrippa les épaules, puis les bras. Abaissant sa tête vers la sienne, il taquina ses lèvres de sa langue, puis descendit sa bouche vers ses seins, suça ses tétons.

Elle explosa entre ses bras, hurla son nom, en proie à un évident déferlement de sensations.

Mais il ne ralentit pas le rythme pour autant et continua à bouger en elle jusqu'à ce qu'elle jouisse encore, et encore. Finalement, lorsqu'il fut incapable de se contenir davantage, il la rejoignit dans l'extase.

Elle s'effondra sur lui, la peau couverte de sueur.

— Oh…, murmura-t-elle. C'était…

— Incroyable ?

— Etourdissant.

C'était aussi ce qu'il ressentait. Une vague d'émotions qu'il n'avait jamais connues jusque-là.

Il referma ses bras dans le dos de Sybil et la garda tendrement contre lui.

Après la diffusion des photos, des gens viendraient pour elle. Supporterait-il qu'elle s'en aille ?

Son visage le raillait sur l'écran de la télévision. Il pouvait sélectionner n'importe quelle chaîne, elle était là… Si belle, l'allure si courageuse, devant les reporters. Et ce maudit agent se tenait à son côté. Un nerf battait dans sa mâchoire. Reyes avait l'air irrité.

Lui-même était plus qu'irrité. Furieux.

Une rage noire l'envahit, si intense qu'elle lui brouilla de nouveau la vue. Il jeta la télécommande. Il n'était pas assez aveuglé pour rater sa cible. L'objet frappa l'écran, mais rebondit, tomba sur la moquette élimée et se brisa en petites pièces disparates.

La télévision, elle, était intacte. Comme la femme. Elle le regardait dans les yeux, le mettant au défi d'achever ce qu'il avait commencé. Il le ferait. Il l'avait toujours fait.

Fort de cette réflexion, il attrapa la lampe de chevet et arracha la prise du mur. Puis il la projeta avec force sur le téléviseur. Les deux se fracassèrent sur le sol. Des étincelles jaillirent de la télé tandis que l'image s'éteignait et que l'écran se fendait en étoile.

Elle était partie.

Très bientôt, ils seraient partis pour de bon, l'agent Reyes et elle.

11

— Elizabeth…

La voix masculine était grave et familière. Elle se fraya un chemin au fond de Sybil, ranimant son désir alors que son corps se ressentait encore de leurs étreintes nocturnes. Ils avaient fait l'amour toute la nuit.

— Elizabeth…

Si elle reconnaissait la voix, elle ne reconnaissait pas ce prénom.

— Sybil, murmura-t-elle d'une voix ensommeillée.

Elle avait demandé à Dalton de l'appeler ainsi. Mais elle avait beau avoir crié son prénom au cours de la nuit, de son côté il n'en avait prononcé aucun.

Jusqu'à cet instant.

Elle avança une main sur le matelas à côté d'elle, mais ses doigts ne rencontrèrent que des draps froissés. Elle était seule dans le lit. Elle ouvrit donc les yeux. Elle était également seule dans la chambre.

Dalton se tenait devant la porte ouverte, comme s'il n'avait pas assez confiance en lui pour la rejoindre. Il était habillé et équipé de son arme dans son holster, sanglé sur sa chemise noire.

— Pourquoi m'appelles-tu ainsi ? demanda-t-elle.

Mais elle le savait.

— Parce que c'est ton nom, répondit Dalton.

Elle secoua la tête.

— Tu n'en as aucune certitude. C'est juste quelqu'un qui te l'a dit, n'est-ce pas ? Un journaliste ?

— Non, pas un journaliste, fit-il, évasif. Et je confirme l'identification. J'ai vu ton permis de conduire, établi dans l'Illinois. C'est bien toi. Ton nom complet est Elizabeth Ann Schroeder. Personne ne t'appelle Beth ou Liz. C'est toujours Elizabeth.

Manifestement, Dalton avait parlé à quelqu'un qui la connaissait mieux que n'aurait pu le faire un journaliste. Elle se concentra pour aiguillonner sa mémoire, mais aucun souvenir ne lui revint. Le prénom lui était juste vaguement familier. Elle avait pu jadis connaître une Elizabeth.

Mais était-elle vraiment Elizabeth Schroeder ?

Et, bon sang, qui était donc cette femme ?

Elle voulait poser des milliers de questions à Dalton, mais avait peur des réponses. Ne valait-il pas mieux qu'elle se souvienne d'elle-même de sa vie passée ? Si elle s'en souvenait un jour...

— Je continue à préférer Sybil, lança-t-elle.

— Pourquoi ?

— Sybil avait des gens qui l'aimaient. Qui l'aiment toujours.

Mme Schultz avait peut-être oublié tout et tout le monde, le souvenir de sa fille était resté vivace dans son esprit.

— Elizabeth aussi, annonça Dalton.

Elle déglutit soudain, alarmée.

— C'est lui ! dit-elle d'une voix sourde, baissant les yeux sur sa bague. Il s'est présenté avec les preuves de mon identité.

L'expression de Dalton devint lugubre. Il acquiesça.

— Il ne m'aime pas, reprit-elle. Sinon, il aurait signalé ma disparition.

Elle espérait de toutes ses forces ne pas être Elizabeth Schroeder, parce que cette femme devait être la reine des idiotes pour s'être fiancée à un homme qui avait tenté par deux fois de la tuer. Tout à coup, elle n'eut plus de questions concernant Elizabeth. Elle n'avait plus du tout envie de la connaître.

— Nous saurons très vite pourquoi il ne l'a pas fait, assura Dalton. Je vais l'interroger. En mon absence, je demanderai à Blaine Campbell de veiller sur toi.

Sybil bondit hors du lit, indifférente au fait qu'elle était en tenue d'Eve.

Indifférent, Dalton ne le fut pas, lui. Son regard caressa les courbes de son corps comme l'avaient fait ses mains quelques heures plus tôt. Puis il tourna les talons.

— A tout à l'heure ! lança-t-il.

— Non, protesta-t-elle. Je viens avec toi.

N'importe où...

— Je veux le voir.

— C'est peut-être lui qui t'a violentée, l'avertit Dalton. Et qui persiste à vouloir te tuer. Ton fiancé est peut-être aussi ton agresseur.

— C'est pour ça que je veux le voir, insista-t-elle. Je veux connaître ses raisons. Je veux savoir quel genre de personne je suis pour qu'il me voue une telle haine.

Dalton s'approcha d'elle et, du bout des doigts, lui caressa la joue.

— Personne ne peut te haïr, dit-il. Personne...

Mais, pas plus qu'elle, il ne connaissait Elizabeth Schroeder. Par conséquent, elle devait parler à la personne qui la connaissait réellement. Son possible assassin.

Tout comme il n'avait pas souhaité la conduire à l'hôpital, Dalton n'avait pas non plus souhaité la conduire au poste de police local. Mais elle était là, installée sur le siège passager du SUV.

Elle n'observait pas le paysage par sa vitre, comme lors du trajet vers Chicago. Elle ne dormait pas non plus, comme elle l'avait fait au retour, même si elle n'avait pas plus dormi que lui la nuit précédente.

Il ne regrettait pas d'avoir fait l'amour avec elle. Il était heureux de l'avoir fait. Car il aurait pu la perdre sans savoir réellement ce qu'il perdait.

Bon sang, quel masochiste ! Parce que les choses auraient été beaucoup plus faciles s'il n'avait pas su quelle femme étonnante elle était, quelle magie avait opéré entre eux.

Pour autant, il n'aurait échangé leur nuit d'amour contre rien au monde, pas même ses souvenirs à elle. S'abattraient-ils sur Elizabeth lorsqu'elle verrait cet homme ?

Se rappellerait-elle le moment où son agresseur l'avait frappée ? Qui sait ? Peut-être serait-ce suffisant pour le neutraliser une fois pour toutes. Ou se rappellerait-elle seulement l'amour qu'elle avait porté à son fiancé ?

Au volant de sa voiture, l'agent Jared Bell les rejoignit devant le petit bâtiment de briques rouges du poste de police.

— Seigneur, elle peut vraiment te faire faire n'importe quoi, ironisa-t-il. Je n'arrive pas à croire que tu l'aies amenée avec toi.

— Elle reconnaîtra peut-être en lui son assaillant, expliqua Dalton. C'est pour ça que tu es là, non ?

Parce que Jared espérait mettre un point final à sa traque et appréhender enfin le Boucher des Jeunes Mariées.

Le profileur secoua la tête.

— J'ai déjà vérifié si son nom ne collait pas avec l'un de ceux de mes dossiers.

— Tom Wilson, dit Dalton.

Ça sonnait comme un pseudonyme.

Mais il avait pris ses renseignements sur lui, comme il avait pris ses renseignements sur elle.

— C'est la première fois qu'il apparaît, déclara Bell.

Mais aucun des noms figurant dans les dossiers de Jared n'avait conduit à une arrestation. Donc, peut-être était-ce quelqu'un qui ne s'était pas encore signalé à son attention. Cependant, Dalton préféra garder cette réflexion pour lui. Il se battait pour ne pas être dépossédé de l'affaire et n'avait aucune envie de la remettre à Jared.

Pas plus qu'il n'avait envie de remettre de son plein gré Elizabeth Schroeder à son fiancé.

Il contourna l'avant cabossé du SUV et lui ouvrit sa portière à contrecœur. En temps normal, elle ne l'aurait pas attendu et serait déjà à mi-chemin du poste de police.

Elle aussi, à l'évidence, éprouvait une grande réticence.

— Tu n'y es pas obligée, dit-il. Ce n'est pas comme si tu te souvenais de lui.

— Mais je pourrais m'en souvenir en le voyant.

Et cela inquiétait Dalton.

— Mais si tu ne te souviens pas de lui, tu ne peux pas croire ce qu'il te dit, objecta-t-il. Grâce aux journalistes, il sait que tu as perdu la mémoire. Il pourrait en profiter.

Les lèvres d'Elizabeth s'étirèrent en un léger sourire.

— Personne ne profite de moi.

Lui l'avait fait. Plusieurs fois, la nuit précédente.

Son délicat sourire s'élargit et elle secoua la tête, comme si elle avait lu dans ses pensées et les désapprouvait.

— Personne, murmura-t-elle.

Il ne pouvait discuter de ce point devant l'agent Bell. Et il ne voulait pas évoquer avec Elizabeth leurs ébats de la nuit. Le seul sujet dont il voulait parler, c'était celui de franchir la double porte vitrée du poste de police.

Mais l'agent Bell ne les avait pas attendus, et il maintenait l'une d'elles ouverte à leur intention.

— Tu n'y es pas obligée..., répéta Dalton.

Elizabeth posa ses doigts sur les lèvres de Dalton comme elle l'avait déjà fait.

— Il le faut, dit-elle, avant d'ôter ses doigts pour les glisser sur la mâchoire de Dalton.

Sa peau le chatouilla de désir. Jamais une femme ne lui avait troublé les sens comme celle-ci.

Elizabeth...

C'était un prénom démodé, mais qui avait de la force et de la classe. Il lui correspondait.

Dalton en eut la confirmation sur le visage de Tom Wilson, tandis qu'elle pénétrait dans l'accueil. Le fiancé se leva de sa chaise, mais ne se précipita pas en avant. Il ne fit aucun geste. Il demeura figé.

Figée elle aussi, elle l'étudia.

Dalton l'étudia également. Tom Wilson était grand, avec une silhouette mince de coureur à pied. Ses cheveux étaient blonds, d'une nuance plus claire que ceux de Blaine Campbell. Il était beau, avec ce type de visage juvénile et bien nourri si typiquement américain. A la différence de Dalton, qui était issu d'un croisement indéfinissable.

Instinctivement, Dalton reporta son regard sur Jared Bell. Au lieu de s'intéresser au couple réuni, c'était lui qu'il fixait. Bell avait vu Elizabeth lui caresser la joue : il savait qu'il y avait plus entre eux qu'une simple relation d'enquêteur à victime. Dalton s'attendit à lire de la réprobation sur le visage sérieux de Jared Bell, mais c'était plutôt de la pitié et quelque chose qu'il ne sut trop identifier.

Tout comme il ne pouvait identifier ce qui se passait entre Elizabeth et son fiancé. C'était étrange. Ils continuaient à se dévisager sans dire un mot. Attendait-il qu'elle se souvienne ? Ou avait-il peur qu'elle le fasse ?

— Tu ne me reconnais pas ? demanda enfin Tom Wilson, d'une voix un peu crispée par l'émotion.

Mais quelle émotion ? songea Dalton.

La souffrance ? Ou le soulagement ?

Elizabeth secoua la tête.

— Je suis désolée...

— Est-ce que tout va bien ? s'enquit Wilson. Aux infos, ils disent que tu étais à deux doigts de la mort quand un agent du FBI t'a trouvée dans le coffre d'une voiture.

Comment ces maudits journalistes avaient-ils obtenu tant de détails sur ce qui s'était passé ? pesta Dalton intérieurement.

— C'est exact, répondit Elizabeth, avant de se rapprocher de Dalton, comme pour chercher sa protection.

Elle l'avait. Il ne laisserait rien lui arriver en sa présence.

— Dalton m'a sauvé la vie.

Les yeux de Wilson s'arrondirent de surprise, sans doute parce que Elizabeth avait appelé Dalton par son prénom. Jared Bell, lui, eut un infime hochement de tête, comme si cette familiarité confirmait ce qu'il suspectait.

Dalton s'avança vers le fiancé.

— Agent Reyes, se présenta-t-il.

Il ne voulait pas que l'homme se serve lui aussi de son prénom.

— Nous nous sommes parlé brièvement au téléphone.

— Oui, c'est vous qui m'avez demandé de venir ici, dit Tom Wilson en serrant la main que Dalton lui tendait.

Comme ses cheveux et son costume, la sienne avait quelque chose de lisse et de froid. Il avait plus l'air d'un mannequin en plastique que d'un véritable être humain. Mais c'était totalement subjectif, songea Dalton. Son opinion était biaisée, il devait bien le reconnaître.

La poignée de main, cependant, était étonnamment ferme.

— Merci d'avoir sauvé Elizabeth.

Dalton répondit par un vague marmonnement. Il ne l'avait pas sauvée pour ce type.

— Merci d'être venu. Nous avons quelques questions à vous poser.

Wilson se tourna vers sa fiancée.

— Bien sûr, Elizabeth. Je te dirai tout ce que tu veux savoir.

Dalton secoua la tête.

— Non. Quand je dis *nous*, je veux parler du FBI. J'ai quelques questions vous concernant.

Dalton saisit le bras de Wilson et l'emmena vers une pièce adjacente au hall d'accueil. Avant d'y entrer, il se tourna vers Jared Bell.

L'agent acquiesça. Il veillerait à ce que rien n'arrive à Elizabeth Schroeder, se félicita Dalton.

Après avoir refermé la porte derrière le fiancé, il lui désigna une chaise à la table.

Wilson s'y assit et jeta un coup d'œil à la porte, comme s'il voyait Elizabeth à travers.

— Elle ne devrait pas être ici ? s'étonna-t-il. Pour que je lui parle de sa vie, de tout ce qu'elle a oublié ?

Dalton se laissa tomber sur la chaise face à Wilson.

— Je ne veux pas que vous soyez près d'elle.

— Quoi ? s'exclama l'homme en se relevant d'un bond.

Dalton lui fit signe de se rasseoir.

— Tant que je ne serai pas certain que vous n'êtes pas celui qui a tenté de la tuer, termina-t-il.

Cela dit, même si Wilson n'était pas le coupable, Dalton ne voulait pas qu'il s'approche d'elle.

— Je ne ferais jamais le moindre mal à Elizabeth ! protesta Wilson avec véhémence.

Dalton attendit, mais Tom Wilson n'ajouta pas de « je l'aime » pour appuyer sa déclaration.

Plutôt que de céder à une féroce envie d'étrangler son vis-à-vis, Dalton soupira et se cala contre son dossier.

— Alors pourquoi vous n'avez pas signalé sa disparition ?

Wilson détourna les yeux et piqua un léger fard. De gêne ou de colère ?

— Parce que je n'étais pas au courant, assura-t-il.

— Vous ne vivez pas ensemble ?

Il secoua la tête.

— Non.

Dalton ignora l'onde de soulagement qui le traversa, et se concentra sur son travail. Mais Elizabeth était devenue beaucoup plus qu'un travail.

— Vous n'êtes pas en contact quotidien ?

— Non, avoua Wilson. Elizabeth est une femme très occupée. Et très indépendante. Il peut s'écouler une semaine sans que je la voie ou lui parle.

— Que faites-vous dans la vie, monsieur Wilson ?

— Je suis avocat, comme Elizabeth. Je travaille en tant que juriste d'entreprise pour une société privée.

— Donc, votre métier vous laisse peu de temps libre.

— Elizabeth a d'autres occupations en plus de son travail, confia Wilson, une certaine aigreur dans la voix.

— Vous voulez dire qu'elle voit quelqu'un d'autre ?

L'homme dévisagea Dalton, une lueur soupçonneuse dans les yeux. Il était sans doute plus malin que Dalton ne l'avait supposé.

— Je n'avais pas pensé à cela..., lâcha Tom Wilson.

Il était hors de question que Dalton réponde à une seule des questions de cet homme, et il était évident qu'il en avait concernant la relation de Dalton avec sa fiancée. C'était à Elizabeth d'y répondre — si elle en avait envie. Pour sa part, Dalton attendait toujours des réponses aux siennes.

— Avez-vous un alibi pour le jour où je l'ai trouvée dans le coffre de cette voiture ?

— D'après les infos, c'était il y a trois jours, n'est-ce pas ?

Dalton acquiesça.

— Alors j'étais en déplacement. La société qui m'emploie m'avait envoyé à Miami pour une conférence.

Il sortit un billet d'avion de sa poche et le posa sur la table entre eux.

— Je ne suis revenu que ce matin.

Cet alibi n'était-il pas un peu trop commode ? Dalton se saisit du billet. Il ramassa aussi son portable et appela un contact aux compagnies aériennes, qui vérifia que Tom Wilson s'était bien trouvé sur les vols aller et retour, et sur aucun autre entre les deux.

Et le temps entre les agressions et les vols était trop court pour qu'il ait pu effectuer le trajet en voiture.

Dalton s'efforça de ne pas montrer sa déception, surtout devant le sourire narquois qu'affichait l'homme.

— Puis-je parler à ma fiancée, maintenant ?

Dalton regrettait de ne pouvoir refuser, mais l'homme ne pouvait objectivement être celui qui avait tenté la veille de les faire sortir de la route. Pour autant, Dalton n'avait toujours pas l'intention de le laisser seul avec Elizabeth.

Il demanderait à Jared Bell ou Blaine Campbell de rester auprès d'elle, car lui-même ne le pouvait pas.

Il ne pouvait assister à ces retrouvailles vu ses sentiments pour Elizabeth.

Ils étaient à ce maudit poste de police. Tant qu'ils s'y trouvaient, il ne pouvait rien contre eux. Et il n'avait pas osé tenter une nouvelle fois d'éjecter de la route la voiture de l'agent Reyes.

C'était trop risqué.

Très contrarié, il claqua derrière lui la porte de la chambre du motel, si fort que les fenêtres tremblèrent.

Il jeta ensuite ses clés au milieu des morceaux de plastique cassé et du verre brisé qui jonchaient le sol.

Quelque chose bourdonna puis se mit à vibrer. Son téléphone sonnait. Il savait qui l'appelait — et avait à maintes reprises tenté de le joindre depuis la diffusion de ces satanées infos.

Il n'avait pas besoin d'appeler sa boîte vocale pour connaître le contenu des messages.

Elle est censée être morte.

Je vous ai payé une grosse somme pour la tuer.

Oui, il avait été bien payé. Mais pas assez pour risquer de nouveau sa liberté. Alors que ça aurait dû être un coup facile, à cause de l'agent Dalton Reyes ç'avait été tout le contraire.

Il aurait pu prendre la tangente. Il finirait certainement par regretter de ne pas l'avoir fait. Mais il avait été embauché pour effectuer un boulot précis. Qui n'avait rien de personnel en ce qui le concernait, mais qui l'était aux yeux de son commanditaire.

Pour préserver sa réputation, il devait tuer la femme. Mais il allait aussi tuer l'agent.

Parce que ce point était devenu une affaire personnelle.

12

Tom Wilson, son fiancé, sortit de la salle de réunion, tandis que l'agent Bell y rentrait, rejoignant Dalton.

Elizabeth se retrouva donc seule avec ce parfait inconnu.

Tom Wilson.

Dalton avait dû lui accorder le bénéfice du doute. Sinon, il l'aurait arrêté.

— Comment vas-tu ? demanda-t-il. Tu ne devrais pas être encore à l'hôpital ?

— Le médecin m'a laissée sortir, expliqua Elizabeth.

— Mais tu ne te souviens de rien...

Elle haussa les épaules.

— L'amnésie ne peut pas me tuer.

Sauf si elle faisait confiance à la mauvaise personne...

Elle voulait rejoindre Dalton, retrouver son soutien et sa protection. Cependant, elle ne pouvait lui demander d'être tout le temps avec elle. Il avait d'autres obligations. Elle était juste une affaire parmi d'autres.

— Mais le choc sur le crâne..., commença Wilson.

Elle releva ses cheveux et lui montra le petit pansement.

— Quelques points de suture. En gros, ça va. Vraiment.

Wilson hocha la tête. De soulagement ou de déception ? Elizabeth n'aurait su dire.

— Et *nous* ? demanda-t-elle. Est-ce que ça va ?

Il hocha de nouveau la tête.

— Bien sûr que ça va.

Mais il n'avait fait aucun geste vers elle, ni cherché à la prendre dans ses bras — comme Dalton l'avait fait tant de fois. Malgré son physique avenant, elle n'avait aucun désir qu'il la touche. Aucun désir de lui tout court.

— Alors pourquoi vous n'avez… tu n'as pas signalé ma disparition aux autorités ?

Tom Wilson plongea une main dans ses cheveux, décoiffant leurs mèches dorées. C'étaient de beaux cheveux, mais ils commençaient déjà à se clairsemer. Contrairement à ceux de Dalton, qui étaient épais et soyeux.

— Comme je viens de l'expliquer à cet agent, nous sommes très pris par notre travail, tous les deux.

Il avait dit cela comme s'il était déjà las de se répéter. Elle n'allait pas obtenir de lui les réponses dont elle avait besoin.

— J'étais à une conférence à Miami.

Donc ce n'était pas lui qui avait tenté de la tuer.

— Et tu étais occupée, poursuivit-il. Tu es toujours occupée.

Il y avait du ressentiment dans sa voix.

— Vraiment ?

Il soupira.

— Je suis navré, Elizabeth. Je sais que tu n'as pas une minute à toi, mais nous nous sommes éloignés l'un de l'autre depuis le bébé.

Elle manqua de s'étrangler, stupéfaite.

— Un bébé ? Nous avons un bébé ?

Elle secoua la tête.

— Non, non, non ! Je n'aurais jamais oublié mon bébé !

Elle ne pouvait être une mère aussi infâme.

— Biologiquement, elle n'est pas de toi, précisa Wilson. Tu es devenue sa tutrice après la mort de ses parents.

Une violente douleur oppressa le cœur d'Elizabeth. Une douleur qu'elle se souvenait avoir déjà ressentie. C'était la première émotion précise qui lui revenait à la mémoire.

— Ses parents ?

— Kenneth et Patricia Cunningham, expliqua Wilson. Vous logiez ensemble quand tu étais à la fac, et ensuite pendant tes études de droit. Ils étaient tes meilleurs amis.

Et lui ? N'aurait-il pas dû être son meilleur ami ? Comment diable en étaient-ils venus à se fiancer ?

Un rire limpide tinta dans sa tête. Le rire d'une femme. Puis un cri de souffrance tandis que cette femme agrippait la main d'Elizabeth et celle d'un homme. Un cri de bébé retentit soudain, faisant écho au sien...

Des élancements douloureux lui traversèrent le crâne tandis que ces souvenirs se télescopaient dans son esprit comme une vidéo en avance rapide. Paniquée, elle ne parvint plus à respirer et lutta pour inhaler de l'air.

— Tu ne te sens pas bien ? demanda Tom.

Mais au lieu de s'approcher d'elle, il tourna les yeux vers la porte fermée de la salle de réunion, comme s'il voulait que Dalton intervienne pour prendre le relais.

C'était également ce qu'elle voulait.

Mais les souvenirs continuaient à affluer... Kenneth, Patricia, la petite Lizzie... un diminutif d'Elizabeth. Ils lui avaient donné son nom.

Des larmes brûlantes lui brouillèrent la vue, et elle réprima un sanglot. Un immense chagrin l'envahit comme si elle les perdait de nouveau.

— Lizzie est toute seule, lâcha-t-elle.

Tom Wilson fit non de la tête.

— Elle a une nurse. Tout va bien.

Les tripes d'Elizabeth se nouèrent de culpabilité et de peur.

— Non. Une nurse, ça ne va pas. J'ai promis à Kenneth et à Patricia que s'il leur arrivait quoi que ce soit, je m'occuperais d'elle comme si c'était ma fille.

— Tu te souviens ? demanda Wilson, la mine ébahie. La mémoire te revient ?

— Je me souviens de Kenneth et Patricia.

Elle se rappelait surtout sa douleur de les avoir perdus.

— Je me souviens de la promesse que je leur ai faite. Je dois l'honorer.

Et honorer ainsi la mémoire de ses amis.

— Tu l'as fait, assura Tom. Mais tu as aussi un métier. Je crois que tu t'apprêtais à retourner à Chicago pour régler certaines choses à ton cabinet.

Il *croyait* ? Etait-il amnésique, lui aussi ? Ou se fichait-il totalement d'où elle était et de ce qu'elle faisait ?

Ç'avait dû être réciproque, car elle ne parvenait pas à réveiller le moindre souvenir de lui. Les seules images qu'elle retrouvait en cet instant précis étaient celles d'un bébé, d'une fillette aux cheveux bouclés, qui gigotait puis pleurait comme si elle avait le cœur brisé en mille morceaux.

C'était le cas depuis que ses parents étaient morts — de même que pour le cœur d'Elizabeth. Elles étaient désormais, l'une pour l'autre, le seul être qui leur restait.

— Il faut que tu me conduises à elle, annonça-t-elle d'un ton ferme.

Tom Wilson regarda de nouveau vers la porte.

Elle aurait pu frapper à cette porte. Ou bien elle aurait pu appeler Dalton. Sauf qu'elle ignorait où se trouvait la petite Lizzie. Elle ne savait qu'une chose : la maison de ses amis n'était pas très loin, dans ce même secteur de l'Etat du Michigan. Elle pouvait même visualiser cette jolie maison que Patricia avait décorée comme le cottage d'amour où elle avait passé la nuit avec Dalton. Mais elle ne se rappelait pas l'itinéraire qui permettait d'y parvenir.

Tom Wilson était allé là-bas, il le connaissait. Ils avaient été trop longtemps ensemble pour qu'il l'ignore. Et trop longtemps pour qu'il puisse constituer un danger pour elle.

Comme il l'avait dit, il était à Miami quand l'homme avait tenté de la tuer. Son agresseur était quelqu'un d'autre. Ce ne pouvait être lui.

— Il faut que tu m'y emmènes, insista-t-elle. Je veux la voir maintenant.

— Elle ne risque rien, assura Jared Bell à Dalton, lorsqu'il le rejoignit dans la salle de réunion où, quelques minutes plus tôt, Tom Wilson était assis. Ils discutent dans le hall d'accueil, ajouta Jared. Il ne tentera rien dans un poste de police.

Dalton acquiesça. Le type était assez intelligent pour ne pas s'en prendre à elle physiquement. Mais sur le plan émotionnel, elle était très vulnérable. Avec sa mémoire envolée, elle pouvait croire tout ce qu'il lui raconterait. Et Tom Wilson pouvait lui mentir sur leur relation, affirmer qu'ils étaient plus proches qu'à l'évidence ils l'avaient été.

Wilson n'avait même pas su qu'elle avait disparu.

Avoir une femme comme Elizabeth Schroeder et ne pas la voir

tous les jours, ou tout au moins lui parler, était une chose inimaginable, songea Dalton. Tom Wilson n'était peut-être pas un assassin, mais un idiot, certainement.

— Il n'est pas notre coupable, soupira Dalton. Il a un alibi en béton. Cela dit, je ne suis pas sûr que ce soit une bonne idée de les laisser parler. S'il la submerge d'informations…

— Elle est solide, objecta Jared.

Il transportait un épais dossier sous son bras. C'était son genre : cent pour cent cérébral, tout en recherches et en notes.

Dalton, lui, écoutait ses tripes, son instinct, et cette petite voix dans sa tête, si semblable à celle de sa grand-mère…

Elle aurait adoré Elizabeth Schroeder.

— C'est vrai, convint-il. Elle est solide, mais elle a peut-être un peu trop de cran pour sa propre sécurité.

— Tu regrettes qu'elle soit retournée hier à l'hôpital pour voir l'officier Littlefield ?

— Ce que je regrette, confia Dalton, c'est d'avoir échappé de peu à un accident. Et tous ces journalistes en embuscade…

A ces derniers mots, Jared Bell grimaça. Il se laissa tomber sur une chaise.

— Oui, mais ils sont un mal nécessaire, je suppose. Tu as découvert l'identité d'Elizabeth. Tu as tenu l'une des promesses que tu lui as faites.

— Et je tiendrai l'autre, assura Dalton. Je découvrirai qui cherche à la tuer. Même si je dois te transmettre le dossier.

Peut-être serait-ce l'idéal, pour Elizabeth, si Dalton se retirait totalement de l'affaire. Elle pourrait alors retrouver ses souvenirs et sa vie d'avant sans qu'il ne soit une distraction dans sa quête.

Jared haussa un sourcil.

— Pourquoi ?

— Je me suis dit que ça te ferait plaisir, expliqua Dalton. Dès l'instant où j'ai trouvé Elizabeth dans ce coffre, tu n'as pensé qu'à me subtiliser l'affaire.

Jared haussa les épaules mais ne nia pas.

— La robe de mariée… Ça me semblait connecté.

— Il n'y a pas de coïncidences, rappela Dalton.

Et si le fiancé d'Elizabeth ne constituait pas un suspect solide, le tueur en série de Jared était peut-être impliqué, finalement.

Jared Bell regarda Dalton droit dans les yeux.

— C'est vrai. Mais les coïncidences peuvent être fabriquées...

— Tu penses que quelqu'un a cherché à imiter le Boucher des Jeunes Mariées ?

Le profileur opina du chef.

— Il serait un parfait bouc émissaire.

— D'accord, mais ça pourrait quand même être lui, fit remarquer Dalton. Il ne s'est pas écoulé beaucoup de temps depuis son dernier assassinat. Il a pu recommencer à tuer.

— Mais pourquoi Elizabeth Schroeder ? J'ai effectué quelques recherches sur elle...

Jared fit glisser son épais dossier vers Dalton sur la table.

— Elle est fiancée, souligna Dalton.

Il n'avait pas besoin qu'on le lui rappelle. Même la nuit précédente, il n'avait pu oublier qu'il existait un homme, quelque part, qui avait avec Elizabeth un lien plus étroit que celui qu'il avait lui-même.

— Mais ils n'ont pas fixé de date pour leur mariage, précisa Jared.

— Comment le sais-tu ?

— Je me suis baladé sur leur réseau social. On leur a demandé quand était le grand jour, et ils ont répondu qu'ils n'étaient pas pressés de marcher jusqu'à l'autel, qu'ils étaient beaucoup trop accaparés par leur travail pour planifier un mariage dans un proche avenir.

Cela collait avec ce que Tom Wilson avait dit à Dalton. Il était à une conférence, elle avait un emploi du temps très chargé, ils ne se voyaient pas beaucoup.

Dalton haussa les épaules.

— Donc...

— Donc, expliqua Jared, s'il n'y avait pas de date fixée, elle n'a pas pu procéder à l'essayage de sa robe de mariée.

— D'ailleurs, elle n'était pas à elle, releva Dalton. Une boutique d'articles pour futures mariées a signalé son vol la veille du jour où j'ai trouvé Elizabeth dans ce coffre.

Malheureusement, l'endroit n'était pas équipé de caméras, et le propriétaire de la boutique n'avait aucun moyen de savoir qui était le voleur.

— Ton gars n'est pas un amateur, murmura Jared. Des voitures, des robes de mariée...

— Oui, c'est un pro, renchérit Dalton.

Il se figea soudain, frappé par une évidence.

— C'est un tueur à gages, déclara-t-il.

Du coup, il importait peu que Tom Wilson ait un alibi. Un alibi si parfait, si bien élaboré...

Dalton laissa échapper un juron.

— Il a pu engager quelqu'un pour tuer sa fiancée !

— Ça me paraît un moyen un peu extrême pour rompre des fiançailles, fit remarquer Jared.

Si extrême que le fait de se trouver dans un poste de police ne semblait pas inquiéter Tom Wilson le moins du monde.

Dalton se leva d'un bond, renversant sa chaise, et ouvrit à la volée la porte de la salle de réunion.

Trop tard.

Le hall d'accueil était vide. Ils étaient partis.

Il ne reviendrait pas en arrière. C'était un poste de police, nom de Dieu ! Il avait probablement tué ce policier. Aussi était-ce le dernier endroit autour duquel il aurait dû traîner.

Mais après avoir écouté tous ces messages vocaux sur son portable, il s'était résigné.

Il avait une tâche à accomplir. Et quand bien même elle s'avérait un peu plus difficile à chaque instant, il irait jusqu'au bout.

Lorsqu'ils sortirent par la double porte vitrée, il sourit. C'était parfait.

Sauf qu'elle n'était pas avec l'agent Reyes.

Tant pis...

Ou plutôt tant mieux !

Cet homme ne la protégerait pas comme l'aurait fait l'agent Reyes.

L'occasion idéale se présentait enfin.

Il attendit qu'ils soient montés dans la berline de location, aient quitté le parking et se soient engagés sur la route.

Puis il sortit de la station-service d'où il les avait observés, et les suivit.

Il n'attendit pas longtemps, comme il l'avait fait avec l'agent Reyes, pendant des kilomètres.

Lorsque la voiture bifurqua dans une route qui longeait les rives d'un petit lac, il passa à l'action. Au premier virage en épingle, il accéléra et heurta de son pare-chocs l'arrière du véhicule. Celui-ci partit de travers, quitta la route, bascula dans le fossé et roula sur lui-même.

C'était si facile...

Il freina. Puis il prit son revolver sur le siège passager. Cette fois, il s'assurerait que cette plaie d'Elizabeth Schroeder était vraiment morte.

13

Dalton jura, se maudissant d'avoir quitté Elizabeth des yeux, même quelques minutes. Il n'aurait dû compter sur personne d'autre pour la protéger.

— Elle a dû se souvenir de lui, dit Jared depuis le siège passager du SUV. Sinon, pourquoi l'aurait-elle accompagné ?

— Parce qu'il l'a forcée ? suggéra Dalton. Peut-être sous la menace d'une arme ?

— Il n'était pas armé, rétorqua Jared. Je l'ai fouillé.

Dalton accéléra. D'après les policiers présents, Elizabeth et l'homme n'étaient partis que depuis quelques secondes lorsque Dalton était sorti en trombe de la salle de réunion.

— Tom Wilson a pu l'y obliger d'une autre façon, maugréa-t-il. Ou inventer une histoire quelconque. Mais, nom de Dieu, où est-ce qu'il l'a emmenée ?

A l'approche d'une route sinueuse, Dalton ralentit. Elle lui rappelait celle où il avait trouvé Elizabeth.

— Là ! s'écria Jared. Il y a une voiture arrêtée sur le bas-côté. Mais ce n'est pas celle louée par Wilson, ajouta-t-il en soupirant.

Dalton posa le regard sur le véhicule. C'était un luxueux coupé sport, beaucoup rapide que la berline.

Braquant le volant d'un geste sec, Dalton prit le virage presque sur deux roues.

Jared s'agrippa au tableau de bord et jura.

— J'aurais dû m'y attendre ! tonna Dalton.

Comme son adolescence dans un gang, sa façon de conduire faisait sa réputation au Bureau. Jusqu'à ce que ses talents de pilote lui permettent de sauver Elizabeth, il n'en avait tiré aucune fierté. Là, il en avait grandement besoin.

— La voilà ! s'écria Jared.

La voiture de location gisait dans le fossé, sur le toit, juste devant le coupé arrêté. Dalton plaça le levier de la boîte automatique en position parking, ouvrit sa portière et bondit de son siège. Un coup de feu éclata, suivi d'un bruit de verre brisé.

Seigneur, il était trop tard. Trop tard...

Sortant son pistolet, Dalton se précipita vers l'avant du SUV. Un nouveau coup de feu retentit, et la vitre côté passager du 4x4 éclata.

— Jared ? hurla Dalton, affolé à l'idée que le profileur ait été blessé.

— Tout va bien ! lui cria son collègue.

Un troisième coup de feu éclata. Cette fois, la balle percuta le capot à trois centimètres de l'endroit où Dalton se trouvait et elle ricocha en sifflant.

Les deux mains sur son arme, Dalton visa une forme vêtue de sombre accroupie dans le fossé, de l'autre côté de la berline retournée.

Ses balles frappèrent le bas de caisse exposé du véhicule. Le tueur riposta. Le mitraillage fut tel que Dalton n'eut d'autre choix que de se recroqueviller au maximum pour ne pas être touché. Une série de balles frappa le capot et la calandre du SUV, trop près de là où Dalton était accroupi. Lorsqu'il osa lever la tête et jeter de nouveau un coup d'œil dans le fossé, l'homme avait disparu. Sans doute dans les bois au-delà.

Dalton dévala à la hâte le talus et s'approcha de la voiture. Du pot d'échappement émanait encore une forte chaleur, et le moteur tournait toujours. Cela ne faisait pas longtemps que le véhicule s'était retourné.

Dalton s'accroupit, mais ne put rien distinguer à travers le pare-brise. Celui-ci s'était brisé en milliers de fragments, soit à cause du choc, soit à cause de la balle qui l'avait perforé côté passager.

Le cœur de Dalton se mit à battre avec violence contre ses côtes. Il contourna le véhicule pour accéder à la portière avant droit. La vitre était en partie baissée, et des cheveux roux s'étalaient dans la terre et les herbes.

Dalton expira brutalement, comme si quelqu'un l'avait frappé à l'estomac.

— Non..., murmura-t-il. Non...

Quelques mèches bougèrent. Etait-ce le vent ?

Il l'appela néanmoins.

— Elizabeth ? Elizabeth ? Tu m'entends ?

Elle remua un peu la tête et, de sa main, replaça les boucles rousses. Une main livide.

— Dalton ?

Sa voix était brisée par la peur et l'espoir.

— Dalton ?

— Je suis là, répondit-il d'une voix rassurante.

— Il est parti ?

— Oui.

L'homme avait encore réussi à fuir, et ça rendait Dalton malade. Mais pas autant que d'avoir cru perdre Elizabeth.

— Est-ce que ça va ? Tu as été blessée dans l'accident ? Touchée par une balle ?

La vitre se baissa davantage, agrandissant l'ouverture. Elizabeth sortit les deux bras.

— Tu es sûre que tu n'as rien ? demanda Dalton par précaution, avant de la bouger.

— Non, répondit-elle. Il m'a ratée. J'ignore comment... Il y a eu tant de balles...

Dalton tressaillit. Les tirs avaient été nombreux, mais peut-être la plupart lui avaient-ils été destinés, car il n'y avait qu'un seul impact dans le pare-brise de la berline de location. Avec la plus grande douceur, Dalton saisit les bras d'Elizabeth et la sortit du véhicule. Puis il la posa sur ses pieds et la garda serrée contre lui.

— Et toi, ça va ? s'enquit-elle. On dirait qu'il t'a aussi pris pour cible. En se sauvant, il tirait vers la route...

Ce fut l'agent Bell, occupé à aider Tom Wilson à s'extraire de sa place derrière le volant, qui lui apporta la réponse.

— Je n'arrive pas à croire que Dalton n'ait pas été touché. Certaines balles ont dû passer à quelques millimètres de lui.

Elizabeth frissonna dans les bras de Dalton.

— Tu es sûr de ne pas être blessé ?

S'il avait été touché, il était possible qu'il n'ait rien senti. Son taux d'adrénaline était si élevé... A la mesure de son inquiétude pour elle. Il voulut se tâter le corps à la recherche d'éventuelles blessures mais Elizabeth avait pris les devants et explorait son torse, son dos et ses bras. Le souvenir de leur nuit — de ses caresses et du reste — lui revint dans toute sa force, et son cœur se remit à battre la chamade.

— Tout va bien, dit-il en saisissant les mains d'Elizabeth pour les garder dans les siennes.

En fait, tout irait bien dès qu'elle cesserait de le toucher.

— Et lui ? demanda-t-elle à Jared, tandis qu'il remettait debout un Tom Wilson tout tremblant.

— Pas une égratignure, répondit le profileur avec un regard soupçonneux.

Tom Wilson aurait pu monter le coup, demander à son tueur d'attendre la bonne l'occasion pour assassiner Elizabeth tout en faisant en sorte que lui-même paraisse innocent, songea Dalton, saisi d'une bouffée de colère.

— Pas une égratignure... pour l'instant ! grogna-t-il, les dents serrées.

Alors qu'il guidait Elizabeth autour de la voiture, il libéra soudain une de ses mains et repoussa Wilson d'un geste brusque.

— Qu'aviez-vous en tête, hein ? lança-t-il d'une voix dure.

Le fiancé battit des paupières et regarda Dalton comme s'il l'avait frappé.

— Quoi ? Que voulez-vous dire ?

— Je vous ai autorisé à lui parler, pas à la faire sortir du poste de police, lui rappela Dalton. Elle est en danger, au cas où vous ne l'auriez pas encore compris. Elle aurait pu être tuée.

— Moi aussi, protesta Wilson d'un air penaud.

Il tremblait encore. Du choc consécutif à l'accident ? Ou de peur ? Dalton était la personne dont il devait avoir peur.

— Vous n'avez pas vraiment donné l'impression d'être en danger, souligna Dalton. C'est elle que les tirs visaient, elle que le tueur essayait d'avoir.

Il s'avança d'un pas et bouscula de nouveau Wilson d'une bourrade.

— C'était votre plan ?

— Quoi ? fit Wilson. Quel plan ? Etes-vous, euh...

— Fou ?

Manifestement, Wilson n'avait pas le courage de prononcer le mot. Mais Dalton n'avait pas un tel problème. En cet instant précis, fou, il l'était. Mais de rage.

— J'aurais dû savoir que votre alibi était cousu de fil blanc. Vous avez engagé ce type pour effectuer la sale besogne à votre place. Et vous avez raconté Dieu sait quoi à Elizabeth pour qu'elle parte avec vous afin de lui en donner l'occasion...

Wilson secoua la tête.

— C'est elle qui a voulu partir. Pas moi. Elle a insisté.

Une fois encore, Dalton crut recevoir un crochet à l'estomac. Il se tourna vers Elizabeth.

— C'est moi qui l'ai voulu, en effet, reconnut-elle.

Pourquoi ? Les souvenirs de son fiancé lui étaient-ils revenus, et s'était-elle sentie trop gênée pour se retrouver de nouveau face à Dalton ?

— Est-ce que l'un de vous deux a vu le visage de l'homme qui vous a éjectés de la route ?

L'agent Bell avait posé la question que Dalton aurait dû poser, s'il n'avait pas été dans une telle colère d'avoir failli perdre Elizabeth.

— Pas moi, dit Tom Wilson. J'ai dû me cogner la tête au moment du crash, et je suis resté un moment inconscient.

Dalton s'adressa à Elizabeth.

— Et toi, tu l'as vu ?

Elle trembla.

— Il avait la tête couverte d'une capuche, mais lorsqu'il s'est approché de la voiture pour tirer...

Elle réprima un nouveau frisson.

— J'ai vu son visage.

— Tu l'as reconnu ? demanda Tom d'un air anxieux.

— Je ne te reconnais pas, *toi*, lui rappela-t-elle. Comment pourrais-je le reconnaître ?

— Mais tu te souviens de Kenneth et Patricia.

— Qui sont Kenneth et Patricia ? intervint Dalton.

— Mes amis, répondit Elizabeth d'une voix altérée par l'émotion. Mes meilleurs amis. C'est pour cela que je devais quitter le poste. Il faut absolument que j'aille chez eux.

Dalton comprenait. C'était les seules personnes qu'elle se

rappelait de son passé, il était donc normal qu'elle veuille les voir sans attendre. Mais il tenait à les voir, lui aussi. Parce qu'elles pourraient certainement répondre à toutes ces questions pour lesquelles l'épais dossier de Jared Bell n'avait aucune piste.

— Merci de m'avoir conduite ici, dit Elizabeth.

Dalton Reyes avait tenu à l'emmener d'abord aux urgences de l'hôpital, mais le médecin avait confirmé ce qu'elle lui avait déjà dit. Tout allait bien. Ou du moins ce serait le cas lorsqu'elle aurait vu Lizzie. Tom Wilson avait dû lui donner l'adresse parce qu'elle-même en aurait été incapable, mais elle reconnut la maison tandis que Dalton engageait le SUV déjà bien cabossé dans la longue allée qui menait au corps de ferme victorien à un étage, avec sa véranda en bois qui en faisait le tour.

Enfant de Chicago comme Elizabeth, Patricia avait toujours rêvé d'élever sa famille dans une maison rurale avec ce style de véranda. Kenneth avait concrétisé son rêve. Il lui avait fait construire une bâtisse à l'aspect ancien, tout en étant moderne et sûre pour *ses femmes*. Elizabeth se souvenait désormais très bien de tout cela.

Dalton coupa le moteur et se tourna vers elle.

— Tu n'aurais pas dû partir avec Tom Wilson. Tu aurais dû me demander de t'y emmener.

Consciente d'avoir cédé sans réfléchir à son impulsion, Elizabeth rougit. Dalton avait raison.

— Je sais, répondit-elle. Je n'ignore pas combien ma vie est menacée.

Et si le tueur n'avait pas aussi vite poussé Wilson hors de la route, il les aurait à coup sûr suivis jusqu'à cette maison que Kenneth Cunningham avait crue à l'abri du danger, comprit Elizabeth.

— Je te demande pardon.

Dalton avança sa main et lui caressa la joue du bout des doigts. Sa peau lui brûla, mais de désir plutôt que d'embarras. Elle avait rencontré son fiancé oublié. Pour autant, Dalton demeurait le seul homme qu'elle voulait.

— Il n'est pas question que je te perde de vue une nouvelle fois, l'avertit-il.

Rassurée plutôt qu'apeurée, elle sourit. Mais elle avait été si proche de la mort que son sourire retomba.

— Merci, soupira-t-elle. Merci de m'avoir encore sauvé la vie.

— Je comprends que tu n'aies pas pu attendre de venir ici, de parler à ces gens dont tu te souviens.

— Oh...

Dalton ignorait que Kenneth et Patricia n'étaient plus là. Elle lui expliquerait une autre fois. Puisqu'elle était devant la maison, elle ne voulait pas perdre une minute de plus.

— Il y a quelqu'un d'autre qu'il faut que je voie, lança-t-elle en ouvrant sa portière pour sauter de son siège.

Elle courut vers les marches de la véranda, Dalton plaquant son pas sur le sien, assurant une sécurité ultra-rapprochée. Elle était si contente qu'il soit là. Il les protégerait, Lizzie et elle.

A peine eut-elle ouvert la porte que la fillette se précipita vers elle en criant et pleurant de bonheur. Elizabeth souleva l'enfant et la serra contre son sein.

— Ma petite Lizzie, murmura-t-elle. Tu es là...

— Ma-man, balbutia la fillette. Ma-man...

— Maman ? s'étonna Dalton, dont le visage avait soudain perdu toute sa couleur.

Il pensait que l'enfant était à elle, réalisa Elizabeth. Mais depuis la mort de Kenneth et de Patricia, Lizzie était devenue sa fille, parce qu'elle leur avait promis de l'aimer et de l'élever comme la sienne.

Les yeux brouillés de larmes, elle acquiesça.

— C'est ma fille, mon bébé !

Elle couvrit de baisers les joues potelées de la fillette.

Un homme s'avança dans le vestibule. Comme Lizzie, il avait les cheveux bruns et bouclés. Le cœur d'Elizabeth se serra devant la ressemblance frappante avec Kenneth. Mais à l'instar de Patricia, Kenneth n'était plus de ce monde.

Un certain soulagement gagna Elizabeth du fait que pendant quelques jours elle avait pu oublier le choc terrible, dévastateur, de la perte de ses meilleurs amis. Mais la culpabilité l'envahit de nouveau. Elle avait aussi oublié Lizzie.

— Je suis tellement navrée, susurra-t-elle.

— C'était toi aux infos ? demanda l'homme. Cette femme trouvée dans le coffre d'une voiture ? Au nom du ciel, que se passe-t-il, Elizabeth ?

Il haletait, les poumons encore brûlants de sa fuite à travers bois. Il avait dû faire cela tant de fois au cours des derniers jours. Pour un homme dont, pendant des années, la seule activité physique avait été confinée à une cour de prison, ces efforts étaient de trop.

Et le fait que l'agent Reyes était aussi bon tireur que conducteur n'avait rien arrangé.

Son bras lui faisait un mal de chien, et le sang suintait du trou à son épaule. La balle n'avait fait que traverser celle-ci, mais l'hémorragie refusait de s'arrêter et sa chemise en était toute poisseuse.

Par chance, personne ne s'était aperçu de son état. Et comme si sa douleur n'était pas assez cuisante, un nouveau message de son employeur l'attendait sur sa boîte vocale. Une autre diatribe incendiaire concernant ce énième échec.

Ce n'était pas sa faute. Plutôt celle de l'agent Reyes.

Mais le pire, dans ce message, était que l'homme voulait le voir.

Sortant son revolver de la poche de sa veste, il le tint serré contre lui. Il en aurait besoin. Pas seulement pour tuer la femme et l'agent...

Mais pour se débarrasser de celui qui l'avait engagé.

Parce que ce dernier avait l'intention de le tuer, cela ne faisait aucun doute. Son commanditaire était l'être le plus impitoyable qu'il avait jamais rencontré, en prison ou ailleurs.

Et l'un des deux allait mourir...

14

Dalton n'en revenait pas. Il s'était imaginé qu'il y avait un fiancé, mort ou vivant, qui cherchait à tuer Elizabeth. Il ne s'était pas imaginé qu'elle avait un bébé. Comment avait-elle pu oublier un bébé ?

— Je vais expliquer… ce dont je me souviens, promit-elle. Une fois que je l'aurai couchée pour sa sieste.

Elle transporta la fillette vers un large escalier en chêne qui menait à l'étage.

Dalton faillit avancer la main pour l'arrêter, mais une femme aux cheveux gris apparut soudain derrière l'homme aux cheveux bruns et bouclés. Elle courut après Elizabeth.

— Mademoiselle Elizabeth ! J'étais si inquiète pour vous. Je sais que j'aurais dû appeler la police mais…

D'une main sur le bras, Dalton stoppa la femme avant qu'elle ne puisse s'engager dans l'escalier. Et, depuis les marches, Elizabeth la regarda avec la même expression que lorsqu'elle s'était trouvée face à son fiancé : comme si elle ne la reconnaissait pas.

— Pourquoi vous n'avez pas appelé la police ? demanda Dalton à la femme. Pourquoi vous n'avez pas signalé la disparition d'Elizabeth ?

— Qui êtes-vous ? répliqua la femme, ses yeux noirs se plissant de suspicion.

— Agent spécial Reyes, du FBI, se présenta-t-il.

La femme déglutit.

— Oh. Elle est encore en danger ?

Dalton hocha la tête.

— La personne qui l'a attaquée n'a pas été arrêtée. Alors oui, elle est encore en danger.

— Tu n'aurais peut-être pas dû venir ici, Elizabeth, intervint l'homme.

Elle ne lui répondit pas et monta l'escalier ouvragé avec, au creux du bras, le bébé qui gazouillait.

— Elle ne peut pas rester loin de Lizzie, souligna la femme aux cheveux gris.

— Pas même pour sa sécurité ? rétorqua l'homme.

— Personne ne nous a suivis, déclara Dalton. Et je veillerai à ce qu'Elizabeth et sa fille soient en totale sécurité. Mais il faut que je sache ce qui se passe au juste.

— Est-elle vraiment amnésique ? questionna l'homme.

Dalton opina du chef.

— Mais la mémoire commence à lui revenir. Elle s'est rappelé ses amis Kenneth et Patricia. Ils vivent ici, à ce qu'elle m'a dit.

Un petit cri s'échappa des lèvres de la vieille dame, et l'homme secoua la tête.

— Plus maintenant, dit-il. Kenny et Patricia sont morts.

Elizabeth s'en était-elle souvenue ou pas encore ? se demanda Dalton. En outre, leur décès était-il lié à ces agressions contre elle ?

— Comment est-ce arrivé ? reprit Dalton. Ils ont été tués ?

La femme hocha la tête.

— Oui, oui... C'est ce que croit Elizabeth.

L'homme plongea une main dans ses cheveux bruns.

— Ce fut une véritable tragédie, confia-t-il. Kenny était mon frère. Je ne parviens toujours pas à comprendre.

— Que s'est-il passé ? insista Dalton.

— Un meurtre suivi d'un suicide, expliqua l'homme. Kenny a tué Patricia, puis il a retourné son arme contre lui.

La femme se mit à pleurer. Ses joues s'inondèrent de larmes.

— Kenneth l'aimait, geignit-elle. Il n'aurait jamais fait ça.

— Je crois que c'est précisément la raison, dit l'homme. S'il l'a fait, c'était pour ne pas la perdre.

— Patricia ne l'aurait pas quitté...

— Et si vous montiez voir si tout va bien pour Elizabeth et la petite ? suggéra le frère de Kenneth, comme si les interventions de la femme l'agaçaient.

S'attendait-elle à ce que Dalton l'arrête de nouveau ? L'espérait-elle ?

Elle parut hésiter quelques secondes avant de se diriger de nouveau vers l'escalier.

Une fois qu'elle eut disparu à l'étage, l'homme reprit à l'intention de Dalton :

— Marta et Elizabeth ne veulent pas l'accepter, mais Kenneth était d'une jalousie maladive. Il était souvent absent pour ses affaires, et peu à peu il a acquis la certitude que Patricia avait un amant.

Dalton appartenait à la division du crime organisé, et le crime passionnel était un concept qui lui échappait. Enfin, jusqu'à ce qu'il éprouve lui-même une féroce envie de tuer Tom Wilson de ses propres mains pour avoir mis Elizabeth en danger.

— Donc, vous êtes son frère.

— Gregory Cunningham, se présenta-t-il enfin.

— Il vous a dit qui il soupçonnait d'être son amant ?

Gregory leva les yeux vers l'étage, l'air inquiet.

— Oui. Tom Wilson.

— Le fiancé d'Elizabeth ?

— Il en pinçait pour Patricia, c'était clair.

Dalton fronça les sourcils. Un homme fiancé à Elizabeth n'avait aucune raison de regarder une autre femme, songea-t-il, sceptique.

Gregory soupira.

— Si Elizabeth est intelligente et dynamique, Patricia était…

— Magique, termina Elizabeth en redescendant l'escalier. Elle était très belle, affectueuse et d'une loyauté exemplaire. Qu'un homme ait pu s'enticher d'elle n'avait pour elle aucune importance…

Même si cet homme était Tom Wilson ? se demanda Dalton.

Elizabeth poursuivit :

— Jamais Patricia n'aurait trompé Kenneth, et il le savait. Jamais il ne lui aurait fait le moindre mal. Quant à mettre fin à ses jours, c'est grotesque.

Gregory poussa un soupir agacé.

— Elizabeth, la police a enquêté. Elle a conclu à un meurtre suivi d'un suicide. Il faut que tu l'acceptes. Il faut que tu te fasses à l'idée qu'ils ne sont plus là.

Elizabeth secoua la tête et, comme Marta, laissa couler ses larmes. Elle s'était rappelé avec clarté que ses amis étaient morts, et la souffrance s'abattait de nouveau sur elle, comprit Dalton.

— Je vais contacter l'officier chargé de l'enquête, annonça-t-il. Je veux juste vérifier par moi-même.

Le frère de Kenneth soupira.

— Merci, agent Reyes. Et merci d'avoir sauvé Elizabeth. Je ne sais pas comment Lizzie aurait réagi à une autre perte dans sa vie.

— Elle ne me perdra pas, déclara Elizabeth avec détermination. Je l'aimerai et prendrai soin d'elle, comme j'en ai fait la promesse à Patricia et Kenneth.

Un cri déchirant lui fit dresser la tête, et elle se précipita vers l'étage pour calmer la fillette.

— N'est-ce pas la preuve que leur mort n'était ni un accident ni un assassinat ? observa Gregory d'un ton désabusé. Ils savaient qu'ils ne seraient plus là pour élever leur enfant. Ils ont donc fait promettre à Elizabeth de les remplacer.

Dalton acquiesça. C'était logique, comme un vieil homme met ses affaires en ordre avant de mourir. Mais comment Patricia pouvait-elle savoir ce que Kenneth avait décidé pour elle ?

— Ils ont fait d'elle sa tutrice ? reprit Dalton.

Il chercha sur le visage de Gregory un signe de rancœur ou de colère, mais ce dernier se contenta de hocher la tête.

— Elizabeth était leur meilleure amie. Au point qu'ils ont donné son prénom à leur fille.

Gregory se fendit d'un petit rire.

— Ils répétaient souvent que Lizzie ressemblait plus à Elizabeth qu'à eux. Comme si la petite était réellement son enfant.

Sur ce, Gregory décrocha sa veste du portemanteau placé près de la porte. Les patères, nota Dalton, étaient des boutons en cristal.

— Je ne suis que le tonton gâteau, soupira Gregory.

— Vous ne vivez pas ici ? demanda Dalton.

Gregory secoua la tête.

— Non, pas dans cette maison. Mais j'habite dans le secteur, et je travaille à Grand Rapids.

— Je pourrai donc vous voir facilement si j'ai d'autres questions à vous poser ? s'assura Dalton.

— Tout à fait. Et merci encore d'avoir sauvé Elizabeth. Notre petit ange ne peut pas perdre une autre personne qu'elle aime.

Dalton non plus ne pouvait pas perdre Elizabeth.

Le bras d'Elizabeth était tout engourdi, mais elle ne voulait pas bouger Lizzie. Elle voulait la tenir à jamais contre elle.

— Je suis désolée, murmura-t-elle à l'enfant endormie.

Comment avait-elle pu l'oublier, même une seule seconde ? Comment avait-elle pu oublier la promesse faite aux parents de Lizzie ?

— Je suis désolé, dit une voix grave, comme en écho.

Elizabeth leva les yeux de la tête brune et bouclée pour découvrir l'homme qui se tenait dans l'encadrement de la porte. Il était si beau, à sa manière un peu sauvage, avec ses cheveux de jais et son corps musclé. Mais une légère grimace creusait les traits de son séduisant visage. Peut-être le décor « chambre de princesse » à dominante rose, conçu par Patricia pour sa fille, le mettait-il mal à l'aise.

Ou était-ce ce qu'il avait appris de l'enquête sur la mort de Kenneth et Patricia ?

— Je suis désolé, répéta-t-il.

Elizabeth secoua la tête.

— Non, non.

— J'ai parlé à l'officier chargé de l'affaire, expliqua Dalton. Il est catégorique. Il s'agit bien de ce à quoi ça ressemblait...

Un meurtre suivi d'un suicide, songea Elizabeth.

— Je me moque de ce à quoi ça ressemblait, répliqua-t-elle. Ce n'est pas ce qui s'est passé !

Ce week-end-là, quelques mois plus tôt, elle avait gardé Lizzie pour permettre à Kenneth et Patricia de s'offrir une escapade en amoureux. Ensuite, elle avait reçu ce coup de fil annonçant qu'on avait découvert leurs corps sans vie dans leur petite cabane au bord du lac.

Elle s'en souvenait désormais. Et malgré le temps qui s'était écoulé depuis, elle tressaillit.

Lizzie remua contre elle. Elle ne voulait pas la réveiller. Marta lui avait dit que Lizzie avait très peu dormi depuis qu'Elizabeth était partie pour Chicago. Elizabeth avait laissé la fillette aux bons soins de la vieille dame pour aller régler un conflit professionnel. Après cela, elle n'avait plus donné signe de vie.

— Je suis désolée, chuchota-t-elle encore à l'enfant.

— J'ai demandé à Jared Bell de réétudier également l'affaire, annonça Dalton.

Mais au ton de sa voix, il estimait que c'était du temps perdu, devina Elizabeth. Alors pourquoi avait-il demandé ce service à Bell ? Pour elle ?

Elle retint un soupir. Au fond, peu importaient les motivations de Dalton. Au moins, quelqu'un d'autre allait examiner les faits. Peut-être la vérité en ressortirait-elle enfin.

— Merci, dit-elle.

Dalton lui répondit par un léger hochement de tête. Il avait l'air épuisé. Et en effet, ils n'avaient pas beaucoup dormi la nuit précédente…

Elizabeth se rappela pourquoi et une bouffée de chaleur lui envahit les joues. Elle avait été insatiable. Et elle avait encore envie de Dalton.

— Tu ne veux pas la coucher ? demanda-t-il.

Elle était assise avec Lizzie depuis des heures, si longtemps que le ciel s'était assombri derrière les fenêtres. La nuit tombait.

— Mon bras s'est engourdi, avoua-t-elle.

— Tu as donné congé à la nurse.

Elle acquiesça.

— Marta avait besoin d'un peu de repos.

Comme elle, la vieille dame avait revécu le drame qu'avait été la mort de Kenneth et Patricia. Elle travaillait pour le couple depuis la naissance du bébé, deux ans plus tôt, et les aimait comme sa propre famille.

— Elle revient demain matin.

— Tu devrais dormir un peu, conseilla Dalton. Tu dois être exténuée.

Il s'approcha du fauteuil où elle se tenait, la fillette blottie dans son giron.

— A cause de la nuit dernière ? lança Elizabeth.

Une étincelle s'alluma dans les yeux sombres de Dalton.

— Non, à cause d'aujourd'hui. Tu as eu une rude journée.

Avec la plus grande délicatesse, il la libéra de l'enfant, et dans l'opération leurs bras se touchèrent.

Un frémissement parcourut la peau d'Elizabeth, attisant le désir qui couvait en elle.

Dalton cala la petite fille entre ses bras musclés, puis la porta jusqu'à son berceau comme s'il avait fait cela toute sa vie. Il paraissait même plus à l'aise avec le bébé qu'elle-même, les premiers jours, après que Patricia et Kenneth lui en avaient attribué la tutelle en cas d'accident.

— Tes souvenirs te sont tous revenus ? s'enquit-il.

Elle haussa les épaules, et un picotement désagréable lui envahit le bras tandis que sa sensibilité se réveillait.

— Je ne sais pas. J'ai toujours l'impression d'essayer de lire un livre dont il manque la majeure partie des pages.

— Au moins, tu en as recouvré quelques-uns, observa Dalton.

Elle soupira.

— Ceux dont j'aurais préféré ne pas me rappeler..., précisa-t-elle en rejoignant Dalton devant le berceau. Peut-être que je les avais volontairement oubliés.

— Tu as eu une commotion cérébrale, souligna Dalton. Je ne crois pas que tu aies eu le choix.

Un douloureux sentiment de culpabilité noua l'estomac d'Elizabeth tandis qu'elle baissait les yeux sur la fillette endormie.

— Comment ai-je pu l'oublier ? C'est horrible.

Sous un afflux de larmes, sa vue se brouilla.

— Elle mérite mieux que moi comme tutrice. Elle mérite sa mère et son père.

— Oublier qu'ils sont morts ne va pas les lui ramener, objecta Dalton.

Passant un bras autour de ses épaules, il attira Elizabeth contre lui.

Epuisée et reconnaissante, elle s'abandonna à son étreinte.

— Je sais.

— Même si Jared découvre que tu as raison en ce qui concerne leur mort, ça ne les ressuscitera pas.

— Mais ça lavera leur nom, répliqua Elizabeth. Ça enlèvera cette tache de l'amour qu'ils partageaient, du souvenir que leur fille gardera d'eux.

Dalton imprima une douce pression à l'épaule d'Elizabeth.

— Ils ont eu raison de te la confier. Tu es la personne idéale pour cela. Oui, tu es parfaite.

Elizabeth tiqua. Comment Dalton pouvait-il penser cela après n'avoir eu qu'un minuscule aperçu de sa vie réelle ?

— Tu dois être vraiment crevé pour te faire de telles illusions ! le taquina-t-elle en riant.

Il joignit son rire au sien.

A ce son inhabituel, Lizzie remua entre ses draps roses. Le timbre de voix de Kenneth n'était pas aussi grave que celui de Dalton, ni celui de Gregory, songea Elizabeth. Et elle ne se rappelait pas si Tom avait souvent été près de la fillette.

Afin de ne pas la réveiller, Elizabeth prit Dalton par la main, le fit sortir de la pièce et referma la porte derrière elle.

— La chambre est équipée d'une caméra de vidéosurveillance pour le bébé, expliqua-t-elle. L'un des moniteurs se trouve dans la cuisine.

Ils pourraient donc descendre au rez-de-chaussée. Mais il était tard, et elle n'avait pas faim… De nourriture, en tout cas.

— Il y en a un autre dans la chambre parentale.

Elle ouvrit une double porte dans le couloir.

— Après la mort de Patricia et Kenneth, je ne pensais pas pouvoir dormir ici.

Elle désigna la vaste et majestueuse pièce d'angle, au plafond voûté, au plancher de chêne clair et aux murs tendus d'un tissu bleu pâle.

— Mais il le fallait, ajouta-t-elle. A cause du moniteur.

Elle secoua la tête, encore étonnée de s'être sentie spontanément à l'aise dans cette chambre. Elle se souvenait de cela. Elle se souvenait de tout ce qui concernait Kenneth, Patricia et la petite Lizzie.

— Ça m'a paru si naturel…

Et pour des raisons sur lesquelles elle préférait ne pas s'attarder, il paraissait naturel que Dalton l'y accompagne et referme les portes derrière lui.

— Comme la nuit dernière, dit-elle, saisissant la main de Dalton pour le guider vers le lit. Ça m'a paru naturel.

Ce fut tout ce qu'elle parvint à dire avant de l'attirer à elle et de l'embrasser avec fougue. Lui aussi avait faim d'elle. Elle le comprit à l'impatience contenue dans son baiser, à sa hâte à lui ôter ses vêtements.

Impatiente, elle l'était autant que lui. Elle lui arracha littéralement boutons et pressions jusqu'à ce qu'il soit nu devant elle. Comme la veille, il posa son arme sur l'une des tables de chevet, à portée de main.

Il étendit Elizabeth sur le matelas doux et moelleux, au-dessous du ciel de lit en tulle. Et dans les secondes qui suivirent, il l'y rejoignit.

Puis leurs corps s'unirent.

Avide de lui, Elizabeth cambra les reins pour le recevoir et l'accueillit au plus profond d'elle-même. Elle s'accrocha à lui comme s'il était une ancre dans la tempête d'émotions qui sévissait en elle à mesure que la mémoire lui revenait. En même temps que le danger.

Mais Dalton lui procurait d'autres émotions, qu'elle n'avait jamais connues auparavant quand bien même elle portait la bague d'un autre. Elle était en train de tomber amoureuse de l'agent spécial Dalton Reyes. Elle ouvrit la bouche pour le lui dire, mais il fondit sur ses lèvres avant qu'elle ne puisse prononcer un mot.

Peut-être était-ce mieux ainsi. Il était peu probable qu'il la croie, de toute façon. Il penserait qu'elle lui était juste reconnaissante de continuer à la protéger. Certes. Mais elle était tellement au-delà de la reconnaissance.

Tout en accueillant avec un indicible plaisir chacune des poussées de Dalton, elle lui rendit son baiser avec toute la flamme qu'il attisait en elle. Elle lui montrerait combien elle l'aimait, même si elle n'osait pas encore le lui dire.

Elle attendrait que le tueur soit pris, comme il le lui avait promis, et que toute sa mémoire lui soit revenue. Ensuite seulement, elle parlerait à Dalton. S'il était encore là. Parce que dès que le dossier serait clos, Dalton n'aurait plus de raisons de la protéger. S'il passait à une nouvelle affaire, alors elle se féliciterait de ne pas lui avoir avoué ses sentiments.

Tout le corps d'Elizabeth se tendit, mais Dalton plongea plus profondément en elle et l'extase la submergea. Il la rejoignit de nouveau et, avec un gémissement guttural, lâcha la bride à sa propre jouissance.

Lorsque Elizabeth voulut s'écarter, il la retint. Il l'entoura de ses bras et la garda serrée à son côté comme s'il voulait ne jamais la laisser partir.

Il le ferait, songea-t-elle avec amertume. Dès que son affaire serait résolue.

Une porte grinça, arrachant Dalton à son sommeil. Elizabeth était toujours blottie contre lui, la tête sur son torse. Donc, ce n'était pas elle qui se promenait dans la maison. Et Lizzie était trop petite pour avoir pu sortir de son berceau.

La nurse était-elle rentrée ?

Elizabeth avait dit à Dalton que Marta ne revenait qu'au matin. Quand il l'avait vue, la nurse était épuisée tant nerveusement que physiquement, sans doute à cause du souci qu'elle s'était fait pour Elizabeth. Par conséquent, ce ne devait pas être elle qui se déplaçait au rez-de-chaussée.

Avançant la main vers la table de chevet, Dalton sortit son arme de son holster. Elizabeth marmonna sa contrariété qu'il la délaisse, mais il le devait. Pour la protéger.

Il n'aurait pas dû être avec elle dans ce lit. Il aurait dû veiller sur elle dans son sommeil, et non dormir avec elle.

Etait-il déjà trop tard pour les sauver, elle et Lizzie ?

15

Elizabeth frissonna, la peau glacée. De la main, elle explora le drap, mais Dalton n'était plus là.

Tombant par les hautes fenêtres, la lumière de la lune éclairait la chambre et la table de chevet. Le pistolet n'était plus là non plus, remarqua Elizabeth.

Pourquoi Dalton l'avait-il pris ? s'interrogea-t-elle. Cela dit, il le portait toujours sur lui. Cela ne signifiait pas qu'il en avait besoin, qu'il avait entendu un bruit suspect.

Mais à cet instant précis, il y eut un couinement léger. Une porte, ou peut-être l'escalier. Etait-ce Dalton qui le descendait, ou quelqu'un d'autre qui le montait ?

Marta ne pouvait être revenue. Elizabeth avait presque dû supplier la vieille dame de passer un peu de temps avec sa fille et sa petite-fille, et de se reposer. Marta avait promis qu'elle le ferait, et qu'elle ne reviendrait qu'en fin de matinée.

Donc, ce n'était pas Marta.

N'y avait-il que Dalton ?

Soudain, un cri. Puis autre chose. La chute d'une masse lourde. Un craquement. Quelque chose qui se brise.

Dalton n'était pas seul.

Il se battait avec un intrus, comprit Elizabeth. Quelqu'un s'était introduit dans la maison de Kenneth et Patricia... pour *la* tuer.

Les mains tremblantes, elle ramassa ses vêtements sur le plancher et se couvrit à la hâte. Puis elle chercha autour d'elle un objet pouvant servir d'arme. Inutile d'espérer trouver un revolver ou un fusil : Kenneth était contre les armes à feu.

C'était d'ailleurs le plus invraisemblable dans cette théorie du meurtre suivi d'un suicide. Comment Kenneth aurait-il pu tuer Patricia et ensuite lui-même s'il ne possédait pas d'arme ?

En cet instant, Elizabeth regrettait de ne pas en avoir une à sa disposition, mais peu importait. Elle devait protéger Lizzie, et le meilleur moyen de le faire était peut-être... de s'éloigner d'elle. Elizabeth était prête à se sacrifier si le tueur la voulait, elle. Tant qu'il ne touchait pas au bébé...

Un coup de feu éclata, faisant vibrer jusqu'au plancher sous les pieds d'Elizabeth. Elle laissa échapper un petit cri. Dalton avait-il été touché ? Ou avait-il descendu l'intrus ?

Elizabeth voulait se précipiter au rez-de-chaussée pour vérifier, mais la peur la cloua sur place.

Elle était toujours incapable de bouger quand le bouton de porte commença à tourner. Les pleurs de Lizzie retentirent alors dans la maison. Un horrible frisson parcourut Elizabeth.

Il lui fallait une arme de toute urgence.

Sur l'une des tables de chevet était posée la sculpture en verre d'un dauphin. Elle était petite, délicate, mais possédait des aspérités potentiellement dangereuses. Elizabeth pouvait s'en servir si l'intrus s'approchait assez d'elle. D'un autre côté, il n'aurait pas besoin de le faire s'il se contentait de lui tirer une balle dans la tête.

Elizabeth serra si fort la sculpture que le verre se craquela sous sa paume. Puis les portes s'ouvrirent et l'homme entra dans la chambre.

D'un bras, il portait la fillette en larmes. De sa main libre, il tenait un pistolet.

Elizabeth hurla. L'individu s'approcha d'elle, et la lumière de la lune éclaira son visage. Son si beau visage...

L'air s'échappa par saccades des poumons d'Elizabeth. Dalton était sain et sauf. Un immense soulagement envahit Elizabeth.

Il était furieux.

Même après plus d'une heure, sa colère n'était pas retombée. Par quel tour de passe-passe l'homme avait-il réussi à lui sauter dessus dans le noir. Sacré nom !

Il avait failli perdre son arme. Il avait failli perdre sa vie. Dans ce cas, le sort d'Elizabeth aurait été scellé. Peut-être même celui de la fillette.

Lizzie. La petite Elizabeth.

Ses amis Patricia et Kenneth aimaient tant Elizabeth qu'ils avaient donné son prénom à leur enfant. Et ensuite, chose incroyable, ils la lui avaient donnée.

Cela dit, elle était si facile à aimer qu'il devait lui-même lutter contre ce sentiment, comme il avait lutté contre le tueur dans l'obscurité.

— Tu aurais dû prévoir un appui, commenta Jared en considérant le mobilier et le verre brisés dans la grande salle à manger.

Blaine Campbell était venu, lui aussi. Ni l'un ni l'autre ne travaillait sur des affaires de ce type. Jared avait rayé son tueur en série de la liste des suspects potentiels, et Blaine s'occupait de braquages de banques.

Mais Dalton n'était pas non plus censé traiter de telles affaires. Sa division était celle du crime organisé. Or, il n'y avait rien d'organisé dans les attaques perpétrées contre Elizabeth.

Face aux assiettes de porcelaine et aux bibelots de verre coloré réduits en morceaux, Dalton grimaça. Lui et l'intrus avaient même cassé une paire de chaises et renversé la lourde table, tant la bagarre avait été violente.

— Est-ce que ça va ? s'enquit Blaine en évaluant des yeux les dégâts.

— Non, répondit Dalton. Je suis hors de moi. Je me demande comment ce salopard a pu me surprendre ainsi.

— C'est un professionnel, rappela Jared.

Dalton haussa les épaules.

— Je n'en suis pas si sûr. Il a tenté de me prendre mon arme au lieu de sortir la sienne.

— Quel intérêt de sortir la sienne si tu le descends le premier ? fit remarquer Blaine. C'est sans doute la raison pour laquelle il a voulu te l'enlever.

— Nous nous sommes battus pour mon arme..., insista Dalton.

Ce qui expliquait les meubles brisés.

— Et j'ai réussi à presser la détente.

— Tu as eu de la chance ne pas recevoir la balle, observa Jared.

Dalton en avait pris le risque. Pour protéger Elizabeth et l'enfant.

— Je crois que je l'ai touché…

Le gars avait expiré bruyamment, comme si Dalton lui avait asséné un coup de poing encore plus puissant que ceux qu'il lui avait déjà donnés.

Jared plissa le front, la moue sceptique.

— Si tu l'as touché, comment a-t-il pu se sauver ?

— La petite s'est mise à crier quand le coup de feu est parti, précisa Dalton. Nous étions au-dessous de sa chambre. En réalité, je ne sais pas si la balle a touché ce salaud ou a frappé le plafond.

Mais la lumière était allumée dans la pièce, et il n'y avait aucun trou dans le plafond à caissons.

Jared prit un air consterné.

— Bref, tu l'as laissé partir.

Dalton eut envie de frapper son collègue. Blaine dut le sentir, parce que d'un mouvement subtil, il se plaça entre eux et répondit à la place de Dalton :

— Parce qu'il songeait d'abord au bébé. Tu comprendras, Jared, quand tu en auras un.

Le profileur haussa les épaules.

— Ce n'est pas près d'arriver…

— C'est ce que j'ai dit un jour, répliqua Blaine.

Son bébé n'était pas le sien, cependant. Sa femme était enceinte d'un autre homme lorsqu'il l'avait tirée des griffes de braqueurs de banques. Cela ne l'empêchait pas d'aimer l'enfant comme s'il était sa propre chair et son propre sang.

De la même façon qu'Elizabeth aimait la petite Lizzie.

— Ce n'est pas comme si je l'avais laissé partir, argua Dalton. Les cris de Lizzie m'ont distrait quelques secondes, mais ç'a été suffisant pour qu'il parvienne à me filer entre les doigts.

— Tu ne t'es pas lancé à sa poursuite ? demanda Jared.

— Il fallait qu'il s'assure que le bébé allait bien, répéta Blaine.

Le bébé, et Elizabeth, ajouta Dalton in petto. Il avait voulu s'assurer qu'Elizabeth allait bien, que son adversaire n'était pas qu'une diversion pour permettre à un second tueur de s'en prendre à elle.

— Je n'avais aucun moyen de savoir s'il n'y avait pas un autre homme dans la maison, indiqua-t-il. Il fallait que je monte voir le bébé et Elizabeth.

Jared approuva enfin.

— En effet, ils auraient pu être deux, admit-il.

— Oh ! Mais ils le sont au minimum, lança Dalton. Le tueur à gages, et celui qui le paie.

Un bruit étranglé lui fit tourner la tête vers la porte de la pièce. Elizabeth se tenait dans l'encadrement, Lizzie dans les bras. Elle couvrait d'une main l'oreille de la fillette, comme si cette dernière pouvait comprendre ce qu'ils disaient.

Les yeux gris argent d'Elizabeth étaient écarquillés par la terreur. Elle comprenait qu'un être fourbe, qui tirait les ficelles dans l'ombre, tenait coûte que coûte à la voir morte.

Jared leva alors une main tachée de sang.

— Reyes, regarde ! Ce sang... Tu l'as touché.

Blaine opina du chef.

— Bien. Nous pouvons le traquer à présent.

— Il faudra sans doute attendre qu'il fasse jour, nuança Dalton.

Mais l'aube n'était pas loin. Le ciel commençait déjà à s'éclaircir. Et le cœur de Dalton à s'alléger. Il avait peut-être laissé s'enfuir le tueur, mais celui-ci était blessé.

Gravement ? Assez pour avoir besoin de soins médicaux ?

— En attendant, ajouta Dalton, nous pouvons nous renseigner auprès des hôpitaux et des cliniques pour savoir s'ils ont accueilli un blessé par balle.

— Je m'en charge, dit Blaine.

— Je sens que je gêne, murmura Elizabeth en ressortant de la salle à manger.

Dalton aurait dû rester au cœur de l'enquête, avec les autres agents. Au lieu de cela, il suivit Elizabeth tandis qu'elle remontait l'escalier pour gagner la chambre rose. Il devait s'assurer que tout allait bien pour elle.

— Non, tu ne gênes pas, Elizabeth.

— De toute évidence, quelqu'un pense que si, répliqua-t-elle. Sinon, pourquoi aurait-on payé quelqu'un pour se débarrasser de moi ?

Dalton fit un pas vers elle sur le palier de l'étage.

— Maintenant que nous savons qui tu es, nous pouvons trouver le mobile. Nous pouvons découvrir qui est derrière ces attaques contre toi.

Elizabeth tressaillit.

— Peut-être que je ne veux pas le savoir.

— Il faut que nous le sachions pour pouvoir l'arrêter..., souligna Dalton.

Il leva la main et glissa ses doigts sur la joue soyeuse d'Elizabeth.

— Nous l'arrêterons.

S'il détestait savoir Elizabeth en danger, il détestait encore plus qu'elle se croie responsable de ce danger, responsable du fait que quelqu'un voulait la tuer.

Qu'elle ait poussé une personne à la haïr, comme elle semblait le penser, était tout à fait improbable. A l'aimer, en revanche, c'était plus plausible — même si tomber amoureux d'elle n'était pas une bonne idée en ce qui le concernait, estima Dalton. Surtout quand elle portait la bague d'un autre. Surtout quand il s'était juré de ne tomber amoureux de personne et de se concentrer seulement sur son travail.

C'était ce qu'il devait faire en cet instant. S'il n'avait pas entendu fureter ce type au rez-de-chaussée, celui-ci serait peut-être parvenu jusqu'à Elizabeth. Il les aurait peut-être tous tués dans leur sommeil.

Non, se répéta Dalton. Il devait rester concentré.

Le tueur ne poussa jamais la porte d'un hôpital ni d'une clinique.

Dalton le trouva gisant sur un lit imbibé de son sang, dans une chambre de motel miteux. Comme dans la salle à manger de Kenneth et Patricia Cunningham, la moitié des meubles était brisée. Les éléments de la télé et d'une lampe fracassée jonchaient la moquette élimée.

Dalton se tourna vers l'employé du motel. Celui-ci avait appelé la police parce qu'il avait remarqué des traces de sang entre le parking et la porte de la chambre.

— Qui est-ce ? lui demanda Dalton.

Le jeune homme aux cheveux longs battit des paupières, l'air égaré.

— Je n'en sais rien.

— Sous quel nom a-t-il signé le registre à son arrivée ?

— John Smith.

Dalton renifla.

— Je suppose que vous avez fait une photocopie de son permis de conduire ou de sa carte de crédit.

L'employé rougit jusqu'aux oreilles.

— Il a payé d'avance, en liquide, et il a signé John Smith.

Dalton se tourna vers l'équipe de policiers dépêchée sur les lieux.

— Avez-vous trouvé un portefeuille ?

Une jeune femme en uniforme secoua la tête.

— Non, monsieur. Ni portefeuille, ni portable, rien... Comme si la chambre avait été cambriolée.

Il n'y avait pas eu cambriolage, songea Dalton. Il était plus probable que l'homme ne gardait sur lui aucun de ces objets, afin de ne pouvoir en aucune circonstance être identifié. A moins que quelqu'un n'ait « fait le ménage » pour lui.

— Combien de temps faudra-t-il au légiste pour effectuer l'autopsie ? s'enquit Dalton.

— Nous faisons appel à celui du comté, répondit la femme. Comme il couvre un vaste secteur, il est très occupé.

Dalton jura.

— Il faudra sans doute confier cette autopsie à un légiste fédéral. J'ai besoin de savoir quelle balle l'a tué.

— Le calibre, vous voulez dire ?

Dalton secoua la tête.

— Non. Le type de balle. Parce que ça pourrait être la mienne.

Que le tueur à gages soit mort ne signifiait pas qu'Elizabeth était hors de danger. Dalton devait découvrir qui était le commanditaire. Ce serait plus facile s'il connaissait l'identité du client décédé.

— Par ailleurs, je veux un relevé d'empreintes, une recherche comparative de son ADN et tout le toutim. Il faut que je sache qui est ce type !

— Appelle le labo du Bureau, conseilla Jared.

Il avait accompagné Dalton au motel, tandis que Blaine était resté avec Elizabeth et le bébé pour les protéger.

Peut-être était-ce à cause des coups pris pendant la bagarre, peut-être parce qu'il était loin d'Elizabeth et de Lizzie, mais tout le corps de Dalton était douloureux. Il détestait confier leur protection à un autre, même s'il avait entière confiance en Blaine.

— Il faut mettre le turbo sur cette affaire, lança Jared.

Le profileur avait admis que ces attaques n'étaient pas liées à son dossier — toujours actif — de tueur en série. Mais, clairement, il voulait écarter toute possibilité allant dans ce sens, en l'occurrence celle que cet homme soit l'assassin qu'il traquait depuis si longtemps.

— Etes-vous sûr que cette enquête entre dans le cadre de vos prérogatives ? demanda la jeune policière, le menton haut.

Dalton n'avait guère de temps pour les conflits de juridictions.

— Cet individu est peut-être celui qui a attaqué l'officier Littlefield, indiqua-t-il. Je crois qu'il est important que vous le sachiez dès à présent.

La jeune femme acquiesça aussitôt.

— Bien sûr, bien sûr... J'ignorais que...

Un policier aux cheveux gris, qui examinait la pièce avec elle, renifla.

— Vous imaginez quoi ? Que nous avons une vague de crimes dans le secteur ? Bien sûr que c'est le même. Le seul autre crime que nous ayons eu, avant que l'agent Reyes ne trouve cette jeune femme dans un coffre, c'est ce meurtre suivi d'un suicide, il y a quelques mois.

Le sang de Dalton se glaça. Il ne croyait pas aux coïncidences. Elizabeth avait peut-être raison.

Dalton échangea un regard avec Jared Bell, qui hocha la tête. Manifestement, lui aussi avait des doutes sur les conclusions de l'enquête. Elizabeth affirmait que la mort de ses amis Kenneth et Patricia était un double assassinat, et voilà que quelqu'un cherchait à la tuer. Pour couvrir un crime datant de plusieurs mois ?

Les agressions contre Elizabeth étaient peut-être directement liées au sort de ses amis. La fillette ne pouvait pas la perdre, comme elle avait déjà perdu ses parents.

Dalton ne pouvait pas la perdre non plus. Mais il le redoutait. Tôt ou tard, cela arriverait.

Il garderait Elizabeth en vie et trouverait la personne qui avait juré sa mort.

Mais il ne pourrait pas empêcher Elizabeth de se souvenir de son fiancé et de retourner à lui.

A moins que Tom Wilson ne soit l'instigateur de toute l'affaire.

16

La douleur irradiait dans la tête d'Elizabeth, lui brouillant la vue. C'était comme si elle avait reçu un nouveau coup violent sur la nuque. Des coups de marteau lui frappaient l'intérieur du crâne. Etait-ce à cause de sa commotion ?

Ou parce que la mémoire lui revenait peu à peu ?

Le retour de ses souvenirs s'accompagnait en effet de souffrance. Comme si elle perdait Kenneth et Patricia une seconde fois.

Mais la raison en était peut-être aussi la nuit blanche qu'elle venait de passer. Parce qu'elle était amoureuse d'un homme dont elle savait qu'il ne resterait pas ? Depuis le dramatique épisode de la nuit, elle ne l'avait pas vu. Quelques minutes après lui avoir parlé, il avait quitté la maison avec Jared Bell, la laissant sous la protection de Blaine Campbell.

— Ça ne va pas ? s'inquiéta celui-ci.

Il tenait Lizzie calée sur sa hanche. La fillette gazouillait. Un peu plus tôt elle pleurait, fatiguée et grincheuse d'avoir été brutalement arrachée à son sommeil.

Ce devait être pour cette raison qu'Elizabeth avait tant mal à la tête. Elle avait beau avoir bercé l'enfant dans sa chambre, cela n'avait fait qu'intensifier les pleurs de Lizzie. Elizabeth calma donc les mouvements de son rocking-chair tandis que l'agent Campbell apaisait la petite.

— Une simple migraine, répondit-elle. Ça s'arrangera.

Quand Dalton serait revenu.

S'il revenait...

— Merci, ajouta-t-elle. Pas seulement de me protéger, mais de me donner un coup de main pour le bébé.

— Je vous en prie, répondit Blaine. C'est un plaisir pour moi d'assurer votre sécurité et de vous aider avec ce petit ange.

— On dirait que vous avez fait cela toute votre vie.

— Nous avons un fils, ma femme et moi, expliqua-t-il avec toute la fierté d'un père.

Elizabeth se rappela l'horreur affichée par Dalton quand on l'avait pris pour un jeune marié. Il avait sans doute la même répulsion pour la paternité que pour le mariage. Mais Elizabeth comprenait qu'il se consacre tout entier à son travail. Il voulait venger la mort de sa grand-mère, qu'elle soit fière de lui.

— Mon fils n'a que huit semaines, poursuivit Blaine. Donc un petit peu plus petit que cette charmante demoiselle. Mais avec l'appétit qu'il a, il la dépassera bientôt en taille et en poids.

— A cet âge ils poussent vite, commenta Elizabeth.

Elle avait été absente moins d'une semaine, mais la fillette aux boucles brunes semblait avoir grandi et mûri de six mois. Dans combien de temps oublierait-elle ses parents ?

Déjà, elle l'appelait *maman*. Dans son esprit, Elizabeth avait remplacé Patricia. Mais Elizabeth veillerait à ce que Lizzie sache toujours qui était sa véritable mère. Elle entretiendrait pour elle la mémoire de ses parents. Et cela, elle ne pourrait le faire qu'en restant en vie.

En bas, une porte grinça, lui rappelant les événements de la nuit précédente. Puis les marches de l'escalier craquèrent imperceptiblement comme si quelqu'un avait commencé à les gravir. Y avait-il un nouvel intrus dans la maison ? L'agent Campbell passa le bébé à Elizabeth et sortit son arme de son holster.

— C'est moi, annonça une voix grave.

Les yeux ensommeillés, la petite fille releva la tête de l'épaule d'Elizabeth. Apparemment, elle reconnaissait déjà la voix de Dalton. Son visage s'éclaira, et elle lui sourit tandis qu'il s'avançait dans la chambre.

Elizabeth voulait lui sourire, elle aussi, mais au lieu de cela, elle retint son souffle. Si Dalton avait quitté la maison, c'était pour une raison précise. Suivre une piste.

— Alors ? s'enquit-elle. Tu l'as retrouvé ?

Il sortit son portable de sa poche, lui présenta l'écran et la photo d'un homme aux yeux clos, au teint livide.

Elizabeth déglutit.

— Il est mort ?

— Oui.

— Et toi ? s'enquit-elle. Tu vas bien ? Il y a eu du grabuge ?

Dalton secoua la tête.

— Non. L'employé de l'hôtel a trouvé ce type mort dans sa chambre. Il est possible que ce soit celui avec qui je me suis battu cette nuit.

Un léger doute affleurait dans sa voix.

— Tu n'en es pas sûr ? intervint Blaine.

Dalton haussa les épaules.

— Je le pensais plus grand, plus costaud. Mais il était tard et j'étais fatigué.

A cause d'elle, comprit Elizabeth. Elle l'avait tenu éveillé deux nuits de suite. A faire l'amour...

— Tu le reconnais ? lui demanda-t-il.

— Je ne l'ai pas vu, je n'étais pas au rez-de-chaussée quand vous vous êtes battus, lui rappela-t-elle.

Elle rougit. Elle était en haut dans sa chambre, paralysée par la peur, incapable d'aider Dalton, ni de s'aider elle-même.

— Je ne parle pas de cette nuit, précisa Dalton. Je veux juste savoir si tu l'as déjà vu auparavant.

Elizabeth soupira.

— Je ne sais pas. Je me souviens de certaines choses...

Comme de la petite Lizzie, de Kenneth et Patricia, de la maison. En revanche, elle n'avait aucun souvenir de son propre fiancé.

— Mais il y en a tant d'autres dont je ne me souviens pas...

Dalton insista :

— Est-il possible que ce soit l'homme qui t'a tiré dessus après vous avoir éjectés de la route, Wilson et toi ?

— J'étais la tête en bas, coincée contre le plafond de l'habitacle, souligna Elizabeth. Et il avait presque entièrement rabattu sa capuche sur son visage. Oui, c'est possible...

Elle étudia l'écran de plus près.

— Mais je ne pourrais pas le jurer.

Dalton maugréa.

— C'est bon, tout va bien, intervint l'agent Campbell.

Elizabeth le remercia d'un regard. Il lui offrait son appui, alors que la frustration de Dalton croissait de façon évidente.

Etait-il fâché contre elle à cause de son incapacité à les aider ? Il n'était pas le seul. Elle aussi éprouvait cette frustration. Elle voulait retrouver ses souvenirs, *tous* ses souvenirs. Retrouver sa vie d'avant, une vie exempte de tout danger.

Mais si cela arrivait, Dalton disparaîtrait...

— J'ai reçu d'autres nouvelles en venant ici, reprit-il. L'officier Littlefield est sorti de son coma.

— Excellent ! s'exclama l'agent Campbell. C'est un bon gars, et un excellent policier.

Tout en étant soulagée pour l'officier, Elizabeth se remémora l'uniforme de Littlefield. L'uniforme et le malaise qui lui était associé.

— Il a enquêté sur les morts de Kenneth et Patricia, dit-elle à mesure que les faits se clarifiaient dans son esprit. Je me souviens lui avoir parlé...

Voilà pourquoi Littlefield lui avait laissé une impression déplaisante avant même qu'elle ne se souvienne de lui.

— Mais il ne m'a pas écoutée, reprit-elle. Il n'a pas voulu creuser plus loin les circonstances de leur mort.

Dalton secoua la tête.

— J'ai rencontré l'officier chargé de l'affaire. Ce n'était pas Littlefield.

— Ils étaient deux, indiqua Elizabeth. Un policier âgé et lui. J'ai tenté de les convaincre, mais ils n'ont rien voulu savoir. Ils sont restés sourds à mes objections.

— Vous vous souvenez de tout ça ? lança l'agent Campbell.

Il paraissait sceptique, comme s'il la soupçonnait tout d'un coup d'avoir inventé son amnésie.

Elle soupira.

— Oui, je m'en souviens. Aussi clairement que je me souviens de Lizzie.

— Mais pas de Tom Wilson, fit remarquer Dalton.

Elle haussa les épaules.

— J'ignore pourquoi. Si je me rappelle aussi bien Kenneth et

Patricia, c'est peut-être parce que je suis choquée par cette injustice. Personne n'a voulu m'écouter au sujet de leur mort, et ça continue aujourd'hui.

Un mélange de contrariété et d'impuissance la submergea. Les larmes lui montèrent aux yeux.

— Leurs noms ne seront jamais lavés, et le véritable assassin continuera à courir.

— Moi, je t'écoute, assura Dalton en rivant son regard dans le sien par-dessus la petite tête de Lizzie. Et j'irai parler à Littlefield pour en savoir davantage sur cette enquête.

Elizabeth émit un reniflement moqueur.

— Quelle enquête ? Il n'y a pas eu d'enquête.

— Il y en aura une maintenant, promit Dalton, avant de se tourner vers Blaine. Tu peux rester encore un peu ?

— Oui, répondit son ami. Mais avant que tu partes, j'aurai besoin de te parler, ajouta-t-il en sortant de la chambre.

Dalton ne le suivit pas tout de suite. Au lieu de cela, il se rapprocha d'Elizabeth, avança la main pour caresser les cheveux de Lizzie et glissa un doigt sur sa joue.

— Elle dort. J'espère que ce qui s'est passé cette nuit ne l'a pas trop perturbée.

Tout en disant cela, il fouillait le regard d'Elizabeth. Faisait-il allusion à l'intrusion de cet homme ou au fait qu'elle était en train de tomber amoureuse de lui ? Savait-il ce qu'elle éprouvait ? Son amour, son désir se lisaient-ils sur son visage ?

— C'était beaucoup pour un bébé, répondit-elle.

— Je sais, convint Dalton. Beaucoup trop.

Pour Lizzie ou pour elle-même ? se demanda à nouveau Elizabeth.

— Ce type, au motel, tu sais qui c'est ? lança-t-elle.

— Ronnie Hoover, répondit Dalton. Un ancien voleur de voitures, en liberté conditionnelle. Ses empreintes sont sur nos fichiers. Ronnie était préposé au parking privé où M. Schultz gardait sa Mercedes.

— L'immeuble me disait quelque chose, murmura-t-elle. J'y ai peut-être un appartement...

Même si la maison de Patricia et Kenneth lui était beaucoup plus familière.

— C'est peut-être pour ça qu'il m'a enlevée, continua-t-elle.

— Tu penses que c'était juste une sorte d'obsédé qui suit les femmes ? avança Dalton.

— Vu le ton de ta voix, tu n'y crois pas, n'est-ce pas ?

Il haussa les épaules.

— Bah, c'est toujours possible. Mais d'après moi, tu n'as pas dû passer beaucoup de temps à Chicago depuis que tu es devenue la tutrice de mademoiselle.

Elizabeth acquiesça.

— Tu dois avoir raison. Du moins, si je me fie à ce que je me rappelle, et pas à ce qu'a dit Marta. Donc, tu ne crois pas à un malheureux concours de circonstances...

— Non. Mais j'en aurai le cœur net.

Encore une promesse...

Et toutes ces promesses qu'il lui avait faites concernaient sa mémoire, son agresseur, la restitution de sa vie d'avant... Pas elle et lui. Dès qu'il aurait démêlé l'affaire, il partirait. Tout comme il était en train de se diriger vers la porte pour rejoindre Blaine dans le couloir.

Mais brusquement, il fit volte-face, marcha jusqu'à elle et déposa un tendre baiser sur ses lèvres.

Le cœur d'Elizabeth se mit à battre follement.

Pourquoi l'officier Littlefield n'avait-il pas identifié Elizabeth ? se demanda Dalton, perplexe. Quand il l'avait trouvée dans ce coffre, le policier avait fait comme s'il ne l'avait jamais vue. Or, il la connaissait. Il s'était même disputé avec elle, à en croire Elizabeth elle-même.

Et plus Dalton la connaissait, plus il avait confiance en elle.

Non seulement elle était forte, mais elle était têtue et déterminée à prouver que son ami Kenneth n'avait pas tué son épouse avant de se donner la mort. La juriste en elle — même si sa branche était le droit des affaires — aurait défendu sa cause bec et ongles dans un tribunal. Elle aurait été brillante.

Dalton le savait : il ne pourrait jamais oublier Elizabeth. Ni, sans aucun doute, se remettre de l'avoir perdue.

Il inspira à fond afin de chasser la pointe de douleur entre ses côtes.

— Vous allez bien ? s'enquit l'officier Littlefield.

Les yeux grands ouverts, il scrutait son visage.

Dalton ricana.

— C'est vous qui sortez d'un coma. C'est à vous qu'il faut poser la question.

En fait, il avait craint que Littlefield y soit retombé lorsqu'il l'avait trouvé endormi à son arrivée dans sa chambre.

Le policier leva une main vers sa tête couverte de bandages.

— C'est une bonne chose que mon crâne ait été déjà rasé, ironisa-t-il. Je n'ai pas eu à regretter la perte de mes cheveux.

— En effet, opina Dalton, mi-figue, mi-raisin.

Jusque-là très pâle, le visage de Littlefield s'empourpra.

— Je suis désolé, dit-il. Je n'ai pas assuré. Me laisser surprendre de nouveau par ce type… Comme lorsqu'il m'a volé la voiture de patrouille.

Dalton avait trouvé bizarre que le policier laisse ainsi son véhicule sur le bord de la route. S'était-il agi d'une erreur, ou d'autre chose ? Mais si Littlefield avait conclu un quelconque arrangement avec le voleur de voitures, pourquoi appeler Dalton pour le faire venir sur les lieux ?

— Vous pouvez vous féliciter de ne pas m'avoir fait confiance pour assurer sa protection, ajouta Littlefield.

— Mais si, je vous ai fait confiance.

Au début.

— Vous aviez raison, reprit l'officier. Ce type attendait une nouvelle occasion de s'attaquer à elle.

— Et c'est à vous qu'il s'en est pris, rappela Dalton. Vous avez de la chance d'être encore en vie.

Si Littlefield et Ronnie Hoover étaient complices, pourquoi Hoover se serait-il retourné contre l'officier ? Certes, les exemples ne manquaient pas dans l'histoire. Selon les anciens amis de Dalton, ne s'était-il pas retourné contre eux ?

Littlefield tressaillit.

— Je sais que j'ai eu de la chance. Les médecins sont étonnés que je sois sorti de mon coma.

— Votre mémoire est intacte ? s'enquit Dalton.

— Oui, répondit le policier. Je serai même capable d'identifier ce salaud. J'ai vu son visage dans le miroir avant qu'il ne me frappe.

Dalton lui présenta l'image sur son portable.

Littlefield lâcha un hoquet.

— Il est mort ?

Dalton opina du chef.

— C'est bien lui, déclara l'officier. Que lui est-il arrivé ?

— J'attends les conclusions de notre légiste.

Etait-ce la balle de Dalton ou une autre qui avait touché Hoover ?

Littlefield hocha la tête.

— C'est mieux que de devoir compter sur celles de Doc Brouwer. Il est trop sollicité, le pauvre vieux.

— C'est lui qui a autopsié les corps de Kenneth et Patricia Cunningham ? demanda Dalton.

Littlefield se raidit et jura.

— Voilà, je me souviens à présent ! Cette femme amnésique... Elle est liée à ces gens.

— Elizabeth Schroeder, dit Dalton. Elle est avocate d'affaires à Chicago.

En plus d'être la tutrice d'une petite fille et la fiancée de quelqu'un. Comme elle l'avait souligné, personne n'était une seule chose. Lui, si. Il était un agent spécial du FBI, rien d'autre.

— Nous avons déjà son identité.

— Elle a recouvré la mémoire ? voulut savoir Littlefield.

Pas à cent pour cent. Mais Dalton acquiesça quand même.

— Elle se souvient très bien de ses amis.

— Et elle ne croit pas que leur mort ait été un meurtre suivi d'un suicide, n'est-ce pas ?

— Non. Et vous ?

Le policier hésita. Lui aussi avait des doutes, apparemment.

— L'officier Jackson était l'enquêteur en chef. D'après lui, c'est ce qui s'est passé.

— Elizabeth affirme qu'il n'a pas voulu l'écouter, insista Dalton. Qu'aucun de vous deux n'a voulu l'écouter.

Littlefield soupira.

— Je crois qu'elle a raison de penser que les choses ne se sont pas passées exactement comme l'indique le rapport.

— Mais encore ?

Littlefield secoua sa tête bandée et grimaça.

— Je crois que le mari est mort en premier.

— Que voulez-vous dire ? s'étonna Dalton. Que la femme aurait tué son mari avant de se suicider ?

Littlefield eut un léger hochement de tête.

— Ça y ressemblait, en tout cas. D'après Doc Brouwer, il était mort depuis plus longtemps. Et sur le revolver, son sang était *sous* celui de la femme.

— Autrement dit, elle est morte en dernier, conclut Dalton.

Il avait vu les photos prises par les techniciens.

— Mais l'arme était dans sa main à lui, rappela-t-il.

Par conséquent, la scène de crime avait été maquillée.

Littlefield émit un grognement.

— Vous pensez qu'elle a raison, hein ? Que le couple a été assassiné.

A son tour, Dalton poussa un soupir.

— Je pense que c'est une étrange coïncidence qu'Elizabeth, qui est la seule à se battre pour rouvrir l'enquête et prouver que ses amis ont été assassinés, échappe de peu à deux tentatives de meurtre, voire plus.

— Vous croyez que celui qui a tué le couple Cunningham cherche à la supprimer ? questionna Littlefield.

Il pointa l'index sur l'écran du portable.

— Vous pensez que c'est lui ?

Dalton secoua la tête.

— Non. Ça ne colle pas, répondit-il en rangeant l'appareil dans sa poche. Hoover était en prison quand Patricia et Kenneth ont été tués.

Donc, s'ils avaient été assassinés, ce que Dalton commençait à croire, le criminel se promenait toujours en liberté.

Littlefield grimaça de nouveau.

— Je devrais peut-être reconsidérer mon choix de carrière. Je ne suis peut-être pas taillé pour ce job.

Dalton voulut le contredire, mais il comprenait de mieux en mieux ce que ressentait Elizabeth, sa révolte devant cette injustice.

— Reposez-vous, conseilla-t-il à Littlefield. Bientôt, vous vous sentirez mieux.

Pour sa part, il ne se sentirait mieux que lorsqu'il connaîtrait l'identité de celui qui voulait tuer Elizabeth.

Le portable vibra dans sa poche.

Il quitta la chambre de Littlefield et, une fois dans le couloir, tapa sur la touche de communication.

— Reyes.

— Tu as mis une balle dans ce type, annonça Jared Bell. Mais ce n'est pas ça qui l'a tué.

— Que veux-tu dire ?

Il y avait eu tellement de sang.

— C'est la blessure au couteau qui l'a tué.

— Je n'avais pas de couteau dans la salle à manger.

— Il était mort bien avant cela, dit Jared. Tu dois l'avoir touché quand il a poussé Elizabeth et son fiancé hors de la route. Je parie un mois de salaire que c'est son employeur qui l'a tué.

— Pour ensuite s'introduire dans la maison d'Elizabeth et finir le travail, comprit Dalton. Tu es avec elle ?

— Non, répondit Jared. Je suis toujours chez le légiste.

Dalton pesta.

— Blaine est parti tôt.

Il avait prévenu Dalton dans le couloir. Il ne pouvait rester plus longtemps pour protéger Elizabeth.

— Ne t'inquiète pas, il y a des gardes partout, assura Jared. Personne ne peut l'atteindre.

Dalton n'en était pas convaincu. Il avait laissé Elizabeth seule avec la petite Lizzie. Et la personne qui voulait sa mort était toujours en vie, décidée à finir le travail...

D'une main tremblante, Elizabeth tourna le bouton de la porte et ouvrit celle-ci sur son fiancé.

— Merci d'avoir accepté de me voir, lança Tom.

Il s'avança dans le vestibule et referma la porte derrière lui, les isolant ainsi des hommes chargés de veiller sur elle.

Elle doutait d'avoir bien fait. Peut-être n'aurait-elle pas dû laisser Tom franchir la barrière du jeune agent du FBI et du policier en faction à l'extérieur de la maison. Ni l'inviter à entrer, lui permettant ainsi d'être seul avec elle. Parce que, d'après Dalton, elle était toujours en danger. L'homme trouvé mort dans la chambre du motel n'avait sans doute fait qu'exécuter ce pourquoi il avait été payé. Son commanditaire courait toujours.

Avec sa coiffure impeccable, son teint net et ses vêtements de marque, Tom Wilson était certes le genre d'homme à embaucher quelqu'un pour ne pas se salir les mains directement. Mais pourquoi aurait-il voulu du mal à Elizabeth ?

Pourquoi aurait-il voulu la tuer ?

S'il voulait rompre leurs fiançailles, pourquoi ne pas tout simplement lui demander de rendre la bague ?

A moins qu'il n'ait eu une autre raison, une raison inavouable... Un horrible secret.

S'était-il vraiment entiché de Patricia ? Elle était si belle, avec ses longs cheveux blonds et ses lumineux yeux bleus. Mais sa beauté intérieure était plus remarquable encore. Epouse aimante et fidèle, elle n'avait jamais regardé un autre homme que Kenneth. Elle ne l'aurait quitté pour personne. Tom avait su, forcément, qu'il ne pourrait jamais l'avoir. Et s'il ne pouvait l'avoir, n'avait-il pas refusé qu'un autre l'ait ?

Elizabeth sortit de ses pensées. Tom la regardait d'un air étrange, comme si le fait qu'elle ne se souvenait pas encore de lui l'inquiétait. Craignait-il, au contraire, qu'elle ne se souvienne ?

De ce qu'il lui avait fait...

De ce qu'il avait fait à Kenneth et Patricia...

Avant qu'elle ne puisse ouvrir la bouche, il lança les mains vers elle, lui empoigna les épaules et l'attira à lui.

17

Un mauvais pressentiment poussa Dalton à regagner en urgence la maison d'Elizabeth. Il enfonça sa pédale d'accélérateur, pied au plancher, prenant des risques inconsidérés dans ces rues sombres qu'il ne connaissait pas. Il était prêt à tout pour Elizabeth, pour veiller à ce qu'il ne lui arrive rien.

Il lui avait promis de la protéger, mais l'avait laissée sans protection. D'accord, il y avait des gardes à l'extérieur : un agent encore novice et un policier local. Ce niveau de sécurité ne le rassurait pas. Pour avoir grandi parmi les délinquants, il accordait difficilement sa confiance. De fait, il avait très peu d'amis.

Et deux d'entre eux étaient en voyage de noces. Peut-être aurait-il dû leur demander de rester.

Les lumières de la maison scintillaient à distance, au bout de l'allée sinueuse qui y menait. Dalton écrasa sa pédale de frein devant la voiture de patrouille qui en bloquait l'entrée, descendit sa vitre et présenta sa plaque au policier.

— Agent spécial Reyes, lut l'officier. Vous deviez voir Littlefield à l'hôpital, n'est-ce pas ? Comment va-t-il ?

— Bien, répondit Dalton sans s'attarder sur la question. Avez-vous laissé passer quelqu'un ce soir ?

L'homme se tendit aussitôt.

— Oui. Son fiancé.

— Quand ?

— Il y a juste deux minutes, répondit le policier.

— Ecartez votre maudite voiture ! ordonna Dalton, tenaillé par l'angoisse.

Il n'avait aucune confiance en Tom Wilson, et il faudrait peu de temps à ce dernier pour achever le travail qu'il avait confié à un nervi.

A peine la voiture de patrouille eut-elle reculé que Dalton s'engagea entre celle-ci et la palissade, puis mit pleins gaz et fonça vers la maison. Plaçant le levier en position parking, Dalton sauta du SUV sans attendre qu'il s'arrête. Pistolet au poing, il franchit d'un bond les marches de la véranda et ouvrit la porte à la volée.

Les pleurs de la petite Lizzie résonnaient depuis l'étage, accentuant les craintes de Dalton. Elizabeth ne l'aurait jamais laissée pleurer.

Et puis, des bruits de bagarre. De chute.

Dalton se tourna vers le salon. Tom Wilson immobilisait Elizabeth sur le sol tandis qu'elle lui martelait le dos de ses poings. C'était une guerrière.

Une onde de rage brute submergea Dalton et son sang bouillonna dans ses veines.

— Otez d'elle vos foutues mains ! cria-t-il.

Plutôt que d'utiliser son arme, il rangea celle-ci dans son holster, se saisit de Tom Wilson et l'écarta d'Elizabeth sans ménagement. Puis il asséna un violent direct à la mâchoire du fiancé, qui tomba par terre dans un bruit mat.

Elizabeth se laissa tomber à genoux à son côté.

— Oh mon Dieu ! Est-ce que ça va ?

Levant les yeux vers Dalton, elle le foudroya du regard.

— Pourquoi tu l'as frappé ?

— Tu étais en train de te défendre, il te brutalisait.

Elle secoua la tête.

— Non, il ne me faisait aucun mal… C'est moi qui le brutalisais, ajouta-t-elle en soupirant.

Dalton plissa les yeux.

— Pardon ? Mais il était au-dessus de toi.

Il comprit alors pourquoi et regretta de ne pas l'avoir frappé plus fort.

Wilson grogna et, tout en reprenant tant bien que mal ses esprits, se tortilla sur le sol.

Elizabeth leva de nouveau les yeux, mais vers l'étage cette fois-ci.

— Tu veux bien monter t'occuper de Lizzie ?

Dalton hésita. Il ne voulait pas la laisser seule et risquer qu'elle soit de nouveau plaquée au sol par un autre, même si c'était son fiancé.

— S'il essaie de te toucher...

Il lui ferait sauter les dents. Il se fichait que Wilson soit réellement son fiancé. A ses yeux, elle était à lui. Ce sentiment de possession le submergeait et le glaçait à la fois. Il n'avait jamais ressenti cela auparavant. Mais Elizabeth Schroeder lui faisait éprouver mille choses qui lui étaient totalement étrangères jusque-là.

Avant de se diriger vers l'escalier, il adressa à Tom Wilson son regard le plus noir, le plus menaçant.

Une fois à l'étage, il ouvrit la porte de la chambre rose et s'avança vers la jolie princesse. Debout dans son lit d'enfant, Lizzie serrait ses petites mains sur le garde-corps comme si elle s'apprêtait à se faire la belle.

Il ne lui donnait pas longtemps avant qu'elle ne trouve le moyen d'y parvenir. Sa grand-mère se plaisait à raconter, parlant de lui, qu'aucun lit n'aurait pu le garder prisonnier.

Les boucles brunes de la fillette étaient humides et collées sur son front, et elle avait les joues rougies d'avoir pleuré. Mais dès qu'elle vit Dalton, ses larmes s'arrêtèrent et sa grimace se mua en sourire.

Quelque chose remua alors dans la poitrine de Dalton, lui comprimant le cœur. Il ne tombait pas seulement amoureux d'Elizabeth. Il tombait aussi amoureux de sa filleule.

— Viens ici, mon bébé, dit-il en lui tendant les bras.

Lizzie les saisit aussitôt et s'y accrocha.

Lorsqu'il la souleva, elle cala la tête sous son menton et poussa un gros soupir. Il lui massa le dos.

— Tout va bien, ma chérie. Tout va bien.

Mais ce n'était pas la vérité. Il détestait laisser Elizabeth seule avec Tom Wilson, même si ce dernier ne représentait pas une menace physique pour elle. En revanche, il représentait une menace pour lui. Tom était son fiancé, alors que lui n'était que son protecteur.

Il n'avait pas fourni un bon travail de protection en la laissant à la merci d'un homme dont elle ne se souvenait même pas. Tom Wilson aurait pu se montrer brutal, constituer un danger...

Le pouls d'Elizabeth retrouva un rythme régulier tandis que les pleurs de la fillette se calmaient. Dalton était avec elle. Il prenait soin de Lizzie — de la même façon qu'il s'efforçait de prendre soin d'elle.

Tom poussa un gémissement et se redressa. Il se frotta le maxillaire, qu'il fit jouer d'avant en arrière comme pour voir s'il était cassé. Dalton l'avait-il fêlé ? Sûr qu'il n'avait pas retenu son coup.

— Quel est son problème, à ce type ? demanda Tom en haletant, l'air indigné.

— Quel est *ton* problème ? rétorqua Elizabeth, avant de le gratifier d'une claque magistrale.

Tom ravala un cri et grimaça.

— Comment peux-tu m'empoigner de la sorte et vouloir m'embrasser de force ? tonna-t-elle.

Au souvenir de la peur qui l'avait saisie à ce moment-là, son pouls s'emballa de nouveau.

— Je voulais que tu te souviennes de moi, avoua Tom, penaud. Tu t'es souvenue de tout le monde sauf de moi.

En avait-il vraiment été blessé ? Ou était-ce seulement son amour-propre écorné qui l'avait poussé à tenter de réveiller la mémoire d'Elizabeth ?

— Je suis ton fiancé, reprit-il. Nous nous sommes fiancés il y a deux ans. Et nous sortions déjà ensemble depuis trois ans ! Comment peux-tu m'avoir oublié ?

— J'ai tout oublié, lui rappela-t-elle. Mon amnésie était totale. Je ne me rappelais même pas qui j'étais.

Mais elle ne se sentait alors pas différente de celle qu'elle était en cet instant. Dalton avait raison. Son caractère et ses valeurs n'avaient pas changé.

— Sauf que tu te souviens de tout maintenant, protesta Tom d'une voix plaintive. De tout et de tout le monde, excepté de moi.

— De toi aussi, assura-t-elle.

Mais sans l'intensité émotionnelle avec laquelle elle s'était souvenue de Kenneth, de Patricia et de la petite Lizzie...

— Tu te souviens de moi ? fit Tom.

Le scepticisme le disputait à la nervosité dans sa voix.

Tenait-il vraiment à ce qu'elle se rappelle ? S'il avait changé d'avis, il était trop tard...

Son baiser volé n'avait réveillé aucun souvenir.

Toutefois, quand Dalton l'avait cogné si fort qu'il l'avait mis K-O, elle avait eu le cœur serré. Elle n'avait pas voulu que Tom souffre.

— Nous nous connaissons depuis longtemps, observa-t-elle.

Il sourit, puis tressaillit et toucha sa mâchoire enflée.

— Depuis longtemps, en effet.

— Nous sommes fiancés depuis deux ans, ajouta-t-elle.

Encore qu'elle n'en était pas bien sûre. Elle ne se rappelait pas le soir précis où il lui avait fait sa demande : dans son esprit, toutes leurs soirées se ressemblaient.

— Oui, dit-il.

— Mais nous ne vivons pas ensemble, nuança-t-elle.

Il secoua la tête, le front légèrement plissé, comme s'il commençait à s'inquiéter de ce dont elle se souvenait.

Il avait des raisons de s'inquiéter.

— Et nous n'avons pas fixé de date de mariage.

— Nous étions très occupés, expliqua-t-il. Surtout depuis la mort de Kenneth et Patricia. Tu partageais ton temps entre Chicago et ici, entre Lizzie et moi.

— Pourquoi ? lança-t-elle.

Le front de Tom se plissa davantage.

— Pardon ?

— Pourquoi nous n'avons pas fixé de date pour le mariage ?

— Je viens de te le dire...

— Kenneth et Patricia sont morts depuis plusieurs mois, souligna-t-elle. Nous nous sommes fiancés plus d'un an avant cela. D'habitude, la première chose que font les couples lorsqu'ils sont fiancés est de fixer une date, parce qu'ils sont impatients d'être mariés.

Comme l'avaient été Kenneth et Patricia. Et d'après ce qu'elle savait, les amis de Dalton, Ash et Claire, étaient fous l'un de l'autre et avaient, eux aussi, été impatients de se marier.

— Nous ne sommes pas ce genre de personnes, lâcha Tom. La précipitation, ce n'est pas notre tasse de thé.

— Dans ce cas, pourquoi nous ne vivons pas au moins ensemble ? Surtout maintenant. Pourquoi tu ne m'aides pas avec la petite Lizzie ?

Tom poussa un soupir agacé.

— C'est toi qui en as la tutelle. Pas moi.

Pourquoi elle seulement ? Parce que Kenneth et Patricia n'avaient pas une haute opinion de Tom ? Parce qu'ils avaient pensé que leur couple ne durerait pas ?

Un jour, ayant abordé le sujet, Patricia lui avait dit qu'elle souhaitait mieux pour elle. Elizabeth avait alors pris la défense de Tom. Il était beau et intelligent, avait-elle argué, et elle l'admirait beaucoup.

Patricia avait soupiré, l'air apitoyé.

En cet instant, Elizabeth comprenait pourquoi. Pour sa meilleure amie, Patricia rêvait d'amour intense et de passion, pas d'admiration.

— Nous n'avions même pas décidé si nous voulions ou non des enfants, reprit Tom.

Mais Elizabeth le soupçonnait d'avoir décidé : il n'en voulait pas. Même s'il ne l'avait pas explicité, elle avait senti ses réticences depuis quelque temps.

— En fait, c'est pour ça que tu t'es éloigné, accusa-t-elle. Je m'étais raconté que c'était parce que j'étais trop bouleversée par la mort de Kenneth et Patricia. Tu n'aimes pas les étalages d'émotions.

— Je ne les aime pas, reconnut-il. Toi non plus. C'est pourquoi nous sommes si compatibles. C'est pourquoi notre relation était si cool, Elizabeth.

Elle hocha la tête.

— Nous étions bien ensemble, admit-elle. Nous parlions travail devant des dîners fins dans de grands restaurants. Nous allions au théâtre, à des vernissages dans les meilleures galeries...

Il sourit.

— Nous adorions cette vie-là.

— Cette vie n'est plus la mienne, déclara-t-elle.

Au fond d'elle-même, ce n'était pas celle qu'elle voulait vivre. Peut-être même que cela n'avait jamais été le cas. Elle avait *cru* que c'était celle-là. Mais en réalité ce n'était que sa conception du succès, le mode de vie que connaissaient et avaient toujours connu ses parents. A l'instar de Tom, ils ne lui avaient pas proposé de l'aider pour Lizzie. Ils ne lui avaient offert ni consolation ni réconfort lors du décès de Kenneth et Patricia. Sans ces derniers, elle n'aurait jamais su ce qu'était le véritable amour, l'émotion pure.

— Tu pourrais transmettre sa tutelle à son oncle, suggéra Tom.

Ce n'était pas la première fois qu'il évoquait cette possibilité. Mais auparavant il était un peu plus subtil.

Une sombre colère saisit Elizabeth, et elle eut de nouveau envie de gifler Tom. Au lieu de cela, elle baissa les yeux sur sa main gauche, contempla une dernière fois la bague ornée d'un diamant, puis la retira de son doigt et la tendit à Tom.

— Que fais-tu ? s'étonna-t-il.

— Ce que j'aurais dû faire il y a des mois. Te rendre cette bague.

Tom ne fit pas un geste pour la prendre et secoua lentement la tête.

— Elizabeth, tu n'es pas toi-même. Tu ne devrais pas prendre de telles décisions.

— Je suis plus moi-même que je ne l'ai jamais été, rétorqua-t-elle. Et je sais aujourd'hui que je n'aurais pas dû accepter cette bague. J'ai de l'affection pour toi, mais je ne t'aime pas comme une femme devrait aimer son mari.

Un cri s'étrangla dans la gorge de Tom.

— Elizabeth !

Elle esquissa un sourire.

— Et tu ne m'aimes pas. Pas comme un mari devrait aimer sa femme.

En fait, elle ne comptait peut-être même pas pour lui.

— Elizabeth, tu viens de vivre des moments pénibles. Je pense que tu devrais réfléchir à tête reposée à cette décision impulsive.

Elle éclata franchement de rire.

— Personne ne m'a jamais reproché d'être impulsive.

Toute sa vie avait été planifiée avec soin. Ses études, sa carrière, et même son compagnon...

Tom Wilson avait convenu à ce rôle, jusqu'à ce qu'elle rencontre Dalton Reyes.

— C'est lui, n'est-ce pas ? lança Tom. Cet agent du FBI...

— Lui quoi ? demanda-t-elle.

— Lui, la raison pour laquelle tu me rends ta bague de fiançailles.

Il s'en saisit enfin et referma les doigts sur le coûteux bijou serti d'un gros diamant.

Dalton était une partie de la raison, c'était clair. Mais une partie seulement.

— La raison, c'est nous, déclara-t-elle. Nous ne sommes pas faits l'un pour l'autre.

Tom secoua la tête.

— Nous sommes parfaits.

Sauf qu'il la regardait comme si elle n'était pas, mais pas du tout, parfaite.

Parce qu'elle le rejetait ? Ou parce qu'elle était tombée amoureuse de l'agent du FBI ? Pouvait-il voir cet amour en elle ? Cet amour qu'elle n'avait jamais ressenti pour Tom ?

Elle aurait pu lui présenter ses excuses, mais elle n'était pas désolée d'un iota. Pas devant la façon dont il se comportait. Puisqu'elle avait recouvré la mémoire, elle le savait : elle avait depuis longtemps décidé de rompre. Simplement, elle n'avait pas voulu blesser Tom.

Elle n'aurait pas dû s'en soucier pourtant. Il semblait tellement insensible.

Enfin, jusqu'à un certain point... Tout en frottant sa mâchoire endolorie, il se dirigea vers la porte.

— Attends-toi à souffrir, lâcha-t-il.

Le sang d'Elizabeth se glaça dans ses veines.

— Est-ce une menace ?

Tom se tendit et s'immobilisa à mi-chemin de la porte.

— Pardon ?

— Es-tu en train de me menacer ?

Etait-ce lui qui avait payé ce tueur ?

— De t'avertir, rectifia-t-il. Je pense que si tu t'es amourachée de cet agent du FBI, c'est par gratitude, parce qu'il t'a sauvé la vie. Mais il ne faisait que son travail, Elizabeth. Il ne t'aime pas. Et quand cette affaire sera terminée, il passera à la suivante. Il te quittera.

— Je sais, convint-elle.

Et elle l'avait déjà accepté. Mais elle comptait profiter de chaque seconde qui lui restait avec Dalton. Parce qu'elle l'aimait. Elle l'aimait de la façon dont Kenneth et Patricia s'aimaient. Si seulement ce pouvait être réciproque...

Tom hésita à la porte.

— Notre relation était excellente, Elizabeth. Il y avait une sorte de confort entre nous. Je conserverai la bague. Un jour, tu voudras la porter de nouveau.

Elle secoua la tête, affligée par l'obstination et l'arrogance de Tom. Pourquoi ne les avait-elle pas remarquées auparavant ? Elle ne retournerait pas avec Tom Wilson. Jamais. Elle attendait plus de la vie que du confort.

Elle voulait de la passion, de grandes étreintes, de l'amour. Elle voulait Dalton Reyes.

Il voulait Dalton Reyes. Mort.

Ce maudit agent du FBI avait le complexe du héros. Il fallait absolument qu'il porte secours à sa damoiselle en détresse. Voilà pourquoi Hoover avait échoué.

La raison s'appelait Dalton Reyes. L'agent spécial avait descendu l'ex-taulard. Et l'avait touché, *lui*.

Il grimaça en se ceignant la taille d'un autre bandage. La balle avait traversé son flanc sans rien toucher de vital. Mais la plaie aurait nécessité un peu de chirurgie, ou tout au moins quelques points de suture.

Au lieu de cela, il s'était débrouillé seul avec du sparadrap et de la gaze. Par chance, personne ne semblait s'en être rendu compte.

Cela faisait néanmoins un mal de chien. Et il devait veiller à ce que la plaie ne s'infecte pas.

Il voulait la mort d'Elizabeth. Encore et toujours.

Mais il voulait encore plus celle de Dalton Reyes.

18

La bague n'était plus là. Ce fut la première chose que Dalton remarqua en entrant dans la chambre rose. Rien ne scintillait sur la main d'Elizabeth. Rien ne rappelait le fait insupportable qu'elle appartenait à quelqu'un d'autre.

Mais au fond, peu importait que cette bague ait disparu. Elizabeth ne lui appartenait pas non plus.

— Il est parti ?

Elle hocha la tête.

— Il a voulu récupérer sa bague ? demanda Dalton, même s'il en doutait fort.

Tom Wilson ne lui avait pas donné l'impression d'être un idiot. D'un autre côté, il avait fallu qu'il le soit drôlement pour ne pas s'être aperçu qu'Elizabeth avait disparu. Mais peut-être l'avait-il espéré…

Espéré qu'elle avait disparu à jamais.

— Je la lui ai rendue, dit-elle.

— Pourquoi ? s'enquit Dalton.

Il retint son souffle, attendant un aveu. Etait-ce à cause de lui ? Partageait-elle les sentiments qu'il éprouvait pour elle ?

— Il m'a suggéré de signer un document transférant la tutelle de Lizzie à son oncle.

Dalton resserra son bras autour de la petite fille.

— J'aurais dû le cogner plus fort.

Les lèvres d'Elizabeth s'étirèrent en un sourire.

— Si ça peut te consoler, je l'ai giflé. Sur sa joue enflée.

C'était stupide, mais Dalton se sentit mieux. Et il n'en aima que davantage Elizabeth.

— Tu m'as hurlé dessus quand je l'ai frappé…, rappela-t-il.

— Je ne t'ai pas hurlé dessus, protesta-t-elle. J'ai juste pensé que ce n'était pas nécessaire.

Sa main libre se mua en un poing serré.

— Oh que si ! Il était carrément allongé sur toi.

— Il voulait que je me souvienne de lui.

— Ah... Et ça a marché ?

— Je me souviens de lui, répondit-elle. Je me souviens avoir eu l'intention de lui rendre sa bague, il y a plusieurs mois de cela, mais je ne voulais pas le blesser.

— Et aujourd'hui tu as moins de scrupules ? lança Dalton.

Il l'espérait de toutes ses forces. Si à l'époque elle n'avait pas voulu blesser Tom, elle devait éprouver quelque chose pour lui à un niveau ou à un autre. Nom d'un chien ! Si elle avait accepté sa bague, elle devait l'avoir aimé au moins une minute.

— Aujourd'hui je m'en fiche comme de l'an quarante.

Elle chercha son regard, comme si elle voulait ajouter quelque chose. Qu'elle était amoureuse d'un autre ?

Ou prenait-il ses désirs pour la réalité ?

— Bien, dit-il en lui rendant son regard.

Mais c'était tout ce qu'il pouvait lui offrir, tant qu'il n'avait pas honoré toutes ses promesses. Découvrir qui elle était. Assurer sa sécurité. Identifier celui qui essayait de la tuer. Et aussi découvrir la vérité sur la mort de ses amis, Patricia et Kenneth.

Aussi longtemps qu'il n'aurait pas tenu parole, il ne pourrait prendre d'autres engagements.

Car s'il n'en était pas capable...

— Comment va l'officier Littlefield ? s'enquit Elizabeth.

Dalton ferma les yeux afin de rompre le contact visuel. Il ne pouvait pas en même temps la regarder et lui cacher les informations que lui avait révélées le policier : c'était peut-être Patricia, la meilleure amie d'Elizabeth, qui avait tué son mari avant de se suicider...

Elizabeth ne pourrait pas le supporter. Elle était déjà très ébranlée d'avoir dû revivre ces événements douloureux, comme s'ils s'étaient répétés *in extenso*.

— Littlefield s'en sortira ? insista-t-elle.

— Oui, assura Dalton. Il se remettra de sa blessure à la tête.

— Et il n'a pas d'absences, pas de trous de mémoires ?

— Non. Il se souvient de tout avec une grande clarté.

Elizabeth soupira.

— Il ne croit toujours pas à ce que j'ai dit, qu'une tierce personne...

Sa phrase demeura en suspens, comme si elle ne voulait pas évoquer devant Lizzie le décès de ses parents.

Dalton recoucha la fillette dans son petit lit. Peut-être Elizabeth resterait-elle là cette nuit, tant que personne d'autre ne s'introduirait dans la maison. Et Dalton veillerait à ce que ce soit le cas.

Il la suivit dans le couloir, mais, au lieu de s'y arrêter, elle continua jusqu'à la grande chambre. Elle ouvrit la porte, la lui tint ouverte, puis la referma derrière lui.

Les yeux de Dalton se posèrent immédiatement sur le lit, où ils avaient fait l'amour la nuit précédente. Les draps étaient encore tout froissés.

Elizabeth suivit son regard et se mit à rougir.

— Je n'ai pas eu le temps de le faire, admit-elle. Après ce qui s'est passé, je ne voulais pas que Marta revienne. Je veux dire, tant que nous ignorons si nous sommes en sécurité.

— Il y a des gardes dehors, souligna Dalton. Ils ont ordre de ne laisser entrer personne sans ton autorisation. Tu peux être tranquille.

Elle frissonna nettement.

— Mais l'homme qui est venu hier...

Etait toujours en liberté, continua Dalton in petto.

Il prit Elizabeth dans ses bras pour chasser ses peurs. Elle lança les siens autour de son cou et s'accrocha à lui.

— Je m'inquiète trop, soupira-t-elle. Il est mort à présent.

— Non, corrigea-t-il.

Elizabeth s'écarta aussitôt et fouilla son regard.

— Mais tu m'as montré sa photo...

— Celui-là est mort, approuva Dalton. L'ancien prisonnier est mort. Mais il l'était déjà quand ce type est entré dans la maison, la nuit dernière. Il s'agit d'une autre personne.

Elizabeth se raidit entre les bras de Dalton.

— Une autre personne..., répéta-t-elle.

— Nous soupçonnons l'existence d'un troisième homme, lui rappela-t-il. Le commanditaire. Celui qui a recruté l'ancien prisonnier.

— Quelqu'un que je connais, murmura Elizabeth. Quelqu'un en qui j'ai confiance.

Elle tremblait contre lui. Ses angoisses étaient manifestement revenues.

Dalton la serra plus fort, l'enveloppant de son étreinte.

— Raison pour laquelle tu ne peux laisser entrer personne ici. Tu as eu raison de dire à Marta de rester chez elle.

— Marta ne ferait pas de mal à une mouche, protesta Elizabeth.

Elle tenta de s'écarter de Dalton, mais il la maintenait avec fermeté.

— Tu ne dois faire confiance à personne.

— Et toi ? lança-t-elle. Est-ce que je dois te faire confiance ?

— Je suis le seul à qui tu puisses te fier, répondit-il. Je ne te ferai jamais aucun mal.

Elizabeth se fendit d'un triste sourire.

— Ne me mens pas.

— Elizabeth...

Avant qu'il puisse rien ajouter, elle se haussa sur la pointe des pieds et couvrit ses lèvres des siennes.

Il n'avait pas l'intention de lui faire l'amour. Il ne voulait pas être distrait pour le cas où quelqu'un tenterait à nouveau de s'introduire dans la maison. Mais des gardes étaient postés à l'entrée de l'allée tandis que d'autres surveillaient la maison. Personne ne pourrait passer, du moins sans que Dalton en soit averti. Et même s'il n'y avait pas eu de gardes, aurait-il eu la force de résister à Elizabeth ? Il en doutait.

Elle le déshabilla, de la même manière qu'il s'était déjà déshabillé pour elle. Elle lui ôta son holster et son arme, et les posa sur la table de chevet. Puis, avec une lenteur évidente, elle défit chacun des boutons de sa chemise. Elle taquina ensuite ses pectoraux du bout des doigts, tandis que son autre main descendait vers sa ceinture.

Il résista à une furieuse envie de la relayer, d'accélérer les choses. Mais elle avait besoin de prendre l'initiative, il le comprenait. C'était une femme de caractère, dont la vie avait depuis quelques jours échappé à son contrôle. Il la laissa donc faire monter son désir.

Elle lui fit l'amour sans retenue, avec son corps et sa bouche. Et lorsque, à la fin, elle s'effondra sur son torse, les larmes coulaient sur son visage, lui mouillant le cou tandis qu'elle se nichait contre lui.

Pourquoi pleurait-elle ? A cause de la perte de ses amis ? Parce qu'elle était en danger ? Elle avait tant de raisons pour cela.

Dalton lui caressa le dos jusqu'à ce que ses larmes se tarissent et qu'elle s'endorme doucement.

Lui ne pouvait pas dormir, même si les gardes veillaient. Il devait rester vigilant.

Posé sur la table de chevet à côté de son arme, son téléphone se mit à vibrer. Il s'en saisit aussitôt, redoutant un appel des gardes.

Mais le numéro qui s'affichait était inconnu.

— Allô ?

— Agent Reyes ?

Dalton répondit à voix basse, afin de ne pas réveiller Elizabeth.

— Oui. Qui est-ce ?

— J'ai eu votre numéro par un policier, dit la voix râpeuse à l'autre bout du fil. J'ai, euh, une information qui vous intéresse.

— Quelle information ?

— Je crois savoir où se trouve un type… Sur lequel il est possible que vous ayez tiré.

Tout le corps de Dalton se tendit. Elizabeth marmonna à côté de lui. Avec délicatesse, il la fit basculer de l'autre côté du lit, puis sortit dans le couloir.

— Où ?

— Je pense qu'il est ici, aux écuries Pinebrook, répondit la voix dans un chuchotement rauque. Le vétérinaire l'a soigné pour ce qui ressemble fort à une blessure par balle.

C'était *lui*, devina Dalton. L'homme de la nuit précédente.

— Quelle est l'adresse ? s'enquit Dalton. Est-ce que la blessure est grave ?

— Assez vilaine, répondit la voix.

Alors ce n'était pas avec Tom Wilson que Dalton s'était empoigné dans la salle à manger durant la nuit. Sa blessure la plus grave était la mâchoire enflée que Dalton lui avait infligée. Il ne souffrait pas d'une blessure par balle. Sinon, il n'aurait pas pu malmener Elizabeth comme il l'avait fait.

— Le vétérinaire voulait appeler une ambulance, reprit le correspondant au bout du fil. Le type souffrait beaucoup, mais il a refusé. Il doit avoir des ennuis…

Il en aurait une fois que Dalton lui aurait mis la main dessus. Dalton brûlait d'impatience de mettre fin à cette histoire et tenir ainsi une de ses promesses à Elizabeth... Ce qui lui permettrait d'en faire d'autres.

Elizabeth se réveilla de nouveau dans un lit vide. Mais la maison était calme. Pas de bruits de bagarre. Pas de coups de feu. Pour autant, cette paix insolite était perturbante. Elizabeth enfila un peignoir et sortit dans le couloir.

Un cri ténu lui parvint depuis la chambre de Lizzie. Elle s'y précipita. Une silhouette sombre se tenait devant le petit lit. Ç'aurait pu être Dalton, mais la voix de la fillette était angoissée.

Elizabeth alluma la lumière et déglutit. L'homme aux cheveux bruns n'était pas Dalton. Il n'était ni aussi grand, ni aussi carré des épaules, et ses yeux n'étaient pas aussi foncés. L'agent Jared Bell tenait la petite fille, mais de façon maladroite, à bout de bras, comme si elle allait exploser s'il l'approchait trop de lui.

Elizabeth s'avança et le soulagea de son fardeau.

— Que faites-vous ici ? s'enquit-elle.

— L'agent Reyes m'a demandé de le remplacer, assura-t-il.

Un grand vide se fit dans la poitrine d'Elizabeth, et son cœur se serra. Que s'était-il passé ? Avait-elle fait fuir Dalton ?

— Pourquoi vous a-t-il demandé de reprendre l'affaire ? questionna-t-elle. Il ne croit pas que ce soit ce tueur en série qui en a après moi.

— Il ne le croit pas, en effet, répondit Jared. Moi non plus désormais. Il m'a juste demandé de le remplacer comme garde du corps pour le reste de la nuit.

— Comme garde du corps, répéta Elizabeth en s'efforçant de rassurer Lizzie. Pas comme baby-sitter ! Quel besoin aviez-vous de la sortir de son lit ?

Vu la façon dont il la tenait, c'était un miracle qu'il ne l'ait pas laissée tomber.

— C'était une erreur, reconnut-il.

Elizabeth se mit à changer la couche de l'enfant.

— Je ne pensais pas que ce serait aussi difficile, poursuivit l'agent Bell. Quand je vois faire Blaine Campbell, et même Reyes, ça paraît si simple…

Dalton était génial avec la petite Lizzie, songea Elizabeth.

Avec elle aussi.

— Certains ont ça dans le sang, je suppose. Ce n'était pas mon cas, soupira-t-elle. Il m'a fallu du temps et de la pratique pour m'habituer à prendre soin d'un tout-petit.

Mais avant sa mort, Patricia lui avait appris comment faire, comme si elle avait su qu'un jour Elizabeth assumerait à sa place le rôle de mère.

— Je n'ai pas besoin de pratique, maugréa l'agent Bell. Ce n'est pas comme si j'avais l'intention d'avoir des enfants.

— Vous n'en avez pas l'intention ?

Il secoua la tête.

— Vous savez, travailler pour le Bureau exige une totale disponibilité. Je n'ai pas de temps à consacrer à une femme, alors fonder une famille…

Dalton pensait la même chose. Elizabeth le savait déjà. La déception n'en fut pas moins grande.

— Mais l'agent Campbell a les deux, et l'agent Stryker vient de se marier, objecta-t-elle.

Jared Bell haussa les épaules.

— Ils sont à un autre niveau de leur carrière que Reyes et moi. Ils peuvent lever le pied et faire plus de travail de formation que de terrain. Nous, non.

Mais ce n'était pas seulement à cause de leur niveau de carrière, soupçonna Elizabeth. C'était à cause de leur personnalité. Ils *vivaient* pour le travail de terrain. Ils ignoraient la peur. Cependant, le fait d'ignorer la peur avait une fâcheuse tendance à faire tuer des gens. Parce qu'ils ne reconnaissaient pas le danger, ne le respectaient pas.

— Où est allé Dalton ? reprit-elle.

S'était-il de nouveau exposé ? Elle en avait la terrible intuition.

— Parti suivre une piste, répondit l'agent Bell.

Elizabeth se rappela vaguement le téléphone vibrant sur la table de chevet, puis le murmure grave de la voix de Dalton.

— Il a reçu un appel tout à l'heure.

— C'était ça, acquiesça Jared Bell.

— Il n'y est pas allé seul, si ?

— Il ne voulait pas d'appui... Selon lui, il n'en avait pas besoin.

Elizabeth se mit à craindre pour la vie de Dalton, et son pouls s'accéléra.

— Il se croit invincible, soupira-t-elle.

Jared Bell hocha la tête.

— D'après tout ce que j'ai entendu à son sujet et ce que j'ai vu moi-même, j'ai tendance à y croire, moi aussi.

Pour sa part, Elizabeth n'en était pas convaincue. Pas après ce qu'elle venait de vivre. Même la personne engagée pour la tuer était morte. Personne n'était invincible.

— Vous auriez dû l'accompagner.

— Il voulait que je reste ici, afin de vous protéger, répéta l'agent Bell. Pour Dalton, c'était plus important.

Une douce chaleur envahit Elizabeth. Dalton partageait-il les sentiments qu'elle lui portait ? Pensait-il à elle non pas seulement à cause de son travail ? Elle n'osait trop y croire. La peur étouffait tout espoir.

— Il estime que ma sécurité est plus importante que la sienne ? s'étonna-t-elle.

Jared Bell haussa les épaules.

— Il ne faut pas s'inquiéter pour lui. Il a grandi au sein d'un gang auquel il a ensuite tourné le dos, et il n'en est pas mort.

— A cause de sa grand-mère, précisa Elizabeth, sur la défensive, pour le cas où l'agent Bell penserait que Dalton avait trahi les membres de son gang.

En réalité, ceux-ci l'avaient trahi les premiers.

— Il leur a tourné le dos parce qu'ils avaient tué la femme qui l'avait élevé.

Les yeux noisette de Jared s'écarquillèrent de surprise. Il ravala son souffle.

— Je ne savais pas cela.

Elizabeth soupçonnait Dalton de n'en avoir parlé qu'à quelques rares personnes. Alors pourquoi elle ? Pourquoi la laissait-il pénétrer aussi loin dans sa vie, s'il n'avait pas l'intention de rester auprès d'elle une fois qu'il aurait arrêté celui qui voulait la tuer ?

Mais comment Dalton pourrait-il partager sa vie s'il perdait la sienne dans l'opération ?

Il n'aurait pas dû y aller seul.

Il attendit dans l'ombre, suivant des yeux la progression des feux avant du SUV qui remontait l'allée circulaire menant au ranch désert. Il n'y avait qu'un seul véhicule et, par la lunette à vision nocturne fixée sur son fusil, il ne distinguait qu'une seule silhouette dans le SUV, celle du chauffeur.

Il se mit à sourire. C'était beaucoup plus facile qu'il ne l'avait imaginé.

Il attendit que le SUV se soit assez rapproché, jusqu'à ce que la silhouette derrière le volant soit dans sa ligne de mire...

Alors il pressa la détente.

19

Elizabeth ne parvenait pas à se rendormir.

Peut-être parce que la chaleur et le confort des bras solides de Dalton autour d'elle, les mouvements réguliers, rassurants, de son torse musclé sous sa joue, lui manquaient. Ou peut-être parce que cet affreux pressentiment continuait à la tarauder.

Plusieurs heures s'étaient écoulées depuis que Dalton avait reçu ce coup de fil. Mais il n'était pas revenu. Et elle craignait qu'il ne puisse pas le faire.

Jared Bell croyait en Dalton. Elle aussi. Mais celui qui cherchait à la tuer était résolu à finir le travail et, tout comme elle, il devait avoir compris que Dalton ne le permettrait pas tant qu'il était vivant.

Dalton ne romprait pas cette promesse qu'il avait faite à Elizabeth.

Tant qu'il était vivant.

Mais s'il était mort…

Non. Elle refusait d'envisager cette possibilité. Elle préférait croire, comme lui et l'agent Bell, à son invincibilité. Rien ne pouvait arriver à Dalton.

Elle ne lui avait même pas dit qu'elle l'aimait. Elle aurait dû le faire. Elle avait tenté de le lui montrer, durant la nuit, quand elle lui avait fait l'amour avec tout son cœur et toute son âme. Avait-il compris que ce n'était pas par gratitude ? Elle l'espérait. Ce qu'elle ressentait pour lui était tellement au-delà de la gratitude.

Elle ne put retenir un soupir.

Désertée par le sommeil, elle était seule sur les draps froissés du lit qu'elle avait partagé avec Dalton quelques heures plus tôt. Si elle sortait de la chambre, il lui faudrait parler à Jared, supporter ses assurances creuses. Contrairement à Dalton, qui ne faisait aucune promesse à la légère.

Allongée ainsi dans le noir, elle fut alertée de nouveau par ce bruit étrange. La vibration d'un portable en mode silencieux. En fait, le son provenait du moniteur connecté à la chambre de Lizzie. Jared devait y être retourné. Pour un homme si mal à l'aise avec les enfants, il était étrangement fasciné par la fillette. Mais celle-ci possédait un magnétisme naturel aussi fort que celui de sa mère.

Elizabeth avait déjà perdu ses meilleurs amis. Elle ne pouvait pas en plus perdre l'amour de sa vie.

— Agent Bell.

La voix de Jared. Elle lui parvenait avec netteté.

Mais elle ne pouvait entendre celle de son interlocuteur. Elle attendit donc, avec un poids d'une tonne sur la poitrine, pendant que Jared écoutait ce que lui disait son correspondant.

Il émit soudain un juron salé.

Le cœur d'Elizabeth se mit à battre la chamade.

— Est-il gravement touché ? s'enquit Jared.

— Non ! s'écria Elizabeth sans même savoir s'il s'agissait de Dalton.

Bien sûr qu'il n'était pas invincible !

Bondissant hors du lit, Elizabeth gagna le couloir et se rua vers la chambre rose. Au même moment, Jared en sortit pour la rejoindre. Le portable à l'oreille, il écoutait avec attention ce qu'on lui disait.

Son interlocuteur n'était pas Dalton. Parce qu'il avait demandé s'il était gravement touché, et qu'Elizabeth le savait : ce « il » était Dalton.

— Qu'est-il arrivé ? lança-t-elle sans attendre que Jared ait terminé sa communication. Comment va-t-il ?

Il n'était pas mort. Il ne pouvait pas être mort.

Jared secoua la tête.

Le cœur d'Elizabeth s'arrêta un instant de battre, avant de repartir sur un rythme sauvage, martelant sa cage thoracique.

— Noon !

— Je te rappelle, dit Jared.

Il raccrocha aussitôt et tendit les bras vers Elizabeth.

Elle était en train de défaillir. Elle avait si peur qu'elle ne sentait presque plus rien, tout juste les mains de Jared posées sur ses épaules pour la maintenir.

— Il est mort ? demanda-t-elle. Dalton est mort ?

Jared secoua de nouveau la tête.

— Non, il n'est pas mort.

— Mais il est blessé, comprit-elle. Je vous ai entendu sur le moniteur. Il est blessé.

— Il a été touché, reconnut Jared.

Une lame de douleur traversa Elizabeth, et elle déglutit avec peine.

— Oh non ! C'est grave ?

— Je ne sais pas encore, répondit Jared. Dalton est en route pour l'hôpital.

— Alors on doit y aller ! lança Elizabeth.

Il fallait qu'elle le voie, qu'elle connaisse la gravité de sa blessure. Elle devait lui tenir la main, comme il avait tenu la sienne lorsque elle était blessée.

Mais l'agent Bell s'y opposa.

— Non. C'est trop dangereux.

— Comment ça ?

— Quelqu'un peut nous éjecter volontairement de la route, ou nous attaquer au moment où nous quittons la maison. Nous ne devons pas bouger d'ici.

— Vous ne vous souciez peut-être pas de votre collègue, protesta Elizabeth, mais moi, si.

C'était davantage que cela. Elle l'aimait. Elle l'aimait tellement.

— Je veux l'aider autant que je le peux.

— Vous l'aiderez en restant ici, répliqua Jared Bell. Votre sécurité est prioritaire, et vous êtes sous ma responsabilité. Je ne trahirai pas sa confiance en vous mettant en danger.

La panique oppressait les poumons d'Elizabeth. Elle peinait à respirer. Il fallait qu'elle soit auprès de Dalton.

— Comment savez-vous que nous serons en danger en nous rendant à l'hôpital ?

L'agent Bell désigna la porte fermée de la chambre d'enfant.

— Ce n'est pas seulement votre vie qui est en jeu, fit-il remarquer. Si nous emmenons Lizzie et que ce type nous fait quitter la route…

— Qui vous dit qu'il y arrivera ? l'interrompit Elizabeth.

— Je suis profileur, lui rappela-t-il. Je ne suis pas Dalton Reyes. Je n'ai pas ses talents de pilote.

— Dans ce cas, demandez à quelqu'un d'autre de me conduire, insista Elizabeth. L'un de ces policiers dehors, par exemple. Et vous resterez avec Lizzie.

Le sort de la fillette lui importait plus que le sien. Elle préférait que Jared Bell veille à sa sécurité.

Une lueur paniquée traversa le regard du profileur. Il pâlit.

— Non, non, certainement pas.

— Mais...

— Ma responsabilité est de vous protéger, la coupa-t-il. Nous restons ici.

— Qu'est-ce qui vous fait croire que nous sommes en sécurité dans cette maison ? Vous ne pensez pas que c'est pour l'écarter du chemin que l'on a tiré sur Dalton ? Maintenant que l'obstacle est levé, le type essaiera de nouveau de m'atteindre. Peu importe que nous soyons à l'hôpital ou ici.

— La maison est bien gardée, souligna Jared Bell. Et je suis à l'intérieur avec vous. Vous êtes en sûreté.

Elizabeth frissonna, tandis que son pressentiment revenait l'aiguillonner. Elle secoua la tête.

— Non. Je ne serai en sécurité nulle part.

Pas depuis que Dalton était blessé.

L'était-il gravement ?

Le reverrait-elle un jour ?

Lorsqu'il avait vidé la chambre de motel de Hoover, il avait récupéré l'uniforme de l'officier Littlefield. Très bonne idée ! Sans ce vêtement, il n'aurait pu franchir le barrage du shérif adjoint posté à l'entrée de l'allée. Le pauvre homme n'avait aucune idée de ce qui l'avait frappé.

De même que ceux qui protégeaient Elizabeth n'en auraient aucune idée, eux non plus.

Bloquant l'entrée de l'allée avec la voiture de patrouille, il se dirigea à pied vers la maison.

La radio subtilisée sur le shérif adjoint crachota.

— Agent Bell, s'identifia ce dernier. Rien à signaler dehors ?

Il hésita, mais pressa finalement la touche de réponse.

— J'ai remarqué une lumière entre les arbres, derrière la maison, dit-il. Ça pourrait être quelqu'un muni d'une torche. Faut-il que j'aille jeter un coup d'œil ?

— Oui, répondit l'agent Bell. Soyez prudent. Nous sommes à peu près sûrs que notre homme passera à l'action cette nuit.

Il avait raison. En cet instant même, leur homme était en train de passer à l'action… Il était sur la véranda, devant la porte d'entrée. Mais le plus beau, c'était que personne ne le suspectait, lui. Il s'en tirerait après son crime.

Cette fois encore.

Une ombre obscurcit la vitre de la porte. L'agent Bell l'avait-il entendu s'approcher ?

Sans perdre une seconde, il se réfugia sur le côté de la bâtisse afin de ne pas être vu.

Un grincement signala l'ouverture de la porte.

Seigneur, Jared Bell lui rendait la tâche si facile. L'agent sortit, pistolet au poing.

Alors, il attendit dans l'obscurité et retint son souffle jusqu'à ce que l'agent Bell soit assez près. Puis il frappa. Il lui asséna un coup violent avec la crosse de l'arme qu'il avait prise sur le shérif adjoint. Et comme ce dernier, l'agent Bell ne vit rien venir. Il tomba sur le plancher dans un bruit sourd. Soit il était K-O, soit il était mort. Et au fond, peu importait. L'agent Bell ne se relèverait pas pour sauver Elizabeth.

Personne ne pouvait plus la sauver.

La porte d'entrée grinça de nouveau.

— Agent Bell ? lança une voix féminine. Vous êtes là ?

L'agent n'émit pas un grognement. Il ne pouvait plus rien entendre…

— Jared ? appela-t-elle, d'une voix crispée d'appréhension. Jared, où êtes-vous ?

Peut-être s'avancerait-elle sur la véranda elle aussi, ce qui lui faciliterait le travail. Au lieu de cela, elle referma la porte, et le mécanisme de la serrure cliqueta.

Toujours dans l'ombre, il sourit. Il se moquait bien qu'elle ait verrouillé la porte. Il avait la clé.

C'était comme si elle était déjà morte.

La douleur irradiait dans la poitrine de Dalton. Pas seulement à cause de la balle. Le gilet avait amorti une bonne partie de l'impact, et elle n'avait fait qu'écorcher son bras avant de frapper le vêtement de kevlar.

Sa douleur, en fait, provenait de sa panique — celle d'avoir laissé Elizabeth et la fillette en danger.

— Appelle-moi un toubib, intima-t-il à Blaine Campbell. Il faut que je bouge d'ici.

— Tu as besoin de points de suture, répliqua Blaine.

Dalton baissa les yeux sur le bandage imbibé de sang.

— Ça ira, assura-t-il.

— Tu as perdu beaucoup de sang, objecta Blaine.

Dalton haussa les épaules.

— Pas autant que toi, cette fois-là.

Blaine avait reçu une balle dans la nuque quelques mois plus tôt et avait beaucoup de chance d'être encore en vie. Mais Blaine Campbell était né sous une bonne étoile. Pour sa part, Dalton jouait de malchance.

— Ce n'est rien.

Il projeta les jambes hors de la civière et se leva, mais elles n'étaient pas aussi fermes qu'il l'avait cru et il tituba en avant.

Blaine lui agrippa un bras, tandis qu'un autre homme empoignait le second.

— Hé ! s'exclama l'officier Littlefield. Il faut attendre le médecin.

— Je vais bien, répéta Dalton. C'est pour Elizabeth que je m'inquiète.

— Jared Bell est avec elle, rappela Blaine.

Il était venu avec Dalton, aplati sur le siège arrière du SUV. Il avait insisté pour l'accompagner, quand bien même Dalton avait assuré qu'il pouvait gérer seul la situation.

Dalton se traita de tous les noms.

— Je savais que c'était un piège…

Mais il y avait sauté à pieds joints.

— Et la seule raison que je vois pour qu'on veuille me supprimer, c'est accéder à Elizabeth.

— D'après ce que j'ai compris, beaucoup de gens aimeraient te supprimer, souligna Blaine.

— A Chicago, répliqua Dalton. Pas ici. Je ne connais à peu près personne dans cette ville.

— Quelqu'un a pu te suivre.

Lors de cette affaire où il avait failli y laisser sa peau, Blaine avait été suivi, se rappela Dalton.

Lui, non.

— La cible, ce n'est pas moi. C'est Elizabeth.

L'officier Littlefield poussa un soupir nerveux.

— C'est peut-être en rapport avec ses amis. Plus je pense à cette scène de crime...

— Vous croyez qu'Elizabeth a raison ? demanda Blaine. Que ce n'était pas un meurtre suivi d'un suicide ?

Dalton était déjà parvenu à cette conclusion.

— L'arme était dans la main de Kenneth Cunningham, expliqua Littlefield. Mais il est mort le premier. Il ne peut pas avoir tué son épouse ensuite.

— Quelqu'un a maquillé la scène, convint Blaine. Mais pourquoi ? Et en quoi Elizabeth est-elle concernée ?

— Celui qui a fait ça veut l'empêcher de parler, conclut Dalton. Elle continuera à se battre jusqu'à ce que justice ait été rendue à ses amis et à leur bébé.

— Oui, elle continuera à se battre, approuva le policier. Selon elle, ses amis étaient trop amoureux l'un de l'autre pour avoir pu commettre un tel acte. Elle n'en démord pas.

— Elle n'est pas objective, opposa Blaine.

— Possible..., marmonna Littlefield. Mais elle n'est pas la seule. A peu près tous ceux qui connaissaient les Cunningham partagent son avis.

A peu près tous ceux...

Les mots résonnèrent dans l'esprit de Dalton. Mais il n'eut pas le temps d'en savoir plus.

Le médecin fit son entrée dans la pièce.

— Que faites-vous debout ? lança-t-il à Dalton.

— Il faut que je parte.

Bon sang, il fallait qu'il file de là immédiatement !

— Vous avez besoin de points de suture, objecta le médecin, confirmant ce qu'avait dit Blaine un peu plus tôt.

— Je dois retourner auprès d'Elizabeth, insista Dalton.

Il avait compris ce qui se manigançait.

— Jared est avec elle, répéta Blaine. Il veille sur elle. Tu n'as aucune raison de te faire du mauvais sang.

Mais Dalton s'en faisait. Beaucoup. Parce quelqu'un l'avait éloigné de la maison dans un but précis, et ce but était d'atteindre Elizabeth.

Le médecin préparait déjà son matériel de suture. Dalton leva la main pour l'arrêter.

— Je vais appeler Jared.

Blaine jura entre ses dents et sortit son portable de la poche de son jean.

— J'avais promis que je le ferais.

Dalton avança sa main ouverte. Blaine y déposa l'appareil en soupirant. Dalton tapa la touche *bis*.

La sonnerie retentit une fois, deux fois...

A la cinquième, un message enregistré se déclencha :

« Agent spécial Jared Bell. Je ne peux pas être joint pour le moment. Laissez-moi votre nom et votre numéro, et je vous rappellerai. »

— Mais que se passe-t-il, nom de Dieu ? s'écria Dalton, tant pour lui-même que pour les autres. S'il attend ton appel, Blaine, pourquoi je suis tombé sur sa boîte vocale ?

Mais il savait. Et à leurs visages, eux aussi. Il était arrivé à Jared quelque chose qui, au minimum, l'empêchait de répondre. Et désormais Elizabeth était seule, sans protection.

Négligeant sa blessure, Dalton s'élança vers la porte. Non seulement personne ne chercha à l'arrêter, mais tous lui emboîtèrent le pas.

Pour autant, même en poussant son moteur à fond, il ne pourrait arriver à temps. Il avait rompu l'une des promesses faites à Elizabeth. Il ne l'avait pas protégée.

20

Elizabeth était glacée de peur. Peur pour Dalton. Dans quel état était-il ? La balle qui l'avait touché avait-elle atteint des organes vitaux ? Allait-il survivre ?

Elle avait peur également pour l'agent Bell. Où était-il ? Il avait disparu comme par magie. Mais elle ne commettrait pas la bêtise de s'aventurer hors de la maison pour le chercher. Elle n'était pas armée. Elle n'avait rien sous la main qui puisse les défendre, Lizzie et elle, contre un tueur décidé.

Elle avait bien, quelque part, la carte professionnelle de l'agent spécial Blaine Campbell. Elle pouvait l'appeler à l'aide. A condition de retrouver cette carte...

Elle entreprit de fouiller dans le cabinet de travail du rez-de-chaussée. La pièce lambrissée de blanc était contiguë à la salle à manger, où Dalton s'était battu avec le visiteur nocturne.

Mais où était donc Jared Bell ? Elizabeth n'avait entendu aucun bruit de bataille, juste le couinement de la porte d'entrée qui s'ouvrait et se refermait. Et des bruits de pas sur la véranda.

A nouveau, des planches craquèrent. Quelqu'un s'y déplaçait.

Elizabeth se raidit, l'estomac noué, et son pouls s'accéléra. Mais peut-être n'était-ce que Jared qui revenait. Peut-être était-il allé jusqu'à la route pour parler aux gardes, pour les avertir que quelqu'un risquait de venir pour elle.

Pas *risquait* de venir. Venait.

Elle le savait. C'était la raison pour laquelle on avait tiré sur Dalton. A cause d'elle.

A sa peur s'ajouta un vif sentiment de culpabilité. Si seulement Dalton n'avait pas voulu à tout prix tenir ses promesses envers elle. Si seulement il n'avait pas été aussi bon dans son rôle de protecteur..., soupira Elizabeth.

Alors peut-être son tourmenteur n'aurait-il pas voulu à tout prix écarter Dalton de son chemin.

Il fallait qu'elle aille à l'hôpital. Si c'était Jared qu'elle avait entendu sur la véranda, elle le convaincrait de l'y emmener. Elle devait dire à Dalton qu'elle l'aimait.

D'autres planches grincèrent, puis le carillon de l'entrée tinta.

Elizabeth se rappela alors avoir verrouillé la porte, enfermant l'agent dehors. Soulagée, elle laissa échapper un soupir nerveux et courut lui ouvrir.

Mais lorsqu'elle tira à elle le battant, ce ne fut pas l'agent Bell qu'elle découvrit.

Tom Wilson se tenait là, le visage rougeaud, les cheveux en désordre. Il dégageait une forte odeur d'alcool, comme si ses vêtements en étaient imprégnés.

— Eliz... a... beth...

On aurait dit qu'il voulait chanter, mais que sa langue se collait à son palais. Tom Wilson ne chantait jamais. Même sous la douche.

Elizabeth avait cru qu'il était reparti à Chicago après qu'elle lui avait rendu sa bague, mais apparemment il avait mis le cap sur un bar et y était resté depuis. Elle ne l'avait jamais vu prendre plus qu'un verre de vin lors de leurs dîners, et une flûte de champagne au nouvel an. Quand avait-il commencé à boire ?

D'un pas incertain, il pénétra dans la maison.

— Il... il faut que je te parle, Elizabeth.

Elle n'avait pas de temps à lui consacrer, pas quand elle se faisait un tel souci pour Dalton. Et pour l'agent Bell.

— Nous n'avons plus rien à nous dire, rétorqua-t-elle.

Leur histoire était finie depuis plusieurs mois, et cela faisait longtemps qu'elle aurait dû cesser de porter la bague. En fait, elle n'aurait jamais dû l'accepter.

— C'est faux, Elizabeth.

Que l'orgueil de Tom puisse le supporter ou non, leur couple appartenait au passé.

— Je suis sûr que ce que j'ai à te dire t'intéressera, reprit Tom d'un ton agressif qu'elle ne lui connaissait pas.

Et sa diction était soudain devenue tout à fait claire.

Avait-il feint d'être soûl afin qu'elle le croie inoffensif et le laisse entrer dans la maison ? Dalton avait certainement donné des ordres pour lui en interdire l'accès.

— Comment as-tu fait pour venir jusqu'ici ?

— J'ai marché.

— On ne t'a pas arrêté à l'entrée de l'allée ?

Il secoua la tête.

— Je n'ai vu personne. Juste une voiture de police qui en bloquait l'entrée.

— Il n'y avait pas un policier ou un agent fédéral à côté ?

Où était-il passé ? s'alarma Elizabeth. Avait-il disparu avec l'agent Bell ?

— Non, répondit Tom.

Il regarda autour de lui, comme s'il voulait vérifier qu'elle était bien seule.

— *Il* n'est pas ici ?

— Qui ? demanda-t-elle.

Mais elle savait à qui Tom faisait allusion, et ce n'était pas l'agent Bell.

— Cet agent du FBI dont tu es amoureuse. Il est parti.

Un sourire narquois fendit le visage de Tom, un visage que jadis elle trouvait si beau.

Son sang se glaça dans ses veines, lui donnant la chair de poule.

— Qu'est-ce que tu lui as fait ? tonna-t-elle.

— Moi ? s'écria-t-il, ses yeux bleus écarquillés d'indignation. Tu crois que je lui ai fait quelque chose ?

— Quelqu'un lui a tiré dessus.

Tom fronça les sourcils, l'air égaré.

— Tu m'as déjà vu me servir d'une arme à feu ?

Elizabeth secoua la tête. Mais savait-elle — avait-elle jamais vraiment su — qui était Tom Wilson ? Elle connaissait déjà Dalton Reyes tellement mieux que cet homme à qui elle avait été fiancée pendant deux ans.

— Non, reconnut-elle. Je ne t'ai jamais vu avec une arme à feu. Mais ça ne veut pas dire que tu ne sais pas t'en servir, que tu n'en possèdes pas une.

Tom plissa le front, comme s'il essayait de comprendre le sens de ses paroles. Mais elle ne croyait plus à ses mimiques : il n'était pas ivre.

— Nous nous sommes vus pendant des années, reprit-elle. Mais en réalité nous n'avons jamais passé beaucoup de temps ensemble. Nous n'avons jamais vécu ensemble. Je ne sais pas ce que tu possèdes. Je ne sais pas ce que tu sais faire.

— Tu es sûre que la mémoire t'est revenue ? ironisa Tom. Parce que ce que tu dis n'a pas de sens. Mais bon... depuis la mort de Kenneth et Patricia, tu es incohérente.

Elizabeth inclina la tête, cherchant à saisir ce que Tom voulait dire.

— Parce que je suis résolue à tenir la promesse que je leur ai faite d'élever la petite Lizzie ?

Comme Dalton, elle mettait un point d'honneur à respecter ses engagements. Tant qu'elle était vivante, elle le ferait.

— Je ne la laisserai pas tomber.

— Tu préfères me laisser tomber, moi ? maugréa Tom.

Une fois de plus, c'était le mâle blessé dans sa fierté qui parlait.

— C'est donc si facile pour toi de me rendre la bague et de tourner le dos à notre passé ? Cela fait combien de temps que nous nous connaissons, Elizabeth ?

— Tu ne me connais pas, rétorqua-t-elle, si tu crois que je vais laisser tomber ma filleule.

— Ce n'est pas seulement à son sujet que tu as tort, répliqua Tom. Mais aussi concernant la mort de ses parents. Pourquoi tu refuses d'admettre que Kenneth a tué Patricia avant de se suicider ? Pourquoi tu persistes à harceler les autorités pour qu'elles rouvrent le dossier ?

Une onde glacée parcourut Elizabeth.

— Et pourquoi ça t'intéresse tant ? lança-t-elle.

— Parce que tu te rends ridicule.

— C'est la vraie raison ? Ou il y en a une autre pour que tu préfères que le dossier reste fermé ?

De rouge, le visage de Tom passa au blême.

— Tu dis n'importe quoi, Elizabeth ! Pourquoi je ne le voudrais pas ?

— Parce que tu es impliqué ? accusa-t-elle. Parce que tu voulais avoir Patricia pour toi ?

Il éclata de rire.

— Patricia ? Elle ne me plaisait même pas.

Cette déclaration surprit Elizabeth plus que tout le reste. Tous ceux qui avaient rencontré Patricia étaient tombés sous son charme. Elle avait cette magie en elle. Elizabeth en était certaine : Dalton et Patricia seraient vite devenus de grands amis.

— Pourquoi elle ne te plaisait pas ? demanda Elizabeth à Tom.

— Parce qu'elle ne m'aimait pas, répondit-il avec dureté. Parce qu'elle pensait que je n'étais pas assez bien pour sa grande, sa meilleure amie... Si tu vois ce que je veux dire... Alors, je ne la voulais ni dans ma vie, ni dans la tienne.

— C'est pour ça que tu l'as fait ? Que tu les as tués tous les deux ? tempêta Elizabeth.

— Tu es folle ! s'exclama Tom, retrouvant ses couleurs.

Elle était folle de l'avoir laissé entrer dans la maison, oui.

La peur la rendait folle.

— C'est la raison pour laquelle tu veux me tuer ? continua-t-elle. Parce que je mets la pression sur les autorités pour qu'elles reprennent l'enquête depuis le début ?

Alors Tom se jeta sur elle. Sans qu'elle puisse se retourner et s'enfuir, il lui empoigna les épaules et la secoua.

Il fallait qu'elle se défende, qu'elle réagisse. Mais les secousses l'étourdissaient et lui donnaient la nausée. Sa mémoire lui était revenue, mais elle souffrait encore des séquelles de sa commotion cérébrale. Rassemblant ses forces, elle gigota en tous sens pour se libérer de Tom. Puis, tout à coup, les mains de celui-ci glissèrent de ses épaules et il tomba comme une masse à ses pieds.

Elle leva les yeux, s'attendant à découvrir l'agent Bell, ou même Dalton sur le pas de la porte, mais c'était le frère de Kenneth, Gregory Cunningham. Il tenait un revolver. Il avait dû frapper Tom avec la crosse.

— Oh ! mon Dieu ! lâcha Elizabeth, le souffle court mais soulagée. J'ai cru qu'il allait me tuer. Merci...

Mais sa reconnaissance fit aussitôt place à un profond malaise. Gregory la fixait d'un air étrange, le visage dénué de toute expression.

Elle lui avait toujours trouvé une grande ressemblance avec Kenneth... Jusqu'à cet instant. Car il n'avait plus rien de l'aspect physique de son frère ni de son allure. Et pour quelque obscure raison, il portait un uniforme trop grand pour lui. Un uniforme de la police d'Etat. Avec un insigne... Celui de l'officier Littlefield ! s'étrangla Elizabeth.

Gregory dirigea sur elle le canon de son arme.

— Que... que fais-tu ? bafouilla-t-elle.

Un portable se mit à vibrer. Gregory plongea une main dans sa poche pour l'en extraire, sans desserrer les doigts de son revolver.

— Ça doit être encore l'agent Campbell...

Elizabeth reconnut l'appareil.

— C'est le portable de l'agent Bell ! Qu'est-ce que tu lui as fait ?

Gregory haussa les épaules.

— Je ne sais pas s'il est mort ou s'il est très inconscient.

Elizabeth le maudit en son for intérieur.

Il ajouta :

— L'agent Campbell doit appeler Bell pour lui rendre compte de l'état de Reyes. *Lui*, en revanche, je suis sûr qu'il est mort.

Une vive douleur étreignit le cœur d'Elizabeth, et elle peina à respirer.

— Non...

— Il fallait que je l'efface de ma route, expliqua Gregory. Il ne cessait de gâcher mes plans te concernant.

— Pourquoi ? demanda-t-elle. Pourquoi tu veux ma mort ?

— Je ne la veux pas, assura-t-il. Je t'ai toujours bien aimée, Elizabeth. J'ai toujours admiré ton énergie et ton cran. Même ta loyauté me fascine.

Elizabeth recula discrètement, songeant au bureau. Si elle pouvait y entrer et verrouiller la porte...

— Dans ce cas, pourquoi tu essaies de me tuer ?

En réalité, le fou, c'était lui. L'avait-il toujours été ? Etait-ce la raison pour laquelle Patricia et Kenneth avaient confié leur fille à Elizabeth plutôt qu'à Gregory ? Elle s'était toujours posé la question.

— C'est la faute de Kenneth, lâcha Gregory. Je pensais que mon frère m'attribuerait la tutelle de Lizzie.

Elizabeth déglutit, choquée.

— Tu les as tués !

— C'est la faute de Kenneth, également. Il m'a coupé les vivres. Il a cessé de me donner de l'argent. Et sans argent, je perdais Miranda.

Elizabeth tressaillit. C'était elle qui avait conseillé à Kenneth de cesser de donner à son frère de l'argent qu'il perdrait de toute façon. Gregory s'était servi des prêts de Kenneth pour investir dans des projets à haut risque, du genre « devenez riche en six mois » afin de financer le train de vie luxueux de sa femme. S'il ne continuait pas à lui payer les vêtements griffés et les voitures de luxe qu'elle voulait, Miranda avait menacé de le quitter.

Elizabeth se rappela le dégoût de Patricia à l'égard de Miranda : celle-ci était beaucoup plus attachée à l'argent qu'à Gregory. Patricia, elle, avait été sincère en prononçant ses vœux de mariage.

« Dans la douleur comme dans la joie, jusqu'à ce que la mort nous sépare. »

Les larmes montèrent aux yeux d'Elizabeth. La mort avait séparé ses amis si chers.

Non.

Elle devait croire qu'ils étaient toujours ensemble et le seraient à jamais.

Gregory avait tué Dalton. S'il la tuait aussi, seraient-ils réunis dans l'au-delà ?

Mais elle n'allait pas laisser Gregory prendre sa vie sans se battre. Elle se déplaça un peu plus vers la porte du bureau, qu'elle n'avait pas refermée.

— Donc, tu les as tués parce que tu comptais hériter de leur argent, poursuivit-elle. Tu te fichais de Lizzie.

— Je prendrai soin d'elle, promit-il.

Elle ne croyait pas aux promesses de Gregory comme elle avait cru en celles de Dalton. Une fois qu'il en aurait eu la tutelle, Gregory était parfaitement capable de se débarrasser de la fillette.

— Kenneth et Patricia voulaient que je m'occupe d'elle, lui rappela Elizabeth.

A l'époque, elle avait présumé que c'était parce qu'ils n'aimaient pas l'arrogance et la vénalité de Miranda. En réalité, ils avaient peut-être décelé chez Gregory quelque chose qui clochait plus encore.

— Kenneth et Patricia ont toujours eu tout ce qu'ils voulaient, marmonna-t-il. Les diplômes, les emplois, la maison, la petite. Leur vie était parfaite.

Et, de toute évidence, Gregory avait jalousé cette perfection.

Il baissa les yeux sur Tom, inconscient au sol.

Elizabeth en profita pour introduire un pied dans l'ouverture de la porte du bureau.

— Je devrais remercier Tom Wilson pour avoir débarqué comme il l'a fait, poursuivit Gregory. Ça me facilite grandement les choses.

— Que vas-tu nous faire ? demanda Elizabeth. La même chose que pour Kenneth et Patricia ? Et t'arranger ensuite pour que ça ressemble à un meurtre suivi d'un suicide ?

C'était un malade, songea-t-elle, en proie à une nouvelle vague de nausée.

— Ça a marché la première fois ! sourit-il.

Elizabeth secoua la tête.

— Dalton a rouvert l'enquête.

Gregory haussa les épaules.

— Reyes n'est plus là.

— L'agent Bell..., avança Elizabeth.

— Il n'est plus là non plus, l'interrompit Gregory.

Devant tant d'inhumanité, Elizabeth frissonna.

— Dans ce cas, l'agent Campbell examinera les faits à la loupe, affirma-t-elle.

Ces hommes étaient trop proches les uns des autres pour laisser tomber.

— Et il mettra tout sur le dos de Tom Wilson, déclara Gregory, sûr de lui.

Alors qu'il baissait de nouveau les yeux sur sa victime, Elizabeth recula d'un bond dans le cabinet de travail, claqua la porte et tourna le verrou, même si elle doutait d'être protégée bien longtemps.

Déjà, Tom cognait du poing sur le battant. Pendant qu'il frappait, un cri d'enfant se fit entendre à l'étage. Le bruit avait réveillé Lizzie.

Elizabeth se dirigea vers le mur extérieur et souleva le châssis coulissant d'une fenêtre. L'ouverture était assez grande. Elle pouvait se faufiler dehors et disparaître dans l'obscurité du terrain qui entourait la maison.

Les coups sur la porte cessèrent soudain.

— Je vais la chercher, lança Gregory de l'autre côté.

Elizabeth se figea de terreur. Elle n'était qu'à quelques centimètres de son salut. Elle ne pouvait pas faire ça ! S'écartant de la fenêtre, elle tourna les talons et revint vers la porte.

Derrière celle-ci, Gregory poussa un bruyant soupir.

— J'aurais mieux fait de la tuer en même temps qu'eux. J'aurais hérité directement de tous leurs biens. Et je n'aurais pas été obligé de te pourchasser. Ç'aurait été plus commode.

— Mais tu as de l'affection pour Lizzie, lui rappela Elizabeth depuis le bureau. C'est une enfant innocente.

— Elle aimait ses parents, Elizabeth. N'est-ce pas faire acte de gentillesse que de l'envoyer les rejoindre ?

Elizabeth déverrouilla aussitôt la porte et l'ouvrit.

— Non, supplia-t-elle. S'il te plaît, ne lui fais pas de mal.

Elle avait promis à Kenneth et Patricia de prendre soin de Lizzie comme si elle était sa propre fille.

Elle mourrait pour Lizzie.

— Tu vas te vider de ton sang, espèce d'idiot ! avertit Blaine.

La manche de Dalton en était déjà toute détrempée, mais en réalité il ne coulait plus qu'un filet de sa blessure. De toute façon, Dalton s'en fichait.

— Et puis, tu ne devrais pas conduire, pesta encore Blaine.

Son ami dut s'accrocher à son accoudoir et au tableau de bord tandis que Dalton prenait un virage sur les chapeaux de roues.

Personne n'aurait pu conduire aussi vite qu'il le faisait en cet instant, mais c'était nécessaire s'il voulait sauver Elizabeth et la petite. Malgré cela, il redoutait de ne pas arriver à temps.

— Jared Bell ne se décide pas à décrocher, annonça l'officier Littlefield depuis le siège arrière.

Il était muni du portable de Campbell et ne cessait de taper la touche *bis*.

— S'il le peut, il le fera, répliqua Dalton.

Au cours de ces quelques jours, il avait appris à connaître Jared Bell, et il le savait aussi dévolu à son travail d'agent fédéral que lui-même l'était d'habitude.

Au virage suivant, la maison apparut enfin. Les lumières étaient allumées dans plusieurs pièces.

Dalton faillit emboutir une voiture de location garée près d'un véhicule de police, à l'entrée de l'allée.

— Elle est vide, indiqua Blaine en avisant la voiture de police. Je vais voir si les clés sont sur le tableau de bord et la bouger de là.

Sans même lui laisser le temps de toucher la poignée de sa portière, Dalton fit marche arrière, puis projeta le SUV tel un bélier sur le véhicule, l'écartant du chemin. Il enfonça ensuite l'accélérateur et remonta l'allée pleins gaz. Alors qu'il tirait sur le frein à main et sautait du véhicule, un coup de feu retentit.

Comme il l'avait craint, il arrivait trop tard.

21

Un hurlement de douleur jaillit de la gorge d'Elizabeth. Son cœur se déchira tandis que le sang de Tom lui éclaboussait le visage. Cette fois, il n'était plus seulement inconscient.

Il était mort. Certes, elle ne l'aimait plus, mais elle l'avait jadis aimé, et ce qui pouvait lui arriver la touchait toujours. Qu'il ait été tué à cause d'elle la bouleversait. Et tant d'autres avaient perdu la vie à cause d'elle !

Dalton.

La poitrine d'Elizabeth lui faisait mal. La panique et le chagrin lui comprimaient si fort le cœur qu'elle peinait à respirer. Dalton était déjà mort. Là, c'était le tour de Tom.

Et elle allait être la suivante.

Du moins, elle espérait être la suivante.

Gregory jetait des regards fréquents vers l'étage, où la fillette hurlait. La terreur dans sa voix était insoutenable. Elizabeth brûlait du désir de la tenir dans ses bras, de calmer ses peurs, de sécher toutes ses larmes... De prendre soin d'elle comme elle l'avait promis à Kenneth et Patricia.

Gregory fit un mouvement vers l'escalier. Elizabeth leva la main pour l'arrêter, mais le corps de Tom gisait entre eux, et elle faillit trébucher sur lui, *s'étaler* sur lui.

— Je t'en prie, ne fais pas de mal à Lizzie, supplia-t-elle.

A défaut de santé mentale, il restait peut-être à Gregory un peu d'humanité, même si Elizabeth en doutait compte tenu de toute la douleur qu'il avait déjà causée.

— Elle n'est qu'un enfant innocent, poursuivit-elle. Elle est ta nièce.

Mais Kenneth était le frère de Gregory, et cela ne l'avait pas empêché de le tuer.

— Lizzie est la seule chose qu'ont laissée Kenneth et Patricia, reprit Elizabeth. La meilleure part d'eux-mêmes.

C'était ce qu'ils avaient coutume de dire...

— La meilleure part des meilleures personnes au monde, ajouta Elizabeth.

Gregory se retourna. Des larmes brillaient dans ses yeux. Peut-être avait-il une conscience, après tout.

— Je ne voulais pas le faire, tu sais...

Mais les larmes disparurent à mesure qu'il justifiait les horreurs qu'il avait commises.

— Kenny ne m'a pas laissé le choix. Du jour au lendemain, il a cessé de me donner de l'argent.

Elizabeth se maudit intérieurement. C'était sa faute. Elle avait dit à Kenneth que Gregory avait assez vécu à ses dépens, qu'il était temps de fermer le robinet financier. Ses amis étaient morts à cause d'elle. Il y avait également Dalton, sans doute Jared Bell, et Tom.

— Jure-moi que tu ne feras aucun mal à Lizzie, répéta-t-elle, au supplice. Mon sort est sans importance. Prends soin de Lizzie, c'est tout ce que je te demande. Elève-la comme Kenneth et Patricia voulaient qu'elle soit élevée.

Le visage de Gregory, si semblable à celui de son frère, se tordit en une grimace de peine et de remords.

— Elizabeth...

— Ils voulaient qu'elle se sente toujours aimée, continua-t-elle les yeux fixés sur le plafond, de l'autre côté duquel la petite fille pleurait. Qu'elle ait confiance en elle, qu'elle soit forte et courageuse.

Comme Dalton, songea Elizabeth. Il avait confiance en lui, était fort et courageux, mais à cause de cela il avait perdu la vie. A cause d'elle aussi.

Les larmes se mirent à couler sur les joues de Gregory.

— Je suis vraiment navré, Elizabeth.

— Promets-le-moi...

Mais même s'il s'y engageait, ce ne serait certainement pas une promesse semblable à celles, sincères, que Dalton Reyes lui avait faites. La promesse de Gregory serait creuse. Il avait menacé de tuer l'enfant. Toutefois, cela avait peut-être été un stratagème pour faire sortir Elizabeth du bureau.

— Ne lui fais pas de mal, l'adjura-t-elle.

— Je ne lui en ferai pas, répondit-il. Je n'aurais jamais pu lui faire de mal avant, et je ne le pourrais pas maintenant. J'ai besoin de l'argent, Elizabeth, c'est tout.

Elle aurait pu tenter de mentir, déclarer qu'il n'y en avait plus. Mais Kenneth et Patricia étaient très à cheval sur les principes dès qu'il était question de gagner et d'épargner de l'argent, et ils avaient déjà créé un compte en fidéicommis pour leur fille. Contrairement à ceux de son frère, les investissements de Kenneth avaient été très fructueux. De l'argent, il y en avait. Simplement, Elizabeth n'avait pas imaginé que quelqu'un le convoitait assez pour les tuer.

Et désormais pour *la* tuer.

Elle se mordit la lèvre pour s'empêcher de supplier Gregory de lui laisser la vie sauve. Solliciter un atome d'humanité de la part de Gregory Cunningham était peine perdue. S'il en avait, il n'aurait pas tué autant de gens.

Elizabeth avait déjà accepté son sort. Elle serait la suivante.

Et avec un peu de chance, la dernière.

Elle ferma donc les yeux et attendit la balle.

Dans l'entrebâillement de la porte du bureau, Dalton suivait la confrontation entre Elizabeth et Gregory. Son cœur battait fort. Il devait intervenir sans attendre.

C'était à l'hôpital qu'il avait compris qui était leur coupable, quand Littlefield avait expliqué que « presque tout le monde » partageait l'opinion d'Elizabeth sur le sort de Kenneth et Patricia, à savoir qu'ils s'aimaient trop pour avoir pu se faire mutuellement du mal.

La seule personne à avoir émis une opinion différente ne pouvait être que l'homme qui les avait tués, pour ensuite tenter de maquiller les faits en meurtre suivi d'un suicide.

En arrivant devant la maison des Cunningham, Dalton avait découvert Jared Bell gisant sur le sol de la véranda, une flaque de sang autour de la tête. Dalton s'était accroupi, au désespoir. Mais le pouls de Jared battait encore, faiblement.

Comme dans le cas d'Elizabeth, le coup n'avait pas tué le profileur. Mais il lui fallait d'urgence une ambulance.

Blaine avait fait signe à Dalton qu'il se chargeait de l'appel.

Mais depuis l'étage, la fillette hurlait.

« Je m'en charge », avait proposé Littlefield.

Aussitôt, l'officier avait fait le tour de la maison.

De son côté, Dalton avait avisé la fenêtre entrouverte du bureau. Il s'y était glissé et, par la porte, avait aperçu le corps sans vie de Tom Wilson.

Gregory menaçait Elizabeth de son arme.

Dalton prit une grande inspiration.

Gregory était en train de répéter son crime. De la manière exacte dont il avait tué son frère et sa belle-sœur. En tuant d'abord l'homme, puis la femme.

Patricia avait-elle fait la même chose qu'Elizabeth ? Négocier âprement la vie de sa fille, puis fermer les yeux et accepter son cruel destin ?

Pour Elizabeth, Dalton était résolu à combattre ce destin, à honorer sa promesse et à veiller à ce qu'il ne lui arrive rien.

Il émergea donc de l'ombre du bureau.

Gregory le vit aussitôt. Ses yeux s'écarquillèrent et le sang reflua de son visage. Sans doute avait-il eu l'absolue conviction d'avoir tué Dalton près du ranch abandonné. D'abord, il dut croire à l'apparition d'un fantôme. Mais très vite il comprit qu'il avait affaire à Dalton en chair et en os, et il tourna son arme vers lui.

Mais déjà Dalton pressait la détente de la sienne.

Si Gregory faisait feu, la balle toucherait Dalton, mais pas Elizabeth. Pour elle, Dalton donnerait sa vie.

Lorsque le coup de feu éclata, Elizabeth tressaillit. C'était si près de ses oreilles. Elle attendit la douleur. Mais celle-ci ne vint pas. Au lieu de cela, des gouttes lui éclaboussèrent le visage. Du sang...

Cette fois, ce devait être le sien, non ?

Mais où était la douleur ?

Etait-elle engourdie ? Paralysée ? Morte ?

— Elizabeth...

La voix grave de Dalton, qui l'appelait.

Depuis l'au-delà ?

Puis des doigts effleurèrent son visage.

— Est-ce que ça va ? Tu as été touchée ?

Elle rouvrit les yeux sur le visage de Dalton, sur ses yeux noirs qui la regardaient avec inquiétude... et autre chose.

Elle devait être morte. Ou tout au moins inconsciente et en train de rêver. Parce que ce sentiment ne pouvait pas réellement exister dans les yeux de Dalton. Même s'il existait dans les siens.

— Tu es vivant ! s'exclama-t-elle. Tu es vivant !

Elle jeta les bras autour de son cou et s'accrocha à lui.

— Je pensais que Gregory avait fait feu sur toi !

— Il l'a fait, répondit Dalton d'un ton détaché, comme si sa blessure par balle était insignifiante.

Elizabeth s'écarta, et découvrit alors le sang qui imprégnait la manche de chemise de Dalton.

— Tu saignes encore !

Le tissu était chaud et humide. Elizabeth en ôta vivement sa main, de peur de faire mal à Dalton, et considéra sa propre paume. Elle était rouge de sang.

— Ils ne t'ont pas soigné à l'hôpital ?

— Je ne pouvais pas rester, répondit-il. Pas en te sachant en danger. Et Jared ne répondait pas sur son portable.

Elizabeth se couvrit la bouche pour étouffer un cri d'angoisse et de regret. Pauvre agent Bell.

— Il a disparu, dit-elle. J'ignore ce qui lui est arrivé.

Mais ce n'était certainement pas bon.

— Je l'ai trouvé inanimé sur la véranda, l'informa Dalton. Blaine a appelé une ambulance.

Mais le ton de sa voix en disait long : il redoutait que celle-ci n'arrive trop tard pour aider son ami.

Des sirènes miaulaient au loin. Heureusement, Gregory ne les avait pas remarquées, ou il aurait descendu Elizabeth avant que personne ne puisse rien faire pour elle.

Avant l'arrivée de Dalton.

— Tu m'as sauvé la vie !

Comme tant de fois auparavant. Mais là, c'était lui qui avait besoin d'aide.

L'ambulance pourrait-elle remonter l'allée jusqu'à la maison ? Tom avait dit qu'elle était bloquée.

Tom...

La gorge d'Elizabeth se serra à la pensée de toutes ces vies qui avaient été ôtées par pure convoitise. Si seulement elle n'avait pas conseillé à Kenneth de couper les vivres à Gregory.

Ils seraient alors tous vivants. Ses meilleurs amis seraient là pour élever leur petit trésor.

D'ailleurs, Lizzie avait cessé de pleurer. Comment était-ce possible avec ces coups de feu ? Toute cette agitation avait dû la terroriser.

De nouveau, la peur noua l'estomac d'Elizabeth. Dalton était là, avec elle. Qui était avec Lizzie ?

Elizabeth se morigéna. Dalton avait tenu sa promesse de la protéger. Mais elle ? N'avait-elle pas failli à son engagement à protéger la fillette ?

— Je n'entends plus Lizzie, fit-elle remarquer. Elle n'a pas cessé de pleurer depuis que Gregory a tiré sur Tom. Alors pourquoi s'est-elle soudain arrêtée ? Il y a quelqu'un d'autre dans la maison ?

— Oui, répondit Dalton. Blaine Campbell et l'officier Littlefield m'ont accompagné depuis l'hôpital. Littlefield est avec Lizzie.

Elizabeth acquiesça mécaniquement. Elle devait être avec sa filleule, vérifier que tout allait bien pour elle. Mais elle ne pouvait pas quitter Dalton, et pas seulement parce qu'il était blessé. Elle ne pouvait pas quitter Dalton parce qu'elle l'aimait, et elle remerciait le ciel qu'il soit vivant. Elle s'était fait un tel mauvais sang pour lui.

— Lizzie est en sécurité, à présent, assura Dalton, qui devait avoir lu son angoisse sur son visage. Tout est fini.

Mais alors même que ses craintes s'apaisaient, un bruit la fit se crisper. Quelqu'un grognait. Il y eut un mouvement furtif sur le sol.

Instantanément, Dalton sortit son arme de son holster. Mais pourrait-il la sauver et se sauver lui-même ? s'alarma Elizabeth.

Ou Gregory finirait-il ce qu'il avait commencé plusieurs mois plus tôt avec l'assassinat de Kenneth et Patricia ?

22

— Tu es un imbécile, dit Ash Stryker.

Dalton lança un regard noir à son ami, jeune marié et heureux de l'être.

Stryker et Claire avaient beau être rentrés de leur voyage de noces, leur lune de miel n'était pas terminée, à en juger par le sourire qui illuminait le visage d'Ash.

— Il y a seulement quelques semaines, tu me suppliais d'être ton garçon d'honneur, lui rappela Dalton.

Il exagérait à peine.

— Et maintenant tu me traites d'imbécile ?

— Parce que tu en es un, approuva Blaine Campbell, appuyé contre le mur en brique du séjour.

Les deux hommes s'étaient invités chez Dalton. Pour prendre de ses nouvelles après sa blessure ? Ou y avait-il autre chose ?

Dalton fronça les sourcils devant leur misérable tentative de se liguer contre lui.

— Deux contre un ? Du gâteau, ironisa-t-il.

En fait, sa norme était plutôt trois ou quatre contre un, mais il ne voulait pas en rajouter.

— Ça l'aurait été, répondit Blaine d'un ton pensif, si tu avais eu le courage d'y aller.

Voilà qu'ils parlaient par énigmes, maintenant.

— Que veux-tu dire ?

Personne ne l'avait jamais accusé d'être un lâche. Un imbécile, oui. Plusieurs fois, même.

— Elizabeth Schroeder et la petite, clarifia Blaine. Si tu avais eu le courage d'y aller, tu serais peut-être un homme heureux aujourd'hui.

— Qui te dit que je ne le suis pas ? rétorqua-t-il.

Il avait un magnifique appartement avec vue sur le lac, une voiture puissante. Un style de vie de célibataire que la plupart des hommes mariés lui envieraient. La plupart. Pas ces deux-là, mais la plupart. Peut-être...

Ash éclata de rire.

— Je sais ce que signifie être heureux. Et tu ne l'es pas, mon pote. Tu es aussi gai qu'une pierre tombale.

Dalton était mal placé pour le contredire. Le jeune marié transpirait le bonheur par tous les pores, et cela donnait à Dalton une féroce envie de briser... quelque chose. Mais ils étaient dans son appartement, et il aimait que tout y soit net et bien rangé, comme sa grand-mère le lui avait appris.

— Vous ne savez pas de quoi vous parlez, dit-il.

Il avait vu la tête d'Elizabeth quand elle s'était rendu compte que son fiancé remuait sur le sol, qu'il n'était pas mort. Elle avait été plus que soulagée. Elle avait été transportée de joie. Et comme la nurse était arrivée pour s'occuper de Lizzie, Elizabeth était montée dans l'ambulance qui conduisait Jared et Tom à l'hôpital.

— Je n'ai jamais eu l'ombre d'une chance avec Elizabeth.

— Si tu crois cela, c'est que tu es le plus grand idiot que la Terre ait porté, lâcha Blaine. Cette femme est amoureuse de toi.

— Cette femme est pétrie de gratitude, corrigea Dalton. Quand je l'ai sortie de ce coffre de voiture, sa vie ne tenait qu'à un fil et elle ne savait même pas qui elle était.

Elle le savait dorénavant. Elle était la fiancée de Tom Wilson.

— Le retour de sa mémoire n'a pas affecté ses sentiments, fit remarquer Blaine.

Peut-être, songea Dalton. Mais voir Tom Wilson échapper de peu à la mort l'avait ébranlée. Elle l'aimait, c'était évident. Elle n'aurait pas porté sa bague si ce n'était pas le cas.

Dalton haussa les épaules.

— Je ne veux pas discuter de cela avec vous, les gars. L'affaire est terminée.

Gregory Cunningham n'était plus de ce monde. Les morts de

Kenneth et Patricia Cunningham avaient été classées comme homicides volontaires avec préméditation. Leurs noms avaient été lavés grâce à l'opiniâtreté d'Elizabeth, qui avait voulu que leur fille en ait un souvenir sans taches.

— L'affaire est terminée, convint Blaine.

— Mais votre histoire n'a pas besoin de l'être, releva Ash.

Ben voyons. Des hommes mariés et heureux ne pouvaient que penser cela. Qui étaient les idiots ? Ils avaient eu de la veine si les femmes dont ils étaient tombés amoureux les avaient aimés en retour.

Dalton n'avait jamais eu cette chance-là.

— Elle va épouser Tom Wilson, objecta-t-il.

De cela, il était certain.

— Pas si tu empêches ce mariage, suggéra Blaine.

Dalton le pouvait-il ? Pouvait-il mettre son cœur en jeu sans savoir si Elizabeth partageait ses sentiments ?

On venait de l'accuser d'être un imbécile. Quelle importance s'il se comportait comme tel, après tout ? Il préférait regretter de s'être rendu ridicule plutôt que de n'avoir jamais dit à Elizabeth combien il l'aimait. Il aurait dû le faire depuis longtemps. Quand ils avaient fait l'amour, il aurait dû lui dire combien elle comptait pour lui, que ce qu'il éprouvait pour elle, il ne l'avait jamais éprouvé pour personne.

— Vous êtes vraiment des salauds, marmonna-t-il tout en sortant ses clés de voiture de la poche de son jean.

A force de l'aiguillonner, ils avaient fini par le transformer en adolescent terrorisé.

— Ça vous amuse, hein, que je m'apprête à me couvrir de ridicule ?

Pourquoi Elizabeth le choisirait-elle, lui, un agent du FBI affligé d'un goût prononcé pour le danger, plutôt qu'un avocat bon chic bon genre qu'elle avait déjà accepté d'épouser ?

Blaine ricana.

— Ne le prends pas ainsi, Reyes. Où est donc passé le matamore sûr de lui ?

Il n'était plus là. Parce que Dalton n'était pas sûr des sentiments d'Elizabeth. Il était sûr des siens, cependant, et il regretterait jusqu'à la fin de sa vie de ne les lui avoir jamais déclarés.

Même si elle le rejetait...

Ash se contenta de rire et de le gratifier d'une tape dans le dos pour qu'il se dépêche.

— Va chercher ton épouse, bougre d'âne !

Les regrets effacèrent le sourire de circonstance du visage d'Elizabeth. Elle n'aurait pas dû s'arrêter à la chambre d'hôpital de Tom. Elle venait de passer dans celle de l'agent Jared Bell, et c'était par pure politesse qu'elle était passée voir son ex-fiancé.

Rien de plus.

— Dès que je serai sorti, disait-il, nous irons nous installer ensemble.

Il lui saisit la main et la fit asseoir sur le second lit de la chambre de l'hôpital.

— Pardon ?

La balle qu'il avait reçue devait avoir causé des dégâts cérébraux insoupçonnés.

— Vous serez très bien dans mon appartement de Chicago, la petite et toi, poursuivit-il d'un ton affecté, comme s'il lui faisait une offre magnanime.

Elizabeth secoua la tête.

— C'est le plus raisonnable, insista-t-il. Il est beaucoup plus grand que le tien et, vraiment, tu ne peux pas rester ici.

— Je ne peux pas ?

— Ton travail est à Chicago, répondit-il avec un petit gloussement. Ta vie est à Chicago.

L'amour de sa vie était à Chicago. Il devait y être, parce qu'elle ne l'avait pas vu depuis qu'elle était montée dans cette ambulance. Elle s'était attendue à le voir à l'hôpital, la veille au soir. Et peut-être là.

C'était l'une des raisons pour lesquelles elle avait rendu visite à Jared Bell. Oh ! Elle s'était également inquiétée pour lui, bien sûr. Elle n'avait pas eu que Dalton en tête.

— La maison de Lizzie est ici, rappela-t-elle à Tom.

— Lizzie est une enfant, répliqua-t-il. Elle s'adaptera.

— Elle vient juste de perdre ses parents, soupira Elizabeth. E maintenant son oncle…

Gregory Cunningham avait toujours fait partie de la vie de la fillette. Même si son âme était plus noire que le charbon, il lui manquerait aussi.

— Elle doit déjà beaucoup s'adapter.

— Tout à fait, acquiesça Tom. Elle sera très heureuse. Et puis, tu seras avec elle.

— Mais... et toi ?

Pourquoi avait-il cessé de lui suggérer d'abandonner la tutelle de Lizzie ?

— Je comprends pourquoi tu veux la garder, dit-il.

Il en parlait comme d'un chiot recueilli dans la rue, auquel Elizabeth se serait attachée.

— Pourquoi proposes-tu cela ? demanda-t-elle.

Y avait-il en lui un atome de tendresse pour la petite fille ? Il ne lui avait jamais prêté la moindre attention.

— Pour te garder. Je ferais n'importe quoi pour te rendre heureuse, Elizabeth.

Quelque chose de dur et froid se glissa sur son doigt. Elle en eut la chair de poule et frissonna de répulsion. Il lui avait remis cette maudite bague.

— Tom...

— Oh ! Pardon, murmura une voix grave depuis l'entrée de la chambre. Je ne voulais pas déranger...

Elizabeth s'écarta d'un bond de Tom et se tourna vers la porte. Le large dos de Dalton disparut dans le couloir.

— Dalton, attends ! cria-t-elle, le cœur battant à tout rompre.

Tom soupira.

— Je crois que j'ai ma réponse.

— Tu m'as posé une question ? Je ne m'en étais pas rendu compte, répliqua-t-elle en ôtant le bijou. Tu as dû l'imaginer.

— Tu m'as accompagné dans l'ambulance, lui rappela-t-il. Tu t'es comportée comme si mon sort t'importait, comme si tu éprouvais toujours quelque chose pour moi.

— Nous avons été longtemps ensemble, dit-elle. J'ai de la tendresse pour toi. Mais je ne t'aime pas.

— Non, convint-il. Je le vois à présent. Je sais qui tu aimes.

Elizabeth jura intérieurement. Il était peut-être trop tard pour montrer à Dalton qu'elle était amoureuse de lui. Y attacherait-il de l'importance ? Partageait-il ses sentiments ?

Son cœur se mit à battre à grands coups désordonnés dans sa poitrine.

— Je suis désolée, dit-elle en rendant la bague à Tom.

Il saisit sa main et la garda dans la sienne.

— J'ai de la peine pour toi, Elizabeth. Parce qu'il va te briser le cœur. Il ne compte être ni un mari, ni un père.

Peut-être Tom avait-il raison. Cela n'empêcha pas Elizabeth de libérer sa main d'un geste sec et de se précipiter dans le couloir. Mais Dalton était parti. Elle aurait dû être plus rapide.

La tête basse, elle prit une profonde inspiration.

— Alors, quand aura lieu le mariage ? demanda une voix grave qu'elle connaissait bien.

Elle releva les yeux. Dalton se tenait de l'autre côté du couloir, dans l'encadrement de la porte d'une chambre vide.

Elizabeth secoua la tête et lui présenta sa main.

— Je ne me marie pas.

Parce que Tom avait sans doute vu juste. Quelques jours plus tôt, Dalton avait affiché une position claire concernant le mariage et la paternité. Ni l'un ni l'autre ne l'intéressaient. La seule chose qui demeurait floue était la nature exacte de ses sentiments pour elle.

— Vraiment ? demanda-t-il en haussant un sourcil, l'expression sceptique.

Il s'approcha d'elle et étudia sa main.

— J'aurais juré y avoir vu briller une bague il y a un instant.

— Tom s'est mis de fausses idées en tête.

Dalton haussa les épaules.

— On ne peut pas le lui reprocher. Tu étais très inquiète pour lui, hier soir.

— Je le croyais mort, expliqua-t-elle. J'ai été soulagée de voir qu'il ne l'était pas. Tant de gens ont déjà perdu la vie à cause de moi.

— A cause de Gregory Cunningham, rectifia Dalton. Pas à cause de toi. Rien n'est ta faute.

Pourtant, une lourde responsabilité lui pesait sur le cœur.

— C'est moi qui ai conseillé à Kenneth de lui couper les vivres.

— Et tu ne crois pas qu'il aurait fini par le faire, même sans ton conseil ? D'après ce que tu m'en as dit, Kenneth Cunningham était un homme avisé et intelligent. Il n'aurait pas continué à entretenir ainsi son frère.

Elizabeth laissa échapper un soupir crispé, et une bonne partie de la culpabilité qu'elle ressentait s'envola.

— Non, il ne l'aurait pas fait.

— Mais donner de fausses idées à Tom Wilson, ça, c'est ta faute. Si tu t'attardes ainsi dans sa chambre, il croira qu'il a une chance.

— Je n'étais pas venue à l'hôpital pour lui, confia-t-elle.

— Pour qui, dans ce cas ?

— Pour l'agent Bell. J'ai été soulagée de voir qu'il se rétablissait.

Si vite qu'il devait être libéré dans le courant de l'après-midi, lui avait-il expliqué.

— Jared m'a dit que tu serais à proximité de sa chambre, ajouta-t-elle.

Elle prit une profonde inspiration et décida de ranger sa fierté dans sa poche.

— En fait, avoua-t-elle, j'espérais que tu viendrais le voir, que j'aurais la chance de tomber sur toi.

Le regard de Dalton s'éclaira.

— Tu es sérieuse ?

Elle lança un regard en direction de la chambre de Tom, la mine embarrassée. Cette conversation, elle ne voulait pas que son ex-fiancé l'entende. Elle avait des défauts, mais elle n'était pas cruelle.

— Tu ne veux pas revenir à la maison ? demanda-t-elle tout à trac. Et voir Lizzie ?

Le regard de Dalton s'éclaira encore plus, et un sourire étira ses lèvres sensuelles.

— J'adorerais la voir.

Tout en remontant le couloir de l'hôpital, il saisit la main d'Elizabeth, de la façon dont il l'avait si souvent fait auparavant. Une fois devant l'ascenseur, il pressa le bouton du rez-de-chaussée.

— Pour être honnête, déclara-t-il lorsque les portes de la cabine s'ouvrirent, c'est pour te voir que je suis venu.

Le cœur d'Elizabeth se mit à flotter dans sa cage thoracique, gonflé d'espoir.

Dalton peina à s'empêcher de rire, tandis qu'Elizabeth rougissait jusqu'aux oreilles. La chambre rose était vide.

— Oh ! Je suis navrée, dit-elle en lisant la note laissée à son intention par la nurse. Je ne savais pas que Marta avait emmené Lizzie pour un après-midi récréatif avec ses petits-enfants.

— Moi, si, avoua Dalton.

Elizabeth écarquilla les yeux.

— Comment ça ?

— C'est moi qui le lui ai suggéré, quand je suis venu plus tôt.

— Tu es venu ici plus tôt ? Pourquoi ?

La surprise rendait le visage d'Elizabeth infiniment émouvant.

— J'ai joué avec Lizzie, dit-il.

Et il sourit au souvenir de la joie manifestée par la petite fille lorsqu'elle l'avait vu. Elle s'était accrochée à lui. Il avait été si heureux de la tenir dans ses bras et de jouer avec elle.

— Elle me manquait, ajouta-t-il.

Elizabeth hocha la tête.

— C'est une enfant exceptionnelle.

— Oui, approuva Dalton du fond du cœur. Tu as de la chance de l'avoir.

Elizabeth battit des paupières, comme pour refouler un soudain afflux de larmes.

— Je sais.

— Et elle a de la chance de t'avoir. Tu es une femme exceptionnelle, toi aussi.

Elizabeth sourit, mais d'un sourire où affleurait une certaine tristesse. Ses battements de paupières reprirent de plus belle. Etait-elle sur le point de craquer ?

— Qu'est-ce qui ne va pas ? demanda-t-il.

Se sentait-elle coupable de devenir la tutrice de Lizzie ? Il espérait que non.

— Je viens juste de comprendre ce que ça signifie, dit-elle en pointant brièvement le doigt vers lui.

— Que veux-tu dire ?

— Ce sont des adieux, n'est-ce pas ?

Il l'entoura de ses bras et l'attira contre lui. Puis il couvrit sa bouche de la sienne. Le souffle doux de son haleine, tandis qu'elle l'embrassait en retour, lui avait manqué. Ses lèvres lui avaient manqué, de même que la façon dont elle caressait ses cheveux et s'arc-boutait contre lui...

— Est-ce que ça a un goût d'adieux ? demanda-t-il lorsqu'il put écarter sa bouche.

Elle secoua la tête.

Alors il la souleva du sol et la transporta dans ses bras jusqu'à la grande chambre inondée de soleil.

Il la déshabilla lentement, embrassa chaque parcelle de sa peau satinée à mesure qu'elle s'offrait à sa vue et à son toucher.

Elle geignit, soupira, réagit à chacun de ses baisers. Il lui fit l'amour sans réserves, avec application, et par-dessus tout avec amour afin de s'assurer qu'elle n'avait plus de doutes sur ses sentiments.

Mais malgré cela il ne prononça pas les mots qui lui brûlaient la langue. Il ne savait trop comment dire une chose qu'il n'avait jamais confiée auparavant. Aussi, après avoir lâché un grognement de jouissance, il retomba sur le dos dans le lit et sombra dans le silence.

Couchée sur son torse, Elizabeth haletait, cherchant son souffle. Lorsqu'elle l'eut retrouvé, elle s'écarta de lui.

— Je suis désolée, dit-elle. Tu dois sans doute retourner à l'hôpital.

Il pressa une main sur son propre cœur. Celui-ci battait d'un rythme ferme et régulier.

— Je vais très bien, répondit-il. Je n'ai pas besoin de soins.

Ce dont il avait besoin, c'était son attention, mais elle refusait de le regarder en face.

— Je veux dire, tu ne dois pas aller chercher l'agent Bell ? Il sort cet après-midi.

Dalton acquiesça.

— C'est vrai. Contre l'avis des médecins.

— Oh. Pourquoi sort-il, dans ce cas ?

— A cause d'une jeune femme récemment disparue.

A ces mots, Dalton frissonna. Il s'en était fallu de peu qu'Elizabeth ne disparaisse elle aussi, à jamais.

S'il n'avait pas stoppé cette voiture...

— C'est affreux, murmura-t-elle, tremblant à son tour.

Il referma ses bras sur elle pour lui offrir toute sa chaleur et tout son réconfort, et l'attira plus près de lui.

— Oui, dit-il. Jared pense que ça pourrait être lié à son affaire.

— Et toi ?

Dalton haussa les épaules.

— Je n'en sais rien.

Jared Bell lui faisait beaucoup penser au capitaine Achab, le héros de *Moby Dick*. Il allait finir par laisser sa vie dans la traque de l'insaisissable tueur en série.

— Finalement, c'est une bonne chose que je ne me marie pas, confia Elizabeth d'un ton pensif.

— Pourquoi donc ? s'enquit Dalton.

Il était content qu'elle n'épouse pas Tom Wilson. Mais avait-elle pour autant décidé de ne jamais se marier ?

— Parce que je n'ai pas à m'inquiéter de ce tueur en série.

— Sûr. Je serai là pour te protéger.

— Vraiment ?

Elle le regarda enfin, ses yeux gris argent vibrant d'espoir.

— Qui parlait d'adieux ? murmura-t-il.

Il avança la main vers la table de chevet, où il avait déposé son arme dans son holster. Mais pas seulement cela. Sous le holster, il avait caché un petit écrin de bijoutier.

Le diamant n'était pas aussi gros que celui offert par Tom Wilson, mais lorsqu'il ouvrit la petite boîte, Elizabeth se retrouva sans voix et ses yeux se gonflèrent de larmes.

— Qu'est-ce que ça veut dire ?

— Ça veut dire que je te demande en mariage. Je sais que je ne fais sans doute pas les choses dans les règles, mais... c'est la première fois. Je n'ai jamais dit à aucune femme que je l'aimais.

— Je ne t'ai pas dit non plus que je t'aimais...

Il se tendit, prêt à affronter l'humiliation. Venait-il, comme il l'avait redouté, de se couvrir de ridicule ?

— Mais je t'aime, termina-t-elle. Oh ! Je t'aime tant !

Les mots se décidèrent enfin à s'échapper des lèvres de Dalton.

— Je t'aime, Elizabeth Schroeder. J'aime ta force, ton courage, ta loyauté... J'aime tout de toi, tout ce que tu es.

— Même quand j'ignorais qui j'étais, murmura-t-elle, c'était comme si toi tu le savais.

— Mais je le sais ! Je sais quelle personne étonnante tu es. Et je sais que, de tout mon cœur, je veux que tu sois ma femme.

L'espace d'une seconde, il repensa à ce tueur en série qui persistait à échapper à Jared Bell.

— Et j'ai promis qu'il n'arriverait rien à mon épouse.

— Je croyais que tu n'en prendrais jamais.

— Je le croyais aussi, reconnut-il. Jusqu'à ce que je te découvre dans ce coffre. Dès cet instant, tu étais destinée à être ma femme. Veux-tu m'épouser, Elizabeth ?

— Ce devait être écrit. Toutes les promesses que tu m'as faites, tu les as tenues. Oui, je veux t'épouser, Dalton.

La main tremblante d'émotion, il lui passa la bague au doigt. Elle lui était parfaitement adaptée, comme ils l'étaient l'un à l'autre.

— Je suis si impatient d'être ton époux. Ton époux, et le père de Lizzie.

Les yeux d'Elizabeth s'emplirent de nouveau de larmes, mais cette fois elle les laissa couler sur son beau visage.

— Ne pleure pas, dit-il en les effaçant de ses pouces.

— Ce sont des larmes de joie, assura-t-elle. Kenneth et Patricia seraient si heureux pour nous.

— Nous pourrions rester dans cette maison.

— Nous travaillons tous les deux à Chicago, dit-elle. Et l'endroit où nous vivrons sera aussi le domicile de Lizzie.

— Nous pouvons avoir deux adresses, suggéra-t-il. Une là-bas, et une ici. Je ferai tout pour vous rendre heureuses, toi et notre petite fille.

— Nous le sommes déjà, répondit-elle. Je t'aime.

Elle avait raison. Peu importait où ils vivraient. La seule chose qui comptait était qu'ils soient ensemble, tous les trois — et les enfants qui agrandiraient plus tard la famille…

— Je t'aime, dit-il. Et je brûle d'impatience de t'épouser.

— Moi aussi.

— Il reste un problème, réalisa-t-il soudain.

— Quel problème ?

— Je ne sais pas à qui demander d'être mon garçon d'honneur.

Elizabeth éclata de rire.

— C'est un problème, en effet !

Il se joignit à son hilarité, submergé par le bonheur. Il n'avait jamais su à quel point l'on pouvait aimer quelqu'un, jusqu'à ce qu'il tombe amoureux d'Elizabeth et de Lizzie. En fait, il se fichait de qui serait son garçon d'honneur. Seul importait qu'Elizabeth devienne sa femme.

— Epouse-moi, répéta-t-il.

Elle hocha la tête.

— Dès que nous aurons obtenu la licence de mariage.

— Il y a une jolie petite église non loin d'ici, confia-t-il d'un ton malicieux. Elle te plaira beaucoup, j'en suis sûr.

— Je t'aime, Dalton. Peu importe l'endroit où nous nous marierons et celui où nous vivrons, tant que nous sommes ensemble.

— Pour toujours, promit-il.

Il y avait entre eux le même type d'amour que celui qui unissait leurs amis. Un amour entier, éternel. Et toutes leurs promesses mutuelles seraient tenues.

ANGI MORGAN

Protégée malgré elle

Traduction française de
ISABEL WOLFF-PERRY

BLACK ROSE

HARLEQUIN

Titre original :
SHOTGUN JUSTICE

Ce roman a déjà été publié en 2017.

Prologue

— Tu n'as pas le droit de m'enfermer, Dan ! C'est mon frère jumeau qui est recherché pour meurtre, pas moi !

Avery Travis était absolument hors d'elle. Ce n'était pas la première fois qu'elle se trouvait en colère, mais là…

En la faisant jeter en prison sous prétexte de la protéger, Jesse Ryder avait dépassé les bornes. Lorsqu'elle sortirait de là, elle… Elle…

Elle lui ferait payer ce nouvel affront. Et cher. Très, très cher !

— Garrison a besoin de moi, je te dis !

Elle pouvait aider son frère. C'était même son devoir. Seulement, pour cela, elle devait convaincre son supérieur de la laisser sortir de cette fichue cellule.

— Tu es contrariée et tu as toutes les raisons de l'être, grommela le shérif du comté de Dallam. Mais tu ne peux rien pour ton frère.

Là-dessus, il lui fit signe de s'éloigner des barreaux, exactement comme il le faisait avec ses prisonniers habituels.

— OK. Tu as gagné, Dan. Laisse-moi sortir. Je te donne ma parole que je n'en profiterai pas pour filer à Austin. De toute façon, tu ne peux pas te dispenser de mes services. Il faut bien que quelqu'un remette nos jeunes rebelles dans le droit chemin.

— Tu es mon meilleur adjoint, Avery. Tes compétences n'ont rien à voir là-dedans. Je ne fais que suivre le conseil de ton ami, rien d'autre.

— Tu n'étais pas obligé de me menotter, lui fit-elle remarquer en revenant vers la grille.

— Allons, allons, mon petit. Ne dis pas de sottises. Tu n'aurais jamais accepté de me suivre de ton plein gré, admets-le !

Il lui fit signe de se retourner et lui retira les menottes. Elle se massa les poignets. Libre, enfin… Du moins presque.

— Et combien de temps comptes-tu me garder ici, au juste ? demanda-t-elle.

— Jusqu'à ce que les rangers aient la situation en main, ce qui ne devrait pas tarder, si tu veux mon avis. Ce sont des hommes tout à fait compétents qui savent ce qu'ils font.

« Des hommes », comme par hasard !

— Garrison a besoin de moi, répéta-t-elle obstinément. Il n'a rien à se reprocher.

Elle était sûre de son fait. Témoin d'un double meurtre, son jumeau avait pris la fuite contre toute attente. Avery était convaincue de son innocence et voulait l'aider à trouver le véritable coupable. Malheureusement, les Texas Rangers étaient sur l'affaire, et ils n'avaient apparemment pas besoin d'elle.

— Bien que je ne connaisse pas ton frère, je n'ai jamais cru une seule seconde qu'il ait pu assassiner deux femmes de sang-froid. Ce qui ne change rien à rien, soit dit en passant. S'il était devant moi, au moment où je te parle, je serais dans l'obligation de l'incarcérer lui aussi.

Il tourna les talons, non sans avoir ajouté :

— Par ailleurs, vu que la mafia est mêlée à cette affaire, j'ai tendance à me ranger à l'avis de ton copain — euh… du lieutenant Ryder, je veux dire. Tu risquerais gros en filant à Austin pour sauver l'honneur familial.

— Je te jure que je n'en ferai rien, répéta Avery, les doigts croisés derrière son dos.

— Je ne te fais pas confiance, sur ce coup-là, Avery. Encore une fois, tu es une excellente adjointe. Tu serais capable de me remplacer au pied levé. Mais rester sagement dans ton coin quand ton frère est en danger, toi ?

Dan secoua lentement la tête, pinça les lèvres et passa la main sur sa moustache grisonnante.

— Jamais de la vie. De sorte que cette incarcération m'apparaît comme la meilleure solution.

Avery désigna les toilettes bien visibles, au fond de la cellule.

— Alors, tu vas vraiment me laisser moisir ici ? Tu tiens à ce que mes collègues me regardent faire pipi sur leurs écrans de surveillance ?

— Ne t'en fais pas pour ça. On trouvera un moyen de préserver ton intimité. Ce n'est pas le plus important. Pour moi, l'essentiel est que tu restes en vie. Allez... Je ferai commander ton repas préféré au Dairy Barn. Quant au sac que tu as préparé avant de partir, tu pourras le récupérer dès que Julie l'aura fouillé.

— Fouillé ? Pour y chercher quoi ?

— Une arme ou n'importe quel objet contondant ou pointu dont tu pourrais te servir contre Bo et Derek.

Il s'éloigna en riant sous cape — sûrement parce qu'il venait d'utiliser les surnoms dont elle avait affublé les deux autres adjoints.

Avery leva les yeux au ciel. Même dans sa précipitation, il ne lui serait pas venu à l'idée d'emporter quoi que ce soit qui puisse lui permettre de frapper quiconque. A aucun moment elle n'avait pensé qu'elle aurait besoin d'autre chose que de sous-vêtements de rechange et d'une brosse à dents. Son arme de service lui suffisait amplement.

De toute manière, elle n'aurait besoin de rien pour neutraliser ses deux collègues. Elle les avait mis au tapis, l'un comme l'autre, dès le premier entraînement, au lendemain de son arrivée. Une petite victoire qui ne s'était jamais reproduite, Bo et Derek se refusant depuis à l'affronter sous prétexte qu'ils craignaient de lui faire mal.

La bonne blague... Si elle avait été capable d'anticiper la moindre de leurs actions, c'était tout simplement parce qu'ils n'avaient vu que la femme, en elle. Et que, en bons machos, ils l'avaient crue faible.

Or, elle avait eu tout le loisir de s'entraîner avec Jesse, dans sa jeunesse.

Jesse... L'origine de tous ses problèmes...

Elle refusa de se laisser distraire par sa colère. Ce qu'elle voulait, c'était sortir de cette prison au plus vite.

Elle se laissa tomber sur la couchette et se releva aussitôt. Son portable se trouvait toujours dans la poche arrière de son jean. Un oubli, sans doute.

Sans attendre, elle composa le numéro qu'elle connaissait par cœur.

— Avery ! fit une voix chaude, à l'autre bout de la ligne. Quelle bonne surprise ! Ça faisait un moment ! Tu ne réponds jamais à mes messages. Alors, raconte un peu. Ton nouveau boulot te plaît ?

Dieu que l'entendre lui avait manqué ! Même après l'humiliation suprême qu'il lui avait infligée, il la faisait toujours vibrer...

— Je te préviens, Jesse. S'il arrive quoi que ce soit à mon frangin parce que toi et tes potes avez refusé mon aide, je...

— Du calme, l'interrompit-il. Je fais tout ce qui est en mon pouvoir. Comme nous tous, d'ailleurs. Tu nous connais.

Ah ça, pour les connaître, elle les connaissait ! Malheureusement pour elle, au terme de sa formation dans le corps d'élite, elle n'avait pas été suffisamment performante pour être sélectionnée. Elle réprima difficilement un soupir d'amertume.

— Appelle mon chef et fais-moi sortir d'ici, lança-t-elle d'un ton sans réplique.

— Et c'est où, *ici*, bichette ?

« Bichette »... A une époque, elle aurait fait n'importe quoi pour entendre Jesse Ryder l'appeler ainsi. Ce n'était plus le cas.

Depuis très exactement huit mois.

— Là où tu as exigé que Dan m'héberge en attendant que le problème de Garrison soit réglé, répliqua-t-elle sèchement.

A sa grande surprise, Jesse partit d'un rire sonore.

— Tu plaisantes ? J'ai suggéré qu'on te mette à l'abri du danger, rien d'autre. Myers t'a vraiment mise derrière les barreaux ? Comment s'y est-il pris ? Il n'y a pas de blessés, j'espère !

— Arrête ton numéro de charme, Ryder. Ça ne prend pas avec moi. Je suis très en colère, surtout en ce moment. Je ne fais pas partie de ton fan-club, figure-toi. Alors fais ce que je te dis. Appelle Dan, que je puisse sortir de cette cellule !

A vrai dire, elle en avait fait partie, de ce prétendu fan-club. Dès qu'elle avait été en âge de marcher, elle avait suivi son frère et son meilleur copain partout où ils allaient. Devenue adolescente, elle avait fantasmé sur Jesse qui n'avait rien remarqué. Puis, l'espace de quelques mois, l'année précédente, il avait fait d'elle la femme la plus heureuse de la terre.

— Désolé, Avery, je ne peux rien pour toi, dit-il, reprenant son sérieux. Sauf te rappeler d'ici deux ou trois jours pour te tenir au courant. Et encore, parce que je suis ton ami. On n'est pas censé parler des affaires en cours, tu le sais.

— Tu parles d'un ami ! lui renvoya-t-elle.

En l'entendant s'éclaircir la voix, elle devina qu'il s'apprêtait à évoquer cette affreuse nuit au cours de laquelle ils avaient failli faire l'amour.

C'était tout simplement... Pathétique. Si jamais il s'excusait de l'avoir plantée là, elle...

— Tu ne m'as jamais donné l'occasion de m'expliquer, commença-t-il.

— Je ne veux rien entendre. C'est de l'histoire ancienne. Je suis passée à autre chose. Pour mémoire, je suis allée jusqu'à m'installer au fin fond du Texas.

Après la nomination et le départ de ses camarades de promotion pour Fort Worth ou Waco, elle n'avait pas voulu rester à Austin. Avec le temps, elle se serait sûrement habituée à l'absence de son frère.

Mais à celle de Jesse, jamais.

D'aussi loin qu'elle puisse se souvenir, elle l'avait toujours aimé en secret. Et puis un beau jour, pendant leur formation, elle l'avait surpris à la regarder d'un autre œil. S'en étaient suivis trois mois d'un flirt clandestin, de plus en plus poussé. Trois mois enivrants de préliminaires, jusqu'à la soirée un peu arrosée à l'issue de laquelle ils s'étaient décidés à passer à l'acte. Hélas ! Elle avait dû faire un faux pas, car Jesse, prenant peur, était soudain parti sans un mot.

— Je te connais, bichette. Tu ne me donnes pas l'impression d'avoir tourné la page. Pas du tout. Alors ? Tu me laisses m'expliquer ?

Au lieu de répondre, elle coupa la communication. Elle était exaspérée et entendait bien le rester.

Elle n'avait que faire des explications de Jesse. Son frère avait des problèmes, et elle était inquiète pour lui. D'autant que, pour la première fois de leur vie, Garrison et elle n'étaient pas ensemble pour faire face à l'adversité.

De plus, bien que ce soit Dan qui l'ait incarcérée, l'idée était venue du Texas Ranger Jesse Ryder, lieutenant de son état.

Oui, elle avait toutes les raisons d'en vouloir à son ami d'enfance. Il méritait bien sa rancœur.

— Promis, marmonna-t-elle. La prochaine fois qu'il aura le malheur de croiser ma route, je l'étripe !

1

Fin avril, dans le sud du désert texan

— Epargnez-moi, par pitié ! Je... J'ai de l'argent. Beaucoup d'argent... Je peux vous en donner. Bien plus que Tenoreno.

Rosco avait repris conscience et n'allait pas tarder à être franchement lassant. Pas grave. Ils étaient quasiment arrivés à destination. La phase numéro un de la mission touchait à sa fin.

— Désolé, mon gars, fit le tueur entre ses dents. Ça ne va pas être possible. J'ai un boulot à faire. N'y vois rien de personnel.

Il ne lui restait plus qu'à décider de la manière dont il ferait le boulot en question. Au flingue ? Au couteau ? Au fouet, pourquoi pas ?

Il étouffa un petit rire. N'importe quelle arme ferait l'affaire, tout simplement parce qu'il était le meilleur dans sa branche. Le fouet était à exclure, néanmoins. Trop de risques d'y laisser des traces d'ADN. Il aurait fallu être idiot.

Une paire de gants immaculée était posée sur le siège, à côté de lui, avec le reste de ses instruments. Certains meurtriers allaient jusqu'à se raser entièrement, de manière à ne pas laisser le moindre poil derrière eux. Lui se contentait de sa vieille combinaison de plongée. Il l'avait enfilée quelques minutes plus tôt, avant de poursuivre son chemin sur la 349, à la recherche de l'endroit idéal.

Sur cette route peu fréquentée, par ailleurs totalement dépourvue de caméras, les probabilités qu'il croise un témoin gênant étaient infimes. Et il avait laissé son téléphone à l'hôtel, à Kerrville. Au cas peu probable où on l'appellerait, le message automatique qu'il y avait enregistré indiquerait qu'il se trouvait à des centaines de miles de l'Interstate 10. Et personne, dans la petite ville voisine, ne se souviendrait d'avoir vu sa voiture de location — d'un bleu si sombre qu'il paraissait noir, par cette nuit sans lune.

En fait, personne ne remarquait jamais rien. De plus, comme il aimait à se le répéter, il était particulièrement doué dans sa partie.

Thomas Rosco donna un coup de pied dans son siège, le tirant de ses réflexions.

— Arrête, marmonna-t-il avec agacement. Ce n'est pas comme ça que tu vas tirer ton épingle du jeu.

— Soyez raisonnable. Laissez-moi partir.

Le tueur laissa échapper un petit ricanement.

— « Raisonnable » ? Tu sais qui je suis, Rosco ?

— Euh... Non. Je n'ai pas vu votre visage. Je serais incapable de vous identifier. Je...

Le chemin de terre menait à une vieille grille rouillée ouvrant sur un moulin à vent désaffecté.

Alors qu'il aurait dû se sentir parfaitement à l'aise au milieu de ces terres désolées — il ne se lassait pas de son travail, et les réjouissances n'avaient pas encore commencé —, le tueur éprouva une étrange sensation de solitude.

— Tu me vexes un peu, là, mon gars, dit-il en s'arrêtant. Tu ne vois vraiment pas qui Tenoreno a pu embaucher pour ce genre de boulot ?

— Sn... Sn... Snake Eyes ? bégaya Rosco, terrorisé.

— Le sobriquet est plutôt approprié, tu ne trouves pas ? demanda le tueur, se retournant enfin pour regarder sa proie bien en face.

Il savait ce que voyait le baron du crime. Des yeux presque incandescents, en amande, et de la couleur de ceux d'un reptile. Les lentilles de contact donnaient à son personnage une tout autre dimension. Presque surréaliste.

Histoire de faire bonne mesure, il partit d'un rire sinistre. Rosco n'était pas différent des autres. Les gros durs saignaient, eux aussi. Leurs corps pourrissaient sous le soleil, exactement comme ceux des hommes de bien.

Après avoir enfilé ses gants, il fit descendre Rosco de voiture.

Il n'eut pas besoin de recourir à la violence. Sa victime savait qu'elle allait mourir ; elle crevait tout bonnement de trouille.

— C'est le moment de t'adresser à ton Dieu, si tu en as un. Tu pourrais lui demander pardon d'avoir fait exécuter autant de monde, par exemple.

— Vous dites ça à tous les gens que vous vous apprêtez à tuer ? s'enquit Rosco.

Oui. Il disait cela à toutes ses victimes. C'était son truc. Il croyait en une force supérieure. Il pensait qu'il serait puni, lui aussi, pour ses péchés, mais cela ne l'empêchait pas de mettre un point d'honneur à s'acquitter des sales besognes qu'on lui confiait.

Ils s'enfoncèrent dans le champ, l'herbe haute et sèche craquant sous leurs pieds.

Là, près de la rigole asséchée. C'était l'endroit idéal pour abandonner un corps. On ne retrouverait Rosco qu'à l'automne, quand les chasseurs reviendraient, à l'affût de dindes sauvages ou de cerfs.

— Tu ne geins plus ? Tu ne demandes plus grâce ? demanda Snake Eyes avec curiosité.

— A quoi bon ? Je sais que ça ne servirait à rien. C'est bien pour ça que nous avons si souvent eu recours à toi, Snake Eyes.

Rosco se laissa tomber dans la broussaille.

— Je... Rien ne te fera revenir sur ta position ? poursuivit-il néanmoins. Je ne te convaincrai pas d'accepter deux fois ce que Tenoreno t'a payé pour le débarrasser de moi ?

— N'insiste pas, Rosco. Je n'ai pas de temps à perdre. Boulot, boulot, mec !

D'un mouvement brusque, il sortit son couteau et trancha d'un geste sec la gorge exposée devant lui.

Stupéfait, Rosco écarquilla les yeux. Le bruit qu'il faisait en s'étouffant n'était pas désagréable, bien au contraire. Et pour Snake Eyes, il signifiait aussi une chose : mission remplie.

Le mafioso s'affala, les mains toujours ligotées dans le dos. Des spasmes secouèrent son corps tandis que son sang abreuvait la terre aride.

Snake Eyes coupa les menottes de plastique, en ramassa les morceaux et les glissa dans le sac de plongée dont il ne se séparait jamais.

Maintenant. Maintenant, il allait vraiment s'amuser...

Il retourna le cadavre puis, sans attendre, retira les yeux déjà vitreux du visage sans vie. Il ne les garderait pas, bien sûr. Il n'était pas sentimental au point d'avoir besoin de trophées. Ce n'était qu'un moyen, pour lui, de signer son crime. De faire savoir au monde que ce nouveau meurtre était son œuvre.

Il avait beaucoup lu sur le sujet des serial killers. Il les aurait volontiers fait profiter de son expérience, leur expliquant comment ne laisser aucune trace, comment s'en tirer à bon compte. En même temps, si tout le monde avait su comment il s'y prenait, Snake Eyes n'aurait pas été aussi demandé.

Le sourire aux lèvres, il tira les yeux de serpent artificiels de son sac et les fit reluire avec une peau de chamois. Une fois satisfait du résultat, il les plaça délicatement dans les orbites de Rosco qu'il laissa là, à contempler sans la voir la voûte étoilée.

Ses véritables yeux seraient envoyés au commanditaire du meurtre, comme preuve que sa commande avait été honorée.

Certaines de ses victimes n'étaient jamais retrouvées. Pour celles qui l'étaient, ces yeux de verre constituaient sa signature. Une carte de visite unique, dont la presse entendait rarement parler.

Il se redressa, passa mentalement sa liste en revue, puis ouvrit son calepin pour vérifier qu'il n'avait rien oublié. Il n'était pas du style à se faire pincer par négligence ; il ne commettait jamais d'erreur.

Cette routine commençait cependant à l'ennuyer. C'était la raison pour laquelle il avait accepté de relever un nouveau défi : maintenir une captive en vie, suffisamment longtemps pour en tirer des informations.

Il lui faudrait donc rédiger de nouvelles listes, et...

Snake Eyes referma son calepin d'un geste sec. Tout était en ordre.

Il était temps pour lui de se pencher sur la vie de sa prochaine cible. D'étudier sa banale existence dans les moindres détails, et d'en trouver les failles.

Il n'avait que très peu de temps pour apprendre à connaître Avery Travis. Cette nouvelle mission serait un véritable test.

Une organisation des plus méticuleuses s'imposait.

2

Deux semaines plus tard, Compagnie F, Waco, Texas

— Thomas Rosco est mort. La gorge tranchée par notre énigmatique tueur aux yeux de serpent.

Le lieutenant Jesse Ryder dut se répéter la phrase à plusieurs reprises pour être sûr d'avoir bien entendu. Et, à en juger par le silence qui s'était fait dans la salle, il n'était pas le seul à être sidéré par la nouvelle.

Rosco, l'un des parrains de la mafia locale, s'était un temps acoquiné avec Paul Tenoreno, un autre dangereux criminel, arrêté quelques mois plus tôt par les Texas Rangers. Le mérite en revenait principalement à Garrison Travis et à sa fiancée, Kenderly Tyler, maquilleuse de profession. Tous deux avaient été témoins d'un double homicide orchestré par Tenoreno et, grâce au courage de la jeune femme — ainsi qu'aux dossiers laissés par les victimes elles-mêmes —, l'accusation avait pu constituer un dossier solide.

Encouragés par ce succès, les rangers avaient retourné Rosco qui avait disparu peu après avoir promis de témoigner contre son ancien associé. De toute évidence, Tenoreno n'avait pas dit son dernier mot. Et comme il n'avait de chances de sortir de prison qu'en éliminant les témoins gênants, on pouvait en déduire que Rosco n'était que le premier. Garrison et Kenderly viendraient ensuite.

Le commandant Josh Parker observa ses hommes. S'il avait espéré une réaction, il devait être déçu. Tous les rangers présents paraissaient sous le choc.

Tenoreno avait engagé un tueur insaisissable, un véritable fantôme.

Aucune organisation gouvernementale n'était parvenue à dresser un semblant de portrait de cet homme — voire de cette femme car, en l'absence de toute trace d'ADN, on ignorait jusqu'à son sexe.

Jusqu'à présent, celui qu'on avait surnommé le tueur aux yeux de serpent s'était contenté de tuer des malfrats. Tous les cadavres qu'il avait laissés derrière lui avaient été ceux de dangereux criminels, recherchés par toutes les polices du pays.

— Ce sont deux chasseurs qui ont découvert le corps, au sud de Sheffield, reprit le commandant. Ils étaient passés déposer des pièges. Un vrai coup de bol pour nous. D'après les premières estimations, le décès remonte à six jours.

— Cette mort est surtout une aubaine pour Tenoreno ! s'exclama Bryce Johnson. On sait tous que c'est lui qui tire les ficelles, du fond de sa cellule.

En poste permanent au Texas, Bryce était un expert en matière de crime organisé. Il était bien placé pour savoir que l'accusation reposait sur le témoignage de la famille mafieuse adverse.

— Tenoreno est à l'isolement. Il n'a droit à aucune visite et ne peut communiquer qu'avec son avocat, marmonna Parker.

Il attendait sans doute une réponse ou une suggestion qui, là non plus, ne vint pas.

— En d'autres termes, il est difficile de l'accuser du meurtre de Rosco, ajouta-t-il en désespoir de cause. Pourtant, la commande vient forcément de lui.

— Comment Rosco a-t-il été exécuté ? demanda l'un des hommes.

— Et la planque de Travis, dans tout ça ? lança Jesse.

Ce n'était un secret pour personne : Jesse était plus préoccupé par la sécurité de son ami que par l'incarcération à vie de Tenoreno. Même si, en l'occurrence, il était difficile de dissocier l'une de l'autre.

— Qui est chargé de l'enquête ? s'enquit Bryce.

Pour toute réponse, le commandant lui fit signe, ainsi qu'à Jesse, de le suivre dans son bureau. Jesse s'exécuta sans hésiter. Il était las de traquer des malfaiteurs sur Internet. Il lui tardait de passer à l'action.

— L'affaire Thomas Rosco a été confiée à la police locale, qui travaillera en collaboration avec la Compagnie A. Le QG est prêt à intervenir en cas de problème. Tout est sous contrôle, on n'a pas besoin de nous. Quant à vous deux, vous êtes attendus sur d'autres fronts.

Jesse s'apprêtait à protester quand son supérieur alla s'asseoir et posa les pieds sur son bureau. C'était sa position de prédilection, quand il devait réfléchir.

— Bryce, le ministère public a demandé ton aide dans l'analyse d'une nouvelle piste. Viviane a tous les renseignements. C'est à elle que tu rendras compte de la manière dont les choses évoluent.

Sans attendre, Bryce acquiesça et s'en alla. De son côté, Jesse se crispa. S'il n'avait aucune idée de ce qui allait suivre, il avait la nette impression que le commandant Parker n'était pas très à l'aise.

— Que se passe-t-il ? Ils ont découvert l'endroit où Garrison est caché ?

— Non, non. Rien de tel. Mais lors des enquêtes préliminaires, Tenoreno a clairement annoncé qu'aucun des proches de ton coéquipier n'était plus en sécurité. Rien de nouveau, bien sûr. La plupart des criminels ont recours à ce genre de menaces. Seulement, d'après une de nos sources, Avery fait l'objet d'un contrat.

— Et ? Elle est shérif adjoint dans le Panhandle, au nord du Texas. On l'a informée de la situation ? Vous avez prévenu son supérieur ?

— En haut lieu, on estime qu'en arrêtant le tueur et en le retournant contre son commanditaire on aurait davantage de chances d'en finir une bonne fois pour toutes avec le clan Tenoreno.

— Ce qui revient à utiliser Avery comme appât. Aussi, je répète ma question : elle est au courant ?

— Plus ou moins. Pour ce qui est d'obtenir sa participation, en revanche… Hum ! Pour être tout à fait franc, les instances supérieures comptent sur toi. C'est pourquoi tu vas partir pour Dalhart.

— Eh bien, les instances supérieures feraient bien de revoir leur copie. Je ne suis pas dans les petits papiers du shérif adjoint Travis, en ce moment. C'est le moins qu'on puisse dire.

Il n'ajouta pas qu'Avery lui manquait terriblement. Ils avaient grandi ensemble, fréquenté les mêmes écoles, emprunté les mêmes filières… Seulement il était devenu ranger et elle, non. De sorte qu'elle avait tout plaqué, allant jusqu'à quitter Austin, et qu'ils ne s'étaient pas revus depuis lors. C'était à peine s'ils s'étaient parlé, aussi.

Et pour cause…

— Notre source est parfaitement fiable, Jesse. Le meurtre devrait être commis ces jours-ci. Tu n'as que très peu de temps devant toi.

Parker reposa les pieds sur le plancher et se pencha en avant.

— En clair, ce n'est pas négociable, lieutenant. La machine est lancée. Exécution !

— La dernière fois que nous avons eu ce genre de pépin, Avery s'est retrouvée en prison, lui rappela Jesse. Elle ne m'écoutera pas, je peux vous le garantir.

— Débrouille-toi comme tu veux. Il ne manquerait plus que Travis ait vent de ce contrat, sorte de sa planque, et se fasse tuer. Alors occupe-toi de sa sœur, si tu ne veux pas te mettre en quête de son meurtrier.

L'alternative atteignit Jesse avec la même violence que la balle de base-ball qu'Avery lui avait lancée en pleine figure l'année de ses neuf ans.

Assassinée, elle ?

Non. En aucun cas ! Il ferait tout pour éviter ça. S'il arrivait malheur à Avery, il ne se le pardonnerait jamais. Garrison non plus.

— Alors on l'appelle. Là. Maintenant. Il faut la prévenir tout de suite.

Et laisser Garrison dans l'ignorance, songea-t-il.

— Dès que nous avons été mis au courant de la menace qui pèse sur son adjointe, le procureur d'Etat a appelé le shérif Myers.

— Qui d'autre est chargé de la protéger ?

— Personne. Une guerre par ranger, c'est bien notre devise, non ?

Parker se leva ; l'entretien touchait à sa fin.

— Tu travailleras en collaboration avec le shérif du comté. Joue la carte de la surprise. Tu sais que le tueur s'apprête à frapper. De son côté, il ignore jusqu'à ton existence. Appuie-toi là-dessus.

— Entendu. Je pars par le prochain avion.

— Viviane a tout prévu. Un jet privé pour Amarillo n'attend que ton arrivée pour décoller. Tu trouveras une voiture de location sur place.

Il prit une pile de documents et les réarrangea d'un air pensif.

— Je t'ai déjà expliqué pourquoi on t'a attribué Garrison comme coéquipier ?

— Je... Nous avions tous deux conscience qu'il y avait peu de chances pour que cela se produise, marmonna Jesse, histoire de gagner du temps.

Les soupçons qu'il nourrissait depuis près de huit mois allaient lui être confirmés, il le sentait.

Voyant Parker attendre la suite, il s'enhardit jusqu'à demander :

— Pourquoi Garrison plutôt qu'Avery, vous vouliez dire ?

— Exactement. Tu as été proche d'elle, d'après mes renseignements. Très proche, même. Et tu n'as pas tenté de nous le cacher. Tu n'as pas menti. Si tu l'avais fait...

— Si j'avais menti, aucun de nous trois ne serait ranger, aujourd'hui.

— Exactement, répéta Parker en hochant la tête.

C'était la triste vérité. Par la faute de Jesse, Avery avait été exclue du corps des Texas Rangers. A un moment donné, quelqu'un avait dû les voir s'embrasser ou échanger des regards furtifs, et cela avait scellé son sort. Lorsqu'on lui avait posé la question, durant l'entretien de sélection, Jesse avait dit la vérité. Tout simplement.

En apprenant que sa candidature avait été écartée, Avery avait clamé haut et fort que les Texas Rangers n'étaient qu'une bande de machos qui, de toute façon, ne l'auraient jamais prise au sérieux. Jesse en avait déduit qu'elle ne lui pardonnerait jamais son aveu.

Fort heureusement, elle n'en avait rien su.

— Ce n'est pas le moment de renouer des liens, Ryder, l'avertit le commandant. D'autant qu'il n'est pas sûr du tout que ça t'aiderait à épingler notre tueur. C'est qu'il est doué dans sa partie, le bougre ! Alors contente-toi de protéger le shérif adjoint Avery Travis. Ce ne sera pas facile. Si ça l'était, la présence d'un ranger ne s'imposerait pas.

Il jeta un coup d'œil vers la porte vitrée, derrière Jesse.

— Allez, file. Je vois Viviane agiter tes documents de voyage.

Juste avant de se rasseoir, il ajouta :

— Ah, et nous tenons à interroger ce tueur, Jesse. Alors débrouille-toi pour le prendre vivant.

S'il survivait à l'accueil que lui réserverait la furie aux yeux verts dont il devait assurer la protection, il avait une petite chance de capturer le fameux Snake Eyes.

Un défi comme un autre, somme toute.

Avery décida de passer outre les indications que lui donnait son pistolet radar. A ses yeux, cinq miles au-delà de la limite de vitesse ne constituaient pas une infraction majeure. Et puis, son but n'était pas de piéger ses concitoyens. La plupart des conducteurs ralentissaient avant de passer devant le magasin d'engins agricoles ; les autres levaient le pied dès qu'ils la repéraient. C'était ceux qui ignoraient à la fois le magasin et la voiture de patrouille qu'elle arrêtait.

Ces planques de milieu de semaine étaient une véritable punition. Surtout en pleine nuit, sur cette route peu fréquentée de la Panhandle du Texas. Malheureusement, c'était son tour. La vie de shérif adjoint ici, à Dalhart, n'avait rien en commun avec les quatre années trépidantes qu'elle avait perdues à essayer d'entrer chez les Texas Rangers.

C'était son frère qui pourchassait les vrais criminels. Lui qui avait rassemblé des preuves contre l'un des parrains de la mafia de l'Etat. Oui... Garrison se portait au secours des témoins, leur sauvait la mise, et Dieu sait quoi d'autre encore.

Elle grimaça. La colère la reprenait, et il était beaucoup plus simple de l'enfouir au fond d'elle, avec tout ce qui était lié à ses anciennes ambitions.

Un endroit sûr. Trouve un endroit sûr où remiser ta hargne.

Il y avait cependant une marge entre savoir comment gérer ses émotions et y parvenir, mais elle ne désespérait pas. Ses cassettes d'épanouissement personnel finiraient bien par lui être utiles. Elle comprendrait mieux le message en les réécoutant.

Pas maintenant, cela dit. Sinon, elle risquait de s'endormir.

— C'est... chiant. Avec un grand C, grommela-t-elle.

Surtout après avoir suivi cette formation à Austin.

Et il n'y avait pas que les cassettes... Un pneu à plat de temps en temps. Puis, au choix, les étoiles filantes, la poussière qui se soulevait, la neige qui s'accumulait, ou l'herbe qui poussait. Ah ! Et elle allait oublier les rares occasions où elle devait conduire un automobiliste en panne au garage le plus proche.

Alors, oui, « chiant » était le mot. Il n'y en avait pas d'autre.

La voix haut perchée de Julie Dunks vint rompre le silence.

— Voiture 222. Avery ? Tu es toujours sur la 385 ? Devant le magasin de tracteurs ?

— Où veux-tu que je sois ? Je ne manque jamais de te prévenir quand je prends ma pause ou que je change d'endroit.

— Je sais, je sais. Seulement tu comprends, tout le monde n'est pas comme toi. Bo ne se donne pas toujours cette peine, par exemple. Et le shérif va souvent faire un tour dans la nature quand il a bu trop de café, si tu vois ce que je veux dire. Je comprendrais que tu en fasses autant, quand tu es de garde. Même si tu bois du thé, dorénavant.

— Qui est encore plus diurétique.

— Mais bien meilleur pour la santé... Tu as deux minutes, là ? Parce que je ne t'ai pas raconté ce que miss Wags m'a fait, ce matin. Elle a joué les divas, ni plus ni moins. Elle s'est posée devant la porte et m'a barré la sortie jusqu'à ce que je lui donne un petit morceau de bacon. C'est pas chou, ça ?

— Tu m'appelais pour une raison particulière ? demanda Avery en réprimant un bâillement.

— Ben oui, bien sûr, quelle question !

— Je t'écoute.

— Hein ? Ah oui... Tu as eu de la visite, tout à l'heure. Un ami de la famille, apparemment. Plutôt bel homme, si tu veux mon avis. D'accord, tu ne me l'as pas demandé, mais ça vaut la peine d'être noté.

Un ami de la famille plutôt bien de sa personne ? Ce ne pouvait être que Jesse. Avery fut forcée d'écouter la suite : elle devait attendre son tour pour parler, sur cette radio de base. Et puis, de toute manière, elle n'avait rien de mieux à faire dans l'immédiat.

Elle laissa donc Julie babiller en réfléchissant à toute vitesse. Que se passait-il encore ? Qu'est-ce qui avait obligé le lieutenant Jesse Ryder à venir aux confins de l'Etat du Texas ?

Décidément, il n'y avait aucune justice, en ce bas monde ! Elle avait quitté Austin par dépit, certes. Parce qu'elle avait été recalée, mais pas seulement. Là-bas, tout lui rappelait les moments passés en compagnie de cet homme, et elle n'était pas guérie. Si Jesse venait à Dalhart, ce serait des images de lui dans son restaurant préféré qui viendraient la hanter chaque fois qu'elle irait y manger.

Et puis, il y avait le Main Street Motel, où Jesse passerait forcément la nuit, vu qu'elle n'avait aucune intention de l'héberger. Comment ferait-elle pour passer devant sans imaginer voir sa voiture et se prendre à espérer qu'il était revenu ?

Julie ne donnait aucun signe de lassitude.

— Attends, et tu ne sais pas le plus beau ! Comme il n'a pas voulu attendre demain matin que tu aies terminé ton service, il vient te retrouver ! Tu ne trouves pas ça romantique ?

— Non. Merci du renseignement, Julie. Terminé.

Jesse était en route ? Grand bien lui fasse. Elle ne serait plus là. Elle n'avait aucune envie de passer ses nuits de garde à en venir à le revoir là, nonchalamment assis sur le capot de sa voiture de patrouille.

Pas question !

En fait, elle allait l'arrêter. Le jeter en prison. Ah ! Il avait fait le malin, trois mois plus tôt ? Il allait voir l'effet que ça faisait. C'était là qu'elle se le représentait le mieux, à présent. Derrière les barreaux.

Son deuxième lieu de prédilection, dans sa lutte contre les chauffards, se trouvait deux miles plus bas sur la même route. En se pressant un peu, elle y arriverait avant Jesse qui, bien sûr, roulerait beaucoup trop vite. Et là…

Là, il verrait ce qu'il verrait.

Quelques minutes plus tard, elle se garait sur son deuxième emplacement. Le pistolet radar dirigé vers la ville, elle commença à attendre. Normalement, ça ne devrait pas être long. Jesse avait dû partir dès que Julie lui avait donné sa position.

Un petit moment s'écoula sans que rien ne se passe. Il avait changé d'avis, ou alors il était passé déposer ses affaires au motel. Oui. C'était plus probable.

Quant à l'arrêter pour excès de vitesse, elle n'aurait pas cette chance.

Une profonde déception l'envahit, et elle soupira. Peut-être parviendrait-elle à le verbaliser le lendemain pour avoir traversé en dehors des clous. Ou pour vagabondage, pourquoi pas ? Ce qu'il lui fallait, c'était un motif suffisamment obscur pour qu'il refuse de payer l'amende, ce qui le mènerait droit en prison.

Elle baissa la vitre pour laisser entrer l'air frais dans la voiture, déposa le pistolet radar sur le tableau de bord, puis se renversa contre l'appui-tête. Au-dessus d'elle, les étoiles brillaient de mille feux.

Au bout de quelques secondes, elle soupira de nouveau. Sa résolution d'éviter tout ce qui pouvait la ramener à Jesse était totalement vaine. Elle se souviendrait de lui dans ce désert, tout simplement parce que c'était à lui qu'elle pensait en cet instant. Jesse Ryder en prison, Jesse Ryder à l'arrière de sa voiture de patrouille...

Jesse Ryder partout, en somme.

— Il faut que je m'habitue à sa présence, murmura-t-elle. C'est le meilleur copain de Garrison. Il sera toujours là, d'une manière ou d'une autre.

Elle se redressa et continua à monologuer.

— J'ai une vie. J'ai travaillé d'arrache-pied pour être indépendante. Je refuse de m'isoler plus longtemps sous prétexte que je suis frustrée ou blessée. Je dois me conduire en adulte.

Par une nuit aussi claire que celle-ci, elle pouvait voir les véhicules arriver à des kilomètres. Subitement, deux phares apparurent face à elle. Un éleveur venant en ville pour une urgence ?

Elle orienta le radar et passa une vitesse ; elle était prête.

142 kilomètres à l'heure ! Le voyant était rouge cerise. Sans doute des lycéens en goguette ou un malade à transporter à l'hôpital au plus vite. Dans les deux cas, c'était du ressort de la police.

Le bolide la croisa sans même ralentir. Laissant tomber le pistolet radar sur le siège, Avery alluma son gyrophare et se lança à la poursuite du chauffard. Moins d'une minute plus tard, celui-ci se garait docilement sur le bas-côté. Ses plaques d'immatriculation maculées de boue étaient à peine lisibles.

A défaut de coffrer son ami d'enfance, elle allait enfin pouvoir agir. Tout était préférable à l'ennui mortel.

3

Le chauffard s'était arrêté bien à l'écart de la route, dans la broussaille. Avery procéda aux vérifications d'usage, s'entendit répondre qu'elle avait affaire à un véhicule de location, et fronça les sourcils.

Il lui paraissait peu vraisemblable que deux étrangers se présentent à Dalhart dans la même heure, et au beau milieu de la nuit.

Alarmée, elle posa la main sur son holster et retira la sécurité de son arme de service. Devant elle, la portière s'ouvrit sur une longue jambe qui se déplia lentement. En voyant apparaître la deuxième, Avery se détendit légèrement.

Jesse !

Presque aussitôt, la colère reprit le dessus. Pourquoi ne l'avait-il pas prévenue de son arrivée ? Et pourquoi était-il venu, d'abord ? A moins qu'il ne soit arrivé malheur à Garrison, ce dont on l'aurait déjà informée, Jesse Ryder n'avait rien à faire dans la Panhandle. Bref, elle ne comprenait pas, et ça l'exaspérait.

L'estomac noué par ces sentiments contradictoires, elle regarda son ami d'enfance descendre de voiture.

Bon sang, qu'il est beau ! songea-t-elle malgré elle.

Les cheveux châtains coupés court, des yeux pétillant de malice, grand, large d'épaules... Il dégageait une telle force qu'à côté de lui, elle se sentait toute petite.

Avec son mètre quatre-vingts, elle n'avait pourtant rien d'une naine. Et bien qu'elle soit un peu moins grande que son frère jumeau, elle n'avait rien à lui envier sur le plan de la force. En partie grâce à Jesse, d'ailleurs, qu'elle avait toujours talonné à la lutte, à la course et sur le champ de tir.

Ces réminiscences ne l'aideraient pas à résoudre son problème. Il était temps de se ressaisir.

— Tu as une idée de la vitesse à laquelle tu roulais ? lança-t-elle avec agressivité.

Elle le vit scruter la plaine d'un air soucieux. Il ne savait donc pas qu'il n'y avait strictement rien à voir, dans la Panhandle ? Des vaches ou des cerfs, tout au plus, rien de bien menaçant.

— Pas loin de 150 kilomètres à l'heure, je suppose, répondit-il distraitement. Qu'est-ce que tu fais ici, sans renfort, Avery ?

En l'entendant l'appeler par son prénom, elle se sentit fondre. Elle était contente de le voir, au fond... Contente, et affreusement gênée.

Elle se campa devant lui avec une assurance feinte.

— Ce serait plutôt à moi de te poser la question, lui fit-elle remarquer. Tu es dans mon fief, je te signale.

— Et je n'ai pas le droit de rendre visite à une amie de longue date ? Je suis venu te voir, Avery.

Il mentait ; elle s'en rendit compte à son intonation. C'était celle qu'il avait eue lorsqu'il lui avait affirmé qu'il adorait être auprès d'elle.

— Nous ne sommes plus amis, Ryder. Je n'ai pas souvenir d'avoir répondu à tes messages téléphoniques. Tu n'as pas compris ce que ça signifiait ? *Toi*, un Texas Ranger ? Allez, trêve de plaisanteries. Dis-moi ce que tu fais ici.

— Je suis en vacances.

— C'est ça. Tu t'imagines que je vais avaler une couleuvre pareille ? Tu n'as jamais pris un jour de congé de ta vie, Ryder. Et puis, des vacances dans notre bon comté de Dallam ? A d'autres !

Jesse cessa de sourire et changea complètement d'attitude.

— D'accord. Trêve de plaisanteries, comme tu dis. Tu es vraiment seule, ici ? Parce que si c'est le cas, il faut qu'on assure ta protection.

— Ma protection ? Pourquoi ? Que s'est-il passé ?

— Je t'expliquerai tout ça au poste. Allons-y, dit-il, lui tendant une main.

Instinctivement, elle recula. Il en parut choqué. Peut-être même blessé, à y regarder de plus près.

Elle ne l'avait donc jamais contrarié, depuis le temps qu'ils se connaissaient ? Elle l'avait toujours suivi sans discuter ?

C'était mauvais signe. Et, surtout, ça devait changer.

— Je vous ai posé une question, monsieur Ryder, dit-elle, changeant de ton à son tour. Qu'est-ce qui vous amène à Dalhart ?

Jesse se remit à inspecter la route, dans les deux directions.

— Je répète, Avery : je t'expliquerai tout ça une fois que tu seras en sécurité. Et que nous serons à l'abri des oreilles indiscrètes.

Avery désigna d'un geste de la main leur environnement, un désert obscur, uniquement éclairé par les lueurs du gyrophare.

— Au cas où tu ne l'aurais pas remarqué, nous ne risquons pas d'être dérangés, ici, ironisa-t-elle. J'ajoute que si tu refuses de coopérer, je serai dans l'obligation de t'emmener au poste.

D'accord, c'était un peu exagéré. Elle n'avait aucune raison valable de mettre son ami d'enfance derrière les barreaux. Aucune, sauf le souvenir cuisant des trois jours qu'elle avait passés en cellule. Trois jours d'inactivité forcée pendant lesquels elle s'était fait un sang d'encre pour son frère jumeau.

Elle tira la paire de menottes de son étui.

— Tourne-toi et pose les mains sur le toit de ta voiture.

Jesse renversa la tête en arrière et partit d'un grand rire.

— Tu ne vas tout de même pas m'arrêter, si ?

La voyant faire un pas en avant, il reprit son sérieux.

— Attends... Tu ne plaisantes pas ? Tu as vraiment l'intention de... Pourquoi ? Qu'est-ce que j'ai fait ? Je suis ici à titre officiel, Avery. Tu le sais parfaitement.

Jamais elle ne l'avait entendu parler d'une voix aussi aiguë depuis qu'il avait mué. Déguisant en toussotement le rire nerveux qui lui avait échappé, elle saisit la main gauche de Jesse et lui passa l'une des menottes.

— Refus de coopérer. Je n'ai pas le choix.

— Comment ça ? se récria-t-il, indigné. Je n'ai fait que ça, coopérer ! Je n'étais pas obligé de m'arrêter, je te signale. Si je l'ai fait, c'est uniquement parce que c'était toi que je cherchais.

Il pivota sur lui-même pour lui faire face.

— Personne ne croira à ton histoire, ajouta-t-il.

— C'est ce qu'on verra.

Elle désigna sa position. En tant que prévenu, il aurait dû rester dos à elle, contre la voiture.

— Ce n'est pas ce qu'on appelle coopérer, il me semble, ranger Ryder, lança-t-elle triomphalement.

— Ecoute, Avery, je comprends que tu m'en veuilles. Nous n'avons jamais eu l'occasion de reparler de... de ce soir-là, et ce n'est pas vraiment le moment. Tout ce que je peux faire, c'est te présenter mes excuses. Tu les aurais eues plus tôt si tu m'avais retourné mes appels.

Lui posant une main sur la taille, il fit mine de se pencher vers elle.

— Cette fois, ton compte est bon ! s'exclama-t-elle, furieuse.

En un éclair, elle le repoussa, lui crocheta le bras et le força à s'agenouiller.

— On n'essaie pas de me piquer mon arme impunément, figure-toi.

— Ce n'était pas mon intention, Avery. Ne fais pas l'idiote.

— Tu expliqueras ça au juge, mon vieux. Et ce sera ta parole contre la mienne. Or, contrairement à certains, je vis ici, moi...

— Avery, pour l'amour du ciel ! Je suis Texas Ranger ! Ce n'est pas cette arrestation ridicule qui m'empêchera de faire mon boulot. Quand le shérif Myers apprendra ça...

— Trouve autre chose, Jesse, le coupa-t-elle. Une de mes collègues m'a dit que tu étais passé au poste pour demander après moi. Tu dois donc savoir que Dan n'est pas là.

Pour le coup, Jesse se raidit. Il semblait aux aguets, subitement. Anxieux.

— Allons-y, Avery. Cette petite plaisanterie a assez duré. Ne m'oblige pas recourir à la force. Je risquerais de te faire du mal. Tu n'as pas eu l'info, à propos de Rosco et de la menace qui plane s...

Elle ne le laissa pas terminer. D'un geste vif, elle tenta de lui attraper le poignet droit, mais il lui échappa.

— Personne ne m'a fait passer d'info. N'essaye pas de me blouser.

Elle lui enfonça un genou dans les reins, le faisant tomber à plat ventre. Il ne se débattit que mollement : il aurait pu se débarrasser d'elle d'un simple coup de coude dans le ventre.

— Ecoute-moi, Avery. Tenoreno a...

Il se tortilla pour se remettre sur le dos.

— Tenoreno a engagé un tueur pour t'abattre et... Aïe ! Bon sang, tu me fais mal !

— Arrête de gigoter, ça ira mieux.

Elle tenait toujours son bras droit, qu'il avait relevé au-dessus de sa tête.

Lorsqu'elle voulut le ramener à elle, il résista et la poussa en arrière, la faisant tomber sur les fesses. Elle se releva tant bien que mal.

— Debout ! ordonna-t-elle.

— Tu es toujours décidée à m'arrêter ?

— Je te dois une nuit en cellule. Deux, en fait.

— Encore une fois, la situation est grave. Premièrement parce que je ne suis *pas* passé par Dalhart.

— A d'autres ! Julie m'a appelée pour m'informer de la présence en ville d'un ami de ma famille. Je ne vois pas qui ça pourrait être, à part toi. D'autant que l'homme en question a demandé où il pouvait me trouver, et que tu es arrivé quelques minutes plus tard.

— C'est le tueur à gages, Avery. Et si ta collègue l'a vu, elle va pouvoir nous le décrire.

— Oh ! C'est pas bientôt fini ? Cesse de me raconter des salades, Jesse. Trop, c'est trop !

— Parker m'a affirmé que Myers a été prévenu. Je vais l'étriper... Je vais tuer un fonctionnaire de l'Etat.

Avery l'observa attentivement. Il n'attendait que le moment où elle commettrait une erreur pour prendre la tangente.

— Pourquoi Tenoreno s'attaquerait-il à moi, tu peux me le dire ? Je n'ai pas été témoin de ses exactions, que je sache !

Soudain, toute la colère qu'elle refoulait depuis si longtemps remonta à la surface.

— Qu'est-ce que tu es venu faire ici, au juste ? gronda-t-elle. Saboter ma nouvelle carrière, c'est ça ?

Jesse poussa un soupir sonore et tendit les bras devant lui en signe de reddition.

— OK. Calme-toi. Je...

Exaspérée, Avery lui donna un nouveau coup de pied, lui crocheta le bras droit, et lui passa la deuxième menotte.

— Je me calmerai si je veux ! s'écria-t-elle.

Avery lui avait enfoncé un genou dans les reins en disant cela. Elle était furieuse, et ce n'était pas en la faisant culbuter sur le bitume qu'il l'amadouerait. Il l'avait déjà suffisamment blessée dans son orgueil. Plus jamais…

— Je savais que c'était une erreur, de m'envoyer ici, hasarda-t-il.

— Tiens donc !

— Ecoute, bichette…

— Jesse ! C'est toi qui as le nez dans la poussière, et moi qui porte l'uniforme, je te rappelle. N'espère pas m'attendrir en m'appelant par ce surnom ridicule. Ça ne marche plus avec moi depuis des années.

Il n'en crut pas un mot. Déjà elle avait retiré son genou et, malgré la colère qui l'animait, son intonation devenait un peu moins agressive.

Alors si, ça marchait. Et à merveille !

Il se retourna tant bien que mal. D'accord… La partie n'était pas gagnée. Si elle avait changé de ton, son joli visage restait crispé à l'extrême. Las aussi. La rage et la frustration lui rétrécissaient les yeux.

Comme la dernière fois qu'ils s'étaient vus.

De toute évidence, elle ne l'écouterait pas. Il aurait dû la prévenir de sa venue à Dalhart.

A plusieurs reprises, pendant le trajet, il avait failli l'appeler. Toutefois, après avoir pesé le pour et le contre, il avait renoncé. Trop risqué, surtout quand on connaissait Avery. Elle aurait été capable de se lancer seule à la poursuite du tueur à gages. Aiguillonné par cette crainte, il avait rempoché son portable et roulé comme un fou pour arriver avant qu'il ne lui arrive malheur. Ou avant qu'elle ne décide de tendre à Snake Eyes un piège à sa façon.

— Tu as toujours l'intention de me mettre en prison ? demanda-t-il, bien qu'il soit à peu près sûr de la réponse.

La voyant esquisser un sourire finaud, il se soumit complètement à sa volonté. L'essentiel était qu'elle soit à l'abri du danger et ne se lance pas à la recherche de l'inconnu qui avait demandé à la voir. Pour sa part, il aurait une petite conversation avec le shérif pour décider avec lui de la meilleure manière de contrôler cette tigresse.

— Finissons-en, grommela-t-il.

Il tenta de se relever sans l'appui de ses mains, et secoua la tête.

— Il va falloir que tu m'aides, je crois.

— Pourquoi ? C'est plutôt marrant de te regarder te tortiller comme ça !

— Arrête, Avery. S'il s'avère que c'est le tueur qui est passé au poste, il faut qu'on décampe d'ici tout de suite. Si ça se trouve, il est tapi dans l'ombre et t'observe déjà.

Elle ne cilla pas.

Incroyable ! Même l'idée d'un tueur assez culotté pour entrer de plein gré dans un poste de police et demander à la voir ne lui faisait pas peur, apparemment.

A contrecœur, comme si elle se méfiait de lui, elle l'aida à se remettre debout. Puis, une main refermée sur les menottes qui l'entravaient, elle le guida jusqu'à la voiture de patrouille, le poussa à l'intérieur et verrouilla les portières.

— Tu peux au moins aller chercher mes affaires ? lui demanda-t-il en la voyant retirer son chapeau et le jeter sur le siège du passager. Mon sac est dans le coffre. Et puis, il serait judicieux de récupérer les clés et de verrouiller la voiture.

Avery se redressa et se mit à tapoter le toit de son véhicule. Lentement, du bout d'un ongle. Jesse comprit qu'elle débattait intérieurement. Cette façon de marteler une surface de l'index droit était devenue une habitude quand son père avait été tué dans l'exercice de ses fonctions.

Tac, tac, tac…

Elle avait beaucoup changé, à la mort de son père. Plus son frère se posait en charmeur, plus elle se refermait sur elle-même. Et, d'inséparables, Avery et Garrison étaient devenus franchement rivaux. Jesse ne s'en était rendu compte que bien plus tard, après avoir joué les intermédiaires entre les jumeaux pendant des années. Le « pacificateur », c'était ainsi que leur mère avait fini par le surnommer.

Jesse songeait avec un certain désabusement qu'il avait été un bien piètre pacificateur, quand le cliquetis cessa, au-dessus de lui. Des bruits de pas foulant le gravier se firent entendre, puis le grésillement de la radio s'éloigna. Le sac paquetage dans lequel il avait réuni ses affaires fut tiré du coffre et jeté à terre.

— Doucement ! Il y a mes armes à l'intérieur ! cria-t-il.

Comprendrait-elle enfin qu'il lui disait la vérité ?

Non. Pour toute réponse, elle verrouilla la voiture et enclencha l'alarme. Il n'avait plus qu'à attendre que le shérif Myers confirme à cette tête de mule la raison de sa présence à Dalhart.

En silence, de surcroît, car Avery était à cran. Cette arrestation abusive en était la preuve. Or, que cela lui plaise ou non, elle avait besoin de lui.

La radio se remit à grésiller.

— Jul... ? Je rentre avec... Arrivée prévue... six minutes. Terminé.

— Pendant que tu y es, cria Jesse, demande que le shérif nous retrouve au poste, qu'on règle cette histoire ridicule.

— Impossible, rétorqua-t-elle en revenant vers lui.

— Bon sang, Avery ! Tu ne crois pas que ça suffit comme ça ? J'ai une mission à accomplir et...

Elle leva une main devant elle pour le faire taire.

— Dan est à Dallas. Sa fille vient d'accoucher, et il ne sera pas de retour avant la fin de la semaine.

— Il est parti quand ?

— Il y a trois jours.

Jesse ne put réprimer une grimace. Personne, au poste de police du comté de Dallam, n'était donc au courant de la situation. Il allait devoir se débrouiller seul.

— Bichette ?

— Cesse de m'appeler comme ça, grommela-t-elle en se mettant au volant.

— Tu ne vas pas me mettre en prison, dis ?

— Je vais me gêner, répliqua-t-elle. Ta cellule sera un peu moins confortable que lorsque j'y étais enfermée, cela dit. On n'y a pas beaucoup d'intimité, mais ça ne devrait pas te déranger.

Elle s'interrompit, le temps de tourner la clé de contact.

— Tu n'as aucun respect pour celle d'autrui, reprit-elle alors qu'elle s'engageait sur la route déserte. Ça ne t'a pas gêné, par exemple, de demander à mon chef de m'incarcérer. C'est une deuxième nature, chez toi, hein ?

Jesse ferma les yeux et la laissa dire.

Il était son seul salut.

Et elle allait le forcer à passer la nuit au poste.

4

Snake Eyes eut un rictus de satisfaction. Avery Travis venait de rentrer, plus tôt que prévu, et avec un prisonnier de marque.

Un Texas Ranger, on aura décidément tout vu !

De nouveau, il examina son environnement.

Il y avait davantage de passage qu'il ne l'aurait pensé. Des gens entraient et sortaient du poste de police, les officiers traversaient la rue pour gagner la prison... Tant d'activité risquait de bouleverser ses plans.

Cela dit, il n'était pas pressé par le temps, pour une fois. Ça l'arrangeait d'autant plus qu'il allait devoir faire preuve d'imagination. Une représentante de la loi avec, en bonus, un Texas Ranger en chair et en os... Sacré défi !

Il ne pouvait pas en tuer un et laisser l'autre en vie. Trop compliqué. Tous deux étaient des adversaires de taille, extrêmement compétents dans leur branche. Il connaissait leur passé, et comme il savait qu'ils avaient grandi ensemble, il s'était attendu à voir débarquer Ryder à l'annonce de la disparition de son amie d'enfance.

Cette arrivée prématurée lui convenait cependant parfaitement. Il allait faire d'une pierre deux coups et n'aurait pas à se soucier de la traque impitoyable dans laquelle le ranger se serait immanquablement lancé.

Comme c'était pratique !

Il n'avait eu aucun effort à faire pour deviner l'identité du prisonnier. Tandis qu'il se mouvait dans l'ombre pour s'approcher de la prison, il avait entendu Ryder grommeler quelques mots. Pas grand-chose, juste de quoi savoir à qui il avait affaire.

Bien. Cela suffisait pour ce soir. Il devait revoir son plan. Si les

Texas Rangers étaient sur le coup, c'est qu'ils avaient eu vent de ce dernier contrat. Et s'ils ignoraient son nom...

Il étouffa un petit rire. *Personne* ne connaissait son nom. Il avait toujours fait en sorte qu'on ne puisse pas l'identifier ; il avait pris des précautions, des tonnes de précautions. C'était bien simple : même les gens à qui il vendait ses services ignoraient tout de lui. Et c'était aux flics, à qui il échappait depuis si longtemps, qu'il devait le sobriquet de « tueur aux yeux de serpent ».

De nouveau, il ricana. « Assassin » aurait été un terme plus approprié. C'était après son troisième meurtre qu'il avait commencé à louer ses services — et qu'il avait dû prouver que ses victimes désignées étaient passées dans l'autre monde.

Les premiers yeux de remplacement avaient été de simples billes. Pour les suivants, il s'était inspiré de ceux des créatures venimeuses qu'il croisait si souvent dans le désert. Trouvant que cela lui correspondait bien, il en avait fait sa signature. Une mutilation unique qui, en toute objectivité, facilitait le travail de la police.

Quand la police retrouvait le corps, bien sûr...

Snake Eyes s'arracha à sa réflexion. Il avait du travail. Des listes à faire. Un nouveau carnet à spirale à acheter.

Il se remit à cogiter. Ses deux cibles se chamaillaient, à leur arrivée au poste. Cela signifiait-il qu'ils étaient plus que de simples amis d'enfance ?

Peut-être parviendrait-il à tirer parti de cette querelle d'amoureux, si c'en était une. Mais plus tard. Pour l'heure, il lui restait deux ou trois choses à faire. Comme photographier les portes arrière du poste et noter l'heure à laquelle les matons de la prison traversaient la rue pour leur pause cigarette. Tout cela au cas où, car il savait déjà comment il s'y prendrait pour enlever Avery Travis.

Dans ces petites villes reculées, il n'était pas facile de passer inaperçu, il le savait d'expérience. Or, dans le cas qui l'occupait, il allait devoir collecter un certain nombre d'informations. Un sacré pari à relever, donc. Des contingences qui l'obligeraient à la plus grande minutie... Tout ce qu'il aimait.

Il s'était installé à Clayton, au Nouveau-Mexique. Pendant l'heure et demie qu'il lui faudrait pour rentrer, il aurait tout le temps de réfléchir.

Il devait se pencher sérieusement sur le cas du ranger. Le tuer tout de go aurait été trop banal. Trop prévisible, aussi. La patience était de mise. Elle seule lui permettrait de mener sa tâche à bien.

Oui, son existence allait être palpitante, ces prochains jours.

En sa qualité de tueur émérite, il avait bien le droit de s'amuser un peu, non ?

5

— Allez, Avery. Ça va comme ça ! Tu t'es bien amusée, alors maintenant, ouvre-moi cette porte. Je ne peux pas passer la nuit ici. Il faut absolument qu'on appelle le procureur.

Avery fit mine de s'interroger. Jesse n'avait enfreint aucune loi, bien sûr. Elle se vengeait comme elle le pouvait, voilà tout. Avec la seule arme à sa disposition. Alors si, il allait dormir en cellule. Ça lui remettrait peut-être les idées en place.

Un sourire finaud aux lèvres, elle pivota sur elle-même et faillit se cogner à Martha Coburn qui leur avait emboîté le pas en les voyant passer par l'accueil sans s'arrêter.

— Ah ! Martha, tu tombes bien ! M. Ryder ne savait pas où dormir, alors je me suis dit que la moindre des choses serait que nous l'hébergions.

Jesse proféra un juron si grossier que Martha haussa les sourcils.

— Pardon, madame. Avery, attends un peu que je sorte d'ici, et tu vas voir ce que tu vas voir ! Je te botterai les fesses. Comme quand on était gamins ! hurla-t-il.

Pour toute réponse, elle ferma la porte du corridor. La dernière chose qu'elle entendit fut le bruit des santiags de Jesse cognant contre les barreaux. Elle reconnut le son d'autant plus aisément qu'elle avait produit le même, à une ou deux reprises, pendant son séjour en cellule.

— On s'occupera de la paperasse plus tard, dit-elle à Martha. Quand il sera calmé.

— Ce n'est pas réglo, Avery. En même temps… Tu es sûre qu'il a toute sa tête, ce type ? Il ne cesse de hurler qu'il est Texas Ranger. Bizarre, non ?

— Très bizarre, en effet, convint Avery qui s'efforçait de garder son sérieux. On devrait peut-être demander une expertise psychiatrique. Non... Je plaisante. Je connais Jesse depuis toujours, et il... Il a voulu prendre quelques libertés avec moi, si tu vois ce à quoi je fais allusion. Alors je lui donne une petite leçon, rien d'autre.

— Je vois, fit Martha en croisant les bras. Dan a recours à ce genre de procédés, de temps à autre. Il aura quelques histoires pas piquées des hannetons à te raconter, à son retour.

— J'ai hâte d'entendre ça. Bon ! Je ferais bien d'aller reprendre mon poste, moi. Avec tous ces fous qui empruntent cette route à des heures incongrues en plein milieu de semaine, on ne sait jamais !

Elle regagna sa voiture en ruminant. Si Dan s'était laissé aller lui aussi à quelques abus de pouvoir, il pourrait difficilement lui reprocher son excès de zèle de ce soir. Il se pouvait même qu'il soit rassuré par le fait qu'elle ne s'en soit pas laissé conter. Oh ! Et puis peu importait, finalement ! Elle avait rendu à Jesse la monnaie de sa pièce. Cela valait bien une petite remontrance de la part de Dan, non ?

A présent que son cœur ne battait plus la chamade, un détail la chiffonnait, néanmoins. Cette histoire à dormir debout, avec laquelle Jesse avait tenté de l'amadouer... Il se pouvait qu'il y ait un fond de vérité là-dedans, en fin de compte. Lorsque Garrison avait été mis en résidence protégée, elle avait mené sa petite enquête personnelle sur le clan des Tenoreno. Ses découvertes l'avaient conduite à prendre quelques précautions de base, comme faire installer des verrous supplémentaires aux fenêtres et à la porte de la petite maison qu'elle louait. Des lampes de sécurité dans le jardin, aussi. Jardin dont elle était allée jusqu'à tailler les haies de manière à avoir une vue claire sur la rue et le trottoir. Ses voisins s'en étaient inquiétés et sa propriétaire avait failli avoir une attaque, mais elle avait fini par reconnaître que ces précautions étaient justifiées pour une femme seule, même armée.

Elle se mordilla la lèvre inférieure. A bien y songer, peut-être avait-elle été trop impulsive. Jesse n'était pas du style à plaisanter avec des sujets aussi graves. D'abord parce qu'il était le seul homme de sa connaissance à ne pas savoir mentir, ensuite parce qu'il n'aurait pas fait tout ce trajet pour...

Pour quoi, au juste ?

Le fait que Paul Tenoreno soit dans un pénitencier ne signifiait pas pour autant qu'il ait perdu toute influence. Et puis, le clan avait de l'argent. Beaucoup d'argent !

Elle réfléchit longuement, sans se décider à démarrer. Oui, les Tenoreno étaient riches à millions. Une partie de leur fortune avait très bien pu servir à intercepter le coup de fil que le procureur d'Etat était censé passer à Dan.

Soudain pressée de tirer cette histoire au clair, elle redescendit de voiture, traversa la rue en courant, et poussa la porte du poste.

— Julie ? cria-t-elle pour attirer l'attention de la standardiste.

— Hein ? Oh ! Salut, Avery ! fit Julie sans retirer son casque sans fil. Je croyais que tu...

— Dan n'a pas reçu de message que tu aurais oublié de lui transmettre, par hasard ?

— Avery ! s'exclama la rouquine d'un ton de reproche. Tu m'as demandé toi-même de ne pas le déranger. De le laisser profiter pleinement de ces quelques jours en famille.

Elle posa un doigt manucuré sur le bloc-notes, à la gauche du standard.

— Nous n'utilisons qu'un bloc, mes deux collègues et moi. C'est plus simple. Pour vous comme pour nous.

— Tu permets que je jette un coup d'œil ?

— Bien sûr !

Le premier message concernait une bande d'adolescents qui s'étaient amusés à tirer sur des bouteilles de bière et que Derek s'était chargé de rappeler à l'ordre. Les suivants étaient du même acabit. Le dernier, en revanche, était accompagné de la mention « Urgent ». A en juger par l'indicatif, l'appel avait été passé de la région d'Austin.

— C'est quoi, ça ?

Julie plissa les yeux pour déchiffrer le numéro.

— Ah ! C'est Lena qui a pris l'appel pendant son service. Apparemment, la personne a demandé Dan et a refusé de parler à qui que ce soit d'autre. Pourquoi ? C'est important ? Tu veux que je rappelle et que je te passe le correspondant ?

— Ne te donne pas cette peine, ma belle. Je m'en charge.

Un appel en provenance de la capitale de l'Etat, pour Dan Myers et personne d'autre, ce ne pouvait être que...

— Zut ! Jesse a dit vrai. Ce type qui m'a demandée, tout à l'heure... Tu peux me le décrire ?

— Euh... Plutôt pas mal, comme je te l'ai dit. Une petite quarantaine d'années... Assez stylé, dans le genre cow-boy. Ah, et les cheveux un tout petit peu trop longs. Ils lui descendaient dans le cou. Ça m'a frappée, parce que ça jurait avec le reste.

— D'accord. Ce n'était pas Jesse. Aïe, aïe, aïe ! J'ai vraiment cafouillé, sur ce coup-là...

Penaude, elle dissimula son visage derrière le bloc-notes en regrettant de ne pas pouvoir refouler le souvenir de l'expression de Jesse quand elle avait évoqué l'inconnu qui avait demandé à la voir.

— Dan a déjà eu recours à un portraitiste judiciaire ?

— Je ne sais pas. Je peux demander à Lena quand elle prendra son poste, si tu veux. Pourquoi ?

— Parce que je suis prête à parier que ton mystérieux visiteur a soigneusement évité d'exposer son faciès à l'œil indiscret de nos caméras. Je vais vérifier les enregistrements par acquit de conscience mais, à mon avis, on va avoir besoin de tes lumières pour établir un portrait-robot.

— Attends ! s'exclama Julie, les yeux ronds. Tu veux dire que c'est un *vrai* truand qui est venu ici ce soir ? J'ai eu affaire à un gros dur, *moi* ?

Avery réprima une grimace. Si la petite standardiste était en mesure d'identifier le présumé tueur à gages, elle était en danger, elle aussi. Il allait falloir assurer sa protection, et à son insu de préférence...

— Non, mentit-elle. Je suis curieuse de savoir qui s'est présenté comme un de mes amis, c'est tout.

L'étape suivante serait plus délicate. Elle devait libérer Jesse.

A moins que... Oui. Il était plus prudent de lui parler à distance. Lui derrière les barreaux, elle dans le corridor. Le ton risquait fort de monter, cela dit. Et qui sait si, sous le coup de la colère, elle ne lui reparlerait pas du fiasco par lequel s'était soldée leur dernière rencontre ?

Dire qu'elle avait pensé que leur relation prenait un nouveau tour, ce soir-là !

Respire lentement, s'ordonna-t-elle. *Pense à autre chose. A l'océan, aux vagues qui viennent s'échouer sur la plage.*

Peut-être serait-il plus sage d'éviter la confrontation, finalement. D'attendre la relève et de faire libérer Jesse par un collègue. Elle demanderait qu'on lui indique le chemin de sa maison et s'excuserait platement.

De ne pas l'avoir écouté quand il lui avait parlé de ce tueur, pas de l'avoir jeté en prison. Parce que, pour ça, elle n'avait aucun remords. Jesse n'avait pas volé ces quelques heures en cellule... Bref, ils se chamailleraient donc en toute intimité et, ensuite, ils réfléchiraient ensemble à la meilleure manière de piéger l'homme de main de Tenoreno.

Il lui était plus facile de croire les dires de Jesse, maintenant qu'elle s'était calmée et qu'elle pouvait raisonner sans être perturbée par son sourire ravageur. Une chose était certaine, cependant. Sous aucun prétexte elle ne se mettrait au vert. Elle avait des responsabilités ; Dan comptait sur elle pour régler les affaires courantes pendant son absence. Et puis, elle ne pouvait pas fuir chaque fois qu'une menace pesait sur la vie de son frère.

Ou sur son propre ego.

Quoi qu'il en soit, elle devait faire libérer Jesse immédiatement. Ça ne pouvait pas attendre le lever du jour.

— Julie ? Tu peux envoyer Tosh et Tolbert Jennings récupérer une voiture sur la 287 ? demanda-t-elle, posant les clés du véhicule sur le comptoir de la réception. Dis-leur de la laisser devant le poste et de te rapporter la facture et les clés. Je paierai de ma poche.

— Pas de problème. Euh... Le comté dispose d'une remorque, pour ce genre de choses. Mais comme tu le sais aussi bien que moi, j'en déduis qu'il s'agit d'un cas particulier.

— Gagné, murmura évasivement Avery. Préviens Martha quand la voiture sera là, si tu veux bien.

— Ça marche !

Avery sortit et retraversa la rue.

— Pas de hurlements, aucun coup de santiag dans les barreaux, c'est bon signe, remarqua-t-elle en poussant la porte de la prison.

Martha leva le nez des dossiers qu'elle était en train de consulter.

— Pour l'instant. Parce que je peux te dire qu'il n'est pas content, ton invité. Il n'arrête pas de répéter que tu es en danger. Tu es venue t'acquitter des formalités ?

— Plus ou moins, oui. Les frères Jennings vont lui rapporter sa voiture. Julie te préviendra quand elle sera là. Ça ne t'ennuierait pas de le relâcher ?

Martha ferma les yeux et secoua énergiquement la tête de droite à gauche.

— Ce ne sera ni le premier ni le dernier. Qu'est-ce que je fais, ensuite ? Je lui donne l'adresse du motel le plus proche ou je le prie aimablement de quitter la ville ?

— Ni l'un ni l'autre. S'il te pose la question, indique-lui la route de chez moi.

Du bout du doigt, Avery se mit à marteler le comptoir. Martha allait essuyer les plâtres, et cela ne lui plaisait guère. Inutile de se voiler la face : elle avait bel et bien choisi la solution de facilité.

— Merci, Martha. Je te revaudrai ça.

— Il t'en coûtera *deux* margaritas chez Consuelo. Parce que si tu veux mon avis, j'ai comme l'impression que ce type n'a pas fini de nous donner du fil à retordre. Il est vraiment Texas Ranger ?

— Oui. C'est le coéquipier et le meilleur ami de mon frère. Il habitait à côté de chez nous, et je peux te dire qu'il m'en a fait baver, avant que je parte pour l'université. Et ça ne s'est pas arrêté là ! Après ça, nous sommes tous les trois entrés à Baylor. Tu imagines ? Essayer d'avoir une vie sociale digne de ce nom avec deux grands frères sur le dos ?

— Ça doit être quelque chose, en effet. Je ne sais pas ce qu'il s'est passé entre vous ce soir, mais je suis plutôt contente de ne pas avoir à m'attarder ici quand il sortira.

Elle partit d'un grand rire et ajouta :

— Super contente !

— Il faut que j'y aille, Martha. J'ai à faire avant qu'il me tombe dessus. Parce que c'est à moi qu'il va demander des comptes, figure-toi.

— Je te fais confiance, Avery. Tu t'en sortiras. Autre chose...

— Oui ? fit-elle d'un ton faussement léger, la confiance n'étant pas ce qui dominait en elle en cet instant.

— De toute évidence, la situation est grave. Je compte sur toi pour nous expliquer de quoi il retourne au plus vite. Et pour appeler Dan, bien qu'il soit en vacances ! Je ne voudrais pas être à ta place s'il apprend en rentrant que tu l'as laissé dans l'ignorance.

— Je n'y manquerai pas, Martha. Dès que j'en saurai davantage, je lui passerai un coup de fil. Promis.

La remorqueuse des Jennings était garée le long du trottoir. Avery la regarda du coin de l'œil, mais rien ne bougea à l'intérieur, sauf le chien de Tosh qui aboya jusqu'à ce qu'elle soit remontée en voiture et ait fermé sa portière. Tosh sortit à ce moment du poste et lui fit un petit signe en passant.

Les frères Jennings ne mettraient pas longtemps à remplir leur mission, et elle devait encore vérifier les enregistrements de la sécurité pour savoir si son mystérieux visiteur était parvenu à dissimuler son visage aux caméras ou non.

Or, d'ici moins d'une heure, Jesse se présenterait sur le porche de sa maisonnette pour lui demander des explications.

Et des excuses.

Jesse connaissait son amie d'enfance par cœur. Presque mieux qu'il se connaissait lui-même. Elle était prévisible, efficace, et, pour l'instant, elle le haïssait.

Pour l'instant ? Non. Sa disgrâce allait durer des jours, voire des mois dans le pire des cas. A en juger d'après sa réaction, tout à l'heure sur la route, elle n'avait aucune intention de collaborer avec lui, que ce soit maintenant ou dans un avenir proche.

Il avait mis un terme à leur relation en la laissant en plan, cette maudite nuit de septembre. En d'autres termes, il avait commis l'irréparable ; il l'avait compris avant même de la voir pleurer, le lendemain. Il avait tout gâché, et elle s'était vengée par un petit abus de pouvoir.

Depuis une heure qu'il moisissait là, il avait eu tout le loisir de méditer sur sa condition sans trouver d'échappatoire possible. Un détail en particulier le préoccupait : le shérif de Dalhart n'avait pas été informé de la menace qui pesait sur Avery. Il fallait qu'il prévienne ses supérieurs. Il était urgent de démasquer la personne qui, au mieux, n'avait pas fait son travail et, au pire... avait été achetée par l'ennemi.

Bref, faute d'avoir convaincu Avery, il devait persuader ses collègues de la véracité de ses propos et sortir de là au plus vite. Et comme il n'en avait encore vu personne, il se prit à rêver de voir arriver une adjointe au shérif suffisamment contente de sa petite blague pour venir le titiller. Elle le toiserait en silence, attendrait qu'il la supplie de le relâcher ou, au contraire, lui dirait d'un ton solennel qu'il n'était pas le bienvenu à Dalhart. S'il échappait au goudron et aux plumes, il aurait de la chance.

Bon, d'accord, le trait était un peu forcé.

Il n'en restait pas moins vrai qu'Avery était convaincue d'être assez grande pour pouvoir se défendre toute seule. Ce à quoi il avait une réponse toute trouvée.

La lourde porte qui fermait le couloir s'ouvrit sur un jeune policier, porteur de deux petites bouteilles d'eau et d'un gros trousseau de clés. Aussitôt, Jesse se leva pour parlementer.

Il avait côtoyé un bon nombre de ses semblables, ces dernières années. Quand on était le meilleur copain d'un type aussi sociable que Garrison, il n'était pas bien difficile de se faire des amis.

Cela dit, il ne bénéficiait pas de la vivacité d'esprit de son ami d'enfance. Garrison avait la repartie facile ; lui éprouvait le besoin de réfléchir avant de parler ou de réagir. Réagir... Ce qu'il aurait dû faire bien avant qu'Avery le menotte, évidemment.

A la gestuelle du jeune officier, il comprit que ce dernier hésitait. Il avait un instant observé le trousseau de clés, comme s'il ne demandait qu'à être convaincu, avant de le fourrer dans sa poche.

— Vous voulez bien me dire qui vous êtes, au juste ? dit-il en lui tendant à travers les barreaux une des deux bouteilles d'eau. Parce que votre nom n'apparaît pas sur le registre des admissions.

— Lieutenant Jesse Ryder, Texas Ranger. Mon badge est dans le sac de paquetage que vous avez en votre possession. A moins que notre chère Avery Travis l'ait emporté...

Il s'interrompit, le temps de boire une gorgée d'eau, moins destinée à le désaltérer qu'à l'aider à conserver son calme.

— Shérif adjoint Jackson. Bo pour les collègues. Qu'est-ce qui nous vaut l'honneur ?

— Où est Avery ? demanda Jesse, esquivant la question.

— Pour tout vous avouer..., commença Jackson, passant d'un pied sur l'autre d'un air faussement détaché, nous espérions que vous seriez en mesure de nous le dire. Par ailleurs, nous aimerions savoir si vous êtes ici suite à d'éventuels développements dans l'affaire à laquelle son frère est mêlé.

Jesse sentit son cœur s'emballer, au point qu'il en lâcha la bouteille de plastique qui roula sur le vieux carrelage en se vidant de son contenu.

Snake Eyes l'a enlevée ! songea-t-il, l'estomac noué. *Il la tient, et...*

— Ouvrez cette porte immédiatement ! ordonna-t-il avec une telle férocité qu'il reconnut à peine sa propre voix.

Le shérif adjoint recula légèrement.

— Du calme, lieutenant. Avery se porte comme un charme, et vous avez involontairement répondu à ma question. Il y a bel et bien un problème avec son frère. Vous êtes donc venu à Dalhart... A titre d'ami, si j'ose dire. Avery a refusé de nous expliquer quoi que ce soit, alors je voulais en avoir le cœur net.

— Shérif adjoint Jackson, vous êtes plus futé que je l'aurais cru au premier abord.

— Merci. On se méprend souvent sur mon compte. Je cogite, voyez-vous. Je suis un cérébral, si vous préférez. Et beaucoup plus âgé que je le parais.

Sur ces mots, il ressortit son trousseau de clés, en fit tourner une dans la serrure et ouvrit la porte.

— Avery s'est occupée de faire ramener votre voiture en ville. Les clés sont en face. Au poste.

— Ah bon ? Comme ça ? Et moi qui pensais que vous alliez me garder au frais jusqu'à ce que je vous dise ce qu'il se passe...

Sans perdre davantage de temps et, surtout, avant que l'officier change d'avis, il se précipita dans le corridor.

— Je suis patient, en plus d'être malin. Essayez de vous en souvenir, lui lança Jackson avec un large sourire qui le rajeunit plus encore. Allez récupérer vos clés. Ah, et Avery vous attend chez elle. Vous voulez que je vous indique le chemin ?

— J'ai l'adresse, merci.

Les clés, une signature au bas d'une page puis quelques centaines de mètres dans des rues inconnues… Jesse suivit machinalement l'itinéraire qu'il avait imprimé avant de partir. Tout s'était dénoué si vite qu'il n'avait pas eu le temps de réfléchir à ce qu'il allait dire à Avery.

Un détecteur de mouvements se mit en route, illuminant le jardin, lorsqu'il se gara devant la maisonnette. Il cligna des yeux et vit Avery, tranquillement assise sur la balancelle du porche.

Son soulagement fut indescriptible. Elle était là, une bière à la main et un fusil de chasse reposant contre sa cuisse hâlée.

Ce petit short était vraiment très, très court. En même temps, il n'allait pas s'en plaindre… Avery se tenait devant lui, plus vivante que jamais. Il admirait ses jambes interminables depuis toujours ou presque. Les parties de volley sur la plage avaient eu vite fait de lui ouvrir les yeux, sur ce point.

— Désolée d'avoir un peu perdu le sens de la mesure, tout à l'heure, dit-elle avant de boire une gorgée de bière, sans le quitter des yeux.

Ses cheveux courts disparaissaient presque entièrement sous son chapeau noir.

— Moi aussi, je suis désolé, Avery. J'aurais dû te prévenir de mon arrivée.

Il s'avança d'un pas en se demandant si la carabine était destinée à le tenir en respect ou à parer à une éventuelle attaque orchestrée par Tenoreno.

— Tu as une deuxième canette ? demanda-t-il.

Elle cessa de siroter sa bière.

— Oh ! Oui, oui, bien sûr ! fit-elle. Excuse-moi.

De toute évidence, la canette attendait à côté de la balancelle depuis un bon moment. Il n'y avait qu'à voir les gouttes de condensation qui roulaient sur sa surface pour s'en convaincre. Peu importait qu'elle ne soit pas glacée, toutefois. C'était un geste, et il le prit comme tel.

— Santé, dit-il avant de boire une longue gorgée. Sympa, ton chapeau !

— Je l'ai acheté dès mon arrivée ici. Histoire de tourner

définitivement la page. Les Texas Rangers portent du blanc, généralement.

La lumière extérieure s'éteignit. Le chant des criquets se fit plus distinct, et Jesse se délecta de toute cette quiétude.

Ils n'avaient pas besoin de mots. Malgré tout ce qui les séparait, Avery et lui parviendraient à travailler ensemble. Comme deux vieux copains qui...

— Ton tueur est effectivement passé au poste, ce soir, annonça-t-elle tranquillement, mettant un terme abrupt à sa rêverie. Tu veux voir la tête qu'il a ?

6

Pris d'une quinte de toux inopinée, Jesse recracha la bière qu'il était sur le point d'avaler sous le regard mi-amusé, mi-suffisant de son hôtesse.

Personne n'avait encore réussi à prendre le tueur aux yeux de serpent en photo. Personne.

— Qu'est-ce que tu me chantes ? demanda-t-il d'une voix étranglée.

— Remets-toi. Nous sommes équipés de caméras, nous aussi. Il ne faut pas croire... Allez, viens donc t'asseoir, ajouta-t-elle, poussant la carabine pour lui faire de la place.

Deux initiales étaient gravées sur sa crosse en bois. « A.T. », celles d'Avery. Jesse l'avait aidée à la faire, cette gravure maladroite, l'année de leurs dix ans. Cela leur avait d'ailleurs valu deux semaines d'interdiction de sortie de la part de leurs pères respectifs.

Jesse s'exécuta et s'efforça de contrôler son impatience. Bien lui en prit, car Avery mit une bonne minute à tirer une feuille de papier pliée en quatre de la poche arrière de son short.

— Je ne suis pas convaincue que ce soit notre homme, reconnut-elle en lissant le document d'un geste machinal. Ça me paraît un peu gros, pour quelqu'un qui n'a jamais laissé aucune trace derrière lui.

— Parce que tu es au courant de ça aussi ?

— Je ne suis pas manchote, Jesse. Dès que j'ai compris mon erreur, j'ai appelé le commandant Parker, de sorte que je sais tout ce que tu as omis de me dire. C'est-à-dire le plus important.

— Je m'en suis déjà excusé.

— C'est vrai. Alors passons à la suite.

Elle se pencha en avant pour tapoter la feuille de papier du bout d'un ongle coupé court.

— Je n'ai encore jamais entendu parler de tueurs à gages qui narguent délibérément les caméras de surveillance d'un poste de police.

Il sourit.

— Bon sang ! Regarde toi-même ! reprit-elle.

— Il y a en effet peu de chances qu'il s'agisse de notre lascar. J'en conclus donc...

— Que c'est une de ses connaissances, acheva-t-elle. Un comparse.

Jesse examina le scan de la photo. L'homme qui y apparaissait semblait relativement normal. Et, comme l'avait dit Avery, il levait la tête vers la caméra, un sourire narquois aux lèvres.

— Tu as envoyé ça à Parker ?

— Oui. J'ai également lancé un avis de recherche, mais tu sais aussi bien que moi que ça ne servira à rien. A ton avis, pourquoi ce type s'est-il débrouillé pour nous faire savoir qu'il est dans les parages ?

— Pour t'appâter ? suggéra Jesse. Parce qu'il voulait te faire rentrer au poste ?

— Aïe, aïe, aïe ! S'il nous a vus arriver, il est au courant de ta présence à Dalhart.

Elle se couvrit les yeux des mains, une vieille habitude, là encore. Contractée quand elle était toute petite.

— Je me trompe peut-être, lui fit-il remarquer, dans l'espoir de la rassurer.

— J'en doute. Ta théorie est parfaitement logique.

— Du coup, tu t'es mis en tête de pourchasser ce malfrat. Et je suppose rien ne t'en dissuadera...

— Détrompe-toi. Parker y est parvenu. Il m'a expliqué qu'il était important que je m'en remette à toi, et m'a demandé de te rappeler qu'il voulait ce type vivant.

Jesse l'observa à la dérobée. Ses jambes, sa taille, la courbe de ses lèvres... Depuis leur nuit d'amour ratée, il ne s'était pas écoulé une seule nuit sans qu'il y pense. Il ne se souvenait que trop de la douceur de sa peau, de l'ardeur avec laquelle elle lui avait rendu ses baisers.

Il la défendrait au péril de sa propre vie et, ce faisant, il n'hésiterait pas à abattre leur ennemi. Parker devait s'en douter, sans quoi il n'aurait pas éprouvé le besoin de rappeler qu'il souhaitait interroger le tueur aux yeux de serpent.

— Il ne tentera rien tant qu'il te saura avec moi, poursuivit Avery.

— De sorte que ce n'est pas pour cette nuit, répliqua-t-il nonchalamment. Parce que je n'ai aucune intention de bouger d'ici.

Avery laissa échapper un cri de surprise peu convaincant.

— Je te préviens, je n'ai pas de chambre d'amis. Tu vas devoir te contenter du canapé.

La lumière du jardin s'alluma soudain. D'un seul geste, Jesse et Avery tendirent la main vers la carabine. Fausse alerte : ce n'était qu'une branche, dansant sous le capteur. Il n'y avait aucun tueur dans l'allée, ce qui n'empêcha pas Avery de poser l'arme sur ses genoux.

— Ce n'est pas ce qu'il y a de plus confortable, ajouta-t-elle. Le canapé, je veux dire...

A en juger par son sourire narquois, elle trouvait cela très drôle.

— Pas grave. Je n'ai pas l'intention de faire la grasse matinée.

La voyant se lever, carabine en main, pour scruter la rue dans les deux sens, il en conclut qu'elle attendait qu'il aille chercher ses affaires pour le faire entrer dans la maison. Il s'exécuta donc, sans baisser sa garde, lui non plus.

Une fois à l'intérieur de la maisonnette, et après avoir posé son sac et son ordinateur dans un coin, il entreprit de vérifier les verrous des fenêtres du séjour.

— Ne t'inquiète pas, tout est bien verrouillé, comme quand j'étais en cellule.

Jesse réprima une grimace de dépit. Elle lui en voulait toujours, à plus d'un égard, et bien qu'il se soit excusé. S'ils en venaient à évoquer le passé, il lui parlerait de la dernière fois qu'ils avaient décidé de passer la nuit sous le même toit. Il devait lui expliquer en quoi les choses avaient été différentes, huit mois plus tôt.

Mais cela devrait attendre. Dans l'immédiat, ils avaient d'autres préoccupations, bien plus graves.

— A quelle heure prends-tu ton service, demain ? demanda-t-il en allant s'assurer que la porte arrière était dûment fermée. Et, surtout, que comptes-tu dire à tes collègues ? Tout ? Rien ? Le strict minimum ?

— Je ne sais pas encore. Dis-moi... Tu ne t'es pas demandé

comment il se faisait que je n'aie pas été mise au courant de la menace qui pèse sur moi ?

Jesse sortit de la chambre à coucher, tout juste assez grande pour héberger le matelas double posé à même le sol.

— Si. Et j'ai fait comme toi, Avery. J'ai cogité et j'en ai déduit qu'il y avait eu un couac. Volontaire ou accidentel, je ne le sais pas encore.

Il testa la fermeture du vasistas de la cuisine, puis se tourna vers elle.

— Parfait... Tout est fermé.

— Ravie d'apprendre que rien n'a changé depuis que je suis rentrée du travail. J'avais vérifié en arrivant, figure-toi.

— Deux précautions valent mieux qu'une, non ?

— Tu aurais pu me poser la question, ça aurait été plus simple.

— Arrête, Avery ! L'heure est à la vigilance, pas à la susceptibilité. Nous devons faire équipe. Notre adversaire ne nous fera pas de cadeau. Il est particulièrement dangereux. Et hyper motivé.

Afin d'illustrer son propos, il tira de son sac trois armes de poing qu'il posa sur la table basse.

Avery plaça le fusil entre la porte et la fenêtre donnant sur le porche. A portée de main.

Parfait.

— N'empêche que je suis capable d'assurer ma propre sécurité, et que tu ne me fais pas confiance sur ce point, grommela-t-elle en disparaissant derrière la cloison qui séparait le séjour de la cuisine. Tu ne changeras donc jamais ?

— Pas tant que nous serons confrontés au tueur aux yeux de serpent, en tout cas. C'est d'ailleurs la raison pour laquelle on m'a envoyé ici.

S'apercevant un peu tardivement de la maladresse de sa formulation, il ajouta :

— Je ne voulais pas te décevoir, Avery.

— Tiens donc !

Et voilà, ils y étaient. A vif. Susceptibles. Séparés par un malentendu.

— Hum... Il n'y a pas moyen d'éviter le sujet, hein ?

— Tu n'as pas eu trop de mal, ces huit derniers mois, me semble-t-il, répliqua-t-elle d'une voix un peu trop forte.

— Je suis désolé.

Elle se posta à l'entrée du séjour et brandit une cuiller en bois. S'il n'avait pas su d'expérience que ce n'était pas la main dont elle se servait pour lancer des objets, il se serait baissé pour l'éviter.

— De quoi t'excuses-tu, au juste ? De ce silence radio ? De ne pas m'avoir fait l'amour ? De m'avoir plantée là sans un mot d'explication ?

— Les trois.

— Ça, c'est une réponse à la Garrison, fit-elle en tournant les talons.

Si elle se servait de sa cuiller, elle était bien silencieuse, car il n'entendit quasiment aucun bruit pendant de longues minutes. Et puis, soudain, la sonnerie du four à micro-ondes retentit et une odeur appétissante vint lui chatouiller les narines. Il se dirigea vers la cuisine.

— Il y a quelque chose pour moi dans ce four, dis ? Malgré toutes ces chamailleries, tu ne laisserais pas un membre de ta famille mourir de faim, si ? demanda-t-il dans l'espoir de détendre un peu l'atmosphère.

Après tout, ça fonctionnait pour Garrison, ça aussi. Plaisanter, faire comme si de rien n'était... Il tirait toujours son épingle du jeu, avec ce genre de remarque, le gredin.

— Tu n'es pas un membre de ma famille, Jesse Ryder. Tu es le meilleur copain de mon frère, doublé d'un Texas Ranger avec qui je suis obligée de travailler. Nuance, déclara-t-elle entre ses dents serrées. Et pour ta gouverne, la dernière fois que mon frère m'a vue toute nue, j'avais quatre ans.

Elle avait baissé la tête, sans doute un peu gênée par le sous-entendu.

A juste titre, d'ailleurs. Car lui, Jesse, l'avait vue nue. Adulte et dans toute sa splendeur.

— Tu as parfaitement raison. Ecoute, Avery. Il faut que je te dise. Ce soir-là...

— Tu trouveras de l'eau gazeuse dans le réfrigérateur, l'interrompit-elle sans lui accorder un regard et en poussant vers lui une assiette qu'elle venait de remplir.

Jesse s'assit et goûta le mélange, une sorte de gratin au fromage, pas mauvais du tout.

— Ça n'a pas le goût d'un plat préparé. Tu t'es mise à cuisiner ?

Il regarda autour de lui avant d'ajouter :

— C'est sympa, chez toi. Plutôt bien arrangé, je dirais, si on excepte le matelas sur le plancher, dans ta chambre à coucher.

— C'est un meublé, rétorqua Avery en posant son assiette sur la table à grand bruit. Je voulais un lit plus grand que celui que la propriétaire avait choisi, et je n'ai pas encore eu le temps de m'acheter un sommier.

Jesse ferma brièvement les yeux. La femme parfaitement confiante assise face à lui était… splendide. Encore plus que le soir où ils avaient failli passer à l'acte. La lueur sexy qui brillait présentement dans ses yeux, alliée à ce léger haussement de sourcils, était sans doute destinée à lui faire croire qu'il y avait une bonne raison à ce besoin d'un lit plus spacieux. Il ne fut pas dupe, néanmoins. Il la connaissait trop bien.

Si elle avait eu un petit ami, Garrison lui en aurait parlé, et leur mère lui aurait demandé de se renseigner sur son compte. Cela dit, le temps avait passé, de l'eau avait coulé sous les ponts. Alors ? Avery était-elle passée à autre chose ou bien…

— Tu me fais marcher là, hein ?

Avant de lui répondre, elle termina son assiette et se leva pour aller la poser dans l'évier.

— Qu'est-ce que tu t'imagines, Jesse ? Que tu es le seul homme sur la planète ? Oh ! Et puis, ma vie privée ne te regarde en rien, que je sache !

— Effectivement. Je pensais simplement que…

— Que puisque tu n'as pas voulu de moi, j'étais vouée au célibat ? A moins que tu n'aies cru que j'étais toujours sous le coup de notre mésaventure ?

Jesse cherchait une réplique lorsque, à son grand étonnement, elle vint se planter derrière lui et posa la main sur son épaule.

Le contact de sa paume lui parut délicieusement brûlant, au point qu'il réprima un frisson de plaisir et dut se retenir pour ne pas se lever et l'étreindre.

— Soyons sérieux, minauda-t-elle. Si je t'en veux, ce n'est pas parce que tu étais ivre et que tu as paniqué. Une petite panne, ça arrive à tout le monde, semble-t-il. Ma rancœur provient de ces trois jours de prison que tu m'as imposés. Je n'ai pas apprécié ta suggestion à Dan, et encore moins ces deux nuits en cellule. Voilà. On en a fini, avec ce petit malentendu ?

Jesse fronça les sourcils. Alors il était pardonné ? La gêne avec laquelle ils se comportaient l'un envers l'autre n'avait plus aucun fondement ? Ce n'était pas leur fiasco qui avait fait fuir Avery à des centaines de kilomètres d'Austin ?

Il n'aurait su le dire — pas sans la regarder dans les yeux. Quand elle mentait, elle les ouvrait un peu plus grands ou se mettait à ciller malgré elle.

— Oui, dit-il en désespoir de cause. Tout va bien.

Il finit de vider rapidement son assiette et alla à son tour la poser dans l'évier.

— Allez, au boulot !

Avery alla chercher son ordinateur dans sa chambre et s'installa en tailleur sur le canapé. Jesse s'assit face à elle, sur une chaise des plus inconfortables. Et force lui fut de constater que, si son amie d'enfance lui avait menti sur son ressentiment, elle mentait bien : elle ne paraissait pas le moins du monde embarrassée par sa présence dans son espace privé.

Il ne pouvait en dire autant. Ses jambes interminables le troublaient plus qu'il ne l'aurait voulu.

— Parker m'a dit qu'il t'a envoyé tout ce que son équipe a pu trouver sur votre tueur aux yeux de serpent et les homicides auxquels on le croit lié, dit Avery sans lever les yeux de l'écran de son ordinateur. Tu peux me faire suivre le dossier ?

S'il ne savait pas précisément ce qu'elle était en train d'écrire, une chose semblait certaine : elle ne se départirait pas de sitôt de cette expression légèrement aguicheuse. En réprimant un soupir, il ouvrit son portable tandis qu'elle lui indiquait comment accéder à son réseau.

— Oui. Et on ferait bien d'imprimer tout ça. Il y en a plusieurs pages.

— C'est une imprimante sans fil. Même mot de passe que pour le wi-fi.

Elle continua à pianoter, puis se tourna vers lui.

— Qu'est-ce qui fait vibrer notre tueur ? susurra-t-elle, lorsque l'imprimante se mit en marche. Des galets polis et peints à la main, je veux bien. Mais pourquoi reproduit-il des yeux de serpent ?

— Ça a peut-être un rapport avec son passé...

— Ou avec son présent, fit-elle remarquer.

— Les cadavres ont une seule chose en commun : où que le tueur sévisse, on les retrouve immanquablement à des dizaines de kilomètres de la ville la plus proche. Abandonnés en pleine nature. Donnés en pâture aux chacals.

— Vous avez soumis le cas à un profileur ?

— Non. Snake Eyes n'entre pas dans la catégorie des tueurs en série. Ce serait plutôt un assassin au service de la mafia ou de toutes sortes de gangs. Avant l'exécution de Rosco, on n'avait encore établi aucun lien entre ses victimes.

Il passa les photos en revue. Elles étaient presque toutes identiques.

— En résumé, nous savons qu'il aime les serpents, qu'il n'est dans son élément qu'au grand air... Et qu'il a de l'argent, énuméra Avery tout en consultant les données que Jesse lui transmettait.

Il brandit deux photos de dépouilles humaines.

— A en juger par ces clichés, il ne cherche pas à dissimuler les cadavres, bien au contraire. Il tient à ce qu'on les retrouve. Il doit compter sur leur état de décomposition et leur localisation pour effacer les traces ADN qu'il pourrait laisser derrière lui.

— Tu crois qu'il tire une certaine fierté de ce qu'il fait ?

— C'est possible. Une chose est sûre, en tout cas : ces faux yeux, a priori fabriqués par ses soins, sont sa signature. Il tient à ce qu'on lui attribue les meurtres.

Il ponctua sa phrase d'une grimace de dégoût. A quel genre de monstre étaient-ils confrontés ?

— Tout à fait, concéda Avery, tapotant le coin de son ordinateur du bout de l'index. Et les serial killers sont souvent perdus par leur ego. Je sais, je sais... Ton tueur aux yeux de serpent n'est pas classifié comme tel. Il se fait rémunérer pour ses crimes. N'empêche qu'il présente toutes les autres caractéristiques du tueur en série.

— Je suis d'accord avec toi, Avery. Un type capable de telles horreurs...

Il s'interrompit, le temps de lui montrer la photo d'un des cadavres, afin qu'elle puisse l'étudier de près.

— Ce genre de type continuerait à tuer, même s'il n'était plus payé pour ça.

— Tuer quoi ? demanda-t-elle en tendant la main vers le document. Des animaux ? Lui-même ?

Elle était craquante lorsqu'elle réfléchissait ainsi, les sourcils légèrement froncés par la concentration.

Jesse s'efforça de se ressaisir. La situation n'avait rien de nouveau. Combien d'heures avait-il passées à cogiter ou à émettre des hypothèses avec Avery, à l'époque où leur rêve commun était de rejoindre l'élite, de devenir Texas Rangers ?

Et alors ? Il était parfaitement capable de faire son travail et de protéger Avery sans se laisser atteindre par...

— Jesse ?

— Quoi ?

— Je viens de te poser une question.

— Ah ! Euh... Désolé. Je rêvais. La journée a été longue.

— Ne m'en parle pas. Je remplace Dan en ce moment, je te rappelle. C'est crevant.

Si ce n'était pas l'entière vérité, elle mentait bien. En tout cas mieux que lorsqu'elle était adolescente.

— Je suggère qu'on aille se coucher, poursuivit-elle. Nous discuterons de notre adversaire au petit déjeuner. Ça fera un excellent sujet de conversation, tu ne crois pas ?

Elle se dirigea vers sa chambre à coucher, non sans saisir sa carabine au passage.

— Si tu as besoin de la salle de bains, vas-y maintenant, conclut-elle. Je prends ma douche dans cinq minutes.

Avant qu'il ait eu le temps d'acquiescer, elle avait fermé la porte.

Le mode opératoire d'un serial killer comme sujet de conversation au petit déjeuner ?

Décidément, cette femme le surprendrait toujours.

7

Avery fut réveillée par la délicieuse odeur d'un café bien fort et s'étira en souriant. Jesse avait dormi dans la pièce principale ; sur son insistance, ils avaient laissé la porte du couloir ouverte, et ça ne lui avait posé aucun problème.

Elle déplia le bras pour tapoter l'arme de prédilection de son père, posée à côté d'elle.

— Tu me protèges bien mieux que n'importe quel homme, chuchota-t-elle.

Chose qui ne lui arrivait plus que très rarement, elle laissa échapper un petit rire. C'était dû au temps, magnifique ce matin. Rien à voir, bien sûr, avec le fait que Jesse soit dans la pièce voisine et qu'il ait pensé à préparer le café.

— Eh bien, tu es d'humeur joyeuse ! s'exclama-t-il, apparaissant sur le seuil de la chambre. Ça fait plaisir à voir !

Il lui tendit une tasse. Elle se redressa contre son oreiller, souffla sur le café pour le faire refroidir puis y trempa les lèvres en battant des paupières.

Elle n'aurait pas dû être aussi perturbée de le voir torse nu. Ce n'était pas la première fois qu'il lui montrait ses abdominaux mais, de son matelas, elle avait une vue encore inédite sur ses muscles, voilà tout. Pour le reste, rien n'avait changé.

Ou presque.

Elle avala machinalement une grande gorgée de café.

— Bon sang, c'est brûlant ! s'écria-t-elle, posant la tasse sur le plancher. Il faut que je me lève. Tu attends quelque chose ?

Elle aurait dû le remercier de son attention, être un peu plus aimable. Sa mère l'avait mieux élevée que ça. Seulement ce corps d'athlète devant elle, le matin au réveil, c'était...

Trop. Tout simplement.

— Oui. Les photocopies. Tu t'es endormie dessus, au sens propre du terme. J'ai essayé de les récupérer, sans succès. J'aimerais y jeter un coup d'œil avant de prendre ma douche. On déjeune ici ou à l'extérieur ?

Elle se rembrunit.

Jesse était entré dans sa chambre pendant son sommeil ? Avant de répondre, elle s'assura discrètement qu'elle avait dormi en pyjama.

— En général, je me contente d'une barre de céréales.

— Ça ne me suffira pas. Je peux me préparer quelque chose de plus consistant ?

— Fais comme chez toi.

— Ah, et... Presse-toi un peu, bichette. On n'a pas de temps à perdre, dit-il en désignant d'un geste éloquent le séjour derrière lui.

— Ça ne devrait pas être permis, d'avoir une telle énergie à une heure pareille ! lança-t-elle en le regardant tourner les talons.

Son jean délavé moulait à souhait un magnifique spécimen d'homme. A peine avait-il disparu dans le couloir qu'il lui manquait déjà...

Bien ! Il était temps pour elle de se préparer. De redescendre sur terre, aussi. Après les événements de la veille, elle avait rêvé de meurtres et de folles étreintes, de cadavres en décomposition et de mâles superbes... Et tout cela l'avait épuisée.

Elle n'en devait pas moins se confronter à sa réalité du moment, qui consistait à gérer les affaires courantes du comté tout en étant la cible d'un tueur. Et comme si ça ne suffisait pas, elle était obligée de faire équipe avec un homme qu'elle convoitait depuis toujours... Et qui n'en avait cure.

— Ça ne va pas être facile, gémit-elle avant de rejeter drap et couvertures.

Comment allait-elle faire ?

En s'évitant le tête-à-tête du petit déjeuner, pour commencer.

— J'ai changé d'avis, cria-t-elle en direction du couloir. On va manger dehors.

— OK. Ne profite pas de ce que je suis sous la douche pour filer !

Je n'ai aucune envie de te courir après, dit-il en réapparaissant devant elle, deux œufs dans une main, une poêle dans l'autre.

S'apercevant soudain qu'elle se léchait les lèvres du bout de la langue, elle se fustigea. Elle devait faire preuve de professionnalisme, surtout avec Jesse. Même s'il était toujours à demi nu, et même s'il avait un corps à se damner.

— Je n'ai aucune intention d'aller où que ce soit tant que nous n'aurons élaboré aucun plan, marmonna-t-elle au bout de quelques secondes.

Il avait raison, de toute manière. Si le tueur la suivait, mieux valait qu'elle évite de rester seule.

— Donne-moi ta parole, Avery, insista-t-il.

— Bon, bon ! Je promets de ne pas faire le mur pendant que tu seras sous la douche. Voilà, tu es content ? Je fais croix de bois, croix de fer ou ça ira ?

Il esquissa un sourire espiègle.

— Ça ira pour cette fois.

Il pivota sur lui-même et regagna la cuisine.

— Je me demande s'il sait à quel point il est craquant quand il sourit ainsi, marmonna-t-elle entre ses dents.

Elle s'était posé la question à voix haute, pour être bien sûre de ne pas oublier que Jesse Ryder était canon. Déjà au lycée, elle ne comprenait pas que les filles s'arrachent Garrison et ne voient en Jesse qu'un « bon copain ». Garrison changeait de petite amie comme de chemise, et ça ne s'était pas arrangé avec l'âge. Aussi, une fois à Austin, Jesse s'était-il posé en grand frère, veillant sur elle et regardant avec elle son jumeau faire le beau.

S'arrachant à ses souvenirs, elle s'habilla rapidement et remit un peu d'ordre dans la pièce principale. Au moment de replier le canapé, cependant, elle se ravisa. Autant tirer les draps et laisser le tout en l'état. Tant que la menace du tueur aux yeux de serpent planerait sur elle, Jesse camperait dans son salon, cela ne faisait aucun doute.

Elle recommença à parler toute seule. Cela l'aidait à remettre de l'ordre dans ses pensées, semblait-il. Elle avait souvent eu recours à ce procédé, ces derniers mois. Cela lui avait évité, entre autres, de prendre son téléphone pour demander des comptes à Jesse.

— Oui, il est beau comme un dieu. Seulement, il n'est pas pour toi, ma belle. C'est le meilleur copain de ton frère, rien d'autre. C'est un collègue. Un coéquipier.

Se plantant devant un miroir, elle agita un index sévère devant elle.

— Et on ne fraternise pas avec un coéquipier, je te le rappelle.

Repoussant ses cheveux courts sur son front, elle se mit un peu de fard sur les paupières, puis se fit la grimace. Elle n'aimait pas beaucoup ses yeux ; ils avaient une couleur si intense que les gens la soupçonnaient de porter des lentilles teintées.

A tort, bien sûr. Ils étaient naturellement vert jade. Et ils ressortaient encore plus aujourd'hui qu'elle portait ce T-shirt « *Kiss Me, I'm Irish* » sur son jean préféré, élimé aux genoux à cause de l'usure — pas parce qu'elle l'avait acheté déjà usé jusqu'à la corde.

Un coup d'œil lui suffit pour constater que Jesse avait emporté ses vêtements de rechange dans la salle de bains. Il en sortirait tout habillé, elle devait donc se tenir prête. Elle rassembla leurs documents, les glissa avec son ordinateur portable dans une sacoche, accrocha son holster et son arme de service à sa ceinture et baissa la tête. Parfait. Son vernis rose était du plus bel effet, sur ses orteils nus.

— Zut ! Je n'ai rien aux pieds !

Avery ne portait que des santiags. Il y en avait une douzaine de paires au bas de son placard. Un Glock de réserve était dissimulé dans celles qu'elle portait pour aller danser.

Aller danser... Comme si ça lui arrivait souvent, ces derniers temps !

La porte de la salle de bains s'ouvrit sur un nuage de buée.

— Waouh ! Tu es... Hum... Prête, s'exclama Jesse, l'air sincèrement étonné.

Avery fut soulagée de constater qu'il s'était effectivement habillé. Elle n'aurait pas répondu d'elle s'il lui était apparu enroulé dans une simple serviette de toilette. D'un autre côté, si elle avait pu lui arracher ce T-shirt noir...

C'est cette proximité forcée, se raisonna-t-elle. Une banale histoire d'hormones.

— Oui ! répondit-elle d'une voix un peu trop haut perchée. J'ai pris les papiers et l'ordinateur. Je suggère qu'on s'installe dans le bureau de Dan pour faire le point sur tous ces homicides. On aura davantage de place que dans le mien.

— Parfait. Tu pourras mettre ton gyrophare, jusqu'à l'endroit où tu m'emmènes manger ? Je meurs de faim !

Bien qu'il ait dit cela en riant, il ne plaisantait qu'à moitié. Cet homme était un estomac ambulant.

Le restaurant, une ancienne quincaillerie dont on n'avait conservé que la façade, était situé dans le quartier historique, à mi-chemin entre la maisonnette et le poste de police. Avery y avait ses habitudes.

— J'espère que le service est rapide, dit Jesse en poussant la porte. Parce que j'ai les crocs, moi.

— Il t'arrive de ne pas avoir faim ?

— Oui. Quand.

Elle s'empressa de le faire taire.

— Chut ! Nous sommes dans un lieu public, Jesse.

Au clin d'œil complice qu'il lui décocha, elle comprit qu'il avait pensé à la même chose qu'elle.

Au sexe.

— Un jour viendra, bichette, fit-il d'un ton léger.

— Trop tard, répliqua-t-elle d'un ton léger.

Sur ces mots, elle s'avança jusqu'au dernier box et s'assit sur la banquette, dos au mur. Jesse secoua la tête, contourna la table et se glissa à côté d'elle, la poussant d'un petit coup de hanche.

— Qu'est-ce que tu fais ? s'exclama-t-elle. Tu es fou ?

— Tu ne crois pas que je vais manger dos à la porte et à la devanture, si ? demanda-t-il d'un ton sans réplique.

Avery réprima un soupir. Ils allaient attirer les regards. Elle n'était pas encore totalement intégrée, dans la petite ville de Dalhart. Elle avait tellement trimé pour prouver ses capacités qu'elle n'avait pas eu le temps de se faire des amis ou des relations en dehors du travail.

Comme prévu, clients et serveuses les dévisagèrent avec une curiosité marquée. Même le cuisinier vint jeter un coup d'œil, sous prétexte d'apporter une bouteille de sirop d'érable à la table voisine.

— Regarde-moi ça, chuchota Avery, agacée. Avec tes bêtises, les gens vont s'imaginer que nous avons des rapports privilégiés.

— Et ce n'est pas le cas ?

Elle préféra ne pas relever.

L'établissement n'ouvrant que le matin et à midi, le nombre de tables était limité. Jesse passait sa commande lorsqu'un homme dégingandé poussa la porte d'entrée et alla s'installer sur l'un des tabourets alignés devant le bar.

Le trouvant bien nerveux, Avery l'observa avec attention. Il semblait chercher l'emplacement de la caméra de sécurité. D'âge moyen, les cheveux lui retombant dans le cou...

Elle donna un coup de coude à Jesse pour le faire ressortir du box.

— C'est le type qui s'est présenté au poste hier soir, chuchota-t-elle. Il vient de commander un café à emporter.

Jesse se décala légèrement et beaucoup trop lentement au gré d'Avery.

— On ne peut pas envoyer Bo lui filer le train et manger tranquillement ? marmonna-t-il.

Comme elle ouvrait la bouche pour protester, elle se rendit compte qu'il plaisantait : il avait déjà son arme à la main, le canon tourné vers le bas. Faisant signe à Avery de rester où elle était, il se dirigea vers le bar. L'ignorant, elle se leva et lui emboîta le pas.

Au même instant, la vitrine du restaurant vola en éclats, et le suspect s'effondra devant Jesse.

— Tout le monde à terre ! cria-t-il, en plaquant Avery au sol pour la couvrir de son corps. Appelez le 911 !

Une nouvelle balle vint pulvériser une cafetière.

— Rampez jusqu'au comptoir ! Réfugiez-vous dans les cuisines ! hurla Jesse. Toi aussi ! dit-il à Avery.

— Qu'est-ce que tu comptes faire ? lui demanda-t-elle tandis que les clients s'exécutaient sans discuter.

— Avant tout, te maintenir en vie.

— Je ne risque plus rien. Il faut qu'on rattrape le tireur. Il ne peut pas être bien loin !

— Il aura disparu avant que nous ayons déterminé de quel bâtiment il a tiré.

— On perd du temps, là ! Il y a une sortie près des toilettes. Fonce !

Ils étaient suffisamment loin de la devanture pour que le tireur ne puisse pas les voir, même d'un toit.

Forte de cette certitude, Avery se releva et se mit à courir vers la sortie.

— Avery ! Non !

Enfant, Avery avait été pour le moins téméraire et, apparemment, ça ne s'était pas arrangé avec le temps. Résigné, Jesse s'élança à sa suite et s'accroupit avec elle derrière une voiture en attendant la balle suivante.

— Il a peut-être du renfort... Un deuxième complice, lui fit-il remarquer pour tenter de l'empêcher de gagner l'arrière du bâtiment.

— Ça m'étonnerait. Il vient d'abattre froidement un type qui travaillait pour lui.

Une voiture de patrouille arrivait à vive allure. Le temps que Jesse réagisse, Avery, campée au milieu de la chaussée, agitait déjà frénétiquement les bras. Après avoir rapidement expliqué la situation, elle ouvrit le coffre pour en sortir un fusil à pompe.

— Je ne manque jamais ma cible, avec ça ! fit-elle.

L'officier de police descendit de voiture et se posta à la droite d'Avery. Jesse se mit sur sa gauche.

— J'ai entendu quatre tirs depuis que nous sommes sortis du restaurant, dit Jesse. Rien depuis deux minutes. Il est en train de fuir.

— Prends par le sud, ordonna-t-elle. Je fais le tour par le nord avec Spencer.

Jesse n'avait pas le temps de discuter. Il ne lui restait plus qu'à faire confiance à Avery et à son partenaire.

Il retourna vers le restaurant et cria aux badauds d'aller s'enfermer chez eux. Comme personne ne bougeait, il brandit son arme. La foule s'écarta plus rapidement, et il pria pour que son éclat de voix ait momentanément détourné l'attention du tueur aux yeux de serpent — car c'était lui qui leur tirait dessus, cela ne faisait aucun doute.

Il fit le tour du pâté de maisons. Aucun véhicule ne démarra à son approche. Poursuivant son chemin, il repéra le collègue d'Avery.

— Où est-elle ?

— Là-haut, fit l'officier en désignant une maison voisine.

— Bon sang ! Elle était censée rester avec vous !

— Vous avez déjà essayé de lui faire entendre raison, vous, à cette *chica* ?

— Personne en vue, lança Avery, du haut du toit. Je redescends.

Après avoir lancé son arme à son collègue, elle sauta et atterrit sur le couvercle d'une benne à ordures.

— J'avais vue sur toutes les rues adjacentes, de là-haut, et je peux vous garantir que personne ne s'est enfui, ni en voiture ni à pied, dit-elle, une fois sur le trottoir. Je ne comprends pas comment il a pu nous échapper, ajouta-t-elle en soupirant.

— Il avait tout prévu. Comme d'habitude, commenta Jesse.

Voyant les curieux revenir vers eux, il accrocha son badge à son ceinturon.

— Texas Ranger Ryder ! Vous êtes hors de danger, leur annonça-t-il.

Avery s'adressa à son collègue :

— Appelle la morgue, Spencer.

— Tu as l'identité de la victime ?

— Pas encore. Ce type n'était pas d'ici, c'est tout ce que je peux te dire. Il y a beaucoup de saisonniers dans la région, à cette période de l'année. On ne les connaît pas tous par leur nom.

— OK. Je m'en occupe, marmonna Spencer en s'éloignant.

Quelques officiers qui étaient arrivés entre-temps le suivirent. Avery se joignit à eux.

— Hé ! fit Jesse en la saisissant par le bras.

Le regard glacial qu'elle lui jeta lui fit immédiatement relâcher son emprise.

— Que les choses soient bien claires, lieutenant Ryder : vous êtes ici sur mon invitation. C'est moi qui décide de ce que je dois faire ou non. Je ne courais aucun danger, en l'occurrence.

— Que tu dis ! protesta Jesse.

— Ni toi ni moi ne nous attendions à ce que le tueur aux yeux de serpent nous tombe dessus ce matin, lui fit-elle remarquer.

— Tu ne fais pas appel à la police scientifique ?

— C'est moi, la police scientifique, ici. L'une des raisons pour lesquelles on m'a embauchée est ma formation, figure-toi. Et je peux t'assurer qu'il n'y avait rien d'intéressant, là-haut. Ni douilles, ni mégots de cigarettes. Rien, sauf les résidus d'une fête alcoolisée datant de l'été dernier. Retournons dans le restaurant.

Bien qu'admiratif, Jesse trouvait qu'elle s'exposait beaucoup trop. Elle allait se faire tuer, si elle continuait ainsi. Son rôle à lui étant de la protéger, il crut bon d'insister.

— Avant cela, je dois te rappeler que ce tueur sort de l'ordinaire, Avery. Ni toi ni moi n'avons l'habitude de nous confronter à ce genre de type. Nous allons être obligés de ruser, nous aussi, et je peux te dire qu'il ne sera pas facile de le berner.

— Je sais tout ça, Jesse. Et je te promets d'être prudente, murmura-t-elle, le gratifiant d'une petite tape vaguement condescendante sur la joue.

Sur ces mots, elle tourna les talons et continua sa route.

Il ferma brièvement les yeux. Force lui était de reconnaître que ce tueur aux yeux de serpent lui faisait peur.

Ce type était aussi tordu que dangereux. Restait à espérer qu'il commettrait une erreur...

Snake Eyes voulait Avery vivante, sans quoi elle serait morte depuis longtemps. Il avait attendu que son comparse soit dans le restaurant où il l'avait sûrement envoyé sous un prétexte quelconque pour pouvoir l'éliminer en leur présence.

Jesse prit le temps d'examiner la trajectoire des balles. Le tueur aurait pu les abattre au moment où ils se garaient. Il avait choisi d'attendre pour leur prouver que c'était lui qui menait la danse.

8

Les murs du bureau de Dan étaient entièrement couverts de photos de scènes de crime, de post-it et de rapports d'autopsie. Le tableau d'affichage s'étant vite avéré trop petit, Avery et Jesse avaient continué dans toutes les directions.

— Vu les photos et la quantité d'informations dont nous disposons, j'ai du mal à comprendre qu'on n'ait pas fait le rapprochement entre les victimes de ce malade beaucoup plus tôt, murmura Avery, songeuse.

Cela dit, les autorités s'étaient peut-être senties moins concernées par la question parce que les cadavres étaient ceux de criminels notoires.

Pour toute réponse, Jesse se contenta de secouer la tête. Il termina le hamburger que Spencer était allé lui chercher et lança l'emballage dans la corbeille, à l'autre bout de la pièce. Avery leva les yeux au plafond. Comment faisait-il pour ingurgiter tout ça ? Elle n'avait cessé d'envoyer ses collègues au ravitaillement toute la journée.

— Tu avais raison. Le type du restaurant, Leonard Nelson, était un saisonnier, marmonna-t-il, s'interrompant dans ses recherches. On sait où il séjournait et s'il disposait d'une voiture ?

— Oui à la première question, non à la deuxième, répondit-elle en posant la main sur son estomac qui s'était mis à gargouiller. Nelson avait pris ses quartiers à plus de trois kilomètres du restaurant où il a été abattu. Et comme il y en a un juste en face du motel où il est descendu, ce n'est pas par hasard qu'il est venu prendre un café justement là où j'ai mes habitudes.

Jusqu'à présent, elle avait été vaguement rebutée par les odeurs de nourriture qui flottaient dans la pièce. A la vue du dernier cliché, elle se sentit carrément nauséeuse.

— C'est Snake Eyes qui l'y a envoyé, expliqua Jesse.

— Sans doute, mais... Comment savait-il que je m'y rendrais ce matin ? Je l'ignorais moi-même dix minutes avant qu'on se mette en route.

Elle examina les traces de pneus, bien visibles sur l'une des photos. Evidemment ! Quelle idiote elle faisait, par moments !

— Nelson était avec lui. Ils nous ont suivis, et il l'a tué pour nous faire comprendre à qui nous avons affaire, poursuivit-elle.

— Exactement, fit Jesse.

En d'autres termes, il était arrivé à cette conclusion bien avant elle.

Avery accusa le coup. Elle comprenait mieux, maintenant, qu'ils aient fait un saut chez elle pour y prendre les armes et la voiture de location de Jesse, avant de venir au poste.

— J'ai passé tous les indices en revue. La seule chose qui me paraisse bizarre est un fragment de combinaison de plongée retrouvé près de la troisième victime. Je dis bizarre parce que le corps a été découvert en plein désert et que la combinaison de plongée était vieille d'au moins trente ans. On n'y a trouvé aucune trace d'ADN.

Avery nota tout cela sur un Post-it qu'elle accola à la photo.

Elle réprima un soupir. Ses émotions, ses pensées, tout la ramenait à cette horrible affaire. La fenêtre lui rappelait qu'elle était la cible d'un tueur en série. Les photos des scènes de crime lui évoquaient les victimes qu'on n'avait pas encore retrouvées, la renvoyant par là même à la mort de son père.

Quand l'angoisse se faisait trop sentir, elle jetait un coup d'œil à Jesse et pensait au soutien qu'il lui avait apporté au fil des ans. Certes, il l'avait cruellement déçue, une certaine nuit, mais il était là aujourd'hui, auprès d'elle et prêt à collaborer, bien qu'elle ait commencé par le jeter en prison. Encore qu'il était inutile de se voiler la face : il s'était laissé mettre en cellule. S'il l'avait voulu, il se serait débarrassé d'elle en moins de temps qu'il n'en fallait pour le dire.

Ce qu'il n'avait pas fait.

De sorte que même là, dans ce bureau tapissé de photos cauchemardesques, Jesse était pour elle une source de réconfort. Oh ! Elle aurait pu s'en sortir seule, bien sûr ! Mais c'était tellement plus agréable de travailler avec un ami d'enfance...

— La seule chose que ces meurtres ont en commun, reprit-il, ce sont ces yeux de substitution.

Il recommença à taper sur son clavier avec un agacement manifeste. Il suffisait de voir ses lèvres pincées et ses sourcils froncés pour juger de l'étendue de sa contrariété.

— Il les fabrique lui-même, du moins on le suppose, grommela-t-il. Il n'existe rien de semblable sur le marché, a priori.

— Des galets polis... Reproduisant des yeux de reptiles et peints à la main, fit Avery.

Jesse jeta rageusement son stylo sur le bureau. Tous deux le regardèrent tomber par terre et rouler jusqu'à l'un des murs.

— Il y a forcément une raison.

— Tu crois que ce sont uniquement des yeux de serpent ? demanda Avery. Il n'y en a pas deux paires identiques.

Jesse se leva et se mit à arpenter la pièce.

— D'accord avec toi. Il y en a des gris. Puis des bruns. Ainsi que d'autres gris, plus élaborés. En fait, si on regarde bien, ils sont de plus en plus sophistiqués, ces yeux. Quant à savoir si ce malade s'inspire uniquement de serpents ou non... Mystère. Vois par toi-même.

Elle le suivit jusqu'à l'ordinateur sur lequel il fit défiler des photos d'yeux de reptiles.

— Chaque photo correspond à une variété particulière de serpent.

Mû par une impulsion apparemment soudaine, Jesse procéda à une autre recherche.

— Je n'y crois pas ! s'exclama-t-il en donnant un grand coup du plat de la main sur le bureau. Ce fumier procède par ordre alphabétique. Son but est d'être aussi précis que possible. C'est une obsession, chez lui. Faire mieux que la fois précédente. Pour chaque nouveau meurtre.

— A moins qu'il ne soit fier de son travail, tout simplement...

Avery réfléchit une seconde avant de continuer.

— Nous avons... Quoi ? Une douzaine de victimes déclarées ? A ton avis, il fait ça depuis combien d'années ?

— C'est difficile à établir à partir de ces « œuvres d'art », si on peut qualifier sa signature d'artistique. J'ai d'abord pensé qu'il avait un rapport quelconque avec les serpents. Qu'il travaillait dans un vivarium ou qu'il en élevait chez lui, par exemple. Je me suis trompé. S'il peint différents types d'yeux, c'est tout simplement parce qu'il se documente.

— En d'autres termes, on est dans l'impasse, murmura Avery. On ne peut pas l'associer à un endroit particulier.

En proie à un soudain découragement, elle se dissimula les yeux derrière les paumes de ses mains.

— Si on faisait une pause ? proposa Jesse. On pourrait...

— Tout ce que nous avons réussi à faire, pour l'instant, c'est du vent, le coupa-t-elle, incapable de contenir sa frustration plus longtemps. Ce malade a sévi dans tout le pays ! En Arizona. Au Texas à trois reprises. Dans l'Etat de New York, en Pennsylvanie, et j'en passe. Il est allé jusqu'en Floride, où il s'est surpassé. Rien que de voir ça, j'ai envie de vomir.

Jesse se leva et l'attira dans ses bras. Elle se laissa faire. Malgré sa résolution de garder ses distances, elle devait bien avouer que cet échec cuisant lui donnait l'impression d'être... redevenue petite fille.

Les larmes qu'elle sentit couler sur ses joues la prirent néanmoins par surprise. Elle renifla et allait s'essuyer les yeux quand Jesse la devança. La sensation de son index sur sa joue fut une véritable caresse, si douce qu'au lieu de se ressaisir elle se laissa aller au désespoir.

— Ça va aller, ma belle. Tout va s'arranger, tu verras, murmura-t-il, la serrant un peu plus fort contre lui.

— Je... Non... On n'arrive à...

Elle ne parvenait pas à accepter leur impuissance et, comme elle était également incapable de terminer ses phrases, elle renonça.

Purement et simplement.

Jesse ne la lâcha pas. Tout en la berçant, il tourna le verrou de la porte. Devant tant de prévenance, elle redoubla de pleurs.

— On attrapera ce malade, Avery, je te le promets.

Il la fit doucement reculer pour la regarder en face.

— Je sais, on n'a pas l'impression d'avancer. Pourtant on a accumulé des preuves... Des détails. Tu es d'une efficacité remarquable, bichette. Alors ça va aller, tu verras.

Un peu rassérénée, elle allait se dégager de son emprise lorsqu'il se pencha pour lui déposer un baiser sur la joue. Un geste normal, entre amis de longue date. Sauf que leurs bouches allèrent l'une vers l'autre, se soudèrent, et qu'ils ne se séparèrent qu'à contrecœur.

Et ce n'était pas une impression car, lorsque Avery rouvrit les yeux, elle s'aperçut que Jesse guettait sa réaction.

Ils restèrent longtemps ainsi, face à face, se tenant par les épaules, s'effleurant à peine. Un moment étrange, s'il en était...

Puis Jesse ferma les yeux à son tour. Il relâcha la pression qu'il exerçait sur ses épaules pour l'enlacer et l'attirer à lui. Instinctivement, elle fit de même.

Il glissa une langue chaude entre ses lèvres pour prendre ce qu'elle était toute prête à lui accorder. Ce baiser comblait un vide dont elle avait toujours connu l'existence sans vouloir se l'avouer.

Ce n'était pas le moment.

C'était impossible... Mais parfait.

Régénérant. Exactement ce dont elle avait besoin.

Ils finirent cependant par se détacher l'un de l'autre.

— Avant que tu me repasses les menottes, je tiens à dire, pour ma défense, que tout ça c'est à cause de ton T-shirt, dit-il malicieusement. Je sais que tu n'es pas irlandaise, mais c'est tout de même écrit « *Kiss Me* », en grosses lettres.

Avery secoua la tête. Elle avait largement contribué à ce petit écart de conduite. Jesse n'était pas le seul à chercher une échappatoire à leur problème du moment.

— Je plaide coupable... Pour cette fois.

Soudain embarrassés, ils regagnèrent leurs places respectives. Jesse profita de ce qu'il passait devant la porte pour la déverrouiller.

Avery se tamponna le coin des yeux et vérifia sa mise sur l'écran de son téléphone portable.

— Désolée. Je ne voulais pas me répandre ainsi, murmura-t-elle.

Jesse réfléchit un tout petit peu trop longtemps avant de répondre.

— Pas de problème. Ce casse-tête est horripilant et ne nous mène nulle part. Je serais d'avis qu'on s'y prenne autrement... Qu'on essaie de coincer ce type, au lieu de lui servir de proie, par exemple.

— Qu'est-ce que tu as en tête ?

— Snake Eyes nous a fait savoir qu'il est ici, à Dalhart.

Il désigna d'un large geste les documents épinglés au mur.

— Il semble évident qu'il est convaincu de sa toute-puissance.

— Tout ça pointe dans la même direction. Snake Eyes est méticuleux ; il ne laisse rien au hasard. Plus il attendra, plus son plan lui paraîtra infaillible.

— C'est en partie ce qui m'inquiète.

— Il est toujours temps pour toi de retirer tes billes du jeu, Avery. Vu la situation, on peut te faire mettre en résidence protégée.

— C'est peut-être ce que veut Snake Eyes, justement. Que nous nous planquions, comme Garrison... Il espère sans doute que ça lui donnera une idée de l'endroit où se trouve mon frère.

Elle ramassa le stylo que Jesse avait jeté à terre et le lui rendit.

— Tu crois qu'on peut l'avoir comme ça ? En lui faisant croire qu'on a jugé plus sage de me mettre en sécurité ?

— C'est une idée. Je vais en parler à Parker.

De l'autre côté de la porte, des téléphones se mirent à sonner. Presque aussitôt, Avery entendit des roues de chaises grincer sur le lino, puis quelques éclats de voix.

— Qu'est-ce qu'il se passe encore ? demanda-t-elle en se levant, prête à intervenir.

— Attends ! lança Jesse. Laisse-moi y aller, au cas où...

Le problème fut vite résolu. Des coups précipités furent frappés à la porte. Avery l'ouvrit et se trouva face à Julie. Il était beaucoup plus tard qu'elle ne l'aurait cru, si la petite standardiste avait déjà pris son service du soir.

— Il y a eu une explosion en bordure nord de la ville, Avery. On avait déjà envoyé nos hommes quand il y en a eu une deuxième, puis une troisième, à l'est et à l'ouest. Que des silos à grain. Les gens ont peur.

Jesse posa une main sur l'épaule d'Avery.

— N'y va pas.

— Je n'ai pas le choix. On est en sous-effectif. Si tu crains pour ma survie, suis-moi, ajouta-t-elle en s'emparant du morceau de papier que Julie lui tendait.

— Sois prudente. Tu vas être particulièrement exposée, le temps que je te rejoigne.

Avery ne s'arrêta que le temps d'enfiler un coupe-vent sur le dos duquel était inscrit « SHERIF » en lettres fluorescentes.

— Vous avez appelé le personnel de garde ? demanda Jesse à Julie.

— Oui. J'ai envoyé tous les hommes en service sur les lieux des explosions. Et comme on vient de nous signaler un quatrième incident, il faut que je change Bo d'affectation. Les officiers de garde sont déjà en route pour aider les pompiers sur les trois premiers sinistres. C'est complètement dingue, un truc pareil !

— Il s'agit d'un piège. Essayez de joindre les pompiers volontaires.

— Je ne crois pas...

— Faites-moi confiance, Julie. Et pendant que vous y serez, appelez Amarillo, afin qu'on nous envoie du renfort.

— Mais..., objecta la standardiste, manifestement inquiète, personne ne connaît encore l'étendue des dégâts ! Vous ne pensez pas que...

— Ils seront dévastateurs, je peux vous le garantir, trancha Jesse. L'idée est de concentrer toutes nos forces sur ces explosions. En ordre dispersé, de préférence. Ce type en a après Avery et, si nous ne faisons rien, il parviendra à ses fins. Voici mon numéro de portable. Tenez-moi au courant de l'évolution de la situation.

— Je préférerais avoir l'aval d'un de mes supérieurs, avant de...

— Pas le temps, fit Jesse. Dites-moi plutôt sur quel sinistre Avery s'est rendue.

Bien que paraissant totalement dépassée, Julie lui tendit un morceau de papier avec une adresse. Jesse l'entra dans son téléphone et examina la carte envoyée par son GPS. Avery avait une bonne longueur d'avance sur lui, et chaque minute qui passait la rendait un peu plus vulnérable.

Le téléphone toujours allumé, il se précipita vers sa voiture de location. Une fois sorti de la ville, il aperçut les brasiers. Plus besoin de plan pour arriver à destination.

Il prit un chemin de traverse, glissa sur le sable et entendit le moteur tousser. L'instant d'après, il calait. Le tableau de bord étant toujours allumé, il ne comprit pas ce qui avait pu se produire.

La seule possibilité était...

— Le fumier ! hurla-t-il en cognant sur le volant.

9

Avery roulait à toute allure, abordant les virages aussi vite qu'il était humainement possible, sur cette route escarpée. Si l'une des roues mordait le bas-côté, elle perdrait le contrôle de son véhicule et tomberait dans le ravin.

Pourtant, les phares qu'elle voyait dans son rétroviseur depuis quelques minutes se rapprochaient à toute vitesse.

Au début, elle se dit que Jesse l'avait rattrapée. Puis, lorsque la voiture ne fut plus qu'à une dizaine de mètres d'elle, elle commença à se demander s'il ne s'agissait pas plutôt de Snake Eyes. En toute logique, il devait se diriger vers l'un des lieux de sinistre, avec l'espoir de la coincer dans un endroit isolé. Ce malade était doté de sens pratique. S'il voulait l'enlever, c'était sur le site d'une des explosions qu'il se rendrait ce soir.

Elle prit une profonde inspiration et se redressa sur son siège. Une fois arrivée à destination, elle ferait en sorte de ne jamais se trouver seule. Et puis Jesse serait là, aux aguets, cherchant à repérer le tueur, lui aussi.

La voiture la talonnait, à présent. Le conducteur mit son clignotant, et elle comprit qu'il allait la dépasser.

— Tu es complètement cinglé, mon pauvre gars ! s'exclama-t-elle. Ralentis, bon sang ! Tu termineras dans le gouffre !

S'il ne s'agissait pas du tueur, qui cela pouvait-il être ? Un pompier volontaire ? Un policier ? Elle ralentit et se rabattit au maximum. L'autre véhicule passa à sa gauche en accélérant encore, amorça le virage suivant sans ralentir, et disparut.

Pas d'autres phares dans le rétroviseur… Où était passé Jesse ? Elle tenta de l'appeler mais tomba directement sur sa messagerie.

Soudain, elle vit une lueur devant elle. La voiture qui venait de la dépasser était en travers de la route et paraissait en piteux état. Avant de s'arrêter, elle appela le poste.

— Julie ?

— Problème ? répondit aussitôt la standardiste.

— Un accident sur la 3212, juste après l'intersection avec la 407, en direction des silos en feu. Un véhicule seul. Le conducteur roulait comme un malade. Je vais voir s'il y a des blessés. Envoie quelqu'un d'autre sur le lieu du sinistre.

— Il ne reste plus que Bo. Tous les autres sont déjà sur place. Tu ne préfères pas que je lui demande de venir te retrouver ?

Julie faisait preuve d'un professionnalisme exceptionnel, ce soir. Manifestement, elle était aux cent coups.

— Non. Je m'occupe de l'accident. La voiture me bloque le passage, de toute manière. Demande à Bo d'emprunter une autre route, et envoie-moi une remorqueuse.

— Bien reçu, Avery. Et... Sois prudente, ma belle.

Un brasier à l'horizon. De la fumée s'échappant du capot d'un véhicule accidenté...

Avery descendit de voiture en passant en revue les différents scénarios possibles. Le plus probable était celui d'un pompier volontaire se précipitant vers l'incendie. Un tueur à gages n'aurait pas pris le risque de se confronter à un policier, forcément armé.

Elle jeta un coup d'œil au rétroviseur extérieur, replié vers le bas selon un angle bizarre. Puis, son revolver en main, se colla à la portière arrière et se pencha pour frapper à la vitre qui s'abaissa presque aussitôt.

— Vous n'avez rien ? s'enquit-elle.

— Je... Si. Je crois que je fais une attaque cardiaque. Je...

Une voix d'homme. Plaisante. Presque envoûtante.

— Je sais que je roulais un... un peu... trop vite. J'ai dû perdre conscience l'es... l'espace d'un instant. Aidez-moi. Je vais mourir, vous croyez ?

Avery se remit à cogiter. Le tueur aux yeux de serpent était-il susceptible d'avoir un accident aussi prévisible ? Et s'il s'agissait de lui, comment avait-il deviné qu'elle se rendait sur ce sinistre en particulier ?

— Je suis… pompier dans ma commune. J'ai… J'ai vu les flammes et… Et j'ai voulu… Aller donner un… un coup de main.

— Vous avez des passagers ?

L'homme n'avait encore rien fait d'inquiétant. Il semblait souffrir le martyre et paraissait angoissé. Mais si elle voulait l'examiner, elle devrait ranger son revolver. Or, l'expérience lui avait appris à ne jamais baisser sa garde.

La situation dans son ensemble la rendait méfiante. La présence de Jesse à Dalhart, le fait qu'un individu non identifié se soit mis en tête de la tuer… Il y avait de quoi se sentir déstabilisée. Aussi garda-t-elle son arme en main, prête à tirer le cas échéant.

— Calmez-vous. Vous êtes blessé ?

— Je… Je n'arrive pl… Je respire très mal. Je… Je souffre, gémit-il.

Bon sang ! songea Avery. *Tu auras l'air maligne, s'il meurt pendant que tu tergiverses comme une débutante !*

Elle rangea son revolver dans son holster et tendit la main pour prendre le pouls du conducteur. Aussitôt, tel un reptile dardant ses crochets à venin, il lui planta une aiguille sur le dos de la main.

Avery se vit tomber, mais sentit à peine le choc de l'atterrissage. Ses pensées s'embrouillèrent. Une portière s'ouvrit au-dessus d'elle, et un homme entièrement vêtu de noir, à la silhouette longue et luisante, émergea du véhicule devant lequel elle était étendue.

Un serpent… Venimeux… Mortel. Tue-le !

Elle parvint à ressortir son arme. Il l'en débarrassa d'un simple coup de pied.

Non. Un homme. Un homme-serpent. Grand et aux yeux reptiliens.

Elle s'efforça de rester consciente. Sentant le gravier sous l'une de ses joues, elle se frotta dessus pour avoir un peu mal, pour ne pas terminer comme ça, bêtement, au milieu de nulle part.

En vain. Son corps continua à s'engourdir. Irrémédiablement.

L'homme prononça quelques mots dont elle ne comprit pas le sens.

L'obscurité se fit plus profonde. Plus effrayante aussi.

Elle allait mourir là, sur le bord d'une route déserte, dans l'exercice de ses fonctions.

Exactement comme son père.

Elle eut l'impression de flotter et se roula en boule. Tout était sombre et silencieux, dorénavant. Et elle ne parvenait plus à lutter.

L'homme l'avait pourchassée. Droguée.

Vaincue.

Elle tombait, inexorablement.

Les yeux jaunes d'un serpent monstrueux achevèrent de l'entraîner dans leur monde cauchemardesque.

10

— Je devais retrouver le shérif adjoint Travis ici même. Je suis tombé en panne, et j'ai dû terminer en stop. Je n'arrive pas à la joindre sur son portable. Vous savez où elle est ? demanda Jesse au premier pompier qu'il croisa.

— Je n'ai vu qu'un policier, et c'était un homme. Il est posté de l'autre côté du brasier. Avec une des voitures de patrouille.

Bo, sans aucun doute.

Arrête. Tu te fais un film, là. Avery a mieux à faire que répondre au téléphone, pensa-t-il, tentant de se rassurer.

— Où est le shérif adjoint Travis ? cria-t-il lorsqu'il fut parvenu à l'endroit indiqué.

Bo dut reconnaître sa voix, car il vint à sa rencontre sa radio en main.

— Julie ? demanda-t-il dans l'émetteur de l'appareil. Avery en a terminé avec cet accident ou pas ?

— Ne me dis pas qu'elle n'est pas avec toi ! s'exclama la standardiste. J'ai reçu un message un peu confus, m'affirmant que tout allait bien.

Bo écarquilla les yeux.

— Il y a combien de temps ?

— Une demi-heure, Bo. Avery m'a d'abord demandé de t'envoyer sur cette explosion par une autre route, puis j'ai eu le deuxième appel, cinq ou six minutes après. J'avoue que je n'ai pas fait très attention. J'étais super occupée et… Tout va bien ?

— C'est normal, ce deuxième appel ? demanda Jesse. Il a eu lieu où, cet accident, au juste ? Pourquoi s'en est-elle occupée toute seule ?

Quelque chose clochait, il le sentait.

Le père des jumeaux avait été tué au cours d'un contrôle de routine. On ne l'avait retrouvé que bien plus tard, en bordure d'une nationale, et la presse l'avait accusé de ne pas avoir respecté la procédure légale lors d'une arrestation. Il avait fallu des mois à leur mère pour rétablir la vérité.

Alors, non. En aucun cas Avery n'aurait dérogé à la loi. Même dans un comté où il ne se passait jamais rien.

Le sang commençait à battre à ses tempes. D'ici deux minutes, il allait se mettre à paniquer.

— Votre collègue est en danger, shérif adjoint Jackson. Je peux vous le garantir. Alors, dites-moi où elle est.

La voix angoissée de Julie se fit entendre dans la radio.

— Bo ? J'ai un appel pour Jesse Ryder. C'est important, apparemment. Je vous le passe ?

Sans attendre, Jesse arracha la radio des mains de Jackson, qui en resta bouche bée.

— Oui. Ça pourrait être l'homme qu'on recherche. Je prends l'appel. Débrouillez-vous pour qu'il ne raccroche pas, Julie.

La jeune femme transféra l'appel avant d'annoncer :

— Allez-y. Ça devrait être bon.

— Qu'est-ce que vous lui avez fait ? demanda Jesse tout de go.

— Vous êtes à bout de souffle, Ryder, susurra une voix déformée, à l'autre bout de la ligne.

Jesse se tourna vers Bo et hocha légèrement la tête.

— C'est lui, murmura-t-il.

Le jeune adjoint au shérif lui tendit le socle de la radio et s'éloigna.

— Qu'est-ce que vous lui avez fait ? répéta-t-il, effectivement hors d'haleine.

— Je sais tout sur vous, ranger. Si vous voulez que la sœur de votre copain reste en vie, dites-moi où il se planque, qu'on voie un peu de quoi il est capable. Dès qu'il sortira de sa tanière, votre protégée sera libre.

— Où est-elle ? Je...

Trop tard. Le tueur aux yeux de serpent avait raccroché. Voyant Bo Jackson revenir vers lui, Jesse l'interrogea du regard.

— On n'a pas eu le temps de localiser l'appel. Vous avez reconnu la voix de votre interlocuteur ?

— Pas vraiment. Elle était déguisée, fit Jesse, songeant que les adjoints de Dan Myers ne faisaient pas le poids face à un tueur tel que Snake Eyes.

Aucun, sauf Avery. Pas étonnant qu'elle ait été chargée d'assurer l'intérim…

— Il me faut un téléphone. Le mien ne capte rien, ici. Ah, et appelez le shérif. Dites-lui de rentrer à Dalhart au plus vite.

La voix tendue de Julie s'éleva tout à coup dans l'obscurité.

— Quelqu'un peut m'expliquer ce qu'il se passe ? Il n'est rien arrivé à Avery, j'espère !

Il n'y avait qu'une manière de gérer la crise : en disant la vérité. Même au risque de mettre le personnel du petit poste de police dans tous ses états.

— Si, répondit donc Jesse. Alors il faudrait…

Il ne termina pas sa phrase. Tout le monde s'était mis à parler en même temps, au poste. Dans la panique, la communication fut coupée.

En désespoir de cause, Jesse opta pour une autre tactique.

Il avait jeté son sac à l'arrière de la voiture de patrouille de Bo. Une voiture qu'il allait emprunter, le temps d'aller inspecter l'endroit où Avery avait disparu. Bo serait coincé sur le lieu de l'explosion, mais tant pis. Il pourrait toujours se débrouiller pour rentrer avec les pompiers.

Une fois au volant, il appela son supérieur, qui décrocha à la première sonnerie.

— Parker.

— Ryder à l'appareil, mon commandant. On s'est fait avoir. Le tueur tient Avery et exige qu'on lui dise où se trouve Garrison Travis.

Il démarra sans attirer l'attention, apparemment.

— Accroche-toi. Je demande à la Compagnie C de t'envoyer du renfort.

— A mon avis, le but du tueur est que la presse s'empare de la nouvelle. S'il y parvient, Garrison apprendra que sa sœur est en danger, et il n'acceptera jamais de nous laisser nous occuper du problème sans lui. Vous le connaissez…

— Je te rappelle que les témoins en résidence protégée n'ont accès ni aux informations ni aux réseaux sociaux. Compte sur moi pour faire en sorte qu'il n'y ait aucune fuite. Travis ne saura rien de ce fâcheux incident. De ton côté, ne prends aucun risque, Ryder. Compris ?

— Compris.

L'angoisse lui nouait la gorge, mais il devait garder son sang-froid. Jesse inspira donc longuement, dans l'espoir de se calmer. Les chances de retrouver Avery vivante s'amenuisaient au fil des minutes.

Non. Il la retrouverait. Il...

Soudain, il perçut un mouvement au coin d'une vieille bâtisse isolée. Une silhouette se déplaçait furtivement dans l'ombre.

Il se gara, coupa le contact et hésita quelques secondes sur la conduite à adopter. Il finit par descendre de voiture, fit quelques pas à l'aveuglette puis, de nouveau, hésita.

Que faire ? Retourner chercher Bo ? Aller inspecter seul les abords de la bâtisse ?

Finalement, il décida de rebrousser chemin.

Il ne vit pas venir le coup qu'on lui asséna sur la tête. Il s'affaissa sur le coffre de la voiture de patrouille puis glissa à terre. On le tira par les pieds, l'entraînant dans les ténèbres. Malgré sa vue brouillée qui l'empêchait de distinguer son agresseur, il parvint à lui donner deux ou trois coups de pied bien sentis.

Roulant sur lui-même en dépit de la douleur, il tenta de se relever.

— Tu saignes..., lui souffla à l'oreille une voix masculine.

Une aiguille s'enfonça dans son bras. Jesse sentit le liquide se diffuser dans son corps, dans ses membres...

Une forme obscure se pencha sur lui. Bientôt, il ne vit plus que deux yeux, deux fentes jaunes, verticales, dans un océan de noir.

Jesse était totalement engourdi, à présent. Paralysé.

C'était le bout du chemin. La fin.

Refusant de partir sur un échec, il choisit de repenser à l'expression d'Avery quand il l'avait embrassée, tout à l'heure.

Cela le mena au souvenir d'un autre baiser, bien plus lointain. Le deuxième pour eux, mais le premier en tant qu'adultes. Les beaux yeux d'Avery s'étaient illuminés comme deux fleurs fragiles s'ouvrant à la vie. Des fleurs de cornouiller, pour être précis. Il lui était d'autant plus facile de s'en souvenir que c'était l'odeur qu'elle dégageait. Subtile, délicate…

A l'image d'Avery Travis.

Une dernière pensée bien douce, en somme.

11

Jesse fut ramené à la réalité par une voix mélodieuse.

— Allez, paresseux. Réveille-toi !

Relevant péniblement la tête, il entendit quelques gravillons retomber sur le sol.

Il n'était pas mort. La femme dont il venait de rêver non plus. Il devait être dans ses bras, contre sa peau si douce. Plus rien ne les séparait.

— Laisse-moi dormir, marmonna-t-il d'une voix pâteuse. Le jour n'est pas encore levé.

— Tu fais un sacré chevalier en armure, Jesse ! s'exclama-t-elle d'un ton moqueur.

— Hum ? fit-il en se décidant enfin à ouvrir les yeux.

Avery le considérait calmement, les poignets attachés au piquet d'une clôture.

— Je vois... Il t'a droguée, toi aussi ?

— Gagné. Je ne sais pas avec quoi, mais ça a été rapide. Ce salopard a dû me suivre. Ensuite, il a fait mine d'avoir un accident et il m'a eue au moment où j'allais lui prendre le pouls.

— Moi, il m'a d'abord assommé...

Précautionneusement, il porta la main à son crâne. La bosse était aussi grosse qu'une balle de golf, et...

Il suspendit son geste. S'il parvenait à se toucher la tête, cela signifiait qu'il n'était pas ligoté.

— Eh oui ! reprit Avery, devinant ses pensées. Pour une raison qui m'échappe, tu es libre. Tu veux bien me détacher, s'il te plaît ?

— Oui. Oui, bien sûr. Excuse-moi.

Bizarre, tout de même, qu'Avery soit entravée et lui pas...

Il jeta un coup d'œil aux alentours. En fait, il n'y avait aucune clôture. Et ce n'était pas à un piquet, comme il l'avait cru d'abord, qu'Avery était attachée, mais au pied d'une table de pique-nique.

— Je ne sais pas ce qu'il en est pour toi, mais j'ai une sacrée gueule de bois ! Du moins je crois... Je n'ai encore jamais expérimenté la chose. Mais un truc est sûr : si c'est l'effet que ça fait, je vais continuer à m'abstenir. J'ai un de ces vertiges !

— Normal, tu n'as rien mangé de la journée, dit-il en faisant un effort surhumain pour se redresser.

Les points noirs qui dansaient devant ses yeux et une terrible envie de vomir l'obligèrent à la plus grande lenteur. Il parvint néanmoins à se traîner assis jusqu'à Avery et à la libérer de ses liens.

La voyant tendre les bras, il pensa tout naturellement qu'elle voulait les dégourdir. Sa surprise fut grande lorsqu'elle se jeta contre lui.

Il retomba en arrière, l'entraînant avec lui, et tous deux restèrent allongés le temps de remercier le ciel de leur avoir laissé la vie sauve.

— Regarde... On est pieds nus. Et... Qu'est-ce que tu as autour du cou ? lui demanda-t-il en se rasseyant, une fois leur moment d'émotion passé.

Avery se redressa à son tour, tenta de tirer sur son étrange collier, et renonça.

— Je n'en sais rien. En tout cas, ça n'est pas facile à retirer.

Jesse fit courir ses doigts autour du collier métallique, sans trouver ni fermoir ni bouton.

Rien. Sauf... Oui. Un minuscule cadenas.

— Ça te fait mal ?

— Pas vraiment. Mais c'est affreusement lourd, et j'ai l'impression que c'est énorme. Ça... Ça m'oppresse. J'éprouve le besoin de déglutir toutes les trois secondes.

Jesse n'avait jamais rien vu qui s'apparentât, de près ou de loin, à l'objet si étroitement refermé autour du cou d'Avery. Ça n'annonçait rien de bon.

— Tu sais depuis combien de temps on est là ?

— Regarde, on voit de la fumée au loin. Les incendies ne sont pas encore tout à fait éteints. Je dirais que nous sommes ici depuis quatre bonnes heures. Au jugé, parce que ce fumier m'a piqué ma montre.

— Il serait donc environ 3 heures du matin ? Oui. Ça doit être à peu près ça. Tu as une idée de l'endroit où on est ?

— A Thompson Grove, répondit-elle sans hésiter. Une pinède agrémentée d'une aire de pique-nique et d'un terrain de jeux, à une petite heure de voiture du nord de Dalhart. Ça ne va pas être facile, de rentrer à pied, surtout sans chaussures.

Jesse se massa vigoureusement les tempes. La drogue qu'on lui avait injectée, le soulagement d'avoir retrouvé Avery, l'incertitude, tout cela lui embrouillait les idées. Sans parler de cette nausée tenace, qui le submergeait à chaque mouvement brusque.

— Tu ne peux pas savoir à quel point je suis heureux que tu sois en vie, Avery. Si ça ne te fait rien, je vais rester assis encore deux minutes. Ensuite, nous essayerons de voir comment nous tirer de là.

— Je vais faire comme toi, murmura Avery.

Les nuages qui avaient la plupart du temps masqué la lune étaient en train de se dissiper. Bientôt, ses rayons éclairèrent des tables en bois, une petite bâtisse — sans doute les toilettes —, et un parking gravillonné.

Jesse haussa les sourcils.

— Je me demande pourquoi il nous a largués ici, dit-il, glissant ses doigts entre ceux d'Avery. Ça ne correspond pas du tout à son mode opératoire habituel.

— Non. J'aimerais bien savoir ce qu'il mijote. Tu crois qu'il a pris peur ? Ou qu'il se cache près d'ici ?

— Honnêtement, tout est possible, avec ce type, répliqua-t-il, se grattant le menton. Cela dit, nous ne sommes pas certains à cent pour cent qu'il a tué ses victimes à l'endroit où on les a retrouvées. Si ça se trouve, on a fait fausse route…

— Et son truc consisterait à faire mariner ses proies au milieu de nulle part, acheva Avery en soupirant. N'empêche que ça me paraît bizarre. Il y a trop d'habitations à proximité pour qu'il s'amuse à nous pourchasser. En fait, on ne devrait pas avoir trop de mal à s'échapper.

— Je doute que ce soit aussi facile ! objecta Jesse, regardant tout autour de lui.

Certains recoins du parc étaient toujours dans l'ombre, et il avait la nette sensation d'être observé.

— Ça ne coûte rien d'essayer, lui fit remarquer Avery en se levant. On y va ? On a du chemin à faire, si on veut regagner la ville. On aura tout le temps de discuter des motivations de ce malade en route.

Jesse l'arrêta d'une main sur le bras.

— Je préférerais qu'on réfléchisse ensemble à la question, si tu n'y vois pas d'inconvénient.

— Quelle question ? On va marcher, c'est tout. Je ne vois pas d'autre solution. Qu'est-ce qu'il y a, Jesse ?

Soudain, elle plissa les yeux et, la mâchoire serrée, se dégagea de son emprise.

— Tu regrettes de ne pas m'avoir fait incarcérer cette fois aussi, c'est ça ?

— Pas du tout. Et, pour info, je ne pensais pas que Myers suivrait mes conseils.

— Je n'avais jamais rien vécu d'aussi humiliant, répliqua-t-elle avec amertume.

— Tu m'en vois navré. Si ça peut te rassurer, tes collègues n'ont tiré aucune conclusion hâtive de ce petit séjour en cellule. Ils te respectent et t'apprécient trop pour ça.

Il restait convaincu d'avoir agi au mieux, en l'occurrence. Avery avait été à l'abri, le temps qu'on cache son frère, ce qui avait été une bonne chose.

Quand elle était plongée dans ses pensées, comme c'était le cas en cet instant, elle ressemblait plus encore à son frère jumeau. Il jugea cependant préférable de garder cette réflexion pour lui. Inutile de l'agacer davantage.

La dernière pensée qu'il avait eue avant de perdre connaissance le hantait. Son fantasme ne lui avait donné qu'une envie : prendre Avery dans ses bras dès qu'il le pourrait.

En lui tenant la main, il se rassurait. Elle était saine et sauve.

Vivante.

— Mêle-toi de tes affaires, Jesse ! gronda-t-elle. Je sais que tu as du mal à l'entendre, mais je suis une grande fille, et depuis un bout de temps déjà.

Elle le foudroya du regard et ajouta :

— Je n'ai aucune intention de me planquer sous prétexte que mon frère a des soucis, figure-toi.

Puis elle se mit en route.

— Dans l'immédiat, je serais tenté de dire que nous sommes en bien plus mauvaise posture que lui, lui fit remarquer Jesse.

Il lui emboîta le pas en essayant de ne pas se laisser gagner par le découragement. Il ne pouvait rien contre son entêtement légendaire. Et ce n'était pas sa faute si, au lieu de l'écouter l'autre soir sur la nationale, elle avait préféré l'arrêter. Là encore, il garda ses réflexions pour lui. Ils devaient collaborer. Comme de vrais coéquipiers, et à n'importe quel prix.

— Je croyais que Dalhart était au sud de cette pinède, lança-t-il au bout de quelques minutes.

— Très juste. Mais la nationale est à l'est.

Elle se tenait à une petite dizaine de mètres de lui et continuait à jouer avec le collier qui lui enserrait le cou. Soudain, Jesse entendit un « bip ». L'instant d'après, une petite lumière rouge située à l'arrière du collier s'allumait.

— Avery ? Stop !

— Il faut qu'on...

Elle ne termina pas sa phrase. Son corps svelte se tendit comme un arc et elle s'effondra au sol, prise de convulsions.

Jesse se précipita vers elle.

Ses convulsions avaient cessé, et elle respirait. C'était déjà ça.

— Avery ! Avery ! Réveille-toi, bichette ! Je... Tu ne vas pas me faire ça ! s'exclama-t-il, affolé.

Il ramena doucement sa frange en arrière, essuya les perles de sueur accumulées sur son front et s'inquiéta de la moiteur de ses joues. Elle ne semblait pas blessée et, de toute manière, c'était un « bip » qu'il avait entendu, pas un coup de feu.

— Oh..., gémit-elle en battant des paupières. Moi qui pensais avoir une gueule de bois, tout à l'heure ! Que s'est-il passé ?

— Ce truc que tu as autour du cou est... un collier de choc. Et je ne sais pas comment...

Elle se remit à cligner des yeux puis perdit connaissance.

Il la prit dans ses bras pour la porter jusqu'à la table de pique-nique.

Les questions se bousculaient dans sa tête. Pourquoi Snake Eyes l'avait-il affublée d'un dispositif pareil ? En quoi cela l'aiderait-il à obtenir ce qu'il voulait ?

Et, soudain, il comprit. Lui seul connaissait l'endroit où était caché Garrison. Le tueur aux yeux de serpent avait trouvé son point faible. Il savait qu'il ne supporterait pas longtemps le spectacle de son amie d'enfance souffrant ainsi.

Cette pensée l'amena à une autre question, terriblement angoissante. Combien de fois pouvait-on encaisser ce genre de choc avant que le cœur lâche ?

Jesse Ryder, un Texas Ranger dans l'âme…

Il avait ordre d'attraper le tueur vivant et il avait prêté serment d'obéir à ses supérieurs.

Quoi qu'il en soit, Avery était plus qu'une collègue pour lui, et il était hors de question qu'il la laisse mourir sans réagir.

Avery rouvrit péniblement les yeux et tenta de comprendre où elle se trouvait.

Elle était étendue sur une surface dure. Au-dessus d'elle, les arbres dansaient sous la brise. Tournant légèrement la tête, elle vit les premières lueurs de l'aube apparaître à l'horizon. A sa droite, une prairie où une vache solitaire meuglait bruyamment.

Un homme assis près d'elle lui emprisonnait la main. Elle mit quelques secondes à le reconnaître.

— Jes… Jesse ? croassa-t-elle.

Il se redressa d'un bond et se pencha sur elle.

— Avery, enfin ! Comment te sens-tu ?

— Je… Je ne sais pas. Qu'est-ce que…

Se souvenant qu'ils n'étaient pas dans les meilleurs termes, elle envisagea un instant de dégager sa main, puis renonça. Elle était gelée, et les doigts de Jesse étaient si chauds, sur les siens… De plus, il ne semblait pas pressé de la relâcher, lui non plus.

— Quelle est la dernière chose dont tu te souviens ? lui demanda-t-il à mi-voix.

Bien que son visage soit encore flou, il lui parut soucieux. Contrarié peut-être, mais pas à cause d'elle. Elle ne lui avait encore jamais vu cette expression, et cela l'effraya.

Ne voulant pas lui montrer sa vulnérabilité, elle utilisa la seule arme qui lui restait, vu l'état de leurs relations : l'agressivité.

— Toi, derrière les barreaux d'une de nos cellules. Comment en es-tu sorti ? Et où m'as-tu emmenée, hein ?

— Nous sommes à Thompson Grove. Une aire de pique-nique, pas très éloignée de Dalhart, d'après ce que tu m'as dit.

— Quoi ? Qu'est-ce... Qu'est-ce qu'on fait là ? lança-t-elle, effarée.

Des yeux de reptile. D'une couleur surnaturelle.

L'image s'imposa à elle avec une telle précision qu'elle en retrouva la mémoire.

— Attends. Je... J'ai eu une absence. L'espace d'un instant, j'ai oublié toute la journée d'hier. Ça me revient, à présent. La route déserte, l'accident, Snake Eyes...

Elle s'interrompit, les sourcils froncés.

— Il t'a drogué, toi aussi ?

Jesse toussota, l'air gêné.

— Oui. Tu... Tu ne te souviens pas être revenue à toi, depuis ?

— Qu'est-ce qui te prend, Jesse ? Pourquoi cette question ? Et pourquoi cette mine sombre ?

Dégageant sa main, elle fit pivoter ses jambes sur la table de pique-nique et se redressa un peu plus vite que nécessaire. Elle se sentait légèrement cotonneuse, mais restait décidée à ne rien laisser paraître de son état.

— On dirait que tu es inquiet. Tu ne t'en fais pas pour moi, j'espère. Je ne dois pas être ta préoccupation principale, Jesse. Ce n'est pas le moment. Il faut qu'on s'en aille d'ici avant le retour de ce fou. Parce qu'il ne faut pas se leurrer. Il va venir nous chercher, c'est sûr !

— J'ai l'impression qu'on aurait intérêt à refaire le point sur la situation, dit Jesse d'une voix étrange.

Il fit quelques pas en pestant contre les brindilles et les pierres qui lui meurtrissaient les pieds, puis se tourna vers elle, les poings sur les hanches.

Que faisait-il pieds nus ?

Elle se rendit compte qu'elle n'avait plus ses santiags, elle non plus. Jesse poussa un autre juron. Sans doute avait-il marché sur un gravillon plus pointu que les autres. L'instant d'après, il se courbait en deux et se prenait la nuque entre les mains. Quand il se redressa, il paraissait tellement bouleversé que, de nouveau, elle prit peur.

— Tu reviens de loin, reprit-il d'une voix blanche. Je t'ai crue morte, Avery. Morte, tu entends ?

« Morte » ? Elle ?

De plus en plus perplexe, elle se força à prendre une longue inspiration. Ce fut douloureux. Elle voulut déglutir et eut l'impression que sa gorge était prise dans un étau. Surprise, elle se palpa le cou d'une main hésitante... Et ses doigts rencontrèrent un objet froid. Du métal, qui l'étranglait à moitié.

— Pourquoi je serais morte ? Et qu'est-ce que c'est que ce truc-là ?

— Ce « truc-là » est un collier de choc. Electronique.

— Com... Retire-moi ça tout de suite !

Le collier était si serré qu'elle parvenait à peine à glisser les doigts dessous.

— Je ne peux pas, Avery. Si j'y touche, il t'enverra un autre choc. Tu es restée inconsciente la plus grande partie de la nuit. Je m'étonne même que tu tiennes debout.

— Qui, « il » ? De qui tu parles ?

— De Snake Eyes. Il veut que je lui donne certains renseignements sur ton frère. Renseignements dont je ne dispose pas, entre parenthèses. Seulement si je refuse...

— Il m'enverra des chocs jusqu'à ce que mort s'ensuive. acheva-t-elle. Ça te semble matériellement possible ?

— Tu n'en es pas passée loin, répéta Jesse.

Les poings serrés, il leva la tête vers le ciel, puis se plia en deux pour respirer par petites bouffées rapides.

— Et tu n'en as apparemment aucun souvenir, conclut-il d'une voix sombre.

Avery ne trouva rien à répondre à cela. Son ex-meilleur ami était manifestement bouleversé... A juste titre.

Elle avait failli mourir, semblait-il.

C'était même certain. Jesse n'était pas idiot. Il avait dû lui prendre le pouls et s'assurer qu'elle respirait encore. Manifestement, l'examen ne l'avait pas vraiment rassuré.

Jamais elle ne l'avait vu dans un tel état. Jamais. Ni quand l'un ou l'autre de leur petit trio s'était blessé, lorsqu'ils étaient enfants.

Ni quand il l'avait escortée au bal du lycée pour faire taire Garrison qui se targuait d'avoir invité la plus jolie fille de leur promotion. Ni même pendant leur formation de Texas Rangers, pourtant éprouvante. Jamais.

Jesse était discret. Fiable.

Et, surtout, il ne craquait jamais.

Sans cette certitude, elle aurait juré qu'il était en train de pleurer de soulagement.

Il pressa les paumes de ses mains contre ses yeux, un geste qu'il lui avait emprunté, avant de se redresser pour prendre une longue inspiration.

Jesse Ryder ne pleurait pas. C'était tout bonnement inconcevable. Rien ne l'atteignait, du moins aussi profondément. Rien.

— Tu es épuisé, conclut-elle à voix haute. Tu te sens la force de marcher jusqu'à Dalhart ?

— Non ! s'écria-t-il.

Il revint vers elle en toute hâte et la maintint en place avec force.

— Il nous a ordonné de ne pas bouger.

— Parce que vous êtes en contact, toi et lui ? Il nous observe ? Il m'a vue essayer de bricoler ce fichu collier ?

— Il sait quand tu y touches. Il sait à quel moment tu t'éloignes de cette pinède. A partir de là, de deux choses l'une. Soit il actionne le mécanisme lui-même, soit il y a un capteur dans le coin. Tout ce que je peux te dire, c'est que ça prévient. Pas longtemps, mais ça prévient. On entend un « bip » quelques secondes avant l'électrochoc.

— Je crois pouvoir supporter un ou deux chocs, répliqua-t-elle sèchement.

— Avery, ma belle, dit-il en faisant courir ses mains le long de ses bras. Tu en as déjà encaissé plusieurs, et tu ne t'en rappelles pas. Alors, il est hors de question qu'on réessaye.

— Tu ne crois pas que je vais rester ici, les bras croisés, à attendre qu'il vienne nous massacrer ?

Prise d'un nouveau vertige, elle décida de s'accorder quelques minutes de repos supplémentaires. Cela lui permettrait de réfléchir.

— Et Garrison, dans l'histoire ? demanda-t-elle en se rasseyant. Qui va le prévenir ?

— On s'en est occupés.

— Ah oui, j'oubliais ! railla-t-elle. Et par la même occasion, « on » t'a envoyé en personne assurer la sécurité de sa faible sœur.

Presque aussitôt, elle se reprocha ses paroles. En plus d'ajouter à la tension ambiante, elles ne reflétaient en rien sa pensée. La vérité était qu'elle avait peur et qu'elle ne voulait pas l'admettre.

Jesse se rebiffa.

— Tu veux bien mettre ta hargne de côté pendant quelques heures, Avery ? Je sais que tu m'en veux à mort et je suis prêt à reconnaître mes torts, seulement là, ce n'est pas le moment. On a un problème plus immédiat, au cas où ça t'aurait échappé !

Mettre sa hargne de côté ? C'était ridicule, risible.

Risible et parfaitement logique. Tout à fait à l'image de Jesse.

— OK. J'arrête.

Manifestement surpris, il avança vers elle et posa les mains sur ses cuisses.

Il était temps de remettre un peu de distance entre eux. Toutefois, elle avait froid et se sentait inexorablement attirée par l'homme qui se tenait devant elle — même en ce lieu incongru et malgré la situation.

Elle s'efforça de se ressaisir. Faisant remonter ses genoux contre sa poitrine, elle se réchauffa tant bien que mal. Elle n'avait pas le temps de s'attarder sur ce qu'il se passait dans son corps. Il fallait qu'elle se montre aussi forte que Jesse.

Et qu'elle fasse preuve du sang-froid que l'on était en droit d'attendre d'un policier.

Pour cela, cependant, il lui fallait une vue d'ensemble de la situation. Or, elle n'avait pas les idées très claires. Tout lui paraissait fragmenté, un peu comme les pièces d'un puzzle.

— Reprenons, dit-elle. Comment sais-tu ce que Snake Eyes attend de nous ?

— Il m'a joint par l'intermédiaire de Julie, quand je suis enfin arrivé au silo où je pensais te retrouver. Après m'avoir annoncé qu'il t'avait enlevée, il m'a demandé où se cachait Garrison. Si je refuse de parler, il... Il te tuera.

— Je ne vois pas comment tu pourrais lui dire ce que tu ignores ! fit remarquer Avery.

Jesse plissa les yeux et haussa les sourcils. Cela ne dura qu'un instant, mais elle ne connaissait que trop bien cette mimique. C'était celle qu'il faisait, à l'époque où ils étaient lycéens, lorsqu'il mentait pour couvrir Garrison.

Ainsi, il savait où se trouvait son frère jumeau et refusait de l'avouer... Sage décision, a priori. Si Snake Eyes les observait, il y avait de grandes chances pour qu'il ait également dissimulé un micro dans les parages.

— Il n'est pas entré en contact avec nous depuis qu'il nous a largués ici, poursuivit Jesse. Mais dès que tu fais mine de t'éloigner, il t'envoie une décharge. J'en déduis donc qu'il tient à ce que nous restions là.

Il s'allongea sur le banc, les bras tendus au-dessus de sa tête. Avery dut résister à l'envie d'aller vers lui pour lui masser les épaules. Ça n'aurait pas été la première fois, loin de là...

Pas question de céder à son impulsion. C'était par une simple caresse qu'elle s'était mise dans la position la plus humiliante qu'elle ait jamais connue, le soir de leur fiasco.

Forte de cette résolution, elle se redressa et se frictionna les bras. Elle avait toujours un peu froid, et toujours aussi peu envie de l'avouer à son compagnon d'infortune.

Jesse secoua la tête avec découragement. Les premiers rayons du soleil firent ressortir quelques mèches un peu plus claires que les autres dans ses cheveux châtains.

— Je t'avoue que je suis à court d'idées, dit-il en soupirant. Je ne vois pas quoi faire d'autre qu'attendre. J'ai passé les alentours au peigne fin, à la recherche de quelque chose susceptible de m'aider à ouvrir le verrou de ce collier, en vain. Tout ce que j'y ai gagné, ce sont des écorchures aux genoux.

— On peut toujours réessayer de partir, maintenant qu'il fait jour.

— Non. C'est trop risqué. Je suis sûr que le tueur nous épie.

Avery se crispa. Elle se sentait de plus en plus tendue.

— Alors quoi ? On ne fait rien ? Bon. Mettons-nous dans la peau de ce malade. Son but est d'obtenir une information précise. Reste à savoir comment il compte s'y prendre. Par télépathie ? Il...

La sonnerie d'un téléphone retentit tout à coup. Faible, comme étouffée. Tous deux se précipitèrent vers l'endroit d'où provenait le son et se mirent à fouiller dans les buissons. Ils dénichèrent bientôt l'appareil qui se trouvait dans un sachet en plastique dissimulé au creux d'un arbre mort.

Jesse s'empara du sachet, puis se figea. Avery eut la même pensée que lui. Et s'il y avait les empreintes du tueur, là-dedans ? Un fragment de preuve ?

Tant pis. Elle fit signe à Jesse de prendre l'appel. Il s'exécuta sans discuter.

— Oui ?

— J'irai droit au but, fit une voix déguisée, à l'autre bout de la ligne. La nuit a été longue, et j'ai à faire. Alors ? Vous me la donnez, cette adresse, ranger Ryder ?

— Je vous ai déjà expliqué que...

Le collier se mit à biper.

— Attendez ! s'écria aussitôt Jesse. Encore une fois, j'ignore où se trouve le lieutenant Travis. Comment voulez-vous que je vous fournisse une information dont je ne dispose pas moi-même ? Je...

— Débrouillez-vous. Vous avez une demi-heure pour l'obtenir. Au-delà, je passe à l'étape suivante de notre petit jeu.

La communication fut coupée.

— Regarde si le téléphone est bloqué, dit Avery. Essaie de composer le 911, on ne sait jamais.

— Chut !

— Je me fiche que ce type nous écoute ! s'exclama-t-elle avec agacement. Fais ce que je te dis ou passe-moi ce téléphone.

Elle tendit la main et fut surprise de constater qu'elle était tout engourdie.

Jesse enfonça trois touches de l'appareil, un modèle de base. Rien ne se produisit. A tout hasard, il tenta de l'ouvrir pour accéder à la batterie. Le couvercle était collé au corps du téléphone. D'autres traces de glu étaient visibles sur les boutons marche et arrêt.

Dépité, il remit l'appareil dans son sachet, puis tendit les bras à Avery.

Comme elle ne réagissait pas, il l'attira à lui.

— Tu es fou ? Que...

Il la bâillonna d'une main ferme tout en scrutant attentivement les alentours. Il la serrait de si près qu'elle sentait son souffle tiède contre sa nuque.

— Ecoute, lui chuchota-t-il. Ecoute, et ouvre l'œil. Je n'ai pas aperçu le moindre reflet susceptible d'indiquer la présence de jumelles. Aucun son inhabituel n'a fait taire les grillons. Il faut qu'on sache comment ce malade nous espionne. Cela dit, pas de mouvements brusques. Si tu te mets à biper, tu reviens vers cette table.

— Pourquoi ne me laisses-tu pas plutôt ici, le temps d'aller chercher de l'aide ? répondit-elle sur le même ton.

— J'ai déjà essayé. Il t'a envoyé une deuxième décharge qui t'a carrément fait décoller de la terre ferme. Et je n'étais même pas parvenu à la hauteur de la route.

Elle recula légèrement pour le dévisager. Aucune mimique suspecte. Il ne mentait pas, cette fois.

— Combien d'électrochocs m'a-t-il envoyés ? demanda-t-elle dans un souffle.

— Trois, admit Jesse, la voix rendue rauque par l'émotion. Tu ne te souviens vraiment de rien ? Tu ne te sens pas bizarre ? Tu n'as pas le vertige ? Tu as l'air de bien te remettre, seulement avec toi, on ne sait jamais.

— J'ai des courbatures et je me sens un peu oppressée. Mais ce qui me tourmente le plus, c'est ce collier. Il pèse des tonnes.

Jesse la considéra d'un air soucieux. Son inquiétude semblait tellement sincère qu'Avery fut sur le point de lui demander pourquoi il l'avait abandonnée, cette fameuse nuit de septembre. Etrangement, de toutes les questions qui se bousculaient dans son cerveau en surcharge, c'était celle qui la taraudait le plus.

Jamais elle ne parviendrait à oublier cette maudite soirée. Les baisers langoureux, les regards enamourés, la main de Jesse se posant sur ses seins pour la première fois… Tout cela était si précis qu'elle eut l'impression de revivre l'instant.

Non. Son imagination lui jouait des tours. Jesse ne faisait qu'effleurer sa peau, au-dessus du monstrueux collier.

Elle toussota à deux ou trois reprises, et il laissa retomber sa main.

Ils se détachèrent l'un de l'autre.

Ils avaient d'autres soucis, plus immédiats. Comme assurer leur survie pour les heures à venir, par exemple.

— Je retourne fouiller les environs, dit-elle d'un ton ferme.

Ce collier est vraiment trop lourd. Il faut absolument que je m'en débarrasse.

Tournant la tête vers l'extrémité de l'aire de pique-nique, elle aperçut une masse claire dans les buissons.

— Jesse… Regarde. On dirait…

12

— Comment sont-ils arrivés là ? demanda Avery.

Jesse ne lui répondit pas tout de suite. La découverte l'avait secouée, bien qu'elle se refusât à l'admettre. Le sang s'était retiré de son beau visage, normalement hâlé. Pâle comme une morte... L'expression prenait tout son sens.

— Par le même biais que nous, j'imagine. Les chacals n'ont pas encore eu le temps de s'occuper d'eux.

Il s'éclaircit la voix avant de continuer.

— Le tueur les a laissés là, en sous-vêtements, pieds nus...

Il se rembrunit. S'il était relativement logique que Snake Eyes les ait délestés, lui et Avery, de leurs chaussures, pourquoi avoir pris la peine de déshabiller et déchausser des cadavres ?

Se levant du banc où elle était retournée s'asseoir, Avery repartit vers les deux corps.

— Je reconnais l'un d'eux. Celui-ci, dit-elle, le désignant du doigt. Je ne me souviens pas de son nom, mais je l'ai arrêté pour excès de vitesse. Il conduisait une voiture immatriculée dans le Nouveau-Mexique. Quant à l'autre, je ne l'ai jamais vu.

— C'est sûrement eux qui ont fait exploser les silos. Snake Eyes ne laisse jamais de témoins derrière lui.

— Et il ne travaille jamais longtemps avec les mêmes personnes, si on en juge par l'incident d'hier. Je n'ose pas imaginer le nombre de ses victimes.

Elle laissa échapper un soupir saccadé. Ce maudit collier la gênait plus qu'elle ne voulait bien le dire.

— En tout cas, il nous a laissés là, vivants, et dans un espace public. Il fait jour. Des gens vont commencer à arriver. On leur demandera de l'aide...

— Ce qu'il veut, c'est Garrison et son témoin, Kenderly Tyler. Sans eux, l'accusation ne pourra rien.

— Ce qui ne nous empêche pas de demander de l'aide.

Jesse secoua la tête sans conviction.

— Non. Non, bien sûr.

— Tu n'aurais pas appris le fonctionnement de ce genre de truc au cours de ta formation, par hasard ? demanda Avery en tirant sur le collier.

— Non. Ce n'est pas encore au programme.

Songeant que c'était peut-être grâce au téléphone que le tueur les écoutait, Jesse le laissa avec les cadavres et entraîna Avery vers la table de pique-nique.

Le soleil surplombait presque les arbres, du côté est de la pinède. Il leur restait environ dix minutes avant que le tueur les rappelle.

— Et si tu lui donnais une fausse adresse ? suggéra Avery à mi-voix.

— Il y ferait un massacre. Ou alors il enverrait quelqu'un vérifier l'info. Un nouveau complice, qu'il tuerait ensuite.

Jesse réprima une grimace. S'il avait vraiment ignoré la position de Garrison, les choses auraient été simples : il n'aurait pas pu la communiquer au tueur, même sous la torture.

Hélas ! Ce qu'il ignorait en cet instant, c'était si Avery résisterait à une quatrième décharge. La troisième, qui lui avait paru interminable, avait provoqué un arrêt cardiaque. Il était parvenu à la réanimer, mais qu'en serait-il la prochaine fois ?

— Il faut qu'on trouve une solution. Mais avant, je vais aller aux toilettes, électrochocs ou non.

Elle se leva et se mit à tourner en rond, les mains en porte-voix.

— Compris, Snake Eyes ? lança-t-elle dans le vide. Je vais traverser ce parking et m'isoler un instant.

Les bras ballants, Jesse la regarda s'éloigner. Soit il était toujours sous l'emprise de la drogue qu'on lui avait injectée, soit c'était un effet de la fatigue, mais il était incapable de réagir.

Incapable de protéger son amie d'enfance.

— Ah ! cria-t-elle en ouvrant la porte du local.

Il était déjà debout, prêt à foncer, lorsqu'elle ajouta :

— Tout va bien, Jesse. Ne t'inquiète pas. Ça fourmille de bestioles en tout genre, là-dedans. J'ai horreur de ça.

Quelques instants plus tard, elle se remit à crier.

— Purée, il y en a partout ! C'est... C'est horrible !

Jesse fronça les sourcils.

Plus horrible que les deux cadavres qui reposaient à moins de trente mètres d'elle ?

— Bon sang, Jesse, viens vite ! Je vais être malade.

Sans hésiter, il traversa le parking. Ce fut à peine s'il sentit le gravier lacérer ses pieds nus.

— Qu'est-ce qu'il y a ? demanda-t-il, poussant la porte du local à son tour.

Avery l'attendait, un index posé sur ses lèvres charnues.

— Tout va bien, chuchota-t-elle. Il n'y a ni micro ni caméra ici, j'ai vérifié. Tu peux essayer d'arracher le dérouleur de papier toilette du mur ?

— Ce serait possible d'un simple coup de pied si j'avais mes santiags, maugréa-t-il en s'approchant pour examiner l'objet de plus près. Il me faudrait du fil de fer ou une grosse pierre. Seulement ce fumier m'a fait les poches, et je n'ai pas réussi à casser la fermeture Eclair de mon jean.

— Bon. Je reste ici, et je fais semblant d'être malade. Ça te donnera le temps de chercher ce qu'il te faut. Il y a forcément un moyen de venir à bout du cadenas de ce foutu collier.

Admiratif, Jesse secoua la tête. Ils avaient beau être en difficulté, pour ne pas dire plus, Avery ne baissait pas les bras.

Soudain, il eut une illumination.

— Je n'y crois pas ! s'exclama-t-il. La solution est là, devant mon nez depuis le départ, et je n'ai rien vu.

— Qu'est-ce que tu racontes ?

— Ton soutien-gorge. Il a des baleines ?

— Oui, pourquoi ?

— Retire-le. Je vais me servir d'une baleine pour te libérer de cet instrument de torture.

— Tu crois ? demanda-t-elle d'un air sceptique.

— Ça vaut la peine d'essayer, non ? Approche, que je te donne un coup de main.

Il venait tout juste de dégrafer le soutien-gorge lorsque le collier se mit à biper.

Avery parvint à se débarrasser du sous-vêtement sans retirer son T-shirt.

— OK, fit-elle. On sort et, d'ici quelques minutes, je fais mine d'être reprise de nausées. On revient ici et on essaie de me retirer cet engin.

Dès qu'elle eut passé la porte, le voyant cessa de clignoter.

Elle se dirigea vers la table de pique-nique d'un pas mal assuré, tout en parlant aux arbres.

— Vivement qu'on se retrouve face à face, Snake Eyes. Il me tarde de voir à quel genre de reptile j'ai affaire.

Jesse se planta sur le seuil de la petite bâtisse et, les mains derrière le dos, tritura le soutien-gorge jusqu'à ce que l'étoffe cède. Quand il eut récupéré une des baleines, il la glissa dans sa ceinture.

Bien que l'heure soit grave, il avait la conviction qu'ils s'en sortiraient vivants. Parce qu'ils collaboraient. Parce que, dans l'adversité, ils avaient réussi à oublier leur différend et qu'ils conjuguaient leurs efforts.

Jamais il n'avait été aussi fier d'Avery. Malgré le danger, elle bravait le tueur. Elle le provoquait même !

Alors que Jesse revenait vers elle, le téléphone se mit à sonner. Avery s'empressa d'aller le rechercher et prit l'appel.

— Je vous explique le plan, commença la voix maquillée. Vous me dites où sont Garrison Travis et Kenderly Tyler. Ensuite, vous attendez sagement dans cette pinède, tous les deux. Je vous libérerai dès qu'on m'aura confirmé que Travis se trouve bien à l'endroit indiqué. Ah, un dernier détail... Si je vois un troisième larron se pointer à l'horizon, je me ferai un plaisir de l'envoyer dans l'autre monde. A vous de voir, poulette.

— De toute manière, vous allez nous tuer, rétorqua Avery. Alors expliquez-moi un peu pourquoi on vous donnerait mon frère en prime.

— Vous ne voyez vraiment pas ? Attendez, je vous montre.

La seconde d'après, elle lâchait le téléphone et se mettait à trembler de tous ses membres. Jesse la regardait avec épouvante.

S'il ne voulait pas être électrocuté lui aussi, il devait attendre que les tremblements cessent pour l'approcher.

Il la rattrapa juste avant qu'elle ne s'effondre.

— Le salaud ! murmura-t-elle. Ça fait un mal de chien !

— Tu n'as pas perdu connaissance, lui fit remarquer Jesse. Il a dû baisser le voltage.

— Vite, les toilettes, croassa-t-elle en s'accrochant à lui.

— Dis-moi que tu en rajoutes, lui chuchota-t-il à l'oreille. Avery ? Elle le rassura d'une petite pression des doigts, et il la porta jusqu'au local.

— Ça suffit, dit-il, une fois qu'ils en eurent refermé la porte. Tu vas y passer, si ça continue.

Elle se laissa tomber sur le siège des toilettes.

— Tout à fait d'accord avec toi. Débarrasse-moi de ce truc !

Jesse glissa la pointe de la baleine qu'il avait cassée en deux dans le cadenas.

— C'est le moins fiable des systèmes de fermeture qu'on puisse trouver sur le marché. On peut en venir à bout avec un simple trombone. Alors espérons que...

Il fut interrompu par un nouveau « bip » de mauvais augure. Une goutte de sueur lui dégoulina sur la tempe.

— Dépêche-toi. Je n'en peux plus et...

— J'y suis presque, bichette. Là... Ça y est !

Le collier tomba sur le ciment. Avery saisit Jesse par le cou et l'attira à elle avec fougue.

— Je n'ai jamais été aussi soulagée de ma vie ! s'exclama-t-elle avant de lui planter un baiser sonore sur la bouche.

Jesse ne put réprimer un sourire. Il la préférait manifestement comme ça qu'en policier déterminé à le menotter.

— Tu te sens capable de courir ? Parce qu'il ne va pas tarder à comprendre que nous avons réussi à te retirer ce truc.

— Oui. Ne t'en fais pas pour moi. Il y a une maison abandonnée pas très loin d'ici. Elle est en vente depuis une éternité. Si on arrive à y entrer, on sera à l'abri. En tout cas beaucoup moins exposés qu'ici.

— On essayait de gagner le chemin de traverse quand il t'a électrocutée pour la deuxième fois, Avery. Tu m'as expliqué que c'était plus rapide que de couper à travers champs. Alors on recommence et, cette fois, on ne s'arrête pas avant d'avoir atteint notre but. S'il m'arrive malheur, continue sans moi.

— Pas question ! Ne joue pas aux héros avec moi, tout Texas Ranger que tu es. Je te rappelle que nous sommes dans mon fief. Alors on reste ensemble, point barre. Et, encore une fois, ne t'inquiète pas. J'arriverai à suivre.

Elle lui tendit la main.

— Du moins dès que tu m'auras aidée à me relever. Parce que... Je suis complètement paralysée.

— Bichette ? fit-il, atterré.

Elle lui adressa un clin d'œil espiègle.

— Je rigole, idiot ! Je suis prête pour le marathon. Allons-y.

Le collier bipait furieusement sur le sol des toilettes lorsque Jesse donna le signal du départ. Avery le suivit en s'efforçant d'oublier le gravier qui s'enfonçait dans la plante de ses pieds.

— Ça va ? lui demanda Jesse qui lui tenait fermement la main.

— Super ! J'adore courir sans soutif et pieds nus.

Et ils n'avaient pas encore atteint le chemin... Comment allait-elle faire pour aller au-delà ?

Lorsque ses pieds martyrisés touchèrent enfin la terre, elle ne fut pas loin de remercier le ciel. Elle s'appliqua à rester dans le sillage des traces laissées par les pneus de voitures. Le sol y était plus tassé, moins rugueux.

Jesse aurait pu la lâcher pour aller plus vite. Pourtant, il n'en fit rien.

Le vent soufflait — ils n'étaient plus abrités par la pinède —, mais c'était à peine si Avery voyait la poussière se soulever devant eux.

Et puis, soudain, elle entendit une détonation.

— Il nous tire dessus ! fit-elle, haletante.

— On est trop loin pour revenir en arrière.

Ils ralentirent l'allure, et Jesse se tourna vers l'endroit d'où provenaient les tirs.

— Couche-toi ! cria-t-il.

Sans attendre sa réaction, il la poussa en avant et la recouvrit de son corps. Une rafale de balles ricocha sur la terre. Jesse roula sur lui-même, l'entraînant avec lui dans le fossé.

— Et maintenant ? demanda-t-elle.

— Je ne sais pas, ma belle.

Il se redressa légèrement, sans que rien se produise.

— Tu auras la force de continuer à courir ?

— Je... Oui. Moins vite que d'habitude, mais comme tu viens de le dire, il est hors de question de rebrousser chemin.

La maison abandonnée était en vue, et le terrain qui les en séparait ne comportait pas le moindre arbre ou poteau téléphonique. Il n'y avait que de l'herbe et des fleurs sauvages. Ils allaient être à découvert.

— Fonce ! lui ordonna Jesse.

Se tournant vers lui, elle lut un certain désespoir dans ses yeux. Il était sur le point de se sacrifier.

— Et s'il t'abat ? Je ne...

Même en ce moment critique, il lui en coûtait d'avouer sa faiblesse. Elle se fit violence.

— Jesse... Je ne m'en sortirai pas toute seule. Par pitié, ne m'oblige pas à aller là-bas sans toi !

Elle lui prit la main et fit mine de se relever. Aussitôt, de nouveaux tirs les obligèrent à se rabattre dans le fossé.

— Tu arriveras à ramper ?

— Il le faudra bien, dit-elle, consciente du fait que leurs bras allaient être lacérés par la broussaille.

— Ça risque de faire mal, commenta Jesse.

— Moins que de mourir.

Ils progressèrent tant bien que mal, ne se remettant à courir qu'au bout d'une cinquantaine de mètres.

Jesse la tenait fermement par le bras. De nouveaux tirs se firent entendre, plus lointains. A croire que Snake Eyes s'éloignait d'eux au lieu de chercher à les rattraper.

— On continue ! lui cria Jesse, au lieu de les plaquer tous deux au sol.

L'arrière de la maison était tout proche, maintenant. Encore quelques dizaines de mètres, et ils seraient à l'abri ou presque.

Ils contournèrent la bâtisse devant laquelle une balançoire rudimentaire oscillait et coururent jusqu'à la porte en partie vitrée qui était fermée à clé. Si le tueur était retourné dans la pinède, il ne les voyait plus.

Sans hésiter, Jesse cassa un carreau.

Quelques secondes plus tard, ils étaient à l'intérieur.

Le temps de reprendre leur souffle, ils s'appuyèrent à l'un des murs de l'entrée.

Avery avait la gorge en feu et un goût de parchemin dans la bouche. Il ne restait plus qu'à espérer que l'eau n'avait pas été coupée.

Et maintenant ?

13

Il faisait sombre, à l'intérieur de la maison aux volets clos. Seule la partie vitrée de la porte laissait entrer la lumière. Le rez-de-chaussée était composé de deux pièces, situées de part et d'autre de la cage d'escalier.

Jesse frissonna légèrement. L'endroit ne lui disait rien qui vaille.

— Je vais voir s'il y a de l'eau, dit Avery d'une voix pâteuse.

— Ne nous séparons pas. Je suis à peu près sûr que le tueur nous a suivis.

— Ecoute-moi bien. On nous a drogués, j'ai été électrocutée à en perdre connaissance, et nous venons de courir sur plus d'un kilomètre. Nous sommes complètement déshydratés, l'un comme l'autre. Il faut que nous buvions. C'est vital.

Elle le prit par la main.

— Allez. Suis-moi jusqu'à la cuisine.

— Qu'est-ce qu'on fait, maintenant ? demanda Jesse tandis qu'elle tournait le robinet.

— On verra ça quand j'aurai bu. Pour l'instant, je ne suis pas en état de réfléchir. Toi non plus, d'ailleurs. C'est un des effets de la déshydratation, je te signale.

L'eau n'avait pas été coupée. Avery la fit couler dans ses mains jointes et se désaltéra à grandes goulées.

— A ton tour. Je monte la garde. On peut surveiller à la fois la porte d'entrée et l'arrière de la maison, d'ici, ajouta-t-elle après avoir jeté un coup d'œil par une petite fenêtre proche de l'évier. C'est pratique !

Jesse sursauta. Il venait de regarder lui aussi par cette fenêtre pendant qu'elle buvait et n'avait aucun souvenir de ce qu'il avait vu. Avery avait raison. Ils avaient soif, faim, sommeil et ils devaient trouver le moyen de sortir de là. Sans arme d'aucune sorte.

Il s'aspergea le visage, puis le frotta vigoureusement pour se réveiller. Un peu ragaillardi, il entreprit d'ouvrir les éléments et les tiroirs de la cuisine.

Avery continuait à surveiller les alentours.

— On ne pourra pas fouiller la maison et continuer à monter la garde des deux côtés. Il risque de nous tomber dessus.

— A mon avis, il est déjà là. Si ça se trouve, il nous a même précédés. Je serais étonné qu'on trouve dans cette baraque de quoi nous défendre.

— On n'a fait aucun bruit depuis notre arrivée, chuchota Avery. S'il était entré par une des fenêtres, on l'aurait entendu. Je...

Elle grimaça légèrement.

— Prends une décision, Jesse. Je te suivrai. J'ai le cerveau trop embrouillé. Je n'arrive pas à aligner deux idées.

Bien qu'il n'ait pas les idées très claires lui non plus, Jesse se lança.

— C'est Garrison que veut le tueur, pas nous. Nous ne sommes que le moyen qui lui permettra d'arriver à ses fins. D'un autre côté, ce type adore tuer et... Et...

Il s'interrompit ; il avait perdu le fil de sa pensée.

— Continue, l'encouragea Avery. Il adore tuer et... ? A sa place, tu ferais quoi, toi ?

— Je chercherais à immobiliser mes victimes d'une manière ou d'une autre. En les blessant ou en les droguant. Il veut son information. Il la lui faut à tout prix. Il aurait pu nous abattre, tout à l'heure, mais il s'est contenté de tirer au hasard, histoire de nous faire peur. C'est un prédateur, Avery. Ce petit jeu lui plaît. Il aime nous voir fuir.

— Donc on se défend, dit-elle d'un ton ferme. Avec quoi ?

— Ce qu'on pourra. N'importe quel objet oublié là.

Il pivota sur lui-même, ouvrit un autre placard sans rien trouver qui puisse servir d'arme.

— Dans la grange, peut-être... Ou dans l'appentis, là, à côté ?

Avery se rapprocha de la fenêtre pour avoir une meilleure vue sur l'extérieur.

— Je me demande comment il est venu jusqu'ici, marmonna-t-elle.

— Je sais ! s'exclama soudain Jesse. Il faut qu'on trouve sa voiture. Il n'y a que comme ça qu'on s'en tirera.

— Tous les deux. Tu me l'as promis. Il est hors de question que tu agisses seul. Garrison me tuerait s'il t'arrivait quelque chose, conclut-elle en souriant.

Sauf que Jesse était prêt à se sacrifier pour elle. Et cela n'avait rien à voir avec l'amitié qu'il portait à son frère.

En d'autres circonstances, les sentiments contradictoires auxquels il était confronté lui auraient fait perdre ses moyens, ce qu'il ne pouvait se permettre. Il devait les refouler, du moins jusqu'à ce qu'Avery et lui soient tirés d'affaire.

Huit mois plus tôt, il avait vécu ce tumulte intérieur, et il avait fui.

S'il fuyait cette fois encore, ce ne serait pas pour s'éloigner d'Avery. Ce serait avec elle. Pour lui sauver la vie.

— Sortons d'ici avant qu'il nous coince.

— Ça va aller, Jesse, dit-elle avec une belle confiance.

— OK. On y va en zigzaguant. Je ne vois pas de cadenas sur la porte de l'appentis, alors ça devrait être bon. S'il nous tire dessus, tu cours encore plus vite, ajouta-t-il en posant la main sur la poignée de la porte. Tu es prête ? A trois, on sort. Un...

— Attends !

— Quoi ? Tu as vu quelque chose ?

— Je... Je ne me souviens plus.

Elle paraissait réellement paniquée.

— Jesse... Qu'est-ce qu'il y a après *un* ?

— Deux. Ça doit être une séquelle de ces électrochocs. Ne t'inquiète pas, bichette. Ça te reviendra.

Il entrouvrit la porte et passa les alentours en revue.

Les rayons du soleil ne se reflétaient sur aucun objet métallique. Il n'y avait personne en vue. Pourtant, Snake Eyes était là, c'était certain.

Jesse réfléchit à toute vitesse. Il serait peut-être mieux avisé de laisser Avery à l'intérieur de la maison et d'affronter le tueur tout seul. Si elle n'était plus capable de compter jusqu'à trois, Dieu seul savait sur quel obstacle elle risquait de buter.

Presque aussitôt, il renonça à cette idée. Jamais il ne pourrait l'abandonner ici. De toute manière, elle ne le laisserait pas faire.

— OK. Tu es prête ? Je te fais signe si c'est bon.

Pour toute réponse, elle hocha la tête. Bien que ses yeux verts soient remplis de larmes, elle continuait à faire preuve d'un courage incroyable.

Elle est terrorisée, songea-t-il, le cœur serré.

Main dans la main, ils coururent aussi vite que possible vers l'appentis en se baissant autant que faire se pouvait.

A peine étaient-ils entrés dans la petite bâtisse en bois qu'un bruit de verre brisé leur parvint depuis la maison.

Ils s'accroupirent derrière une brouette toute percée et rouillée. Deux tirs successifs traversèrent les planches de l'appentis et rebondirent sur la brouette.

— Tu es sûr qu'il veut nous avoir vivants ? demanda Avery.

Elle désigna un râteau d'un mouvement du menton.

Il était en aussi piètre état que le reste des outils accrochés aux murs. Le manche semblait à deux doigts de se briser, mais c'était la seule arme dont ils disposaient.

— Il faudrait qu'on arrive à écarter les planches du fond. Avec un peu de chance, on pourra filer sans se faire repérer.

Une deuxième rafale les obligea à s'aplatir dans la poussière.

Jesse en profita pour regarder autour de lui et vit un vieux fer de pioche sous la brouette. Il le saisit, rampa jusqu'au fond de l'appentis, et l'utilisa pour faire levier entre les planches, qui cédèrent rapidement.

Avery, qui l'avait rejoint avec le râteau, se faufila avec lui par l'ouverture.

Libres. Ils étaient libres.

Pour la deuxième fois en moins d'une demi-heure.

Ils se trouvaient derrière la grange lorsqu'une troisième rafale de tirs traversa l'appentis.

— Tu crois qu'on va pouvoir lui échapper encore souvent, comme ça ? demanda Avery.

— La réponse est non, répondit une voix sinistre.

L'homme qui les tenait en joue leur fit signe de se mettre contre le mur. Sa tenue en caoutchouc noir s'apparentait à une combinaison de plongée, mais Avery n'en avait encore jamais vu de ce genre. Ce type semblait provenir d'une autre époque, avec cette cagoule sur la tête et ces gants scotchés à ses poignets.

Ses lentilles de contact étaient modernes, en revanche. Avery avait vu des gamins en porter de semblables à Halloween. A l'instar des yeux des reptiles, elles étaient jaunes, avec des pupilles verticales.

Elle eut un flash-back.

— Vous étiez habillé comme ça quand vous m'avez droguée ! lança-t-elle d'un ton accusateur.

— Exact. Et on dirait que l'histoire se répète, remarqua l'homme-serpent, manifestement très content de lui. Pour votre gouverne officier, aucune de mes proies ne m'a encore échappé. Si vous refusez de parler, je trouverai un autre moyen d'obtenir l'information. J'ai un plan B, figurez-vous.

— Au sol ! cria Jesse.

Avery obtempéra d'instinct, sans réfléchir, et se jeta à terre.

Snake Eyes vit le râteau arriver vers lui une seconde trop tard. Blessé au flanc, il poussa un hurlement et appuya sur la détente de son revolver sans viser, de sorte que les balles s'écrasèrent dans la poussière.

Jesse lui porta un deuxième coup. Le manche du râteau se brisa sous le choc, mais les dents se fichèrent dans la chair de leur agresseur, qui rugit de douleur.

Dans l'intervalle, Jesse tendit la main à Avery pour l'aider à se relever.

Elle ne la prit pas. Elle avait vu Snake Eyes lâcher son revolver, lorsque Jesse l'avait frappé pour la seconde fois. Il était là, pas très loin.

Elle rampait dans l'espoir de le récupérer lorsque Snake Eyes l'arrêta d'un pied sur le mollet. La douleur fut fulgurante. Soucieuse de ne pas distraire son coéquipier, elle étouffa le cri qui lui montait à la gorge.

— Scott, espèce d'abruti ! hurla Snake Eyes. Qu'est-ce que tu fous ?

Jesse l'attrapa par l'avant-bras, le fit pivoter sur lui-même et lui asséna un coup de coude en pleine face. Snake Eyes chancela et porta une main à son nez malmené.

Il avait un complice ! Mue par l'énergie du désespoir, Avery continua à ramper vers ce qui constituait leur seul espoir.

Derrière elle, les coups continuaient à pleuvoir. Elle les entendait, mais n'avait pas le temps de regarder ce qu'il se passait. Elle devait récupérer ce revolver. Coûte que coûte !

Elle s'agenouilla pour scruter fébrilement l'herbe aux alentours. Elle avait entendu l'arme heurter quelque chose de métallique, mais quoi ?

Un peu découragée, elle tourna la tête au moment où Jesse frappait leur agresseur à la tempe. Aussitôt, ce dernier lui asséna un coup de poing dans l'estomac.

— Où est-il passé ? grommela-t-elle, tâtonnant l'herbe.

Ses doigts rencontrèrent une truelle détériorée, puis…

— Je l'ai ! s'exclama-t-elle en saisissant le revolver d'une main tremblante.

Elle roula sur le dos, juste à temps pour voir surgir à l'angle de la grange le comparse de leur agresseur.

— Stop ! Les mains en l'air, tout le monde ! cria-t-elle.

Jesse et Snake Eyes se séparèrent en chancelant. Le nouvel arrivant, particulièrement jeune, pointa sa carabine en direction d'Avery qui braqua le revolver sur lui en retour. Au bout de quelques secondes, Snake Eyes se retrancha derrière son complice.

— Zéro partout, la balle au centre, fit-il remarquer avant de taper sur l'épaule de son comparse et de se mettre à courir, suivi de ce dernier.

— On se retrouvera ! lança-t-il en s'éloignant.

Avery voulut se lancer à leur poursuite. Hélas ! Elle avait des crampes dans le mollet — Snake Eyes avait veillé à ce qu'elle ne se relève pas de sitôt —, toujours pas de chaussures, et ses bras tremblaient tant qu'elle était à peine capable de viser.

— Jesse ? Ça va ?

— Oui. Mais je ne suis pas en état de leur courir après.

Ils allèrent néanmoins jusqu'à l'angle de la grange et y arrivèrent juste à temps pour voir leurs agresseurs monter dans une jeep qui démarra aussitôt.

Le jeune se remit à tirer au hasard. Avery et Jesse se retranchèrent derrière la grange.

Le dernier son qui leur parvint fut le cri sauvage du tireur.

La jeep prit la direction du sud, Snake Eyes au volant.

— Il nous a encore échappé, constata Avery, la gorge sèche.

— Nous sommes sains et saufs, lui fit remarquer Jesse. C'est l'essentiel. Passe-moi le revolver. On aura peut-être un peu plus de chance, cette fois. S'il n'y a pas laissé d'empreintes, on retrouvera bien le numéro d'autorisation de port d'arme, non ?

Avery laissa échapper un soupir sonore. Elle n'avait aucune envie de bouger. Sa jambe lui faisait un mal de chien, et elle avait la nausée.

— Une chose est sûre, dit-elle aussi fermement qu'elle le pouvait. Je ne bouge pas d'ici avant d'avoir bu au moins dix litres d'eau.

Elle n'avait pas fait deux pas en direction de la maison que Jesse lui passait un bras autour de la taille pour la soutenir.

— On a bien mérité une petite pause, répondit-il, hors d'haleine.

— Tout à fait d'accord. Je suggère que nous revenions ensuite sur nos pas pour couper à travers champs. Tous ces tirs ont fait un sacré raffut. Il y a des chances pour que les autorités soient prévenues, à l'heure qu'il est !

— Le contraire serait étonnant, en effet. C'est notre période de chance, non ? railla Jesse.

14

Décidément, ce Scott Machin chose était une vraie calamité.

A cette heure-ci, Snake Eyes aurait dû se diriger vers l'endroit où se terraient Garrison Travis et la maquilleuse prête à témoigner avec lui. Au lieu de cela, il se retrouvait dans une chambre d'hôtel miteuse, avec un débutant qui était apparu à visage découvert devant leurs adversaires.

Et qui, accessoirement, avait failli les tuer en tirant sur l'appentis.

— Quand il s'agit de respecter les consignes, tu n'es pas très fortiche, Scott, remarqua-t-il.

— Hé ! J'ai fait le boulot, non ? s'insurgea ce dernier. C'est pas ma faute si t'as acheté un collier au rabais, avec un cadenas merdique !

Et il se mit à danser dans leur chambre d'hôtel. Si l'idée était d'imiter une parade de guerre indienne, c'était raté.

— Arrête.

— File-moi mon fric, et je me barre avec ma jeep, mec. Tu te débrouilleras pour regagner ton trou sans moi…

La lame acérée du couteau s'enfonça plus profondément dans sa gorge que Snake Eyes l'avait voulu. Loin d'en être affecté, il observa son cadet qui portait une main sur la blessure d'où le sang giclait. Les deux hommes se regardèrent ; tous deux savaient que l'issue serait fatale.

— C'est pour ça que je ne travaille jamais avec des amateurs, en temps normal, commenta Snake Eyes. Vous êtes… minables. Qu'est-ce que tu croyais faire, en emmenant ces deux cadavres dans la pinède ? Tu voulais me prouver tes capacités, c'est ça ? Me montrer que tu étais assez aguerri pour être mon complice ?

Sur un nouveau jet de sang, Scott s'écroula sur la moquette.

La vie le désertait rapidement. Son regard devenait vitreux, et...

Ses yeux...

Il n'avait aucune raison de l'énucléer. L'opération ne ferait que le retarder dans sa tâche mais, d'un autre côté, abandonner un cadavre dans une chambre d'hôtel sans y apposer sa signature était contre ses principes.

Aussi sortit-il ses instruments.

Toujours en combinaison de plongée, il tira les clés de la poche de l'homme qui tressautait à ses pieds.

C'est fou, l'instinct de survie, tout de même, songea-t-il cyniquement. *Je ne m'y habituerai jamais.*

Il se débarrasserait des yeux de Scott plus tard. Dans le désert. Ce serait son cadeau aux charognards en tout genre.

A regret, il sortit de son sac les galets qu'il destinait à Ryder. Il lui faudrait en fabriquer une nouvelle paire, en ambre de préférence. Ça correspondrait mieux à la personnalité du ranger, et ce serait facile à peindre.

S'il eut un peu de mal à glisser les galets noirs dans les orbites de son ancien complice, il fut relativement satisfait du résultat.

— J'aimerais être une petite souris et voir la tête de la femme de chambre quand elle te trouvera là demain matin, bonhomme, murmura-t-il.

A présent, il devait soigner ses blessures. Son nez, pour commencer. Avery Travis et son Texas Ranger avaient dû jubiler. C'était toujours bon, de blesser son adversaire. Et puis, ils espéraient sûrement tirer quelque chose des traces de sang qu'ils ne manqueraient pas de récupérer sur les dents du râteau.

Qu'ils cherchent, ça les occuperait ! Il savait qu'il n'apparaissait sur aucun fichier. Ils ne trouveraient rien, mais ils s'acharneraient. C'était dans leur nature de flics. Dans l'intervalle...

« Marche ou crève », comme disait son père.

Son père avait été génial. Il lui avait appris toutes les ficelles de la survie, dans les conditions les plus drastiques.

Aucune éducation traditionnelle ne lui aurait permis de devenir ce qu'il était à présent. Personne d'autre que lui n'aurait su le rendre aussi autonome.

Snake Eyes ne dépendait que de lui-même.

« Marche ou crève... »

Exactement.

Soit il finissait le boulot, soit...

Non. Il n'y avait aucune alternative.

Il avait commencé, il devait finir.

Les serviettes de toilette dont il s'était servi pour nettoyer sa plaie séchaient sur le radiateur. Il alla les récupérer, avant de passer la chambre en revue. Il n'avait rien oublié. Il avait esquivé l'œil de toutes les caméras de l'hôtel, et n'avait quasiment eu aucun contact préalable avec ce misérable Scott dont il avait oublié le nom... Tout était en ordre.

Il sortit de l'hôtel, lança son sac sur le siège arrière de la jeep et se mit au volant.

En acceptant cette nouvelle mission, il avait espéré relever un défi à sa hauteur.

Il était servi.

Ses proies étaient affaiblies, sur leurs gardes. Epuisées. Et sans doute sous protection dorénavant, ce qui constituait un nouveau défi.

Le réapprovisionnement l'obligerait à traverser la petite ville de Tucumcari, dans le Nouveau-Mexique. Pas grave. Sauf que, pour cela, il devait passer par Dalhart. Au risque de...

De rien, en fait.

Aucun être vivant n'était en mesure de donner sa description. Il y avait veillé personnellement.

Oui. Contrairement aux précédentes, l'étape suivante se déroulerait sans heurts.

Il avait commis une énorme erreur en chargeant cet idiot de Scott de surveiller la pinède.

Ça ne se reproduirait pas.

Il s'essuya le nez du revers de la main ; il continuait à saigner, ce qui l'agaçait prodigieusement.

OK. Tout d'abord, obtenir l'information dont il avait besoin pour honorer son contrat.

Ensuite, il exterminerait les flics qui lui avaient cassé le nez.

Promis, juré.

— Sympa, la bagnole, Scott ! fit-il entre ses dents en prenant la direction de son campement.

15

Elle était en sécurité, à l'abri de tout danger. Trois Texas Rangers discutaient à voix basse dans sa salle de séjour.

Alors pourquoi n'arrivait-elle pas à dormir ? Pourquoi sursautait-elle au moindre bruit ?

Parce que, dès qu'elle fermait les yeux, elle était hantée par un monstre aux pupilles jaunes.

Bien qu'elle meure de faim, elle sentait son estomac se révolter à la simple idée d'avaler quoi que ce soit. Et comme elle avait bu des litres d'eau, elle était obligée de se lever toutes les demi-heures.

Elle n'avait pas eu le choix. Les médecins les avaient trouvés sérieusement déshydratés, à leur arrivée à l'hôpital d'Amarillo. Ils leur avaient même conseillé de passer la nuit sur place, en observation. Jesse leur avait expliqué qu'ils seraient moins exposés à Dalhart. Avery étant tombée d'accord avec lui sur ce point, on les avait ramenés jusque chez elle.

Il y avait de cela… Elle consulta l'horloge. Deux heures et quarante-sept minutes exactement.

Autant dire trois heures qu'elle était allongée dans son lit, la porte de sa chambre entrouverte à la demande expresse de Jesse.

Agacée, elle repoussa ses couvertures et tenta de se lever. Son corps meurtri refusa de lui obéir. Ses muscles avaient oublié leur fonction, et ils protestèrent si vivement qu'elle ne put retenir un gémissement de douleur.

Jesse dut l'entendre car il traversa le couloir, et elle vit son beau visage apparaître dans l'entrebâillement de la porte. Il était venu en silence, de peur de la réveiller sans doute.

Le moment de vérité était arrivé.

— Pas la peine de marcher sur la pointe des pieds, je ne dors pas, dit-elle. En fait, je n'ai pas encore fermé l'œil.

— C'est normal, murmura-t-il en lui tendant la main pour l'aider à se lever, et la retirant presque aussi vite. Attends. Ne bouge pas. Dis-moi ce que tu veux, je vais te le chercher.

— Un sac de glace. Ma jambe me fait terriblement mal… Et puis, je me sens un peu seule. Je peux me joindre à vous, à côté ?

— Je vais te chercher de la glace, bichette. Mais tu restes au lit. Wyatt et Kayden sont un peu trop bavards à mon goût. Ils vont finir de t'épuiser.

— Mais, Jesse…

— Je reviens tout de suite.

Elle empila ses oreillers et se redressa dans son lit. Son mollet la faisait vraiment souffrir. Si elle le lui demandait gentiment, peut-être Jesse accepterait-il de lui faire un petit massage ?

Peut-être.

Il revint, les mains vides.

— Tu n'as pas un patch chauffant ou un truc dans ce genre-là, par hasard ? Ce serait mieux. C'est de la chaleur qu'il faut à un muscle froissé. Si tu poses de la glace dessus, il va se contracter, et ce sera encore pire.

— Désolée. Je n'ai rien de tel.

— Tu veux que j'appelle le poste pour demander à un de tes collègues…

— Surtout pas ! Ils risqueraient de me le faire payer en m'envoyant faire leurs courses dès que je serai sur pied. Déjà que Dan a été forcé de rentrer à cause de nous…

— Tu ne t'imaginais pas qu'il allait rester tranquillement avec sa petite famille en sachant que tu avais disparu ? Si ?

Il s'assit sur le bord du lit, défit la boucle de sa ceinture et se mit à l'aise.

— Tends-moi ta jambe.

Et, comme s'il ne s'était jamais rien passé entre eux une certaine nuit d'automne, il entreprit de lui masser le mollet.

A son grand effarement, elle sentit tout son corps commencer à la picoter. A croire qu'il réclamait de l'attention, lui aussi.

— Compte jusqu'à dix, pour voir, murmura Jesse sans prévenir.

— Tu rigoles ? Je...

Un seul coup d'œil lui suffit pour constater qu'il était parfaitement sérieux.

— Bon, si tu y tiens... Un, trois, cinq, sept, neuf, dix.

— Hein ? Habille-toi, je te ramène à l'hôpital. Ils vont te mettre en observation. Je...

— Attends ! C'était une blague. Désolée. Je ne sais pas ce que j'ai eu ce matin, mais c'est passé. J'ai retrouvé ma faculté à compter à l'hôpital, justement. Pendant qu'on t'examinait.

— Ne me fais plus jamais une peur pareille ! maugréa-t-il en refermant une main autour de son mollet d'un air absent.

— Bien, chef !

A aucun moment de leur captivité Jesse ne lui avait paru aussi angoissé qu'en cet instant. Il avait la mine sombre, les mâchoires serrées, et les sourcils rapprochés, d'après ce qu'elle voyait à la lumière du réverbère qui luisait faiblement dans la rue.

Et comme il ne l'avait pas quittée des yeux depuis leur confrontation avec le tueur, elle savait que son regard avait perdu son éclat habituel.

— Jesse ? Allô ? Tu peux t'arrêter, là ?

— Hein ? Quoi ? Je te fais mal ? Désolé. J'étais ailleurs.

— J'avais deviné, répondit-elle, sans retirer ses jambes de l'endroit confortable où elles étaient posées. Je sais ce que tu ressens. Ce n'est pas la première fois que j'ai maille à partir avec un truand ou que je dois me tirer d'une situation épineuse. Mais ce qui s'est passé ce matin...

— Etait particulièrement tordu, acheva-t-il pour elle.

— Oui. Et... Personnel. Pourquoi ai-je l'impression d'avoir été... envahie ? Presque violée ?

— Snake Eyes savait exactement ce qu'il faisait, ma belle. Il a joué sur le fait que nous sommes amis de longue date.

Jugeant que la conversation prenait un tour dangereux, elle en revint à leur souci le plus immédiat.

— Dan m'a dit qu'on avait mis de l'eau de Javel dans le radiateur de ta voiture...

Devant le mutisme de Jesse, elle s'acharna.

— Tu crois que Snake Eyes a tué la petite frappe dont il s'est servi pour nous coincer dans la pinède ?

— J'en suis quasiment sûr, malheureusement, répondit Jesse, sortant de sa torpeur. Si j'avais réussi à lire le numéro des plaques d'immatriculation de la jeep, nous l'aurions déjà retrouvé.

— Encore faudrait-il qu'elle en ait eu, des plaques… Tu n'as rien à te reprocher, Jesse. N'oublie pas que ce gamin a failli nous tuer quand on était dans l'appentis. Parce que c'est lui qui a tiré. Forcément !

— Je n'oublie pas… Ce qui me chiffonne le plus, c'est que Snake Eyes était certain que je ne t'abandonnerais pas dans la pinède. Et qu'en s'en prenant à toi, il finirait par m'extorquer l'adresse de ton frère.

— Tu sais, j'aurais sûrement cédé moi aussi, si je l'avais connue, commenta-t-elle en se massant la gorge. Pas après les premières décharges… Seulement il y a des limites à ce qu'on peut endurer, non ?

Un technicien avait été chargé d'analyser le collier de choc qui avait été récupéré, afin de voir exactement comment il fonctionnait et quels en étaient les effets. Les médecins lui avaient annoncé qu'elle se ressentirait des décharges, sans pouvoir préciser pendant combien de temps. Autrement dit, personne n'avait aucune idée des séquelles que ce genre de traitement était susceptible d'entraîner. Et personne n'était en mesure de lui dire à quel moment elle pourrait reprendre le travail.

D'autres techniciens étaient venus chez elle avec leurs appareils électroniques. Ils avaient tout emporté : les téléphones, les ordinateurs portables… Tout juste s'ils n'avaient pas débranché le câble de la télévision.

Aux dernières nouvelles, ils n'avaient rien trouvé de suspect. En haut lieu, on paraissait convaincu, dorénavant, que le tueur aux yeux de serpent avait payé quelqu'un pour le renseigner sur leur compte.

Elle n'en croyait pas un mot. L'expérience avait été beaucoup trop…

— J'ai demandé à Parker de changer ton frère de cachette, annonça Jesse, la tirant de ses pensées.

— Tu es sûr de ton coup, là ? Ça me semble un peu risqué.

Se sentant osciller entre la peur et l'envie, elle s'interrogea. Qu'est-ce qui la perturbait le plus, au fond ? L'idée que son frère soit confronté à son tour au malade qui l'avait torturée, ou l'éventualité que Garrison attrape ce fumier avant elle ?

— Le boss a décidé de prendre le risque.

Elle se ressaisit. Pour une fois, il ne s'agissait pas d'une simple rivalité entre jumeaux. Elle avait vraiment peur. Peur pour son frère.

— Il faut absolument qu'on le retrouve. Snake Eyes, je veux dire. On a dû passer à côté d'un truc important. Je...

Elle voulut se lever, mais Jesse l'arrêta d'une main ferme.

— Jesse, soupira-t-elle. Arrête. Tu sais aussi bien que moi que nous ne dormirons pas cette nuit.

— Ce n'est pas une raison pour la passer à examiner d'autres photos macabres.

Il lui encadra le visage de ses mains pour lui faire face.

— Je te connais ! C'est bien ce que tu avais en tête, non, bichette ?

L'espace d'un instant, elle eut envie de l'embrasser, de se lover contre lui. Les circonstances pour le moins inhabituelles étaient peut-être susceptibles de les rapprocher, après tout. Si on exceptait la manière dont elle l'avait accueilli, ils avaient plutôt bien collaboré jusque-là, non ? Alors...

Jesse laissa retomber ses mains, prit appui contre le mur et croisa les bras. Le message était clair. Il ne voulait pas... fraterniser.

Elle en conçut une certaine frustration. L'instant d'après, elle sentait sa colère resurgir.

Tu es fatiguée, ma fille. Epuisée. Ce n'est pas le moment. En même temps, ça ne le sera jamais...

— Je voudrais que tu m'expliques ce qu'il s'est passé à Austin, Jesse. Pourquoi es-tu parti si subitement ? J'ai été si lamentable que ça ?

Voilà. C'était fait. Maintenant, elle n'avait plus qu'à attendre. Si Jesse esquivait la question, ou s'il ne répondait pas du tout, elle serait fixée une bonne fois pour toutes.

Rien ne se produisit. Jesse ne rêvassait plus. Il paraissait soucieux, vaguement honteux.

— Je suis le meilleur copain de ton frère, dit-il au terme de ce qui lui parut une éternité.

— Je te rappelle que nous formions un trio, dont je faisais partie. Tu as toujours été plus proche de Garrison que de moi, sans doute parce que vous étiez des garçons. Mais nous étions très liés, non ?

— Sauf que tu ne m'as jamais fait promettre de ne pas coucher avec Garrison.

— Que… Qu'est-ce que tu me racontes ? Ne me dis pas que tu as couché avec mon frère !

Elle plaisantait. Elle avait très bien compris ce qu'il voulait dire, bien sûr. Seulement il lui avait répondu avec un tel sérieux que l'occasion était trop belle.

— Tu es gay ? Bisexuel ?

Mal à l'aise, Jesse se tortilla sur le matelas.

— Non ! Bien sûr que non ! Je… Arrête tes bêtises ! Tu as très bien compris. J'ai promis à Garrison de ne jamais te mettre dans mon lit.

— C'est tout ?

Elle le provoquait, il le voyait à son air narquois. Non seulement elle savait qu'il n'était pas homo, mais elle l'avait émoustillé. La vie continuait et, malgré la situation, il se plaisait toujours autant en sa compagnie. En allait-il de même pour elle ?

Il en était à ce point de sa réflexion lorsqu'elle partit d'un grand rire.

— Oh ! Jesse… Comment peux-tu être aussi naïf ? Garrison a obligé tous les garçons qui osaient m'adresser la parole à lui promettre la même chose. A ton avis, pourquoi je suis aussi inexpérimentée ?

Son rire était contagieux, et Jesse se laissa entraîner. Pas longtemps, néanmoins, parce qu'une question continuait à le tarauder.

— Non ! Il a fait fuir tous tes prétendants, ce gredin ?

— On peut dire ça comme ça, oui.

Elle se remit à rire.

— Je ne te dis pas l'horreur, au lycée. Tu ne l'as jamais vu coincer les garçons qui m'attendaient après les cours ?

— Je… Pas vraiment, non. Je n'ai pas fait attention. Tu passais ton temps avec nous. De mon côté, je n'ai jamais été un dragueur fou, alors…

A court de mots, il haussa les épaules.

— Alors tu n'as pas cherché à comprendre, acheva-t-elle pour lui, l'air plus mutin que jamais. Et tu ne t'es pas demandé non plus pourquoi je me suis faite si belle, le soir où je t'ai accompagné au bal du lycée ?

Jesse sut immédiatement à quel soir elle faisait référence.

Comment aurait-il pu oublier ? Elle avait revêtu pour l'occasion une robe dos nu particulièrement sexy. Une splendeur...

De même, il se souvenait des menaces qu'avait proférées Garrison à son encontre, si jamais il s'avisait de toucher à sa sœur.

— Et moi ? fit-il, essayant désespérément de tirer son épingle du jeu. Je n'étais pas beau, peut-être ?

— Tu portais des santiags.

— Je ne vois pas où est le problème.

— Disons que tu aurais pu les cirer...

— Je n'étais encore qu'un gamin, se récria-t-il. Je peux t'assurer que ça ne m'arriverait plus ! Je fais beaucoup plus attention à ce genre de détails, maintenant !

Elle le dévisagea d'un œil torve. Elle n'allait tout de même pas lui reprocher une broutille vieille d'une bonne dizaine d'années !

Non. Ce n'était pas ça qui la taraudait, mais tout autre chose.

Il avait fait preuve d'une muflerie rare, le soir où il était parti sans demander son reste, alors qu'elle attendait, nue dans son lit, qu'il surmonte sa crise de panique...

Ne sachant que faire pour se dépêtrer de cette situation, il porta une main à son cœur.

— Je ne sais pas ce qu'il en était pour les autres, mais pour ma part, j'avais donné ma parole à ton frère. Et je ne reviens jamais là-dessus.

— Tiens donc ! Et quand tu m'attirais dans les coins pour m'embrasser, l'année dernière, tu tenais ta promesse, peut-être ?

— Je n'ai jamais promis de ne pas t'embrasser.

— Je vois. On joue avec les mots, à présent. C'est bien commode ! En résumé, tu ne peux pas coucher avec moi, mais tu as le droit de me toucher autant que tu veux.

Elle jeta un regard éloquent aux mains qu'il lui avait négligemment posé sur les genoux.

Jesse secoua la tête et fit glisser son pouce sur sa peau soyeuse.

— Tu ne me feras pas culpabiliser, dit-il.

Il mentait, bien sûr. Il se sentait coupable d'un tas de choses, notamment de ne pas dire l'entière vérité. Parce que, s'il l'avait laissée tomber au moment crucial, c'était principalement pour ne pas devoir se confronter à son mépris lorsqu'elle apprendrait qu'il l'avait trahie.

— Viens là, murmura-t-il, l'attirant à lui.

Elle posa docilement la tête sur son torse et il referma ses bras autour d'elle.

En lui avouant tout, il lui briserait le cœur. Et il l'aimait trop pour ça. Mieux valait qu'elle continue à le prendre pour un lâche, qu'elle le croie incapable de revenir sur une parole donnée à Garrison quand ils étaient ados. En aucun cas elle ne devait apprendre que, en refusant de mentir à ses supérieurs, il l'avait privée de la carrière de Texas Ranger dont elle avait toujours rêvé.

Le choix avait été cornélien : c'était elle ou son frère. Avery aurait vite fait de tirer ses conclusions de l'épilogue, et Jesse pourrait difficilement l'en blâmer.

— Il est temps que tu t'arrêtes, bichette. Laisse-nous te mettre à l'abri. Maintenant. Avant qu'il soit trop tard.

— Je croyais que l'idée consistait à le prendre la main dans le sac, ce malade. C'est bien pour ça qu'on est là, non ?

Jesse sentait son cœur battre à tout rompre. Toutes ses angoisses de la nuit précédente remontaient à la surface, menaçant de le submerger. Il aurait dû agir plus tôt, être plus ferme.

— Tu penses toujours que c'est la solution ?

— Je suis comme toi, rétorqua-t-elle. Je n'en sais rien. Seulement je te rappelle que tu as l'ordre de l'attraper vivant. Les juges ont besoin de lui pour faire tomber Tenoreno.

— Bon sang, Avery ! Tu ne peux pas me demander d'obéir aux ordres au péril de ta vie !

— Et la tienne, de vie ? Snake Eyes veut ta peau autant qu'il veut la mienne, je te signale. Et puis, rien ne dit qu'il reviendra.

Elle remua légèrement ; il sentait son souffle tiède lui chatouiller le bras. C'était agréable, de la serrer ainsi contre lui. Dans des circonstances différentes…

Non. Il ne servait à rien de fantasmer. La réalité était qu'ils étaient en danger de mort, et que deux gardes armés étaient chargés de les protéger. Tout ça parce qu'ils s'étaient laissé piéger comme des débutants.

Avery avait raison. Il se pouvait que Snake Eyes décide de rester là où il se terrait, ne serait-ce que le temps de panser ses blessures.

Ce qui le terrifiait le plus, c'était cette nouveauté dans la manière d'agir du tueur. Pour la première fois, il avait laissé ses proies lui échapper. Un fait pour le moins préoccupant, parce que tant que Snake Eyes ne se manifesterait pas, Avery et lui devraient surveiller leurs arrières.

— C'est gentil d'être passé me voir, murmura-t-elle d'une voix ensommeillée. Je suis épuisée, et c'est exactement ce dont j'avais besoin : des bras amis pour m'éviter de cauchemarder.

— Ou de te ronger les sangs, ajouta-t-il dans un souffle.

Ils étaient en sécurité, dans cette petite maison. En même temps, il n'oubliait pas qu'ils avaient tenté de ruser et qu'il avait suffi à Snake Eyes d'une simple seringue hypodermique pour les piéger.

— Tu ne veux vraiment pas qu'on t'emmène ailleurs ? Dans un endroit plus sûr ?

— Je suis très bien ici, répondit-elle en bâillant. J'espère que ça ne t'ennuie pas de passer la nuit assis là, parce que je n'ai aucune envie de bouger.

Il entendit à peine ses derniers mots, étouffés par un nouveau bâillement. Elle se fit un peu plus lourde contre lui puis finit par s'abandonner complètement.

— Tu pourrais passer quelque temps chez ta mère et ta tante, par exemple, suggéra-t-il à tout hasard.

Comme elle ne réagissait pas, il resserra son emprise.

— Repose-toi, ma belle. Je reste là. Je veillerai sur toi toute la nuit.

Il baissa la tête pour la regarder. Elle dormait.

Tout doucement, il la fit rouler sur le flanc, et elle laissa échapper un petit gémissement lorsqu'il se détacha d'elle. Il s'allongea à son tour et posa un bras sur la taille de son amie d'enfance. Elle murmura quelque chose, se rapprocha de lui, et se rendormit.

Avait-elle la moindre idée de l'effet qu'elle lui faisait ?

Il tenta d'ignorer son émoi en se concentrant sur sa respiration, en vain. Le souvenir de cette même femme, nue entre ses bras quelques mois plus tôt, le tourmentait.

Pour calmer ses ardeurs, il existait cependant un moyen radical.

Il lui suffisait de penser au jour où elle apprendrait ce que leur attirance mutuelle lui avait coûté.

Parce qu'elle finirait par l'apprendre, c'était certain. Et il la perdrait alors à jamais.

C'était peut-être la solution, en fin de compte. Rapide, simple, et surtout honnête.

Mais pas s'il voulait la faire mettre à l'abri du danger. Pas s'il voulait l'éloigner de Snake Eyes et de ses sombres desseins.

— Et puis, il y a un autre problème..., lui chuchota-t-il à l'oreille. Je n'ai pas envie de te perdre. Alors il va falloir que je trouve autre chose.

16

— Je ne vous demande pas d'enfoncer la porte, ranger. Réfléchissez un peu !

Avery battit des paupières en entendant la voix de stentor de Dan Myers. Elle se sentait affreusement courbatue et encore plus fatiguée que la veille.

On frappa à la fenêtre, et elle aurait bondi de son lit si le bras posé sur sa taille ne l'avait pas rappelée à une autre réalité. Jesse dormait profondément à son côté. Affolée, elle s'assura qu'elle portait bien un pyjama.

— Quelqu'un a frappé, non ? marmonna Jesse sans bouger d'un pouce.

— C'est Dan. Il a peut-être du nouveau.

Jesse roula sur le côté et, au grand amusement d'Avery, se retrouva par terre.

— Avery, mon petit ! lança le shérif, au-dehors. Excuse-moi de te déranger. Il faut que je te parle. Ensuite, je te laisserai retourner à... à tes affaires.

— Nous ne faisons rien de...

Elle tira les rideaux puis secoua la tête. Dan avait déjà tourné les talons.

— OK. J'arrive.

Hilare, Jesse se remit sur pied.

Qu'il rie tant qu'il le voulait. Elle se chargerait de rétablir la vérité auprès de son chef. Non que ce soit ses affaires, mais tout de même.

Elle mit un temps fou à gagner le salon où elle s'assit sur le canapé. Jesse eut le temps d'ouvrir la porte à Dan, de le faire entrer et de disparaître dans la cuisine.

— Désolé de vous interrompre, les jeunes, lança le shérif d'un ton goguenard.

— Tu ne nous as pas interrompus, lui renvoya-t-elle du tac au tac. Et puis, depuis quand tu t'intéresses à ma vie privée ?

Consciente d'avoir été un peu plus agressive que nécessaire, elle s'empressa de changer de sujet.

— Des nouvelles ?

— Vous voulez un café, shérif ? demanda Jesse, depuis la cuisine.

— Non, merci. J'ai eu ma dose pour la journée.

— Déjà ? s'étonna Avery.

Elle jeta un coup d'œil à l'horloge et grimaça.

— Bon sang ! 4 heures de l'après-midi ?

Pas étonnant qu'elle soit aussi ankylosée. Jesse et elle avaient dormi près de treize heures. Une première pour elle.

— On se doutait que vous étiez dans les bras de Morphée, mais comme vos anges gardiens n'obtenaient pas de réponse, j'ai préféré venir voir personnellement ce qui se passait, expliqua Dan.

Jesse revint dans le petit séjour, poussa les draps toujours pliés sur le canapé et s'assit à côté d'Avery. Dan haussa les sourcils d'un air entendu qui la fit grincer des dents.

— Vous avez retrouvé le gamin qui nous a tiré dessus, c'est ça ? devina Jesse.

— Gagné ! A 10 heures ce matin, dans un motel de Clayton, au Nouveau-Mexique. C'est la femme de chambre qui a trouvé le corps. La jeep n'était plus là. Ah, et le tueur a embarqué toutes les serviettes de toilette.

— Il s'est servi d'un couteau, je suppose, commenta Avery.

— Oui, et il n'a pas fait dans la dentelle, c'est le moins qu'on puisse dire. Je vous passe les détails. Personne à Clayton n'a été capable de nous dire qui était la victime. Il devait s'agir d'un saisonnier, comme les deux pauvres diables que votre ravisseur a abandonnés à Thompson Grove.

— Je suppose que vos hommes font le tour de tous les motels avoisinants.

— Vous supposez bien, marmonna Dan.

— Je prends une douche, je m'habille, et on va inspecter la

scène du crime, annonça Avery. Qui est chargé de l'affaire ? Qui rassemble les preuves ?

Dan leva la main pour l'arrêter.

— Du calme, mon petit. L'enquête est en bonnes mains. Tout a été fait dans les règles de l'art. J'ai fait le déplacement jusqu'à Clayton pour m'en assurer.

Elle se tourna vers Jesse dans l'espoir d'obtenir son soutien, mais il se contenta de hausser les épaules.

— Je suis surtout passé voir comment vous alliez, poursuivit Dan. Et vous dire que Bo se fera un plaisir d'aller vous chercher tout ce dont vous pourriez avoir besoin. Un lit de camp, par exemple.

Il s'était tourné vers Jesse en disant cela.

— Ce ne sera pas nécessaire, affirma ce dernier.

Avery sentit ses joues s'embraser, et Dan toussota avec gêne.

— Je vais tout de même demander à Bo d'en apporter un, dit-il.

— Tu nous mets en résidence surveillée, c'est ça ? demanda-t-elle.

— Pas surveillée, protégée, rectifia Jesse. Le café doit être prêt. Je vais le chercher.

— Avant cela...

Dan s'interrompit, le temps de fouiller dans le sac posé à ses pieds.

— Tenez. L'Etat du Texas vous offre deux téléphones tout neufs. Vos proches aimeraient être rassurés sur votre compte, si vous voyez ce que je veux dire. Vous récupérerez vos propres téléphones en même temps que vos ordinateurs portables, une fois qu'on aura vérifié qu'ils n'ont pas été piratés ou je ne sais quoi d'autre.

— Ça ne va pas être facile de travailler sans ordinateur, fit remarquer Avery.

— Disons que ça va vous obliger à revenir aux bonnes vieilles méthodes. Vous savez, le stylo, le bloc-notes... Vous en avez déjà vu, non ? ironisa le shérif.

— Si vous pouviez nous faire apporter un tableau blanc, ce serait parfait, se contenta de répondre Jesse.

— Pas de problème. Pour le reste, vous ne faites entrer personne, sous aucun prétexte. C'est comme ça que ça marche. J'insiste ! A part les deux Texas Rangers venus en renfort, Bo et moi, personne. Si quelqu'un d'autre se présente ou frappe à la porte...

— C'est qu'il y a un problème, acheva Avery.

— Vous ne pensez pas qu'il vaudrait mieux que nous partions d'ici, shérif ? suggéra Jesse. Avery serait plus en sécurité chez sa mère, par exemple.

— Vos supérieurs ont accepté que vous reveniez dans cette maison, expliqua Dan. Alors on s'exécute. Sans faire de zèle. Compris, Avery ?

— Compris. Je ne voudrais pas mettre qui que ce soit en danger. Tu as bien expliqué la situation à tout le monde, au poste ? Parce qu'il faut que les collègues soient prudents, eux aussi. Qu'ils ne travaillent qu'en binôme, entre autres.

— Je m'en suis occupé, rassure-toi. On a même fait venir du renfort d'Amarillo. Bon ! fit-il en se levant. Je vais vous laisser à votre... petit déjeuner. N'oubliez pas de dresser une liste. Bo passera la chercher tout à l'heure.

— Parfait, dit Avery. Tu penseras à nous faire parvenir une copie du rapport sur le meurtre de Clayton ?

— Tu as ma parole, ainsi que celle du commandant Parker. Un homme charmant, soit dit en passant, ajouta-t-il, hochant la tête en direction de Jesse.

— Tout à fait. Maintenant, si vous permettez, je vais chercher le café.

Dan attendit qu'il ait quitté la pièce pour gratifier Avery d'un clin d'œil complice.

— Je le mets en cellule quand tu veux, mon petit. Tu n'as qu'un mot à dire.

— Ah, tu es au courant ? Je parie que c'est Julie qui a vendu la mèche.

— Tu ne peux pas le lui reprocher. Ce n'est pas tous les jours qu'on met un Texas Ranger derrière les barreaux. Surtout à Dalhart.

Il se pencha vers elle pour lui prendre les mains.

— Tu as une chance folle d'être encore en vie, Avery. Tu le sais ?

— Oui. Je... Je le sais, répondit-elle, sentant les larmes lui monter aux yeux.

— Tu es épuisée, commenta Dan, voyant son émotion. Ça ne te fera pas de mal, ces quelques jours de repos forcé.

— A propos, Snake Eyes ne doit pas être vaillant, lui non plus. Il faudrait faire le tour des hôpitaux et des cliniques de la région.

Peut-être même aller voir les vétérinaires, bien que je ne sois pas sûre qu'ils disposent de vaccins antitétaniques. C'est ce qu'il va lui falloir, à mon avis. Le râteau avec lequel Jesse l'a embroché était sacrément rouillé. Ça doit l'inquiéter.

— On ne t'a pas retiré l'affaire, Avery. Note toutes tes idées. Ah ! Et appelle Parker. Il aimerait te questionner, d'après ce que j'ai compris. Allez ! Cette fois-ci, j'y vais.

Parvenu devant la porte, il désigna la carabine d'un geste du menton.

— Elle est chargée ?

— Toujours. Euh… Dan ? Fais attention à toi, tu veux bien ?

— Promis.

Elle l'entendit interpeller les Texas Rangers, sur le porche.

— Je vous confie mon adjointe, les gars. Prenez soin d'elle ! Elle m'est précieuse, et j'y tiens beaucoup.

Jesse revint sur ses entrefaites, avec deux tasses de café. Il lui en tendit une d'un air amusé.

— Tu me ferais remettre en prison ? Je te préviens, je ne me laisserai pas faire, la prochaine fois.

— Ça serait moins drôle, de toute façon. Bon. On se met au travail ?

— Holà ! Doucement ! On n'a rien mangé de la journée, je te rappelle. L'Etat du Texas n'est pas censé nous nourrir ? demanda-t-il d'une voix plus forte.

— Je vois. En résidence protégée depuis deux minutes, et ça se plaint déjà ! répliqua un des rangers, au-dehors. Enfin… On va voir ce qu'on peut faire.

— Les murs ne sont pas épais, remarqua Jesse en se tournant vers elle.

— Non. J'essaierai de m'en souvenir.

Il lui sourit d'un air entendu.

— Le café est bon ? demanda-t-il, plutôt que de formuler la pensée qui, elle n'en doutait pas, lui avait traversé l'esprit.

— Délicieux. Je vais prendre ma douche. Seule, précisa-t-elle une octave plus haut. Et puis tu as raison, je meurs de faim moi aussi. Tu trouveras des pommes rôties au congélateur et des œufs dans le frigo.

— Message reçu cinq sur cinq.

En proie à un vertige persistant et à des courbatures, Avery se déshabilla lentement puis laissa l'eau chaude couler sur son corps meurtri. Elle songea à la chambre forcément sordide de l'hôtel de Clayton, imagina une moquette maculée de sang, le corps du petit délinquant secoué par d'horribles soubresauts tandis qu'il agonisait… Puis elle pensa aux mille et une manières de récolter les indices, et pria pour que ce soit fait correctement.

Elle n'avait jamais aimé qu'on fasse son travail à sa place. Si la situation devait s'éterniser, elle deviendrait folle, enfermée ainsi chez elle. Et puis, il allait lui falloir un tas de choses. Vu que la générosité de l'Etat avait des limites, elle confierait sa carte de crédit à Bo.

L'esprit en ébullition, elle sortit de la cabine de douche… Et s'affala sur le carrelage. Ce fut si soudain qu'elle n'eut même pas le temps de crier. C'était déjà ça. Si Jesse s'était précipité pour venir à la rescousse, la situation aurait été pour le moins embarrassante.

Effarée, elle tenta de faire cesser les tremblements qui l'agitaient.

Ça n'avait pas prévenu. L'espace d'un instant, ses jambes avaient cessé de la porter. Ces électrochocs avaient peut-être engendré quelques problèmes moteurs, finalement. Cette chute était un signe. Un avertissement. Elle ne devait pas oublier ce que lui avaient dit les médecins : elle était convalescente.

Après s'être habillée précautionneusement, elle se passa les doigts dans les cheveux pour les mettre en place. Elle était trop faible pour les sécher.

De retour dans la salle de séjour, elle fut assaillie par l'odeur de nourriture qui flottait dans l'air. Aussitôt, son mal de tête se transforma en migraine. Ses jambes se remirent à la picoter, elle fut parcourue de frissons et dut s'allonger sur le canapé. La couverture qu'elle avait laissée là pour Jesse était la bienvenue.

La mine soucieuse, il s'avança vers elle.

— Tu as toujours faim ? lui demanda-t-il, ramenant ses cheveux humides en arrière.

— Pas vraiment, non. Tu veux bien me passer un bloc-notes et un crayon, s'il te plaît ?

Il s'exécuta à contrecœur.

— Tu ferais mieux de te reposer, tu sais, lui fit-il remarquer.

— Ça va, ça va. Ne t'en fais pas pour moi. Il faut que je rédige cette liste maintenant, sinon je vais tout oublier.

— Je te ferai cuire tes œufs plus tard, alors.

Elle cala le bloc-notes sur ses genoux, s'empara du crayon... Et se trouva incapable d'écrire quoi que ce soit. Les lettres dansaient dans son esprit, l'une après l'autre, sans qu'elle parvienne à les relier entre elles.

Exaspérée, elle jeta le bloc et le stylo à terre.

Pour tout arranger, Jesse l'observait depuis la petite table à laquelle il s'était installé pour manger. C'était normal, bien sûr. A sa place, elle se serait fait du souci, elle aussi. N'empêche...

— Tu as raison, maugréa-t-elle. Je suis trop fatiguée pour faire quoi que ce soit. Je vais prendre une aspirine.

Elle voulut se lever, mais Jesse l'arrêta d'un geste de la main. Deux secondes plus tard, il lui tendait un verre d'eau et un cachet. Sans s'apitoyer. Sans lui faire remarquer non plus qu'« il le lui avait bien dit ».

Son ami d'enfance était vraiment adorable.

Wyatt McDonald et Kayden Cross montaient la garde à tour de rôle. Tandis que l'un surveillait les environs, l'autre sommeillait comme il le pouvait dans le pick-up garé dans l'allée. Jesse les regardait aller et venir avec une certaine envie. A un moment, n'y tenant plus, il sortit sur le porche. Aussitôt, il fut prié, poliment mais fermement, de retourner à l'intérieur.

Avery dormait depuis plus de quatre heures. Inquiet de ne pas la voir émerger, il finit par téléphoner à l'hôpital pour savoir si c'était normal. L'interne à qui il eut affaire s'empressa de le rassurer. C'était l'inverse qui aurait été inquiétant. Une insomnie prolongée ou une agitation inhabituelle.

Il appela ensuite le commandant Parker. Soucieux de ne pas déranger Avery, il s'éloigna du canapé autant qu'il le pouvait. On entendait tout, dans cette maison minuscule. C'était d'ailleurs comme cela qu'il avait surpris la conversation d'Avery et de son chef.

Le shérif Myers n'avait aucun souci à se faire : il ne tenterait pas de séduire Avery tant qu'elle serait dans cet état. Ni tant qu'ils seraient séparés par un mensonge, d'ailleurs.

— Parker ! fit le commandant, l'arrachant à ses pensées.

— Mon commandant, je pense vraiment que vous devriez m'autoriser à monter la garde, moi aussi, dit-il dans l'espoir de se rendre utile. Nous ne serions pas trop de trois.

— On verra ça la semaine prochaine. Tu es en convalescence, toi aussi, Ryder. D'après le rapport que j'ai sous les yeux, tu as été sévèrement déshydraté. Cela te vaudrait au moins une semaine d'arrêt maladie, en temps normal. Vu les derniers développements de cette affaire, je doute que tu en bénéficies. Vous avez reçu l'ordinateur ?

— Oui. On nous l'a livré, il y a une petite demi-heure.

— Je te rappelle demain matin pour vous informer de la manière dont nous allons procéder.

— Bien, mon commandant.

— En attendant, ménagez-vous, tous les deux. Dormez autant que vous le pouvez. Cette affaire n'est pas terminée, loin de là.

Jesse raccrocha, tellement frustré qu'il dut se retenir de lancer le combiné à travers la pièce. Cela ne lui ressemblait guère. D'un naturel calme, il n'était pas du genre à s'énerver ou à contester les ordres de ses supérieurs. C'était Garrison, le rebelle. Lui qui remettait les choses en question. Sa sœur venait en deuxième position, en la matière.

Ah ! Qu'il regrettait l'époque de leur petit triumvirat !

— Ça y est ? lança Avery. Tu as fini avec le téléphone ?

Elle s'était approchée de la table, manifestement prête à s'installer.

— Je grignoterais volontiers quelque chose. Je vais appeler Bo. Tu veux peut-être t'asseoir un peu, toi aussi !

— Non. Je suis encore capable de casser deux œufs dans une poêle. Par contre, j'ai terminé les pommes de terre. Tu veux boire quelque chose de chaud ?

— Du thé.

— Depuis quand tu bois du thé ? demanda-t-il tout en retournant à la cuisine pour s'atteler à la tâche.

— C'est Julie qui m'y a initiée. Elle trouvait que je buvais beaucoup trop de café.

— Ta mère aussi, si ma mémoire est bonne.

Il servit Avery et s'assit face à elle pour la regarder manger. Elle était un peu moins pâle qu'avant sa longue sieste, mais ses mouvements étaient lents et, surtout, elle évitait de se servir de sa main droite.

Il s'éclaircit la voix.

— J'ai rappelé Bo pour lui donner ma liste à moi, dit-il. Et je... Je lui ai demandé de nous acheter un puzzle et une table de jeu, entre autres.

— Un puzzle ? Pour quoi faire ? Tu as horreur de ça, et moi aussi.

— Disons que...

De nouveau, il hésita. Avery détourna la tête.

— D'après le médecin, un casse-tête ou un puzzle sont des activités qui t'aideraient à récupérer.

— Tu ne trouves pas qu'on a assez de Snake Eyes, en matière de casse-tête ? demanda-t-elle, agacée.

— Ne m'agresse pas, Avery ! J'essaie de t'aider, c'est tout.

— Arrête d'appeler le médecin, Jesse. Il ne m'autorisera jamais à reprendre le travail, si tu continues comme ça.

— Tu ne peux pas retourner travailler dans cet état, se récria-t-il.

— C'est à moi d'en juger, si tu permets. Je suis un peu fatiguée, rien de grave. Ça va passer !

Le foudroyant du regard, elle planta sa fourchette dans son assiette.

— Si tu vas si bien que ça, mange avec ta main droite.

— Fiche-moi la paix !

Jesse réprima un soupir. S'il insistait trop, ils allaient finir par se disputer, ce qu'il ne voulait pas.

— Avery, fais-moi plaisir et utilise ta main droite, répéta-t-il néanmoins.

Elle secoua la tête d'un air penaud.

— Je ne peux pas. Elle est tout engourdie... Elle ne m'obéit pas, si tu préfères. Oh ! Jesse ! Je... J'en ai assez de cet état de torpeur dans lequel je me trouve.

— Patience, ma belle. Patience. Mange tranquillement, et...

On frappa à la porte et Jesse réprima un soupir de soulagement. Sauvé par le gong ! Il avait été sur le point de dire à Avery de ne plus s'en faire, de s'en remettre entièrement à lui. Des paroles inconsidérées, qu'elle lui aurait fait payer cher, il n'en doutait pas un instant.

— Ça doit être Bo, marmonna-t-il en se levant.

— Il y a des chances, oui, fit-elle d'un ton sec.

Jesse alla ouvrir en grinçant des dents.

— Eh oui. Avec nos courses, on dirait !

Le jeune shérif adjoint, chargé de sacs en plastique et d'articles divers, passa devant lui sans s'arrêter.

— Salut ! lança-t-il. Voilà déjà deux tableaux blancs. J'ai eu un peu plus de mal avec le tour de lit, mais j'ai fini par trouver.

Son visage s'éclaira quand il aperçut Avery.

— Salut, ma belle ! Comment te sens-tu, ce soir ? Ça va mieux ?

— Beaucoup mieux, merci, Bo. C'est vraiment gentil à toi de t'occuper de nous comme ça.

— Je préfère faire les courses qu'arrêter les chauffards sur la nationale 57, répondit-il avec un sourire en coin. Je vais chercher le reste dans la voiture.

— Je peux vous donner un coup de main ? proposa Jesse.

Avery s'était déjà levée. Il la fit se rasseoir d'un coup d'œil impérieux.

— Je m'en occupe, répliqua Bo. Vous n'êtes pas autorisés à sortir de cette maison. Ni l'un ni l'autre. On me l'a assez seriné.

Jesse resta près de la porte et observa Avery à la dérobée. Elle mangeait de la main gauche.

Debout sur le porche, Kayden surveillait la rue d'un œil vif. De toute évidence, les allées et venues de Bo le mettaient à cran.

L'adjoint au shérif entra une dernière fois avec le tour de lit et les outils dont il aurait besoin pour l'assembler, et emporta le tout dans la chambre à coucher.

Au lieu de protester comme Jesse s'y attendait, Avery se contenta de lever les yeux au plafond.

— C'est moi qui paye, dit-il précipitamment.

— J'y compte bien. Et tu pourras l'emporter en repartant, parce que je peux te dire d'ores et déjà que ce n'est pas ici que tu l'étrenneras.

— Ça ne m'avait pas effleuré l'esprit, répliqua-t-il d'un ton léger.

Avery le considéra un instant d'un air dubitatif et se leva pour emporter son assiette dans la cuisine.

— C'est fait ! s'exclama Bo, revenant dans le séjour quelques minutes plus tard. Je passerai demain à l'heure du déjeuner. Appelez-moi avant, si vous voulez que je m'arrête au Dairy Barn en chemin.

— Merci, répondirent-ils d'une seule voix.

Jesse se renfrogna. Il avait l'impression que c'était à Avery que Bo s'adressait, et à elle uniquement. Lui, il n'existait pas. Et il l'appelait « ma belle », en plus !

Il faisait nuit noire lorsqu'ils eurent fini de ranger. Ils avaient dû rapprocher le canapé de la porte pour pouvoir glisser la table de jeu à côté de la télévision. Avery n'accorda pas un regard aux cartes, aux dés et au puzzle. Ce qui l'intéressait, c'était les photos des scènes de crime scotchées au mur de l'entrée. Celles du petit hôtel de Clayton en haut et, plus bas, les clichés pris sur l'aire de pique-nique.

— Tu te sens assez en forme pour ça ? lui demanda-t-il.

— Oui. Il faut que j'attrape ce malade, Jesse. Et toi, tu es d'attaque ?

17

Cinq jours et quatre nuits.

La durée idéale pour des vacances. Tout l'hiver, Avery avait rêvé d'une petite semaine à se faire bronzer sur une plage ensoleillée. Elle avait tant souffert du vent glacial de la Panhandle qu'elle avait dû se résigner à acheter des pantalons moins ajustés, afin de pouvoir porter des caleçons en dessous.

Mais cinq jours et quatre nuits coincée dans moins de cinquante mètres carrés ?

C'était une véritable torture.

Non que Jesse ne soit pas un parfait gentleman. Bien au contraire, il l'était jusqu'au bout des ongles. Attentionné à l'extrême. Il ne protestait pas lorsqu'elle oubliait de lui laisser de l'eau chaude pour sa douche, baissait systématiquement l'abattant des toilettes, ne laissait rien traîner… Et couchait sur le lit de camp.

Depuis cette première nuit de confinement où elle avait si bien dormi entre ses bras, plus rien. Il parvenait à éviter tout contact, même accidentel. Dans un endroit aussi exigu et aussi encombré que cette maisonnette, cela relevait de l'exploit.

Et elle devenait folle, tout simplement.

La climatisation tournait constamment dans le séjour. Elle avait rangé ses couvertures, et la porte de sa chambre était grande ouverte. La température était montée en flèche quasiment du jour au lendemain, et comme ce serait son premier été dans la région, elle n'avait aucune idée de la chaleur qui pouvait régner dans cette bicoque quand le soleil tapait dessus. Une chose semblait certaine : elle allait devoir équiper sa chambre de ventilateurs.

— Avery ?

— Oui ?

— Tu ne dors pas ?

Elle leva les yeux au plafond. Il aurait pu vérifier par lui-même, vu qu'il se tenait dans le couloir.

— Non. J'ai trop chaud.

— Tu veux qu'on fasse l'inverse ? Tu pourrais t'installer sur le lit de camp, et moi…

— Arrête de me materner comme ça ! cria-t-elle. C'est pénible, à la fin !

Elle était mûre, là. Surexcitée, prête à agir s'il y avait du nouveau, à affronter Snake Eyes ou, à défaut, à se quereller avec Jesse comme au bon vieux temps.

Son bras ou sa jambe la lâchaient à n'importe quel moment et sans prévenir. Comme elle ne voulait pas montrer sa faiblesse à son colocataire forcé, elle renonça à sa gymnastique quotidienne.

Il était temps que tout cela se termine.

— Qu'est-ce qu'il te prend, de me hurler dessus comme ça ? demanda Jesse qui s'était approché du seuil de la chambre, uniquement vêtu de son boxer… Et beau comme un dieu.

— Euh… Jesse, je te rappelle que je ne suis pas ta sœur.

— Je sais, fit-il en croisant les bras, ce qui fit ressortir ses biceps.

— Alors qu'est-ce que tu fabriques là, à moitié nu ?

— Bonne question, Avery. Pourquoi les gens se déshabillent-ils avant d'aller se coucher ? Je dors déjà sur un lit de camp minuscule, alors tu ne vas pas me demander de porter un pyjama, en prime ! De toute façon, je n'ai pas pensé à en apporter un. A se demander ce que j'ai dans le crâne !

— Désolée, Jesse, marmonna-t-elle, un peu calmée.

— Je n'ai pas entendu, dit-il d'un ton boudeur.

— Bon, bon, d'accord. Ce soir, tu prends le lit, comme ça, je pourrai profiter de la clim. Ça te va ?

Elle se leva pour sortir de la chambre, et chancela.

Jesse la rattrapa au vol.

Leurs regards se croisèrent, et elle se prit à espérer que le sien n'en dise pas aussi long que celui de Jesse. Parce que c'était du désir pur qui l'animait, en cet instant. Il n'y avait pas à se méprendre là-dessus.

Elle vit sa pomme d'Adam descendre et remonter dans sa gorge.

— Je…

Ce n'était pas ainsi qu'elle avait imaginé leur premier vrai baiser, après tout ce qui s'était passé entre eux. Le fiasco d'Austin, le cauchemar de Thompson Grove… Pourtant, elle oublia tout dès qu'elle sentit les lèvres de Jesse sur les siennes. Elle lui passa les bras autour de la taille et se délecta du contact de sa peau.

Il avait perdu toute timidité. Bientôt, il glissa sa langue dans sa bouche, la titillant, exacerbant son désir. Ses larges mains se posèrent sur ses reins et l'attirèrent plus près de son… boxer. Elle tenta de l'entraîner vers le lit, en vain. Il ne fit que resserrer son emprise, et continua à l'embrasser sans relâche. A prendre ce qu'il voulait, comme si elle lui appartenait.

Et Dieu que c'était agréable ! *Il était temps, il était temps*, se répétait-elle en boucle. Son cœur était gonflé de… De tout. De la fermeté de sa bouche, de la fougue presque douloureuse avec laquelle il la mordillait. Il la maintenait toujours par le bas du dos, et elle rêvait qu'il lui retire son pyjama pour caresser ses seins.

De nouveau, elle recula. Il allait bien finir par comprendre qu'elle était prête à passer à l'étape suivante, non ? Ils allaient savoir comment ils s'entendaient, tous les deux. Pour cela, néanmoins…

Elle se détacha brusquement de lui. Elle n'avait aucune envie d'essuyer une nouvelle humiliation.

— Je croyais que c'était réglé, cette histoire de promesse à Garrison.

— Ça l'est.

— Dans ce cas, puisque nous en avons tous les deux envie, on serait mieux sur le lit, non ?

Elle esquissa un sourire, puis reprit son sérieux. Quelque chose clochait.

— Je… J'ai comme une impression de déjà-vu, Jesse. A la différence que ce matin tu es parfaitement sobre et que tu n'as pas la possibilité de t'enfuir. Oublie mon frangin et son côté surprotecteur. Je lui tordrais le cou, si je le tenais ! Avec tout l'amour que je lui porte, bien sûr.

— Garrison n'a rien à voir là-dedans. Ça n'a jamais été lui, le problème.

— Je croyais…

— Je sais. Je...

Il s'interrompit, le temps de pousser un énorme soupir.

— Je voulais passer une nuit avec toi, Avery. Te faire l'amour au moins une fois, pour avoir un souvenir...

L'espace d'un instant, elle pensa à la maladie. Jesse était mourant. Un cancer ou bien...

Une autre idée, presque aussi déplaisante mais plus vraisemblable, lui traversa l'esprit.

— Tu... Tu... Tu as rencontré quelqu'un ? demanda-t-elle d'une voix éraillée.

— Non. Bien sûr que non. Je ne te ferais pas une chose pareille. Tu crois que je m'amuserais comme ça avec toi, si j'avais une petite amie ?

— Justement, tu n'as pas l'air de t'amuser beaucoup, répliqua-t-elle avec amertume.

Elle retira le drap du lit et s'enroula dedans. Elle se sentait trop vulnérable ainsi, en pyjama et sur le point de fondre en larmes. Jesse ne l'avait jamais vue pleurer. Du moins pas depuis le jour où sa mère l'avait forcée à arrêter le football.

— Sors d'ici, gronda-t-elle.

Elle se trouva étonnamment sobre, dans sa requête. Parce que ce qu'elle aurait voulu faire, c'était crier. Hurler.

— Pas avant de m'être expliqué, Avery.

— Je ne veux rien entendre.

Sentant la première larme couler le long de sa joue, elle se détourna et essaya de l'essuyer discrètement.

— Je n'ai pas le choix, Avery. Crois-moi, il m'en coûte de te faire cet aveu, mais tu dois m'écouter.

Il posa doucement les mains sur ses épaules. Son contact ne fit qu'augmenter encore le désir d'Avery qui tenta de se dérober.

Il ne la lâcha cependant pas.

— J'ai envie de toi, lui chuchota-t-il à l'oreille. A en devenir fou. Ça a été l'enfer, de dormir sur ce lit de camp en te sachant ici, animée du même désir que moi. Seulement je ne voulais pas te blesser.

— Qu'est-ce qui pourrait me blesser plus que cette nouvelle humiliation ? murmura-t-elle.

— Je sais. C'est pourquoi je m'étais juré de ne pas te mettre dans cette position. De garder mes distances pour ne pas te faire de mal.

— Ah... Eh bien, j'ai un scoop : c'est raté !

Jesse déglutit péniblement. Il avait la bouche sèche, tout d'un coup. Tant pis. Il devait se lancer.

— C'est à cause de moi que tu n'es pas Texas Ranger. C'est ma faute, et uniquement ma faute. Le fait que tu sois une femme n'est jamais entré en ligne de compte. Du moins pas au sens où tu l'entends. Ce n'est pas par machisme que les gradés ne t'ont pas sélectionnée. C'est parce que tu es une femme *à mes yeux*.

Avery se tourna pour lui faire face. Coinçant le drap sous ses bras, elle pressa un instant ses paumes sur ses yeux. Puis elle se donna une grande claque sur les cuisses et s'assit sur le lit d'un air décidé.

— Je ne te suis pas très bien, Jesse. On ne m'a pas écartée par machisme mais parce que je suis une femme ? Et ce serait ta faute ?

Elle secoua la tête d'un air désabusé.

— Je ne comprends rien à ce que tu me racontes, conclut-elle.

— Je sais. Je m'y prends mal. Je... Tu vas m'en vouloir à mort. J'espère simplement que tu me pardonneras un jour. Allons nous installer dans la salle de séjour. Il y fait plus frais.

Il la prit par la main et l'entraîna jusqu'au canapé. Une fois assise, elle croisa les bras et releva les yeux vers lui.

— Tu as raison. Il fait meilleur ici. Bon. Alors explique-moi. Pourquoi je vais t'en vouloir à mort, exactement ?

— Les instances supérieures savaient que nous sortions ensemble. Quelqu'un a dû nous voir nous embrasser et nous dénoncer. Or, tu connais la règle. La fraternisation entre rangers est strictement interdite.

— On ne m'a rien dit, à moi, fit-elle remarquer.

— A moi non plus. Du moins pas directement. Ça a été fait de manière détournée.

— Bon sang ! Arrête de tourner autour du pot ! s'exclama-t-elle. Viens-en au but !

Jesse réprima une grimace. Ce n'était pas facile. D'un autre côté, elle avait raison. Jusqu'à présent, il avait tenté à la fois de reconnaître ses torts *et* de les minimiser. Or, il était coupable. Et il lui devait la vérité.

— D'accord. Alors voilà. J'ai été convoqué, comme tout le monde, pour un entretien personnel. Parker a commencé par me rappeler le règlement avant de m'annoncer qu'il restait trois candidats pour deux postes. J'étais le premier sur la liste, tu étais la deuxième. Si je pouvais lui promettre qu'il n'y avait rien entre nous et qu'il en serait toujours ainsi, on nous enverrait à Waco. Ensemble.

— Je vois... Et ta conscience t'a interdit de te parjurer.

— J'étais dans une position impossible, Avery. En plus d'être mon meilleur ami, Garrison était mon coéquipier, je te rappelle.

— De sorte que tu l'as choisi, lui.

— Non ! Absolument pas. J'ignorais que c'était lui, le troisième larron. Tu comprends ?

— Très bien.

Il la dévisagea attentivement. Avait-elle vraiment compris son dilemme ? S'il avait été incapable de mentir à son supérieur, c'était parce que ce qu'il voulait plus que tout au monde était une relation durable avec elle, justement.

— Je comprends que tu n'as pas voulu mentir à Parker, et que ça ne t'a pas dérangé de me mentir à moi, poursuivit-elle d'un ton glacial.

Elle se leva vivement sans lâcher son drap, comme s'il la protégeait.

— Personne ne nous a jamais vus. On se cachait de tout le monde, y compris de Garrison. Par ailleurs, c'est toi qui es venu vers moi. Tout est clair, à présent. C'est toi, l'initiateur, Jesse. Tu m'as piégée. C'est moi qui devrais porter ce badge, en fait. Tu ne voulais même pas devenir ranger, au départ. Garrison t'a emmené t'inscrire à coups de pied aux fesses. Ensuite... Ensuite, tu t'es pris au jeu.

— Ce n'est pas...

— Arrête, Jesse ! Epargne-moi, tu veux bien ? Je vais finir de régler l'affaire du tueur aux yeux de serpent avec toi — je serais idiote de l'affronter seule. Pour le reste... Il se peut que tu sois sincère, mais une chose est certaine : tout est fini entre nous. Avant même d'avoir commencé !

Quels que soient les sentiments qui l'animaient, ce fut la tête haute qu'elle regagna sa chambre.

— Tu as choisi entre mon frère et moi pour la dernière fois ! lui lança-t-elle avant de claquer la porte.

Elle pleura longuement.

Et il entendit chacun de ses sanglots.

Il n'y avait pas à dire, Avery était pro, dans tous les sens du terme.

Jusqu'au moment où elle s'enfermait dans sa chambre. Parce que ça faisait deux nuits qu'il l'entendait sangloter, malgré le ronronnement de l'air conditionné.

Il s'était douté de sa réaction, bien sûr, mais il avait tellement espéré se tromper... D'autant plus qu'il rêvait de la serrer dans ses bras, de la réconforter. De tout temps, il avait eu horreur d'être le méchant, même quand il jouait au gendarme et au voleur avec Garrison — Garrison qui représentait une loi que Jesse avait toujours eu à cœur de respecter.

Il avait tout avoué. Il s'était donné bonne conscience. Et, ce faisant, il avait perdu sa meilleure amie.

A présent, elle se montrait « professionnelle ». C'était le mot du jour. De ces deux derniers jours, même. Elle était polie, courtoise. Avec, comme limite, les repas. S'il ne se préparait pas à manger lui-même, il devait demander à Bo de lui apporter quelque chose. Et quand le shérif adjoint arrivait, elle l'invitait à rester pour plaisanter avec lui devant un hamburger.

Tu ne vas tout de même pas être jaloux de ce gamin ! songea-t-il avec agacement, au cours d'une nouvelle visite de Bo Jackson.

Hélas ! Si. Il était plus que jaloux du « gamin » qui s'en allait enfin, au terme d'une conversation prodigieusement ennuyeuse. Il venait de passer près d'une heure à donner à Avery des nouvelles de ses collègues.

— Et merde ! grommela-t-il à part lui.

Il était moins exaspéré par les bavardages incessants de Bo Jackson que par le rire d'Avery, au fond. Parce qu'elle ne souriait plus jamais lorsqu'ils étaient seuls. Et elle riait encore moins.

Il ne parvenait qu'à la faire pleurer, apparemment.

— Bon. Où on en était ? lui demanda-t-elle, revenant dans la salle de séjour après avoir raccompagné son collègue à la porte.

— Les traces ADN appartiennent à ce type, dit-il en désignant le dernier cliché apposé à l'un des tableaux blancs. Le père, le grand-père ou le frère... On ne sait pas encore. Ce serait bien qu'on l'apprenne avant que notre joyeux farceur décide de nous montrer son nez de clown.

Sa petite plaisanterie ne lui valut même pas un haussement de sourcils. Avery lui arracha le rapport des mains et le relut pour la énième fois. Pour sa part, il l'avait étudié en détail sans en tirer la moindre conclusion probante.

Sûrement parce que son attention avait été distraite par les propos de Bo, d'ailleurs. A présent, il savait tout de la vie du petit poste de Dalhart. Julie avait un chien appelé Miss Wags ; ses facéties faisaient la joie d'Avery... Et de Bo. Difficile de se concentrer dans ce genre d'atmosphère, non ?

— Il s'agit d'un certain Ted Hopkins, également connu sous le pseudonyme de T-Bone Hop. Membre des opérations secrètes dans les années 1980. C'est sans doute un des proches de Snake Eyes, mais on ne le saura jamais avec certitude. Il a disparu de nos radars il y a plus de dix ans.

Avery referma le dossier et se tourna vers le cliché.

— Et comme Snake Eyes portait un masque et une capuche, on ne peut pas comparer leurs faciès.

— Encore une impasse... On demande que les recherches soient approfondies ?

Elle tapota la photo du doigt.

— Non. A mon avis, il vaut mieux qu'on se concentre sur ce qu'on sait déjà. Ça nous aidera à anticiper les mouvements du tueur. Même si on découvrait son identité, je reste persuadée qu'on en apprendra davantage en nous penchant sur ce qu'il s'est passé entre lui et nous, à Thompson Grove.

— On n'a toujours aucun retour des hôpitaux et cliniques à trois cents kilomètres à la ronde, lui fit-il remarquer. Aucun patient souffrant de blessures infectieuses au flanc ne s'y est présenté à ce jour.

— J'ai réfléchi, et j'en suis venue à la conclusion qu'il n'aurait sans doute pas besoin d'aller à l'hôpital, finalement. Il se soignera seul. On lui a appris à faire ce genre de choses. T-Bone Hop, peut-être ?

Ses yeux verts s'étaient remis à briller d'une lueur trop rare, ces deux derniers jours.

— C'était un militaire, ce type. Et il a disparu de tous les fichiers.

Il a peut-être enseigné ses méthodes de survie à Snake Eyes. Qu'est-ce que tu en penses ?

— J'en pense que nous sommes à la recherche d'un fantôme.

— Un fantôme qui s'est relâché, puisqu'il nous a laissés en vie.

Elle se mit à feuilleter le dossier qu'il venait d'imprimer.

— Et si c'était intentionnel ? suggéra-t-il. Ce type ne travaille jamais aussi bien qu'en solo. Il ne laisse aucune trace derrière lui. Personne ne connaît avec précision le nombre de ses victimes. Dès lors, on peut s'interroger. Pourquoi ne m'a-t-il pas ligoté, moi aussi ? Et pourquoi nous a-t-il abandonnés dans un lieu public, à moins d'un kilomètre d'un point de repli possible ? Il aurait pu nous emmener n'importe où, Avery. Alors je ne peux que supposer qu'il y trouvait son compte.

— Hum... On peut aussi se demander pourquoi il s'est acoquiné avec un gamin aussi instable que ce pauvre type de Scott. Il devait se douter qu'il prenait des risques, tout de même ! Et pourquoi ne s'est-il pas manifesté depuis près d'une semaine ? On aurait pu croire qu'il essaierait d'en finir avec nous une bonne fois pour toutes, non ?

— Ce type est un chasseur. Il l'a dit lui-même, en nous qualifiant de proies, lui rappela Jesse. Il est patient. Il se tapit dans l'ombre et attend le moment propice.

Elle laissa tomber le dossier et se pressa les mains sur les yeux.

— Non, dit-elle au bout de quelques secondes. Du moins je ne pense pas. D'accord, c'est un chasseur, mais regarde la manière dont il s'y est pris pour nous enlever. C'était calculé. Il avait un plan bien précis et nous a tendu un piège.

Elle se tourna vers lui avec une excitation non dissimulée.

— De sorte que Thompson Grove n'était qu'une étape. Un simple rouage dans le mécanisme qu'il actionne pour atteindre ses véritables proies. C'est-à-dire mon frère et la maquilleuse. Maintenant, savoir ce qu'il espérait...

Jesse la dévisagea un instant et eut une montée d'adrénaline.

— Il faut que je parle à Parker ! dit-il, pris de panique. Je lui ai conseillé de déplacer Garrison.

Il saisit son téléphone d'une main fébrile et composa le numéro.

— Allez, allez ! grommela-t-il. Décroche !

— On nous aurait prévenus s'il était arrivé quelque chose, hein ? demanda Avery.

Soucieux de la rassurer, il lui posa doucement une main sur l'épaule.

— Snake Eyes n'est pas du genre à agir dans la précipitation. Il ne laisse rien au hasard, tu viens de le dire toi-même. Trouver une cible ne se fait pas du jour au lendemain. D'un autre côté, il a eu six jours entiers...

— Et tu penses qu'il est sur le point d'attaquer, commenta-t-elle, se dérobant à sa caresse.

— Oui. Il faut... Bon sang ! Ça ne répond pas !

Une ride d'anxiété barrait le front d'Avery. Jesse aurait voulu l'effacer, repousser sa frange pour mieux voir ses yeux. Malheureusement, il avait perdu ce droit-là. Elle n'était plus son amie et ne le redeviendrait jamais.

— Jesse, il nous a parlé d'un plan B. Il semblait sûr de pouvoir obtenir l'information par un autre biais. Reste à savoir comment et par qui.

— Je sais comment coincer ce salopard, dit-il lentement.

— Qu'est-ce que tu vas faire ?

Occupé à composer un nouveau numéro, il ne répondit pas tout de suite. Si ses supérieurs l'autorisaient à mettre son idée complètement folle à exécution, Snake Eyes ne constituerait plus une menace.

Ni pour Garrison ni pour personne d'autre.

— On s'en va, Avery. Qu'ils le veuillent ou non, ils vont avoir besoin de nous pour finir le boulot.

18

Snake Eyes pour ses ennemis, Buster Hopkins pour les siens, mais il y avait longtemps de cela. Tous les membres de sa famille étaient morts, de sorte que plus personne ne le connaissait sous ce nom. Son père et lui avaient longtemps sillonné le pays, mais toujours sous des identités différentes.

Bien que Snake Eyes lui paraisse plus approprié que Buster, Carl, Sanchez ou Nigel, il ne pouvait décemment pas déambuler en plein jour dans une combinaison de plongée vieille de plus d'un quart de siècle. Aussi était-ce Nigel Washington qui avait pris une suite dans un hôtel cinq étoiles d'Austin.

Après avoir pansé ses blessures et s'être reposé une journée entière, il avait attendu le moment où le nouveau mécanisme qu'il avait mis en place porterait ses fruits.

Et ce moment était arrivé.

Il n'avait aucun mal à se mettre dans la peau de ses personnages. Il avait même surpassé son père, dans cet art-là comme dans beaucoup d'autres.

Aujourd'hui, il allait endosser le rôle d'un donateur potentiel, décidé à soutenir la campagne d'un candidat qui ne transigeait pas avec la pègre. Oui. Nigel Washington s'était présenté sous les traits d'un bienfaiteur de l'humanité en quête d'éléments concrets, en échange de sa généreuse contribution. Le dîner de ce soir s'annonçait intéressant. Avec un peu de chance, il lui ouvrirait les yeux.

La formulation le fit rire. Mais non... Son interlocutrice n'avait rien à craindre pour ses yeux. Tout ce qu'il voulait d'elle, c'était un renseignement. Personne ne se douterait de rien. Et son invitée ne lui demanderait certainement pas pourquoi il s'intéressait de si près aux clans mafieux du Texas. Ou alors sans trop d'insistance.

Enfin, Washington ne ressemblait ni de près ni de loin à la description qu'on pouvait désormais faire du tueur aux yeux de serpent. On n'était sûrement pas encore remonté jusqu'à lui. Le *vrai* lui. Enfin, celui qui avait été déclaré à la naissance.

Le système informatique qu'il avait piraté avant la mort de Rosco avait été sécurisé après l'enlèvement d'Avery Travis, mettant son approche habituelle — l'argent, l'amour et le chantage — à mal. Cette brave Avery avait certainement exigé qu'on mette sa mère et sa tante sous protection, et il ignorait où. De sorte qu'il avait dû faire preuve d'imagination pour retrouver ses proies.

Oui, la soirée promettait d'être assez amusante. Il y avait tellement de manières de soutirer des renseignements aux gens ordinaires !

Il passait une dernière fois son plan en revue lorsque le visage d'elfe d'Avery Travis s'imposa à lui. Ça lui arrivait souvent, ces derniers temps.

Il lui avait fallu deux jours entiers pour digérer le fiasco de Thompson Grove. Il n'en avait pas terminé avec l'adjointe au shérif et son ranger. Personne ne s'en était encore jamais pris à lui de cette façon-là. C'était leur mort qu'il voulait, à présent. Leur mort et une nouvelle confrontation.

Pas tant par vengeance que par nécessité, d'ailleurs : il fallait qu'il les tue. Absolument. Avant cela, néanmoins, il devait honorer son contrat.

Sa réputation passait avant tout.

Et puis, une fois que tout serait terminé, il pourrait passer le reste de son temps dans les hôtels de luxe du monde entier.

Malheureusement, entre la raison et les impulsions, il y avait un monde. Avery Travis le fascinait. Non seulement elle avait survécu au traitement de choc qu'il lui avait fait subir, mais elle n'avait baissé les bras à aucun moment. Elle avait un tel désir de vivre qu'il serait jouissif de la regarder mourir. Jusqu'où devrait-il aller pour la briser définitivement ? Sa curiosité naturelle ne serait satisfaite que lorsqu'il connaîtrait la réponse.

Oh ! Ce serait sans doute une erreur de se laisser distraire ainsi de son but initial. Tout comme de terminer le travail pour lequel

Tenoreno l'avait payé... Snake Eyes n'avait pas besoin d'argent. Ce qu'il lui fallait, c'était des épilogues. Avery Travis serait victime du besoin maladif qu'il avait de toujours mener ses tâches à bien. De conclure.

Des erreurs... Il ne faisait que ça en ce moment. Ça l'avait considérablement retardé, dans le règlement de l'affaire Tenoreno. Son père aurait été horrifié de voir à quel point il avait été négligent, pour ne pas dire arrogant.

Son père...

Les autorités finiraient par découvrir qui avait été T-Bone Hop. S'ils étaient malins, ils feraient le lien avec Buster Hopkins. Pas avec Snake Eyes, en revanche. T-Bone avait été obsédé par les analyses ADN. S'il avait réussi à s'évanouir dans la nature, il avait toujours su que son identité génétique figurait quelque part dans les fichiers de l'armée. Du coup, il avait exhorté Buster à la plus grande prudence.

Un héros, dans son genre, Ted Hopkins. Décoré à plusieurs reprises, aussi respectable que respecté... Du moins avant qu'il rencontre la femme de sa vie et la tue. Avant qu'il s'emploie à faire de son fils un chasseur chevronné.

Et avant que l'élève dépasse le maître dans tous les domaines.

Il n'y avait jamais eu de femme dans la vie de Snake Eyes, ni dans celle de Buster et des autres. L'amour était pour les faibles, pour ceux qui n'avaient rien trouvé de plus intéressant à faire que se conformer à une existence monotone. Snake Eyes et Buster étaient au-dessus de ça. Nigel, Carl et Sanchez aussi, fort heureusement.

Il prit une longue inspiration et tressaillit légèrement en songeant qu'il n'était pas infaillible. Il était même susceptible de prendre la mauvaise décision. Scott en était la preuve vivante — ou plutôt morte. Par la faute de ce gamin mal dégrossi, Nigel avait le flanc à vif, et le père de Buster était revenu le hanter.

Une fois le contrat Tenoreno exécuté, Snake Eyes disparaîtrait lui aussi. A jamais. C'était promis. Carl, ou un autre, adopterait un nouveau style de vie. Il s'essayerait à la chasse aux grands fauves, tiens. Il avait toujours rêvé d'abattre un tigre, de pister une proie digne de son expertise.

Renoncer à la plupart de ses identités lui ferait un drôle d'effet. Il passait de l'une à l'autre avec une telle facilité, depuis plus de deux décennies ! Et, surtout, il les aimait toutes. Avec toutefois une légère préférence pour Snake Eyes, parce qu'il avait une particularité : son accoutrement noir lui donnait accès aux profondeurs cachées de sa curiosité la plus malsaine.

Sa nouvelle proie arriva à l'heure. Ils burent un verre en devisant de choses et d'autres puis, sans attendre le dîner, Nigel Washington laissa négligemment tomber sur le bar les trois photos qu'il avait imprimées dans sa suite.

Trois photos d'un petit garçon blond, jouant dans la cour de son école.

— Mais c'est mon fils ! s'exclama sa proie, atterrée. Qu'est-ce... Où avez-vous eu ces photos ?

— Le premier venu peut se garer face à une cour de récréation et prendre quelques clichés, répliqua-t-il en secouant la tête d'un air faussement désapprobateur. On se demande où va le monde !

— Que voulez-vous au juste, monsieur Washington ?

— Savoir où vos services ont emmené les témoins de l'affaire Tenoreno.

— Je... Je ne suis pas certaine de pouvoir accéder au dossier, objecta la femme, d'une voix blanche.

Nigel eut un rictus narquois. Elle était déjà prête à collaborer.

— Enfin, mon petit. Vous croyez vraiment que je perdrais mon temps avec vous si je pensais une seule seconde que ça peut vous poser un problème ?

Elle fut parcourue d'un frisson et fondit en larmes.

Nigel Washington regagna sa suite, extrêmement satisfait. Les choses s'étaient déroulées comme prévu. Mieux encore, quoi qu'il décide de faire d'Avery Travis et de son Texas Ranger, il pourrait se passer d'acolyte cette fois-ci.

Il passa une main sur ses points de suture. Jesse Ryder lui paierait ça. Il le torturerait pendant des jours. Ce serait son dernier meurtre.

Un meurtre dont il chérirait le souvenir pour le restant de ses jours.

19

Le sac de voyage et la carabine près de la porte, les dossiers sur la table, le lit de camp replié... Tout était prêt.

Au cours d'une vidéoconférence avec Parker et le procureur, Avery et Jesse avaient expliqué leur plan et répondu à un certain nombre de questions.

Depuis, ils attendaient les ordres dans cette maisonnette qui leur paraissait de plus en plus exiguë, et avec interdiction formelle d'en sortir. Les deux collègues de Jesse bloquaient la porte. Comme si cela ne suffisait pas, ils leur avaient confisqué leurs clés de voiture.

— J'avais raison quand j'ai dit que nous étions assignés à résidence, bougonna Avery, furieuse.

— Non, objecta Jesse, l'air songeur. On est toujours dans le domaine de la protection. Nous n'avons pas réussi à les convaincre qu'ils avaient besoin de nous s'ils voulaient mener notre plan à bien. Même si, contrairement à eux, nous connaissons l'ennemi.

— En tant que citoyens, on n'a pas le droit de refuser ce genre de protection ? Parce que je suis prête à leur signer une décharge, tu sais !

Avery en était réduite à arpenter sa salle de séjour pour se dégourdir les jambes. C'était vraiment le comble !

— Ça reviendrait à leur dire que nous nous fichons totalement de leurs conseils. Sans compter que si nous partons maintenant nous ne serons guère plus avancés, puisque nous ne savons pas où est Garrison. Nous ne saurons même pas si Snake Eyes les a suivis.

Elle leva les bras et s'étira autant que son chemisier cintré le lui permettait. Elle s'était habillée de façon à pouvoir partir dès que les autorités se rendraient à l'évidence.

— Nous, nous le saurons, maugréa-t-elle. S'il nous suit, je veux dire.

— C'est vrai. D'un autre côté, si nous avons vu juste en pensant qu'il est déjà là-bas, on ne nous autorisera pas à participer à l'opération. Au besoin, on nous incarcérera.

— *On, on, on !* s'exclama Avery, un index tendu dans une direction différente après chaque « on ». Si tu savais comme j'en ai marre d'entendre ce pronom ! *On*, ci ; *on*, ça... Soyons clairs : *on* ne fait rien, en haut lieu !

Jesse baissa la tête. De toute évidence, il savait qu'il avait sa part de responsabilité dans la mauvaise humeur dont elle faisait preuve depuis quelques heures.

— Cinquante mètres carrés ! reprit-elle. J'ai l'impression qu'il n'y en a que cinq.

Elle recommença à s'étirer. Que pouvait-elle faire d'autre, en l'occurrence ?

— Je payerais cher pour pouvoir faire un petit jogging. J'étouffe, ici. Je... Tu n'as pas un punching-ball, dans ton sac, par hasard ? J'ai besoin de me défouler.

Pour illustrer son propos, elle donna quelques coups de poing dans le vide et s'aperçut que les picotements avaient disparu. Retour à la normale. Elle était complètement remise des électrochocs.

Elle se tourna vers Jesse pour lui annoncer la bonne nouvelle, puis se souvint à temps qu'elle avait décidé de se cantonner à leur relation de travail.

Ce n'était que le soir, seule dans sa chambre, qu'elle s'autorisait à repenser à ce qu'il lui avait dit. Le plus vexant, dans l'histoire, c'était qu'une fois encore priorité avait été donnée à son frère jumeau. Son ressentiment était donc bien naturel. Du moins l'espérait-elle, sans quoi cela signifierait qu'elle avait régressé et réagissait comme une adolescente mal dans sa peau.

Quant à savoir pourquoi elle avait tant pleuré... C'était simple : elle avait perdu un ami. Certes, elle avait renoncé à une relation avec Jesse Ryder, mais à aucun moment — même après son échec cuisant à Austin — elle n'avait envisagé qu'il disparaisse entièrement de son existence. Il faisait partie de sa vie, et les huit mois qu'elle avait passés à lui en vouloir n'avaient rien changé à l'affaire. Jesse était resté... Jesse. Son ami d'enfance, sur qui elle avait toujours compté et qui avait toujours été là pour elle.

Espèce d'idiote, se sermonna-t-elle. *Il est là, devant toi. Piteux, penaud. Qu'aurais-tu fait à sa place ? Tu te serais enferrée dans le mensonge ?*

— Dis donc, personne n'a l'air de se demander pourquoi tu es encore ici. A Dalhart, je veux dire. Ça ne te semble pas bizarre ?

— Sans plus, marmonna Jesse en haussant les épaules.

— Oh ! Tu es de mauvais poil, toi aussi ! Je voulais seulement te dire que tu n'es pas obligé de rester. Tu n'es pas ma nounou. J'ai deux Texas Rangers à ma disposition, ajouta-t-elle d'une voix plus forte. Il ne risque pas de m'arriver malheur !

Ni Wyatt ni Kayden ne réagirent.

— Tu pourrais te rendre utile, continua-t-elle à l'intention de Jesse. Apporter ces dossiers à la Compagnie F. Exiger qu'ils soient analysés et validés, pour reprendre votre jargon. Ça ouvrirait peut-être les yeux du procureur, sait-on jamais ?

— Et toi ? Tu resterais ici ? A faire quoi, exactement ?

— Je ne sais pas, moi... Ce puzzle, par exemple. Ça m'occupera bien pendant trois jours !

Par cette simple remarque, elle avait tenté de faire la paix avec lui. Il ne lui restait plus qu'à espérer qu'il reconnaisse sa tentative comme telle.

Il se décida enfin à relever la tête pour la considérer avec une intensité telle qu'elle en resta momentanément interdite.

Il faisait chaud, dans cette pièce. Très, très chaud ! Elle avait beau se tenir sous l'air conditionné et savoir qu'il fonctionnait, elle était en nage, subitement.

— Ça te dirait un thé glacé ? proposa-t-elle. Parce que, pour ma part, j'ai besoin de boire quelque chose de frais.

— Pourquoi pas ?

Elle se réfugia dans la cuisine, se posta devant l'évier et attendit que le thé infuse en regardant vaguement par la fenêtre entrouverte. Elle avait déposé la carafe, un bac de glaçons et un sucrier sur un plateau. Quand la boisson fut prête, elle en remplit deux grands verres, pivota sur elle-même...

Et se retrouva nez à nez avec Jesse.

Elle sursauta tellement qu'elle faillit lâcher les verres.

— Qu'est-ce qui t'arrive, bichette ? demanda-t-il avec un petit sourire.

— Je ne t'avais pas entendu arriver. Tu as besoin de quelque chose ?

— Non. Je voulais te dire que j'ai réfléchi et tu as raison, une fois de plus. Mieux vaut que je retourne à Waco. Je n'ai plus rien à faire ici, et ma semaine de congé forcé tire à sa fin.

Il dégageait un mélange d'aplomb et de sollicitude qui l'avait toujours attirée. Son regard était incroyablement expressif et, quand il souriait, son visage austère prenait une tout autre expression.

Un véritable play-boy.

— Je n'ai aucune raison de rester, reprit-il, probablement conscient de son trouble. Tu es furieuse après moi et ma simple présence t'est devenue insupportable.

Bien qu'il ait cessé de sourire, elle se sentait irrésistiblement attirée par lui. Aucun homme ne lui avait jamais fait cet effet-là.

— Je... Hum... Je...

Elle prit une longue inspiration et se lança.

— Oh ! Et puis zut, à la fin ! J'y ai mis le temps, mais ma colère est retombée. Là, tout de suite. Il y a dix minutes. Je... Je ne veux pas perdre ton amitié, Jesse. Tu comprends ? Nous sommes...

Avant qu'elle puisse en dire davantage, il lui prit les verres des mains et les posa sur la table. Puis, il l'attira à lui et se pencha vers elle pour l'embrasser.

Ses baisers furent doux, prolongés. Bientôt il fit courir ses doigts le long de sa nuque ; elle en fut comme électrisée. Son cœur battait à toute allure. Encore plus vite qu'au terme de sa gymnastique matinale.

Et il continua à la caresser, à la mordiller. Lorsqu'il effleura sa peau de sa langue brûlante, elle s'abandonna totalement à ses sensations.

La maintenant par la taille, il commença, de sa main libre, à déboutonner son chemisier avec une lenteur sans doute délibérée, presque insupportable.

Le contact de ses lèvres sur le renflement de ses seins la laissa pantelante.

Quand il fit lentement glisser ses mains jusqu'aux agrafes de son soutien-gorge, elle retint son souffle.

Le temps semblait s'être arrêté. L'attente devenait intolérable. Lorsque Jesse se décida enfin à la débarrasser de son chemisier et de son soutien-gorge pour prendre un de ses mamelons entre ses lèvres, elle se renversa en arrière pour mieux s'offrir à lui, bousculant la petite table.

Le bruit d'un verre s'écrasant sur le carrelage les prit par surprise.

— Bon sang ! Il faut que je ramasse ça tout de suite, marmonna-t-elle, hors d'haleine.

Comme Jesse se mettait à mordiller son mamelon, elle ajouta :

— Hum... Non. A la réflexion, ça peut attendre.

— Oui, mais on prend des risques en restant ici, lui murmura-t-il à l'oreille.

L'instant d'après, il la prenait dans ses bras et se dirigeait vers la chambre. Au lieu de se récrier, Avery attira son beau visage vers le sien et se remit à l'embrasser.

Elle n'avait pas encore ouvert les rideaux. Cela tombait bien, sans quoi le ranger en faction sur le porche se serait bien amusé.

Jesse longea le couloir en serrant Avery contre lui pour la protéger des regards éventuels.

Ils étaient hilares lorsqu'il la déposa sur le lit. La présence des rangers sur le porche donnait à leur étreinte un petit goût d'interdit.

— Il va falloir être discrets, dit-il. Nos gardiens sont aux aguets ; ils sont capables de débarquer au moindre bruit suspect.

Avery le considéra d'un air ingénu. Elle lui avait dit n'avoir qu'une expérience très limitée du sexe, mais il n'avait aucune idée de ce que cela signifiait vraiment.

Il commença à déboutonner sa chemise et, en voyant Avery ouvrir le lit, se rembrunit. Il ne voulait pas qu'elle dissimule sous un drap ce corps si parfait, mais ne savait pas comment l'en empêcher. Plutôt beau parleur d'habitude dans ce genre de circonstances, il était à court de mots.

Une fois torse nu, il s'immobilisa. Emerveillé, voilà ce qu'il était. Voilà ce qu'il devait lui dire.

— Tu es la plus belle femme que je connaisse, bichette, murmura-t-il. A l'extérieur comme à l'intérieur.

Se penchant vers elle, il repoussa sa frange en arrière pour se délecter du spectacle de ses yeux de jade.

Il s'allongea près d'elle, lui déposant de petits baisers sur le bout du nez, le creux de la gorge, partout où il le pouvait. Puis il tira doucement sur le drap et, du bout des doigts, se mit à dessiner de petits cercles sur ses seins.

— Jesse... Pourquoi m'appelles-tu bichette ? demanda-t-elle soudain.

— Tu te souviens du jour où tu t'es fait couper les cheveux ? Ta mère en a été malade, mais la mienne a trouvé que ça t'allait bien, parce que tu avais un visage de biche. Et moi qui n'y avais jamais fait attention, j'ai trouvé la ressemblance frappante. Dommage que ce surnom t'agace autant.

— Il ne m'agace pas, Jesse. Pour tout t'avouer, je l'aime plutôt bien, quand il vient de toi.

Il continuait à dessiner des cercles sur sa peau soyeuse. Sa main se posa sur son ventre plat, puis sur la ceinture de son jean. Il était un peu trop grand pour elle, de sorte qu'il parvint à le déboutonner de deux doigts.

— Tu n'as pas de regrets ? dit-il au moment de faire glisser la fermeture Eclair. Tu es sûre de toi, Avery ?

— Si tu t'arrêtes maintenant, tu ne ressortiras pas vivant de cette chambre, répliqua-t-elle.

Il cessa de s'interroger. Avery et lui avaient suffisamment attendu. Leur frustration avait atteint ses limites, ils étaient plus que prêts. Aussi continua-t-il à la déshabiller tandis qu'elle déboutonnait son jean d'un geste presque assuré.

Bientôt ils furent nus, l'un contre l'autre. Enfin.

Depuis le soir où ils étaient repartis ensemble de cette fête un peu trop arrosée, il ne rêvait que de cela. Le moment avait eu un goût particulier. A la lueur toute nouvelle qui s'était mise à briller dans les yeux d'Avery, il avait alors compris qu'elle était prête.

Tout comme... En cet instant, dans cette minuscule chambre, au fin fond de la Panhandle.

— Qu'est-ce que tu attends, Jesse ? demanda-t-elle avec une certaine impatience.

— Rien, bichette. Je suis fasciné par ce que je vois, c'est tout.

— Ce n'est pourtant pas la première fois, lui fit-elle remarquer en tendant la main vers le drap pour le ramener sur elle.

— Hé ! fit-il, lui saisissant le poignet. Surtout pas ! Je tiens à me rappeler cet instant. Il fait jour, nous sommes tous les deux sobres, et je sais que nous ne regretterons pas notre élan.

Elle lui caressa la joue du bout des doigts.

— Tout à fait d'accord.

Il s'étira à ses côtés et sourit. Avery était presque aussi grande que lui. Elle était la seule femme qu'il puisse regarder en face sans avoir à se plier en deux lorsqu'ils se tenaient debout.

La seule femme qu'il ait jamais désirée avec une telle intensité.

Et ces baisers... Il n'aurait dû faire que ça, toute sa vie : l'embrasser. Que de temps perdu ! Pourquoi s'était-il soumis au diktat de Garrison ? Pourquoi avait-il tant tergiversé ?

En partie parce qu'il tenait énormément à Avery. Parce qu'il pouvait compter sur son instinct, lorsqu'ils collaboraient. Et parce que même leurs disputes les rapprochaient, aussi étrange que cela puisse paraître.

Il se délecta du spectacle de son corps frissonnant sous ses doigts. Ses caresses semblaient l'animer, la faire vibrer tout entière.

Le goût sucré de sa peau soyeuse l'excitait à l'extrême, et son cœur battait à tout rompre. Ce qui allait suivre serait un festival de sensualité. Il ne voulait rien précipiter, mais l'attente commençait à être douloureuse.

Avery lui enfonça ses ongles dans le bras.

— Jesse, je n'en peux plus. Fais quelque chose !

Réprimant un petit rire, il tendit la main vers la table de nuit. Il avait vu une boîte de préservatifs, la nuit où il avait dormi là. Petite, discrète... Et jamais ouverte.

— Qu'est-ce qui t'amuse tant ? demanda-t-elle en le voyant sourire franchement.

— Cette boîte encore intacte.

— Oui, bon. Tu te prépares, qu'on en finisse ?

— En finir ? Comme tu y vas ! Crois-moi, bichette, tu n'es pas au bout de tes peines.

Elle le considéra une seconde entre ses yeux plissés puis, contre toute attente, prit son sexe dressé entre ses mains.

Il crut qu'il allait mourir. Peut-être mourut-il un peu, d'ailleurs. La caresse d'Avery était si douce qu'il faillit se ridiculiser. Jamais il n'aurait pensé que ce simple geste provoquerait chez lui une telle réaction. S'il voulait lui faire l'amour...

Avec des gestes un peu fébriles, il déroula le préservatif sur son pénis en feu et inspira longuement. Il devait retrouver son sang-froid. C'était Avery, qui était allongée près de lui.

Son Avery. Impétueuse comme toujours, et qu'il devait initier aux délices des préliminaires.

Leurs lèvres se rencontrèrent, puis il remonta vers son oreille avant de redescendre le long de sa nuque avec une lenteur calculée.

Elle passa ses jambes interminables autour de sa taille, essayant de l'attirer à elle, mais il ne la laissa pas faire. Lui saisissant les poignets d'une main ferme, il les ramena au-dessus de sa tête, sur l'oreiller.

— On a tout notre temps, ma belle.

Elle s'arc-bouta sous lui.

— Jesse, par pitié, agis.

En guise de réponse, il posa ses lèvres sur la petite veine qui battait au niveau de sa gorge et continua à descendre. Comme elle continuait à s'agiter sous lui, il avait du mal à se concentrer.

Il aurait tant aimé la caresser, poser ses paumes sur les seins tendus vers lui, mais il ne pouvait pas la lâcher ; elle en profiterait forcément.

— Jesse, gémit-elle tandis qu'il faisait rouler sa langue avide sur un de ses mamelons.

Il adorait la supplique qu'il percevait dans sa voix, le désir furieux qui l'animait...

Pourtant il continua à jouer nonchalamment avec son sein, avant de passer à l'autre, sans relever la tête.

— Ce n'est pas juste, murmura-t-elle, relâchant légèrement la pression qu'elle exerçait autour de sa taille. Je veux te toucher, moi aussi.

Il ferma les yeux. S'il se laissait convaincre, il la prendrait sans vergogne et ce serait terminé. En moins de deux minutes chrono.

Or, cette étreinte n'était pas une simple question de sexe. C'était aussi l'occasion, pour lui, d'explorer le corps parfait d'Avery, de se délecter de sa fougue.

Elle se souleva de nouveau, pour rencontrer sa bouche cette fois, et il lui lâcha les mains. Il voulait les sentir sur sa peau.

Il la voulait, elle. Maintenant.

— Avery...

A-ve-ry... Ces trois syllabes berçaient ses jours et ses nuits depuis si longtemps qu'il ne fut même pas certain de les avoir prononcées à voix haute. Il remonta vers ses lèvres pleines pour les embrasser tandis que ses mains fébriles se refermaient sur ses bras.

Puis il la pénétra et la fit entièrement sienne. Bientôt, leurs mouvements se firent plus réguliers, plus rapides aussi. Le passé qui les avait si longtemps séparés avait cessé d'exister.

Leurs corps enlacés s'enflammèrent, et Avery s'ouvrit encore davantage à lui, l'attirant au plus profond d'elle.

Ils jouirent à l'unisson, en un cri unique, primal, et, dans les secondes qui suivirent, Jesse eut une révélation.

La femme, la meilleure copine, la coéquipière... Avery Travis sous toutes ses formes était son univers. Sans elle, il ne pouvait pas vivre.

Il l'aimait. De tout son cœur, de toute son âme.

L'en convaincre serait cependant délicat. Il allait devoir planifier. Réfléchir, choisir soigneusement ses mots.

A moins qu'il n'aille tout simplement de l'avant, au lieu de se censurer.

Avery n'était jamais dupe, de toute façon, semblait-il.

20

Avery déplia un bras et le laissa retomber sur le torse de Jesse.

Epuisée. Epuisée et pleinement satisfaite. Plus épanouie que jamais. Comblée, voilà ce qu'elle était.

— Waouh ! C'était fantastique.

Et tant pis si elle flattait Jesse dans son ego de mâle. La vérité était là, dans toute sa nudité.

Comme elle, en somme.

— Tu veux que je te dise ? poursuivit-elle. Je vais passer mon temps à regretter chaque minute que nous n'avons pas passée à faire l'amour depuis que nous sommes enfermés ici. Waouh ! Je... C'était... Oui. Fantastique. Il n'y a pas d'autre mot.

Un peu calmée, elle prit appui sur un de ses coudes pour observer son amant. Il n'avait pas encore repris son souffle et reposait à côté d'elle, les yeux clos, un vague sourire aux lèvres.

Elle fit glisser ses doigts sur les poils frisés qui assombrissaient légèrement son torse parfait, puis se rembrunit.

Elle parlait trop. Et, surtout, elle parlait toute seule. Jesse n'avait encore fait aucun commentaire sur leur étreinte pourtant passionnée.

Il ne lui avait pas dit, par exemple, qu'il n'avait jamais aussi pleinement goûté les joies du sexe.

Pas plus qu'il ne l'avait complimentée sur ses talents de maîtresse.

Elle continua à l'observer, revivant l'instant où elle était parvenue à l'extase dans ses bras, et sentit le désir remonter en elle... Sans prévenir, l'inévitable gêne qui suivait l'étreinte s'empara d'elle.

Vaincue, elle roula sur le flanc pour lui tourner le dos et saisit le drap pour s'en recouvrir.

Jesse l'attira contre lui d'un bras ferme.

— Tu as le goût du thé sucré, murmura-t-il.

— Normal. J'en ai été aspergée, tout à l'heure, dans la cuisine, répliqua-t-elle d'un ton sec.

Intérieurement, elle fulminait. Il n'avait rien trouvé de mieux ? Elle chantait les louanges de leurs ébats, et il lui parlait du thé sur sa peau !

Elle en était à ce stade de sa petite rébellion lorsqu'il entrelaça ses doigts aux siens et posa leurs mains unies sur son ventre.

— Je t'aime.

Son ressentiment augmenta encore d'un cran. S'il s'imaginait qu'elle avait besoin de ce genre de déclaration pour accepter ce qu'ils venaient de vivre ensemble, il se trompait.

D'autant que si ça avait été vrai, s'il l'avait vraiment aimée, il aurait choisi un autre moment pour lui déclarer sa flamme. Et il l'aurait au moins regardée en face.

— Si tu me dis ça pour m'inciter à recommencer, tu te donnes du mal pour rien, Jesse. Je suis à toi.

— Je pensais...

— Tu penses trop, le coupa-t-elle, en se tournant vers lui.

Elle était décidée à ne pas s'en laisser conter. Jesse s'était emballé, il avait parlé trop vite. Il avait cru lui faire plaisir.

Il ne valait pas mieux que les autres, au fond.

Mais quelle importance ? Ils étaient coincés dans cette maison minuscule pour un temps indéterminé. Alors, autant en profiter, non ?

— Avery, je...

Cette fois, elle leva un index pour le faire taire. Elle n'avait pas besoin qu'il la rassure.

Et encore moins qu'il lui mente.

— Chut ! Tout ce qui m'intéresse, pour l'instant, c'est de recommencer. Tu te sens d'attaque ?

Voilà. Le carrelage de la cuisine était immaculé. Plus le moindre bris de verre, plus aucune flaque de thé non plus. Et Avery avait pris une longue douche. Bref, tout était redevenu normal.

Sauf que Jesse était encore plus taciturne que d'habitude. Ils avaient fait l'amour tout l'après-midi, sans parler, sans écouter autre chose que leurs envies.

La vie était bizarre, tout de même. Ils avaient été proches pendant des années. Elle s'était si longtemps crue amoureuse de lui qu'elle avait laissé passer sa chance avec d'autres hommes.

Et maintenant… Ça. Le passage à l'acte, puis ce silence pesant qui se dressait comme un mur entre eux.

Elle rangeait le balai à franges quand on frappa à la porte. Jesse, bien qu'encore enroulé dans une simple serviette de toilette, alla ouvrir et marmonna :

— Qu'est-ce qu'il y a encore ?

Kayden lui tendit un téléphone.

— Le commandant Parker. Il essaie de vous joindre depuis un bon bout de temps, d'après ce que j'ai compris.

Jesse prit l'appel sur le pas de la porte, sans se soucier des voisins ni du pauvre Kayden, manifestement très embarrassé par sa semi-nudité.

Les murs de la petite maison n'étaient décidément pas bien épais.

— Bien reçu. Nous partons immédiatement, conclut-il avant de raccrocher.

Il rendit l'appareil à son collègue, le remercia d'un hochement de tête et referma la porte.

— Tu es toujours partante ?

— Ça y est ? Ils se sont enfin rendus à l'évidence ? s'exclama Avery pour qui la réponse allait de soi.

— On dirait, oui. Un avion nous attend à Amarillo, le plus tôt possible, grommela-t-il en évitant soigneusement de la regarder.

Il paraissait franchement contrarié, à bien y songer. Quelle mouche l'avait donc piqué ?

— Ce que je t'ai dit tout à l'heure, reprit-il au bout de quelques secondes. C'était…

— Ne t'en fais pas pour ça. Je n'en ai pas cru un mot, alors oublie. Sérieusement, Jesse. Il n'y a vraiment pas de quoi en faire toute une histoire.

Il secoua la tête d'un air désabusé.

— Je vais me préparer, fit-il d'une voix sombre.

Avery le regarda s'éloigner, bouche bée. Avait-elle dit une bêtise ? Si c'était le cas, elle ne voyait vraiment pas laquelle. Elle lui avait pardonné d'avoir avoué leur liaison naissante à Parker — et cela bien que ça lui ait coûté la carrière de ses rêves. Elle lui avait pardonné ses paroles inconsidérées, après leur première étreinte. Elle n'attendait rien de lui et le lui avait fait savoir. Que voulait-il de plus ?

— Que se passe-t-il, Jesse ? Tu as peur que Garrison apprenne ce qu'il s'est passé entre nous ? Parce que si c'est ça, rassure-toi, je n'ai aucune intention de le lui rapporter.

Elle avait haussé la voix pour être sûre qu'il l'entende, à travers la porte de la salle de bains.

En réponse, il se mit à jurer comme un charretier. Et ce n'était pas après elle qu'il en avait. Non. C'était lui qu'il maudissait ainsi. Le doute n'était pas permis.

Désemparée, elle alla s'asseoir sur le canapé pour faire le point.

Son sac était prêt, tout était en ordre. Elle pouvait partir.

D'un autre côté, elle avait fait son trou à Dalhart. Le rythme de vie lui plaisait, et cette maisonnette convenait parfaitement à une célibataire. Une fois Jesse parti, elle s'y sentirait moins à l'étroit.

Terriblement seule aussi. Mais elle survivrait.

Alors ?

Jesse réapparut, habillé et rasé de si près qu'il arborait une magnifique balafre. C'était sans doute ce qui avait provoqué ce chapelet de jurons.

Il s'empara de son sac, coinça les dossiers sous son bras gauche et se planta devant la porte d'entrée.

— Tu tiens vraiment à emporter la carabine de ton père ?

— Et comment ! Tu as peur que ça pose problème dans l'avion ?

Elle espérait que non. Elle tirait beaucoup mieux lorsqu'elle sentait la présence de son père à ses côtés. Même si elle se servait généralement d'une autre arme, plus maniable.

— Non, dit-il simplement avant de sortir sur le porche.

Kayden et Wyatt les escortèrent jusqu'à la voiture en leur expliquant qu'ils étaient chargés de les conduire à Amarillo.

Avery débordait d'énergie. Les événements de l'après-midi l'avaient stimulée, passé le premier moment de fatigue. Jesse en revanche ne paraissait pas remis. A peine installé sur la banquette arrière, il rabattit son chapeau sur ses yeux et fit semblant de dormir.

Semblant, parce qu'elle n'était pas idiote. Quand il faisait un petit somme, il n'était pas tendu à bloc comme en cet instant. En général, et comme tout le monde, il se détendait un minimum.

La route d'Amarillo venait d'être refaite, un véritable tapis. Avery regarda défiler le paysage tout en passant leur plan en revue. Tant de détails pouvaient tourner en leur défaveur... Il y avait tellement de scénarios possibles... Il lui tardait d'apprendre où Parker avait fait transférer Garrison et l'autre témoin. Les incertitudes seraient moindres, alors.

Kayden s'arrêta devant un hangar privé. Jesse fit mine de sursauter et alla même jusqu'à bâiller à deux ou trois reprises, histoire de faire bonne mesure avant de descendre de voiture.

Souris, Jesse ! Par pitié, décrispe-toi un peu ! songea-t-elle.

Pourquoi ne lui expliquait-il pas ce qui l'avait contrarié à ce point ? S'il rentrait ainsi dans sa coquille chaque fois qu'il la voyait nue, elle finirait par avoir des complexes !

Oh ! Et puis ça suffisait comme ça ! Partant du principe qu'ils étaient avant tout amis, elle décida de se confronter à lui. Maintenant. Avant que leur mission reprenne le dessus et qu'ils n'aient plus le temps de se parler.

— Tire la langue, ordonna-t-elle d'un ton sans réplique.

— Hein ?

— Fais ce que je te dis. Tire la langue, répéta-t-elle.

Il hésita un instant avant de s'exécuter.

— Mouille ton doigt et passe-le sur la coupure que tu t'es faite en te rasant. Tu saignes toujours.

Il obéit en maugréant.

— Tu ne pouvais pas le dire plus tôt ?

— Ne me remercie pas, railla-t-elle. Bien. A présent, tu vas me dire ce qui ne va pas.

— Rien. Laisse tomber, Avery. Parle-moi de Dalhart, de ton boulot, du chien de ta collègue si tu veux, mais de rien d'autre. Compris ?

— Bien sûr que j'ai compris. Je ne suis pas complètement idiote. Tout comme je comprends que nous ne puissions parler de notre plan en public ou même dans cet avion privé. Ce que j'ai du mal à saisir, c'est que tu aies changé d'humeur aussi rap...

— Bonsoir, lança une hôtesse, l'interrompant dans sa tirade.

Merci de voyager avec notre compagnie. Le décollage est imminent. Si vous voulez bien embarquer…

Avery et Jesse lui emboîtèrent le pas. Ils s'installèrent en silence et le jet décolla. Lorsqu'il atterrit, une heure plus tard, ni l'un ni l'autre n'avaient prononcé mot.

Jesse aurait dû avoir l'esprit occupé par le plan hasardeux qu'il avait élaboré avec Avery. Le revoir en détail, essayer d'en trouver les failles, anticiper ses propres réactions en cas de problème.

Au lieu de cela, il étudiait intensément le visage d'Avery, assise de l'autre côté de la table de conférence. Une véritable élite était réunie dans cette pièce, et il ne voyait qu'elle.

D'une main, il faisait tournoyer machinalement son stylo à bille sur la surface en chêne. De l'autre, il se soutenait le menton.

On devait le croire préoccupé. Epuisé par cette semaine d'attente vaine.

Il n'en était rien. La réponse était ailleurs.

Dans cette femme exaspérante.

— Vous avez réussi à trouver l'adresse qu'il donne à ses comparses ? lui demanda l'un des participants.

— Non. On n'a pas abandonné la partie, mais ça revient à chercher une aiguille dans une meule de foin. Le champ est vaste, vous comprenez. Ce n'est pas comme si on pouvait se cantonner à l'Etat du Texas, expliqua Avery.

Ils avaient été invités à participer à une session extraordinaire, et secrète, à Fort Worth. Dans des bureaux dont Jesse ignorait jusqu'à l'existence.

Affalé comme il l'était sur son siège, il devait donner l'impression de se moquer éperdument de ce qui se disait autour de lui. L'enjeu était pourtant de taille et, tout comme Avery, il aurait dû faire tout son possible pour achever de convaincre leurs interlocuteurs. Or, il ne pipait mot.

La conversation portait sur les manières les plus classiques de repousser une attaque contre des témoins. Protection rapprochée. Chemins détournés. Secret absolu. Et, bien évidemment, ressources limitées à tous les niveaux.

— Et puis merde ! s'exclama-t-il soudain en repoussant son

stylo avec une telle force qu'il rebondit sur la table et atterrit sur le bloc-notes d'Avery.

Le procureur haussa les sourcils.

— Vous avez un commentaire à faire, Ryder ?

— Au risque d'être évacué de cette salle *manu militari*, rien de ce que vous nous annoncez n'est en rapport avec notre plan initial. Vous attendez d'Avery — du shérif adjoint Travis, je veux dire — qu'elle risque sa vie une fois encore, et tout ça pour...

— Minute, Jesse ! protesta Avery. Je suis assez grande pour parler en mon propre nom.

Il ne se démonta pas pour autant. Lui enjoignant le silence d'un regard noir, il poursuivit sur sa lancée.

— Tout ça pour rien. Ma coéquipière et moi avons été en contact direct avec ce salopard. On le connaît un peu mieux que vous, vous ne croyez pas ? Tout ce que vous avez, c'est le portrait que vous en a fait votre profileur d'après les photos de cadavres que vous avez bien voulu lui montrer. Moi, je lui ai cassé le nez, à Snake Eyes. Je l'ai à moitié embroché avec un râteau rouillé.

Il repoussa sa chaise d'un mouvement un peu trop brusque et se leva.

— C'est bon, Jesse. On sait tout ça, dit Parker d'un ton conciliant.

— Sauf votre respect, je ne suis pas certain que ces gens comprennent la façon dont fonctionne le tueur, mon commandant. C'est un psychopathe ! Il n'a rien en commun avec les malades que nous avons pu rencontrer à ce jour, et...

— Ça suffit, je te dis, insista le commandant, lui posant une main sur l'avant-bras.

Ce geste d'apaisement n'eut aucun effet sur Jesse. Du coin de l'œil, il avait vu Avery se redresser sur son siège pendant son échange avec Parker. Lorsque leurs regards se croisèrent, elle lui fit signe de se taire, elle aussi.

Cela l'exaspéra plus encore.

— Non, je ne me tairai pas. Le tueur aux yeux de serpent est tout ce que vous a dit votre profileur, en pire. Il garde son sang-froid dans n'importe quelle circonstance. A aucun moment il n'a paniqué, alors même que tout ce qu'il avait échafaudé s'écroulait. Je n'avais encore jamais vu ça. Au lieu de se mettre à hurler ou de prendre ses jambes à son cou, il a continué à nous défier. Ce type est un cérébral, pas un réactif. A croire qu'il avait la solution à tout. Un plan B, certes, mais aussi un plan C, D et ainsi de suite, jusqu'à la fin de l'alphabet.

— La procédure que nous venons de mettre en place a pourtant fait ses preuves, objecta l'un des participants.

— C'est précisément la raison pour laquelle elle ne fonctionnera pas dans le cas présent, objecta Avery. Je... Nous, le ranger Ryder et moi-même, comprenons que vous en soyez parvenus à ces conclusions, mais ce type est... Comment dire ? Ce n'est pas un banal assassin, si je puis m'exprimer ainsi. C'est un grand malade, doté d'une intelligence supérieure, et qui a su se vendre afin d'être payé pour faire ce qu'il aime le plus. Tuer.

— Bien dit, bich...

Jesse se reprit à temps. Encore une seconde, et il anéantissait la crédibilité d'Avery en l'appelant par le surnom qu'il lui avait donné il y avait si longtemps.

— Notre adversaire sait où il va, reprit-il. Il ne laisse rien au hasard. Tout est calculé d'avance.

— Qu'en pensez-vous, commandant Parker ? demanda le procureur.

— Je crois qu'ils ont raison. Il n'y a pas trente-six moyens d'attraper le tueur aux yeux de serpent. Ryder et Travis ont travaillé, pendant leur confinement. Ils nous ont fourni des renseignements précieux, qui nous ont permis d'attribuer à notre tueur une dizaine de meurtres encore non élucidés à travers tout le pays. Et je ne parle que des victimes dont les corps ont été retrouvés à ce jour.

Parker croisa les bras et s'éclaircit la voix avant de conclure.

— Suivez les conseils de ces jeunes gens, si je puis me permettre, monsieur le procureur. Ils savent de quoi ils parlent.

Ces dernières paroles — et le ton de son chef — n'échappèrent pas à Jesse. Parker avait foi en eux. C'était important. Malgré toute sa souplesse d'esprit, Jesse ne pouvait se départir de l'idée qu'à part Avery et lui personne dans cette salle ne s'était encore confronté à Snake Eyes. Personne ne s'était trouvé face à ce reptile impitoyable.

Personne ne l'avait vu pointer son revolver en direction de la femme qu'il aimait. Et personne n'avait cru Avery morte sous le coup des électrochocs.

A la voir si pimpante ce matin, dans cette salle impersonnelle, nul n'aurait cru qu'elle avait failli mourir moins d'une semaine plus tôt. Avery était une amazone. Forte et confiante.

Belle, aussi. Infiniment belle.

Bon sang, je l'aime. A en mourir. Comment vais-je faire pour le lui prouver ? se demanda-t-il.

— L'essentiel pour nous est d'assurer la survie des témoins, commandant Parker. Vu que vous serez tenu pour unique responsable de l'issue de cette affaire, il serait souhaitable que vous nous parliez de l'opération telle que vous l'envisagez, vos collaborateurs et vous-même, dit le procureur d'un ton sentencieux.

Parker se tourna vers Jesse.

— Je laisse la parole au lieutenant Ryder.

Jesse toussota à plusieurs reprises.

— Hum. Nous savons de source sûre que Snake Eyes avait un autre moyen d'obtenir l'adresse des témoins, commença-t-il. C'est le fameux plan B qu'il nous a jeté à la figure avant de battre en retraite, le jour de notre confrontation.

— Nous savons également que notre système informatique a été piraté, précisa Parker.

— Comment ça ? s'exclama le procureur, indigné. Personne ne nous en a informés !

— Nous ne l'avons appris qu'après l'enlèvement de Travis et Ryder, s'empressa d'ajouter Parker.

Il fit signe à l'un de ses collaborateurs qui distribua des documents à la ronde.

— Ce nouvel incident, si on peut appeler ainsi l'enlèvement de nos collègues, nous a amenés à vérifier l'ensemble de nos ordinateurs.

Jesse prit le relais :

— Nous pensons que ce piratage faisait partie du fameux plan B dont le tueur nous a parlé. Notre sécurité ayant été renforcée, il doit naviguer à vue.

L'ébauche d'un sourire aux lèvres Avery fit rouler le stylo vers lui. Il le rattrapa au vol.

— C'est de la pure spéculation, avança le procureur.

— Etayée par le fait que Snake Eyes s'est évaporé dans la nature et qu'il n'a rien tenté depuis notre confrontation, lui renvoya Avery.

Jesse se redressa sur son siège, puis se détendit. Avery était suffisamment expérimentée pour se confronter au procureur. De plus, elle connaissait les faits. Il la considéra néanmoins avec admiration tandis qu'elle poursuivait :

— De sorte que nous nous sommes interrogés sur ce que ce type voulait vraiment. Tuer ? Comme il venait d'exécuter quatre personnes en deux jours, on pouvait estimer qu'il avait eu sa dose, si j'ose dire. Alors non. C'est son orgueil qui est en jeu, dorénavant. Son amour-propre, et rien d'autre.

— L'ego, enchaîna un des analystes d'Etat d'un ton approbateur. C'est un facteur qui cause fréquemment la perte des tueurs en série.

Le procureur avait posé ses mains sur la table. Jesse le vit tapoter des doigts et s'interrogea. Attendait-il patiemment son tour pour prendre la parole ou avait-il trouvé une faille dans leur raisonnement ?

Peu importait. Si les autorités rejetaient leur plan, il plaquerait tout. Avery et lui trouveraient un moyen d'entrer en contact avec Garrison, et ils se protégeraient avec les moyens du bord.

Et ils devraient rester sur leurs gardes jusqu'à la fin de leurs jours.

Non. Ils pouvaient arrêter ce malade. Il en était convaincu. Seulement, pour cela, il fallait qu'Avery, Parker et lui-même parviennent à convaincre les six autres personnes assises autour de cette table.

Imitant son supérieur direct, il s'adossa à son siège d'un air assuré.

— Snake Eyes avait l'intention de s'en prendre à ma coéquipière pour obtenir le renseignement dont il avait besoin. Mon arrivée à Dalhart lui a facilité la tâche, dans la mesure où il savait que nous nous connaissions. Il a échoué et a dû modifier son plan. Très légèrement, puisqu'il lui suffit dorénavant de trouver un autre maillon faible pour parvenir à ses fins.

Son discours terminé, il posa ses mains à plat sur la table lui aussi, en un geste symbolique destiné à montrer qu'il avait joué toutes ses cartes.

Puis, au lieu de guetter la réaction du procureur, il se tourna vers la femme qu'il aimait en se demandant comment il allait s'y prendre pour la protéger.

21

Cette fois encore, le plus dur fut l'attente.

Depuis deux longues journées, ils étaient installés dans une maison dont les autorités avaient délibérément laissé fuiter l'adresse. L'idée était d'y attirer Snake Eyes afin qu'il essaye de s'acquitter de sa sale besogne. Il leur fallait une tentative de meurtre, pour exiger un prélèvement de son ADN. Sinon, les charges pesant contre lui se résumeraient à peau de chagrin.

La maison se trouvant au bout d'une impasse, l'accès en était limité. Les renforts étaient regroupés dans un pavillon voisin.

Avery se faisait l'effet d'un poisson dans un aquarium. En même temps, elle était si tendue qu'elle éprouvait quelques difficultés à réfléchir.

Affublée d'une perruque blonde et le buste protégé par un gilet pare-balles, elle passa devant les fenêtres, s'exposant volontairement à un tir éventuel. Tant que Snake Eyes ne visait pas la tête, elle ne risquait rien de plus qu'un choc susceptible de lui couper le souffle.

Lorsqu'ils avaient regagné leur hôtel, à l'issue de leur réunion avec le procureur de l'Etat, elle exultait. Jesse et elle avaient gagné ! On les avait autorisés à tendre un piège au tueur.

A présent, elle s'interrogeait. Etait-elle vraiment prête à affronter Snake Eyes ? Le doute commençait à s'insinuer en elle. Cela dit, il était plutôt normal qu'elle éprouve une certaine peur ; le contraire aurait été inquiétant.

— J'ai bien cru qu'on allait te faire sortir de la salle de conférences à coups de pied au derrière, l'autre jour, dit-elle. C'est fou qu'ils se soient rangés à notre avis, tu ne trouves pas ?

— Pour moi, tu as été bien trop convaincante, répondit Jesse, appuyé contre le mur, la carabine à portée de main.

— Comment ça ?

— J'aurais préféré que les autorités choisissent quelqu'un d'autre pour jouer le rôle de Kenderly. Nous ne manquons pas de personnel féminin, quoi que tu en penses. N'importe laquelle de mes collègues aurait fait l'affaire…

Il secoua la tête d'un air sombre.

— Tu peux encore changer d'avis, tu sais.

— Pas question. J'en fais une affaire personnelle.

Elle souleva légèrement un coin du rideau en nylon pour avoir une meilleure vue sur la rue.

Il ne se passait rien. Même les réverbères étaient éteints, dans ce lotissement tout neuf et encore aux trois quarts inhabité.

— Tu ne crois pas que tu en as assez bavé comme ça ?

— Et toi ? lui renvoya-t-elle.

Elle ne lui en voulait pas de douter de sa détermination. Du moins pas vraiment. Mais une chose était certaine : elle ne se serait pas lancée dans cette aventure avec un autre que lui.

— Tu as peur que je craque au moment crucial, c'est ça ? lui demanda-t-elle.

— Toi ? Bien sûr que non.

— Tu mens, Jesse. Et tu mens mal.

— Je t'assure ! Je veux bien admettre que je me fais du souci pour toi, mais c'est tout. Je sais de quoi tu es capable, Avery. Je connais ton professionnalisme. Je t'ai vue à l'œuvre, non ?

Il lui avait posé les mains sur les épaules en disant cela.

Elle hésita. Devait-elle lui tendre les lèvres ? L'entraîner dans la chambre à coucher en attendant que Snake Eyes se manifeste enfin ?

Non. Bien sûr que non. Ils avaient une mission, et l'idée n'aurait même pas dû lui traverser l'esprit.

Sauf que…

Posant une main sur sa joue légèrement râpeuse, elle l'attira à elle. Aussitôt, il enfouit les doigts dans ses cheveux.

Elle se ressaisit et recula à regret.

— Nous n'avons pas le temps.

— Sauf si nous nous dépêchons, lui fit-il remarquer, mettant sa résolution à mal.

— Tu te crois vraiment capable de me faire l'amour, là ? Parce que, pour ma part, je ne suis pas sûre de pouvoir me concentrer.

Le souvenir des clichés des scènes de meurtre la hantait. En frissonnant, elle se remit à faire les cent pas.

Jesse pencha la tête sur le côté, un sourire malicieux aux lèvres. Il était vêtu comme Garrison. Afin de parfaire l'illusion, il était même venu de Fort Worth à moto. L'engin dormait dans le garage adjacent.

— Ton frère apprécie ce que tu fais pour Kenderly.

— Ce n'est pas pour lui que je fais tout ça. Et encore moins pour sa copine.

— Sa fiancée, rectifia Jesse, avec un amusement non dissimulé. Je te rappelle que Garrison nous a annoncé leur mariage imminent. Inutile de revenir sur la question.

— Il s'apprête à épouser une nana que nous ne connaissons ni d'Eve ni d'Adam et qu'il ne fréquente que depuis deux ou trois semaines. Ça ne te semble pas un tout petit peu précipité ? A moi, si. Surtout pour un tombeur comme lui.

Elle s'immobilisa, mais Jesse lui fit signe de continuer à marcher.

— C'est idiot, ce truc de faire passer l'un des témoins devant les fenêtres à longueur de temps, tu ne trouves pas ?

Elle décida de tirer les doubles rideaux. La nuit tombait, et si le tueur les épiait, il n'aurait aucun mal à distinguer sa silhouette, avec toutes ces lampes allumées derrière elle.

— On a dit 20 h 35. Il te reste cinq minutes à tirer.

En soupirant, Avery souleva l'une des mèches de sa perruque.

— Ça tient sacrément chaud ce truc. C'est lourd, en plus ! Je ne regrette pas de m'être coupé les cheveux une bonne fois pour toutes quand j'étais gamine.

— Je sais, ma belle. Je sais.

Décidément, Jesse était d'humeur conciliante, ce soir. Elle n'avait pas cessé de se plaindre de cette perruque et, chaque fois, il avait compati. L'idéal aurait été de changer de sujet, mais elle craignait que cela les mène à une discussion plus sérieuse.

A force de cogiter, elle avait fini par mettre les pièces du puzzle en place. Après leur première étreinte, Jesse lui avait étourdiment dit qu'il l'aimait ; elle avait pris sa déclaration à la légère, et ils s'étaient remis à faire l'amour. Par la suite, il s'était fermé comme une huître. Peut-être n'aurait-elle pas dû prendre sa déclaration à la légère... Etait-il possible qu'elle l'ait froissé ? Non. S'il s'était muré dans ce silence, c'était parce qu'il était préoccupé. Ou parce qu'il ne trouvait rien à dire. Ou alors... Mais là, on touchait à l'improbable, elle l'avait bel et bien froissé... Parce qu'il avait été sincère.

C'était l'hypothèse la plus séduisante, bien sûr. Aimer Jesse Ryder était une seconde nature, chez elle. Si la réciproque avait été vraie, elle aurait été une femme comblée. En revanche, elle ne voulait pas qu'il se sente obligé de lui déclarer sa flamme sous prétexte qu'il avait promis à Garrison de ne pas s'amuser avec elle.

— C'est bon ! lança-t-il, la tirant de sa réflexion.

Il alluma la télévision, et tous deux s'assirent côte à côte sur le canapé, comme l'auraient fait Garrison et Kenderly — le deuxième témoin clé dans l'affaire Tenoreno.

— Tu as attaché ton Glock à ta cheville ?

— Oui, et toi ?

Au lieu de répondre à sa question, il la considéra avec gravité.

— Ne fais pas de quartier, ma belle. Dès que tu vois le tueur, tu agis, compris ?

Braquant deux doigts vers le seuil de la cuisine, il fit mine de tirer sur une cible imaginaire.

— Il nous le faut vivant, protesta-t-elle. Tu le sais aussi bien que moi. Le procureur et le commandant ont assez insisté sur ce point.

— Je me fiche de ce qu'ils veulent, pour le coup. Contrairement à nous, ils ne savent pas de quoi Snake Eyes est capable. Quand il entrera dans cette maison, nous serons seuls. Les renforts sont trop loin pour nous être d'une aide quelconque.

Il lui serra la main avec force.

— J'insiste, Avery. Si ce type t'approche, tu es perdue.

— Quel optimisme ! s'exclama-t-elle. Ça fait plaisir à entendre.

Reprenant son sérieux, elle se tourna vers lui et l'observa attentivement à son tour. Il ne plaisantait pas. Et il était terriblement inquiet.

— Je ne suis pas d'accord avec toi. Je ne peux pas tirer froidement sur un être humain. Nous représentons la loi, Jesse. A ce titre, nous ne devons nous servir de nos armes qu'en dernier recours. Promets-moi de ne pas faire de bêtises, toi non plus.

Au lieu de répondre, il se concentra sur le poste de télévision. Elle se renfrogna. Jesse tenait toujours ses promesses, il le lui avait assez répété. En ne s'engageant pas à faire tout son possible pour attraper Snake Eyes vivant, il venait de lui avouer son intention de le tuer. Du moins...

Elle secoua la tête. Inutile de spéculer dans le vide. Quelle que soit la réaction de Jesse, ce serait la bonne, elle le savait.

Le son de la télévision était presque inaudible. La maison étant équipée du câble, ils avaient opté pour la rediffusion d'un match de base-ball important. La foule en délire encouragea les joueurs, l'orgue se mit à jouer, les spectateurs crièrent : « Chargez ! », et le match commença.

Aucun signe de charge aux alentours, en revanche. Pas la moindre agitation. Rien.

Le calme plat.

— On ne peut pas continuer comme ça, grommela Avery au bout d'un moment. Je n'en peux plus d'être enfermée. Et si Snake Eyes n'avait pas réussi à avoir cette adresse-ci non plus, hein ? S'il avait fait chou blanc ?

— Calme-toi ma belle, chuchota Jesse en lui posant une main sur la cuisse.

Elle se leva d'un bond.

— Je vais prendre une douche.

— Pas sans moi. Ton gilet n'est pas étanche, que je sache.

De plus en plus frustrée, elle reprit sa place en tirant sur son gilet pare-balles. Encore un sujet de contrariété. Pourquoi n'en portait-il pas un, lui aussi ? Il verrait à quel point c'est confortable !

— J'espère que tu n'es pas vexé, Jesse. Je ne t'évite pas, je suis sur les nerfs, c'est tout.

— Je ne suis pas vexé dit-il laconiquement.

— Tu crois vraiment que ça va marcher ? Qu'il va mordre à l'hameçon ?

— Il faut l'espérer.

Sa réaction épidermique n'avait décidément pas amélioré

l'ambiance. Soucieuse de lui prouver qu'elle n'avait pas voulu se dérober, elle posa la tête sur son épaule.

Bientôt, ses paupières se firent lourdes. Elle se laissa aller, somnolant vaguement pour se réveiller en sursaut chaque fois qu'une des équipes marquait un point.

Soudain, Jesse lui posa une main sur la bouche. Elle tressaillit et s'aperçut qu'il avait les yeux rivés sur la fenêtre arrière.

Derrière laquelle une ombre se déplaçait furtivement.

C'était parti !

Dans l'éventualité où Snake Eyes les aurait précédés, ils avaient renoncé à un certain nombre de commodités. Il n'y avait ni surveillance électronique dans le jardin ni caméras dans la maison. Aucun véhicule, pas même une voiture banalisée, n'était garé à proximité. Les renforts, prêts à répondre à un éventuel appel, étaient postés en bas de la rue.

Jesse et Avery étaient reliés à l'équipe de surveillance par leurs téléphones. Un grand classique : il suffisait d'attendre que l'écran s'obscurcisse pour que l'appareil semble éteint.

Jesse envoya un SMS au commandant Parker. Deux secondes plus tard, celui-ci leur confirmait que l'ombre qu'ils avaient entrevue n'était pas celle d'un des Texas Rangers en faction dans le périmètre sécurisé.

Avery commença à dire le texte qu'ils avaient répété une bonne dizaine de fois.

— Je suis claquée ! Tu viens te coucher ?

Comme convenu, Jesse répondit :

— Je vais aller prendre une douche et essayer de me débarrasser de ce fichu torticolis.

— Bien. Je t'attends au lit. A tout de suite.

Une fois la télévision coupée, ils n'entendirent plus que le tic-tac de l'horloge. Sinistre. Et singulièrement sonore.

Jesse se leva, s'étira longuement et attira Avery à lui.

— Rappelle-toi. Dès que tu le vois, tu tires, lui murmura-t-il à l'oreille. Et débrouille-toi pour ne pas le rater.

Avery eut un petit frisson d'appréhension, puis se ressaisit. Ils avaient vu arriver leur ennemi ; ils étaient préparés. Elle n'avait aucune raison d'avoir peur.

Dès qu'elle entendit la douche couler dans la salle de bains, elle se rendit dans la chambre. Après avoir installé les deux mannequins dans le lit, elle se dissimula dans l'alcôve. Elle palpa ensuite son portable et résista à l'envie d'échanger quelques mots avec les hommes censés la protéger. Mieux valait les laisser se concentrer sur leur tâche.

L'idée était que les deux plantons en faction se croisent et que, au lieu de continuer leur ronde, ils discutent pendant les quelques minutes qu'il faudrait à Snake Eyes pour s'introduire dans la maison.

Après s'être débarrassée de sa perruque blonde, elle tira son Glock de sa santiag. Elle aurait préféré un .44 Magnum, finalement, même si le recul était plus brutal.

Que ferait-elle si Snake Eyes parvenait à l'approcher ? Etait-elle capable de le tuer, comme Jesse le lui avait recommandé ? Et, surtout, était-ce vraiment ce qu'il attendait d'elle ?

Le bruit de l'eau dans les canalisations lui parvenait toujours. Le Glock était coincé entre ses genoux, et elle avait posé son portable sur la table de chevet, de peur de couper la communication si jamais elle en venait aux mains avec le tueur. Elle aurait cependant préféré le sentir dans la poche arrière de son jean. Ça aurait été plus rassurant.

Concentre-toi ! s'enjoignit-elle. *Respire lentement.*

Elle ne pouvait compter que sur elle, dans l'immédiat. Et tant pis si cette position était inconfortable. Elle devrait la maintenir jusqu'à nouvel ordre.

Quelqu'un se cogna à la table basse du salon et laissa échapper un juron. Leur cible avait dû engager un nouveau comparse ; elle imaginait mal Snake Eyes se montrant aussi maladroit.

Un nouveau juron se fit entendre. Plus fort, cette fois... Et proféré par une voix familière.

Avery se faufila le long du mur l'arme au poing, mais elle était presque certaine de son fait.

Les lumières du salon s'allumèrent...

Et Garrison lui apparut.

— Qu'est-ce que vous fabriquez, tous les deux ? s'exclama-t-il.

Il paraissait en pleine forme. Reposé, alerte, et manifestement amusé, à en juger par la lueur qui brillait dans ses yeux. Il ouvrit les bras à Avery qui ne bougea pas d'un centimètre.

— Tu es malade ? J'ai failli te descendre, mec ! lança Jesse en arrivant derrière lui.

— Et moi, c'est ce que je devrais faire, rétorqua Garrison. Qu'est-ce qui t'a pris d'entraîner ma sœur dans une histoire pareille ?

— L'« entraîner » ? Moi ? Tu rigoles ?

Avery tenta de les interrompre.

— Les garçons, s'il vous plaît...

— Je sais parfaitement de quoi je parle, poursuivit Garrison, ignorant son intervention. Je me suis renseigné, figure-toi.

Il avait glissé ses pouces dans les passants de sa ceinture et semblait parfaitement à l'aise. Pas inquiet pour deux sous.

Et son langage corporel avait changé du tout au tout dès qu'il avait vu Jesse.

— Les garçons..., insista Avery.

En vain.

La situation lui rappela un été lointain, au cours duquel elle avait eu l'impression d'être invisible. Elle avait pourtant fait des pieds et des mains pour attirer l'attention de son jumeau et de leur meilleur ami. Elle était même allée jusqu'à simuler une noyade, un jour qu'ils étaient à la piscine. C'était le maître nageur qui l'avait sortie de l'eau, pendant que les deux ados continuaient à faire les pitres quelques mètres plus loin.

— Tu connais ta sœur, non ? Tu sais très bien que personne ne l'« entraîne » là où elle ne veut pas aller. Bon. Ça va, à part ça ? Ces vacances... Ça fait un petit bout de temps, dis donc !

— Des vacances ? Tu rigoles ! J'étais en mission, j'ai failli me faire descendre et...

Avery se glissa entre eux, les sépara avec fermeté, puis posa son arme sur la commode. Jesse avait déjà remis la sienne dans son holster.

— Ça suffit ! tonna-t-elle.

Jouant des coudes, elle retourna chercher son portable, et l'éteignit. Les renforts devaient être sérieusement contrariés, mais ils ne bougeraient pas de leur poste. Comme elle, ils estimeraient que tout n'était peut-être pas encore perdu.

Jesse et Garrison la dévisagèrent avec stupéfaction.

— Pourquoi vous me regardez comme ça ? demanda-t-elle d'un ton sec. Garrison, j'attends des explications sur ta présence ici. Quant à toi, Jesse, tu ne crois pas que tu ferais bien d'appeler tes collègues pour leur expliquer la situation ?

Pendant que Jesse allait couper l'eau dans la salle de bains, elle alla s'asseoir sur le canapé pour faire le point, les mains pressées contre ses yeux.

Ce ne fut pas facile. Sur fond de chamailleries infantiles entre son frère et Jesse, elle n'entrevit plus que deux possibilités. Soit Snake Eyes surveillait la maison, auquel cas il avait assisté à l'arrivée en fanfare de Garrison, soit il n'avait pas obtenu l'adresse et ne s'était jamais trouvé dans les parages.

Dans les deux cas, les Texas Rangers, le procureur, Dan et elle-même avaient échoué.

Sur toute la ligne.

— Bon sang, vous ne voulez pas vous serrer la main et faire la paix ? gronda-t-elle lorsque Jesse revint. Vous m'empêchez de réfléchir !

De nouveau, ils la considérèrent d'un air étrange.

— On voit que vous n'êtes pas habitués à ce que ce soit moi qui commande, hein ! Eh bien, j'ai une mauvaise nouvelle pour vous. Si nous votons, seule ma voix comptera.

— Qui a demandé un vote ?

— Un vote sur quoi ?

Ils avaient parlé en même temps en se donnant des coups de coude dans les côtes.

De vrais gamins.

— Assez ! cria-t-elle, exaspérée. Vous croyez vraiment que c'est le moment de chahuter ? Je vous rappelle que nous avons un problème, et pas des moindres !

— Erreur, sœurette, fit Garrison en prenant place à côté d'elle sur le canapé. Le problème est réglé, du moins en ce qui te concerne. Je suis venu prendre la relève. Kenderly et ses anges gardiens se feront un plaisir de t'accueillir dans notre planque. Je suis sûr qu'un des hommes de Parker t'y accompagnera, si on lui demande gentiment.

— Hé ! protesta Jesse en s'asseyant à son tour. Ce n'est pas toi que Parker a chargé de mener cette opération à bien, à ma connaissance !

Avery se hérissa. Que signifiait cette remarque, exactement ? Jesse avait-il voulu la soutenir à demi-mot ou faire savoir à Garrison qu'il avait pris le relais et qu'elle était désormais sous sa protection ?

On croyait rêver !

— Taisez-vous, tous les deux, et écoutez-moi ! ordonna-t-elle.

A son grand étonnement, ils se tournèrent vers elle, presque au garde-à-vous. Elle décida de commencer par son frère avec sa fâcheuse tendance à débouler à l'improviste, sous prétexte de se porter à son secours.

— Garrison, j'ai passé l'âge que tu me dictes ma conduite. Je t'ai longtemps laissé faire parce que j'aimais bien votre compagnie à tous les deux, et j'ai continué par habitude. Seulement maintenant, c'est terminé.

— Comme tu l'as dit tout à l'heure, objecta Jesse, ce n'est pas le moment de régler nos comptes.

Avery passa outre et poursuivit.

— Tu ne nous as toujours pas expliqué ta présence ici ce soir et, surtout, tu as tout fichu en l'air, avec tes âneries !

Soudain incapable de tenir en place, elle se leva.

— Tu t'es convaincu que tu devais sortir de ta tanière pour protéger ta sœur jumelle, et tu as eu tort. J'irai même jusqu'à dire que c'est du grand n'importe quoi !

Les deux hommes étaient ébahis. Quel bonheur, d'exprimer ainsi sa hargne ! Si elle ne s'était pas retenue, elle leur aurait donné des claques à tous les deux.

— N'exagère pas, sœurette ! fit Garrison, un sourire lénifiant aux lèvres.

Il ne comprenait décidément pas !

Soudain, elle prit conscience de tout ce qu'elle avait appris en s'éloignant des gens qui avaient tant compté pour elle. Sans s'en apercevoir, tandis qu'elle arrêtait des contrevenants et aidait des mamies à changer les pneus de leur voiture, elle était devenue adulte.

Elle savait prendre des décisions, dorénavant. Si elle y était forcée, elle se suffirait à elle-même. Elle s'était émancipée. Totalement.

— Je n'ai pas besoin de ton aide, Garrison. Répète après moi : « Ma sœur est une grande fille, elle n'a pas besoin de mon aide. » C'est bon, là ? Ça commence à atteindre le cerveau ? Parce que si tu continues, je vais vraiment me fâcher. D'autant que, comme je te l'ai déjà dit, tu as commis une grave erreur en venant jusqu'ici.

— Tu as peut-être raison sur ce point, concéda piteusement son frère.

— Il n'y a pas de « peut-être » qui tienne ! Je sais que j'ai raison. En moins de cinq minutes, tu as mis à mal le travail de toute une semaine et de toute une équipe. Sans compter qu'un de tes potes rangers aurait pu t'abattre par erreur.

— Il n'y a pas que ça, Avery. D'accord, j'ai pensé que Jesse et toi aviez besoin de renfort, mais je voulais aussi protéger Kenderly.

— Je vois... Kenderly. La fameuse fiancée dont on ne sait absolument rien. Quoi qu'il en soit, je peux t'affirmer une chose. Si Snake Eyes nous épie, il t'a vu entrer ici. Autant dire que l'opération tout entière a capoté. Bref, tu as joué les héros pour rien !

Garrison releva la tête pour la dévisager. Le voyant sur le point de se lever, elle le repoussa sur le canapé. Il était très bien où il était. C'était elle qui avait besoin de bouger.

— Avery, tu sais aussi bien que moi que ce n'est pas tout.

Il s'empara d'un coussin et le serra à s'en faire blanchir les articulations.

— Je... C'est ma faute si tu t'es retrouvée au cœur de cette lamentable affaire. C'est ma responsabilité. Je ne veux pas que tu affrontes le tueur toute seule.

— Je ne suis pas seule. Jesse est avec moi. Une escouade de Texas Rangers est planquée de l'autre côté de la rue. Quand comprendras-tu enfin que je suis une pro, compétente à tous les niveaux ?

— Ne mélange pas tout ! Je connais tes capacités, Avery. Le hic, c'est que ce n'est pas ta bataille. Et je n'ai pas fait capoter votre plan. Personne ne m'a vu entrer. Personne, tu m'entends ? C'est bien ce qui m'inquiète, d'ailleurs.

— Ça faisait partie du plan, ça aussi ! se récria Avery. Tu es vraiment borné quand tu t'y mets ! Je viens de t'expliquer… Oh ! Et puis zut ! Laisse tomber.

Jesse prit le relais.

— Tu n'as pas eu affaire à ce fumier, fit-il remarquer avec une décontraction démentie par le nerf qui tressaillait sur sa mâchoire. C'est un fantôme. Une ombre, dotée qui plus est d'un intellect redoutable. Et ta sœur a raison. L'idée était de le laisser entrer ici et de le prendre la main dans le sac.

— Je vois, marmonna Garrison. Dans ce cas, j'ai effectivement cafouillé, et je m'en excuse.

— Ce n'est pas facile à admettre, hein ? ricana Jesse. Au risque d'en rajouter je dirais que, vu que tu étais au courant de ma présence ici, tu aurais pu me faire confiance. C'était un minimum, il me semble.

Furieuse, elle se détourna. Ils étaient aussi insupportables l'un que l'autre !

Et Jesse qui faisait le fier… Comme s'il n'avait pas eu sa part de responsabilité dans cette débâcle ! Comme s'il ne lui avait pas menti pendant des mois, lui aussi !

— Ne joue pas les innocents, Ryder, lança-t-elle. Je te rappelle que l'an dernier tu as pris sur toi de décider du tour que prendrait mon existence. Le fait que nous ayons couché ensemble ne t'autorise pas à décider de ce qui est bon ou pas pour ma petite personne. Ni à tenter de me dissuader de faire mon boulot !

C'était sorti tout seul, et elle se souvint un peu trop tard que son frère était dans la pièce.

Oh ! Et puis tant pis ! Ça commençait à bien faire.

Toisant les deux hommes de sa vie, elle leur lança :

— En résumé, je suis assez grande pour savoir ce que j'ai à faire. Quant à vous, il serait temps que… Que… Que vous grandissiez un peu.

Sans leur laisser le temps de réagir, elle sortit de la pièce en claquant la porte. Elle ne voulait plus arbitrer leurs disputes ou écouter ce qu'ils avaient à dire sur sa vie sentimentale. Et, surtout, elle ne supportait plus d'attendre que Snake Eyes se manifeste.

Ils pouvaient se la garder, leur chasse à l'homme, ces deux machos ! En bons Texas Rangers, ils finiraient bien par neutraliser le tueur aux yeux de serpent.

Quant à elle…

Eh bien elle avait suffisamment manqué à ses devoirs d'adjointe au shérif. Il était temps de rentrer à Dalhart.

Elle regagna la chambre, s'y enferma à clé, et composa le numéro du commandant Parker.

22

Jesse se leva pour lui emboîter le pas, puis secoua la tête avec résignation. Avery était trop remontée pour écouter qui que ce soit dans l'immédiat.

Il était parvenu à cette conclusion lorsque Garrison le fit retomber sur le canapé d'un uppercut au menton.

— Alors comme ça, tu as couché avec ma sœur !

— Oui, admit-il en se frottant la mâchoire.

— Tu m'avais promis ! Comment as-tu pu revenir ainsi sur ta parole ?

— Calme-toi. Ce n'est pas le moment, vieux. On a d'autres chats à fouetter, lui rappela Jesse.

— Tu as raison, soupira Garrison.

Il se rassit lui aussi.

— N'empêche... Avery ne quittera jamais la Panhandle, avec tout ça. Elle va s'enterrer là-bas et y rester !

— A ta place, je garderais ce genre de réflexion pour moi. Tu n'as eu quasiment aucun contact avec ta sœur, depuis son départ d'Austin, je te rappelle. Tu ne sais rien, ni de son boulot ni de sa vie personnelle. Alors ne viens pas me reprocher sa rancœur envers toi, s'il te plaît.

— Tu as couché avec elle, mon gars.

— Ce n'est pas ce que tu crois.

— Pas ce que je crois ? railla Garrison. C'était une blague, c'est ça ? Il ne s'est rien passé entre vous et elle a simplement voulu me provoquer ?

Jesse soupira. Il se sentait subitement démoralisé.

— Non. Ça s'est passé et, s'il ne tient qu'à moi, ça se reproduira.

Je t'ai trahi pour la bonne cause, en quelque sorte. Je… J'ai dit à Avery que je l'aimais. Si elle veut bien de moi, je lui ferai un serment, à elle aussi. Et je m'y tiendrai, tu peux me faire confiance.

— Attends… Vous allez vous marier, c'est ça ? demanda Garrison, l'air sincèrement étonné.

Qu'est-ce qui le surprenait tant ? Qu'on puisse tomber amoureux de sa sœur ou qu'il soit celui qui s'était épris d'elle ?

— Rien n'est moins sûr, marmonna-t-il d'un ton lugubre. Parce qu'elle ne m'a pas cru. Elle s'est gentiment moquée de moi, et…

Il ne termina pas sa phrase. La réaction d'Avery l'avait atteint au plus profond ; il ne pensait qu'à cela depuis trois jours.

— Et quoi ? Tu étais sincère, j'imagine. Ce n'étaient pas des paroles en l'air.

Garrison le foudroya du regard avant de poursuivre :

— Si tu es vraiment amoureux d'elle, tu n'avais qu'à insister. La forcer à t'écouter !

Jesse réprima une grimace d'agacement.

— Tu la connais, non ? Je ne demandais qu'à la convaincre, mais elle n'a rien voulu entendre. Et, depuis, nous n'avons pas eu l'occasion d'en reparler. Nous avons eu autre chose à faire, figure-toi.

— Je vois, fit Garrison.

Jesse le considéra d'un air sceptique. Ce charmeur avait toujours su tirer son épingle du jeu, en toutes circonstances. Comment pouvait-il comprendre sa situation ?

Peut-être était-il sincère, après tout. Garrison et lui n'avaient guère eu le temps de discuter, la veille au téléphone. Tout juste si son ami avait eu l'occasion de lui dire qu'il avait l'intention d'épouser Kenderly avant de…

Le téléphone ! Son portable était sur la table basse, toujours allumé.

— Bon sang ! s'exclama-t-il. Les renforts… Ils ne doivent pas perdre une miette de ce que nous disons.

Atterré, il alla récupérer l'appareil et l'éteignit. Ses collègues allaient s'en donner à cœur joie. Il n'avait pas fini d'en entendre parler !

Deux secondes plus tard, le portable vibrait entre ses mains.

— Je me suis mouillé pour toi, Ryder ! tonna Parker. Alors explique-moi un peu ce que fait l'un des Travis avec toi, au lieu d'attendre tranquillement la suite des événements dans la maison où il est consigné jusqu'à nouvel ordre ? Et pendant que tu y seras, tu pourras peut-être aussi me dire pourquoi l'autre vient de m'annoncer qu'elle laissait tout tomber, finalement !

— Je vous passe Garrison, mon commandant. Il s'expliquera lui-même. Pendant ce temps, je vais voir de quoi il retourne avec Avery.

Après avoir passé le relais, il alla tambouriner à la porte de la chambre.

— Avery ? Ouvre, il faut que je te parle. C'est important !

Aucune réaction. C'était le silence complet, de l'autre côté du battant en bois. Elle n'était tout de même pas partie toute seule à l'aventure ? Non. Elle était trop intelligente pour cela. Au minimum, elle aurait demandé à Parker de la faire escorter.

— Avery ? Ouvre-moi ! C'est urgent !

Toujours rien.

Le doute n'était plus permis. Il y avait un sérieux problème. Tirant son revolver du holster, il s'apprêta à enfoncer la porte. Garrison lui signala sa présence derrière lui d'une petite tape sur l'épaule.

Ils avaient pratiqué ce genre d'exercice des centaines de fois, au fil des ans. Aujourd'hui plus que jamais, leur expérience serait utile.

Seulement il n'y avait rien, dans la pièce : ni Avery, ni arme, ni sac de voyage, ni portable.

— Rappelle Parker, vite ! ordonna Jesse à son ami d'enfance. Snake Eyes est dans les parages.

— Tu n'en sais rien, objecta Garrison, qui rengaina malgré tout son arme pour composer le numéro du commandant.

— Ta sœur a disparu. Et comme elle n'est pas avec Parker, elle est forcément entre les mains de ce cinglé.

— Elle a peut-être échappé à la vigilance de la patrouille... Encore que... Non. Tu as raison.

L'heure n'était pas aux palabres. Jesse devait réfléchir, et vite. Il était inutile de faire venir l'équipe médico-légale. D'une part parce qu'elle arriverait trop tard, d'autre part parce que, comme d'habitude, elle ne trouverait rien.

A défaut de mieux, il sortit par la porte de derrière et traversa le jardin.

Les deux gardes gisaient sur le sol, inconscients mais vivants.

Il ne s'attarda pas. Il était peu probable qu'ils aient vu quoi que ce soit. Et, de toute manière, le temps qu'ils reprennent connaissance et soient en état de parler, il serait trop tard, là encore.

— Pourquoi l'avoir enlevée ? murmura-t-il. Il aurait pu la tuer sur place… Il n'avait plus besoin d'elle, puisque sa principale cible était avec moi, dans notre planque.

Les sourcils froncés, il tenta de se mettre à la place du tueur pour comprendre ses motivations. En vain.

L'adversaire avait agi de manière imprévisible. Ses supérieurs, Avery et lui avaient supposé que le seul but de Snake Eyes était d'honorer son contrat. Or, Garrison était toujours en vie.

Cela n'avait plus rien à voir avec Tenoreno.

Il s'agissait à présent de la femme qu'il aimait.

— Avery, hurla-t-il dans la nuit. Avery !

23

Avery s'était jetée dans la gueule du loup, ni plus ni moins. Elle avait quitté les deux hommes qu'elle aimait le plus au monde pour se retrouver à la merci d'une bête immonde.

— Avery ! entendit-elle crier au loin.

Jesse...

— Avancez, shérif adjoint Travis, lui ordonna Snake Eyes.

C'était un truc vieux comme le monde. Il avait assommé l'un des plantons, et l'avait délesté de sa chemise. Croyant avoir affaire à l'un des hommes censés assurer sa protection, elle lui était quasiment tombée dans les bras.

Il l'avait désarmée et avait empoché son téléphone, avant de lui faire face.

Les lentilles de contact jaunes aux pupilles verticales, la cagoule en caoutchouc... Tout y était, même le sang-froid. A en juger par la lenteur délibérée avec laquelle il agissait, la présence d'une escouade de Texas Rangers dans les environs immédiats ne l'inquiétait guère.

Il lui fit signe de marcher devant lui. Il n'y avait aucune clôture, dans cette partie du lotissement ; on ne se méfiait pas de son voisin, ici.

— Vous êtes un être fascinant, Avery, reprit-il. Et vous êtes intelligente. Assez pour savoir qu'il ne vous reste pas longtemps à vivre.

Il poussa un portail donnant accès à des potagers qui bordaient le lotissement et poursuivit tranquillement :

— Ce n'est pas votre faute, si je puis me permettre. Vous seriez sans doute parvenue à vos fins, maligne comme vous l'êtes, mais vous êtes mal entourée. Vos alliés ne vous arrivent pas à la cheville. Il ne leur est pas venu à l'idée que l'attaque était la meilleure des défenses, par exemple ?

— Si. Seulement, pour ça, il aurait fallu qu'on sache où porter nos coups.

— Toujours aussi vive d'esprit, hein ? Je suis ravi de constater que vous n'avez aucune séquelle de votre expérience pour le moins *choquante* de l'autre jour.

— Aucune, en effet. Je n'ai plus besoin d'appuyer sur les interrupteurs pour allumer la lumière, mais ça me fait gagner du temps et ça amuse beaucoup les copains.

— Vous avez le sens de l'humour en plus… Décidément, vous êtes charmante.

Avery sentit son estomac se nouer. Elle ne comprenait toujours pas pourquoi il n'était pas entré dans la maison pour les tuer tous les trois, pendant qu'ils se chamaillaient dans le salon. Ça aurait été plus logique. Quant à son choix de mots… « Fascinante », « charmante »…

Elle lui plaisait, de manière perverse certes, mais elle lui plaisait.

L'horreur.

Par ailleurs, alors qu'il était si prudent d'habitude, il passait les portails et soulevait les loquets comme s'il faisait son parcours de santé du matin.

A bien y songer, il n'avait pas réagi non plus au cri de Jesse, tout à l'heure. Il avait continué à son rythme, sans accélérer le pas.

Il se croit invincible. Il est convaincu qu'il parviendra à nous échapper quoi qu'il arrive, se dit-elle avec effarement.

Ils atteignirent une rue dénuée d'éclairage. Les habitations étaient plus distantes les unes des autres. Une voiture de luxe stationnait le long du trottoir. Snake Eyes la plaqua contre sa carrosserie.

Il ne faut pas que je monte dans cette voiture. A aucun prix.

Sauf qu'elle était paralysée. Tétanisée par l'idée que si elle se laissait embarquer, tout serait fini.

Il ne faut pas que je monte, il ne faut pas…

La phrase tournait en boucle dans son esprit.

Se ressaisissant, et bien que le sachant armé d'un revolver et du couteau qu'il lui avait mis sur la gorge un peu plus tôt, elle pivota sur elle-même, referma ses mains en un seul poing rageur, et le frappa à l'endroit précis où Jesse l'avait blessé une semaine auparavant.

Il laissa échapper un sifflement de douleur.

Elle esquiva plus ou moins la gifle qu'il lui asséna puis se laissa tomber sur le sol, et roula sur elle-même aussi loin de Snake Eyes qu'il était possible. A tâtons, elle chercha une pierre, un morceau de bois, un éclat de verre dans l'idéal, mais ses doigts ne rencontrèrent que la poussière.

Les yeux mordorés du monstre luisaient dans l'obscurité.

Les yeux... La poussière...

Elle en saisit une pleine poignée.

— Je n'en attendais pas moins de vous, officier Travis, persifla-t-il en l'attrapant par le bras pour la forcer à se relever. Mais j'ai tout prévu. Si je ne me trompe pas sur votre compte, ce que je vous ai amené devrait vous inciter à vous tenir tranquille.

— Rien ne me fera monter dans cette bagnole de mon plein gré, rétorqua-t-elle. Vous auriez dû vous servir de votre drogue miracle, ça aurait été plus sûr.

En guise de réponse, Snake Eyes ouvrit la portière arrière. Une femme était assise sur la banquette. Bâillonnée et ligotée, les yeux agrandis par la peur et le maquillage dégoulinant sur ses joues livides.

— Alors, Avery ? Que pensez-vous de ceci ?

— J'ignore qui est cette personne, mais elle n'a rien à voir dans cette histoire.

La femme tenta de crier lorsqu'il referma la portière et la verrouilla. Elle était folle de terreur, persuadée que sa dernière heure était arrivée.

Et Avery savait qu'en cédant à la pression c'était sa propre perte qu'elle causerait.

— Ce n'est pas tout à fait vrai. C'est elle qui m'a donné votre adresse. Et comme elle a rempli son contrat, je m'engage à la libérer, à condition que vous me promettiez de coopérer.

Avery secoua énergiquement la tête.

— Non. Pas tant que vous ne l'aurez pas relâchée. Faites-la descendre. Laissez-la ici. Ensuite, je... Je vous obéirai.

— Marché conclu.

Il la mit en joue avant d'ajouter :

— Donnez-moi votre parole.

— Pour... Pourquoi ?

— Parce que je vous fais confiance, Avery. Vous êtes une femme d'honneur.

Il attendit la réponse, la tête penchée sur le côté.

Elle enfonça sa main pleine de terre dans sa poche. Snake Eyes l'avait coincée. Elle devait faire sortir l'inconnue de cette voiture et attendre le moment propice pour se tirer de ce mauvais pas à son tour.

— Je promets, sur la tombe de mon père...

Que j'aurai ta peau de reptile, même si je dois y rester moi aussi ! ajouta-t-elle intérieurement.

— Parfait, fit le tueur aux yeux de serpent.

Il rouvrit la portière, saisit la corde qui liait les poignets de sa prisonnière et la fit sortir sans ménagement. Comme elle se débattait, il la braqua avec son revolver, puis fit signe à Avery de prendre sa place.

Elle s'assit sur la banquette arrière, les pieds toujours ancrés au sol, dans l'attente du moment où Snake Eyes baisserait son arme.

Malheureusement, il n'en fit rien. Prenant soin de la garder dans sa ligne de mire, il entraîna la femme toujours aussi rétive derrière des buissons, l'y abandonna et revint sur ses pas.

Il brandit deux paires de menottes en plastique, emprisonna les poignets d'Avery dans la première, puis lui retira ses santiags et lui entrava les chevilles de la même façon.

Sa tâche accomplie, il renversa la tête en arrière et partit d'un rire sonore. Il était content de lui, manifestement. Avery en profita pour pousser une de ses santiags hors de la voiture.

Deux secondes plus tard, la portière se refermait sur elle avec un claquement sinistre.

Elle ferma les yeux et adressa une prière au ciel. Son père veillait sur elle, de là où il était, non ?

Et puis, il y avait Jesse...

Il retrouverait sa santiag. Il rattraperait le tueur. A eux deux, ils viendraient à bout de Snake Eyes.

Tout espoir n'était pas perdu.

Partant du principe que le tueur était venu à pied, Garrison et Jesse s'étaient mis à sillonner le lotissement sur leurs motos respectives, l'un en direction du nord, l'autre vers le sud.

Jesse s'arrêta dans une rue sans éclairage. D'ici peu, il devrait s'avouer vaincu. Comment Snake Eyes avait-il fait pour obtenir la collaboration d'Avery ? Ça n'avait aucun...

A la lueur de son phare, il distingua une chaussure abandonnée dans le caniveau. Il redémarra et se pencha pour la ramasser, sans cesser de surveiller les environs du coin de l'œil.

Un cri étouffé s'éleva non loin de lui.

Il coupa le contact et descendit de sa moto qu'il laissa se coucher sur la route puis sauta par-dessus le buisson d'où était venu le son. Une femme était étendue par terre, bâillonnée et ligotée.

— Aidez-moi, murmura-t-elle dès qu'il l'eut libérée de ses entraves. Il est fou. Il va la tuer !

Jesse n'eut pas besoin de lui demander de qui elle parlait. C'était la santiag d'Avery, qu'il venait de trouver.

Tirant son portable de sa poche, il appela d'abord Parker pour lui donner sa localisation, puis Garrison.

— Il tient Avery, vieux. Je suis à la hauteur du troisième pâté de maisons, au sud de notre point de départ. Tu ne peux pas te tromper.

Après avoir raccroché, il s'agenouilla à côté de l'inconnue qui tentait de reprendre son souffle.

— Texas Ranger Jesse Ryder. Comment vous appelez-vous, madame ?

Elle s'éclaircit la voix avant de parler.

— Cindy. Cindy Crouch. Je... Il avait des photos de mon petit garçon. Il voulait une adresse, et il m'a dit que si je ne me débrouillais pas pour l'obtenir, il... il... Mon fils... mon fils souffrirait atrocement. Je lui ai apporté ce qu'il voulait, il m'a droguée, et je me suis retrouvée dans sa voiture.

— Vous avez une chance folle d'être en vie. Ce type...

C'était la dernière chose à dire. Cindy Crouch avait été à peu près cohérente, jusque-là. En entendant ces mots, elle s'effondra complètement.

— Ça va aller, lui assura Jesse. Les secours arrivent.

— Vous... Vous av... avez encore le temps de les... de les rattraper, hoqueta-t-elle. Allez-y. Je... Je peux attendre les se... secours toute seule.

— Vous pouvez me décrire le véhicule ? demanda-t-il en l'aidant à s'adosser contre un arbre.

— C'est une... Lexus noire. Vitres teintées. Immatriculée dans... dans le Texas. KWX 198.

— Vous en êtes sûre ?

— Abs... absolument. J'ai eu le temps de la lire, pendant qu'il me traînait jusqu'ici. Je... C'est pour me sauver la vie que votre amie est montée avec lui, ajouta-t-elle, se remettant à pleurer.

— Vous pouvez toujours l'aider, lui dit précipitamment Jesse. En donnant à mes collègues le numéro et la marque de la voiture dès qu'ils seront là.

— Je... Oui. Partez. Tout de suite.

Les renforts arrivaient quand Jesse redémarra sa moto après avoir vérifié que la carabine d'Avery était toujours bien attachée, mais il ne les attendit pas. Pas le temps d'élaborer un plan, cette fois.

Son seul espoir était que Snake Eyes respecte les limitations de vitesse, afin d'éviter de se faire remarquer.

Il rappela Garrison.

— Je me dirige vers la rue principale et je la remonte vers l'ouest. Prends-la par l'est. On cherche une Lexus noire immatriculée KWX 198. Avery est à bord. Il faut qu'on la retrouve.

— Bien reçu. Je prends par l'est. On la retrouvera, mec. Parole de ranger.

Jesse accéléra. Il y avait de grandes chances pour que Snake Eyes se dirige vers l'ouest, là où des champs s'étendaient à perte de vue. Cela correspondait à son mode opératoire. C'était dans ce genre d'environnement qu'il choisissait généralement de tuer ses proies.

Or, il ne voyait aucun phare devant lui.

Ce fumier est rusé, ne l'oublie pas, songea-t-il. *Il est fort capable de rouler tous feux éteints.*

Si c'était le cas, il serait obligé de ralentir : la lune disparaissait derrière les nuages, ce soir. Impossible de compter sur elle pour éclairer la route de ses rayons blafards.

Il poursuivit son chemin, bien décidé à en finir avec Snake Eyes une bonne fois pour toutes.

Au sortir du lotissement, la voiture s'était engagée sur une route sombre. Snake Eyes fredonnait sous sa cagoule, ce qui constituait un atout en soi. Pendant qu'il chantonnait ainsi, il ne faisait pas attention à Avery.

Depuis sa nomination à Dalhart, elle n'avait eu qu'un choix limité pour occuper ses soirées libres : regarder la télévision ou se documenter sur Internet. Pour tenter de comprendre comment certains émeutiers réussissaient à se débarrasser des menottes en plastique utilisées par la police pour les neutraliser, par exemple. Ce n'était pas bien compliqué : il suffisait de les cogner suffisamment fort contre un support un peu dur pour qu'elles se brisent.

Pas compliqué mais bruyant, de sorte qu'elle jugea préférable d'attendre.

— Pourquoi m'avoir enlevée, moi ? demanda-t-elle. Je croyais que c'était des témoins du meurtre de sa femme, que Tenoreno vous avait chargé de le débarrasser.

— Ah ! Mais c'est que nous avons de grands projets pour vous, officier Travis ! Snake Eyes va s'amuser avec vous pendant des heures. Depuis le temps qu'il attend ça...

Interloquée, elle jeta un coup d'œil à la nuque de son ravisseur.

Qui était ce type ?

Si seulement elle avait pu lui arracher sa cagoule, lui retirer ses lentilles et voir son visage !

— Attendez... Vous n'êtes pas Snake Eyes ?

— Disons qu'il y a un peu de lui en nous tous, répondit-il.

Avery dut se faire violence pour ne pas flancher. Jamais elle n'avait été confrontée à une situation aussi déstabilisante. Elle était certaine de parler à l'homme qui les avait enlevés, Jesse et elle, une semaine plus tôt. Sa réaction, lorsqu'elle l'avait frappé au flanc, en était la preuve.

— *Vous tous ?* Qu'entendez-vous par là ? Si vous n'êtes pas le tueur aux yeux de serpent, qui êtes-vous ?

— Voyons, Avery. Je ferais un bien piètre associé si je vous donnais mon nom sur simple demande !

— D'accord. Dans ce cas, peut-être pouvez-vous m'expliquer pourquoi Snake Eyes m'en veut à ce point. Ou pourquoi je le « fascine », pour reprendre ses termes.

Elle se déplaça légèrement sur sa droite pour observer la route. Snake Eyes roulait sans phares dans la nuit noire. Et il n'y avait aucune habitation aux alentours.

— Je vous vois, Avery. Reprenez votre place contre la portière, s'il vous plaît.

Intérieurement, elle se repassa la voix de l'inconnu. Il avait un léger accent britannique. Un phrasé différent aussi. Si elle n'avait pas été certaine d'avoir été enlevée par Snake Eyes lui-même, elle aurait pensé qu'il avait un complice et que c'était lui qui l'emmenait.

Seulement il n'y avait qu'un homme. Un seul. Snake Eyes. Le meurtrier.

Qui était… schizophrène.

Il la conforta dans sa certitude en changeant à nouveau de voix et d'accent.

— On n'a pas eu le temps de passer à la phase numéro 2 de mon projet, l'autre jour, à Thompson Grove. Il faut dire que vous m'avez pris de court en réussissant à vous débarrasser de ce collier de choc. Et puis, je dois admettre que je n'ai pas été aidé, entre Scott et les petits plaisantins que vous avez retrouvés morts dans la pinède… Tout juste bons à faire exploser des silos à grain, ces pauvres types. Lorsqu'il s'est agi d'enlever un adjoint au shérif de votre bled paumé *plus* un Texas Ranger, ils ont voulu se défiler. Enfin… L'important est que j'aie eu le mot de la fin.

— La phase numéro 2 ?

— C'est vrai. Je ne vous ai pas expliqué en quoi elle consistait…

Elle tendit l'oreille, pour rien. Après s'être donné une grande tape sur la cuisse, son ravisseur se remit à fredonner.

Soudain, elle entendit le vrombissement d'une moto derrière eux. Snake Eyes aussi, sans doute, car il s'engagea dès qu'il le put sur un chemin de traverse. Il ne savait pas précisément où il était ; elle le comprit à la manière dont il regardait autour de lui. Il se trouvait confronté à un imprévu et ne voulait pas se faire repérer.

C'était l'heure de la dernière chance.

Se tortillant, elle récupéra la poignée de terre qui attendait au fond de sa poche, puis donna de grands coups sur l'accoudoir à côté d'elle.

Snake Eyes fit une embardée si brutale que les pneus de la Lexus sortirent du chemin. Avery en profita pour faire cogner ses poignets contre l'accoudoir une dernière fois. A son grand soulagement, les menottes cédèrent. Au même moment, son ravisseur appuya sur l'accélérateur, la propulsant contre la portière.

S'apercevant que ses pieds entravés se trouvaient derrière son siège, elle se mit à ruer contre le dossier. Il se retourna et elle en profita pour lui jeter la poignée de terre au visage.

Freinant d'un coup sec, il passa au point mort. Le revolver avait dû glisser lui aussi, car Snake Eyes se mit à le chercher à ses pieds. Avery bondit de son siège et appuya sur le klaxon.

Court-court-court. Long-long-long. Court-court-court.

Court-court...

Snake Eyes se redressa et lui colla son arme sous le menton.

— Bel effort, Avery. Très courageux. Louable, même ! Dommage que personne ne puisse vous entendre.

Vaincue, elle leva les mains et se laissa retomber sur la banquette en cuir.

— Allez. On descend. Tout de suite ! ordonna-t-il avant d'actionner la commande d'ouverture du coffre.

Tout naturellement, elle pensa qu'il allait l'y enfermer et s'en réjouit presque. Elle pourrait toujours essayer de briser un phare et attirer l'attention du premier conducteur qui passerait par là.

Puis elle vit le câble, le ruban adhésif et les fioles.

Tel un chef cuisinier sortant ses couteaux avant de se mettre au travail, Snake Eyes étalait devant elle ses instruments de torture.

24

A la vitesse où il allait, sur cette route déserte, le son du klaxon ne lui parvint qu'à peine, au point qu'il faillit l'ignorer. Puis il reconnut le SOS et s'empressa de faire demi-tour.

Abandonnant sa moto sur le bord de la route, à proximité de l'endroit où il avait entendu l'appel, il écarta les fils barbelés d'un champ clôturé à l'aide de la carabine d'Avery qu'il avait emportée et se faufila de l'autre côté. Après avoir envoyé un SMS à Parker et un autre à Garrison, il mit son portable en mode silencieux et le glissa dans la poche arrière de son jean.

Puis il regarda autour de lui en tendant l'oreille. Un chemin de terre s'enfonçait dans les champs. Tout était calme. Même les grillons étaient silencieux, ce soir.

Un talus s'élevait non loin de lui. Il l'escalada, s'aplatit au sol et se faufila derrière un buisson.

Là, pas très loin. La silhouette sombre d'une voiture et... Oui.

Avery !

Agenouillée devant Snake Eyes qui finissait de lui enrouler quelque chose autour du cou, elle ne se débattait pas et n'essayait pas de s'enfuir. Cela n'empêcha pas le tueur de la tirer par les cheveux pour l'obliger à renverser la tête en arrière et relier le câble qui lui entourait le cou à un objet qu'elle tenait entre ses mains.

Elle laissa échapper un cri de douleur.

Jesse se crispa. Le tueur était agité. Il se mit à aller et venir le long de son véhicule en se frappant le front. En lançant son SOS, Avery avait dû le déstabiliser.

La veilleuse du coffre ouvert laissait voir un jeu de couteaux soigneusement alignés sur un écrin.

Il fallait agir vite. Cet homme-là ne se comportait pas du tout comme celui qu'ils avaient affronté à Thompson Grove. Loin d'être posé et sûr de lui, il semblait terriblement nerveux et parlait tout seul. Il fit glisser un doigt ganté sur la rangée de couteaux, se saisit du plus gros et le reposa presque aussitôt. Jesse recommença à respirer en le voyant s'écarter du coffre, mais Snake Eyes revint en arrière et se mit à classer ses armes par ordre de grandeur. Jesse eut l'impression qu'il marmonnait quelque chose.

Il est fou. Au sens propre du terme, songea-t-il avec effarement.

Sans perdre davantage de temps, il sortit du buisson et rampa silencieusement en décrivant un cercle pour se diriger vers l'avant de la Lexus. Il bénit les nuages qui masquaient la lune. L'obscurité profonde dans laquelle il évoluait était un bon point pour lui.

A quelques pas de là, Snake Eyes continuait à discuter. Maintenant qu'il s'était rapproché, Jesse pouvait entendre ce qu'il disait.

— Tue-la tout de suite. Tu n'as plus le temps de faire joujou.

Pivotant sur lui-même, il reprit, d'une voix différente, plus geignarde.

— Je n'ai pas fini de peindre ses nouveaux yeux.

— Laisse tomber. Personne ne doutera que c'était ton œuvre. Tue-la, je te dis. Maintenant !

Soudain, il s'interrompit et porta une main à son oreille comme s'il avait entendu un son suspect. Jesse s'immobilisa et s'aplatit davantage dans l'herbe.

L'instant d'après, le monologue à deux voix reprenait. L'un des personnages avait un léger accent britannique.

Fou à lier...

Jesse se remit à ramper dans l'ombre et ne fut bientôt plus qu'à quelques mètres de l'avant de la voiture. Si Snake Eyes s'avançait un peu, il pourrait le faire trébucher avec le fusil.

Hélas ! Il continuait à débattre devant le coffre ouvert. A un moment, il s'empara d'un autre couteau, se posta devant Avery d'un air menaçant puis secoua la tête et retourna le ranger avec les autres.

Avery était littéralement bardée de fil de fer. Partant de ses pieds, il remontait jusqu'à ses mains autour desquelles il était enroulé deux ou trois fois, puis jusqu'au câble qui, lui, s'enfonçait dans sa gorge, lui interdisant tout mouvement. Si par malheur elle tombait en avant...

Jesse ferma les yeux pour refouler cette idée.

Il lui aurait fallu une pince coupante pour la libérer de ses entraves. A mains nues, cela prendrait une éternité. Or, le temps pressait.

La seule solution était d'éliminer le danger lui-même. Ça allait être difficile, là aussi. S'il voulait avoir une petite chance de neutraliser sa cible, il allait devoir s'approcher davantage et avoir un bon angle de tir. Or, la voiture se trouvait entre le tueur et lui.

S'il se déplaçait vers l'arrière de la Lexus sur cette partie de terrain plate et sans végétation, Snake Eyes risquait fort de le voir arriver.

Quant à s'interposer entre Avery et lui...

Même s'il parvenait à s'approcher d'elle sans se faire repérer, il ne pourrait ni la libérer ni la plaquer au sol. Snake Eyes était suffisamment près d'elle pour la tuer d'un coup de couteau ou de revolver.

Le plus sûr était bel et bien d'éliminer le tueur.

Hélas ! Ce n'était pas aussi simple qu'il l'aurait voulu. Pour une fois, il aurait préféré être du genre à tirer sans états d'âme. Avery était en danger de mort, bon sang ! Il avait toutes les raisons d'agir.

Malgré tout, il continuait à peser le pour et le contre. C'était dans sa nature. Il était un cérébral, il pensait trop.

Et, surtout, on lui avait appris à envisager tous les cas de figure. A planifier.

Aussi procéda-t-il à un petit inventaire.

Les armes... Il utiliserait la carabine et retirerait la sécurité du revolver qu'il avait dans son holster. Il allait devoir ajuster son tir. Si Snake Eyes se mettait en tête d'essayer ses couteaux l'un après l'autre, il aurait une cible ambulante dans sa ligne de mire. Une cible délirante, pour le moins.

Position... Il se déplaça précautionneusement sur sa gauche pour avoir une meilleure vue sur le tueur.

Et ensuite ?

Options... Inexistantes. Il devait abattre sa cible pour mettre fin à la menace pesant sur l'otage.

Exécution... Il mit sa cible en joue, posa l'index sur la gâchette, voulut tirer...

Et entendit la douce voix d'Avery lui répéter que la force ne devait être que le dernier recours.

Elle avait raison. Il avait beau l'aimer plus que tout au monde, il rechignait à l'idée de tuer un homme de sang-froid. Même un monstre comme Snake Eyes.

De toute manière, à force d'hésiter, il avait laissé passer sa chance.

Un objet indistinct en main, Snake Eyes était allé se poster derrière Avery.

Trop tard, songea-t-il. *Je ne peux plus tirer sans risquer d'atteindre ma bichette...*

Tendu à l'extrême, il attendit, prêt cette fois à tirer à la première occasion, et fronça les sourcils. Snake Eyes venait de couper le câble attaché aux chevilles d'Avery. En théorie, elle était libre. Restait à savoir ce que son ravisseur comptait faire à présent.

— Vous êtes un sacré personnage, shérif adjoint Travis, remarqua-t-il. Je n'ai pas souvent eu affaire à des sujets comme vous, capables de contenir leur panique. Qui regardent la mort en face. Avec dignité.

Avery ne bougea pas d'un pouce. Incroyable... Comment faisait-elle ?

Il reposa le doigt sur la détente, bien décidé à agir avant qu'il ne lui arrive malheur.

Snake Eyes la força à se lever. Lorsqu'elle comprit qu'il voulait la faire retourner dans la voiture, elle pivota précautionneusement sur elle-même.

— Je ne monterai pas là-dedans. Faites ce que vous voulez de moi, ajouta-t-elle, haussant la voix. Ce que vous voulez. Vous avez compris ?

C'était à lui qu'elle parlait, comprit Jesse. Elle savait, ou espérait, qu'il était là. Mieux encore, elle s'éloignait subrepticement de son tortionnaire.

Lorsqu'il estima qu'elle ne risquait plus rien, il appuya sur la détente, envoyant une volée de plombs dans le flanc du tueur.

Avery se mit à courir. Snake Eyes s'écroula, zigzagua à plat ventre, et tenta de se hisser dans la Lexus.

— Jesse ? appela Avery dans l'obscurité.

— Je suis là !

Ils se retrouvèrent près du talus, à l'écart du chemin.

— Par ici, souffla Jesse. C'est le chemin le plus rapide pour regagner la moto.

— Il a une voiture, lui rappela-t-elle. Tu veux bien...

Au lieu de terminer sa phrase, elle tendit le cou et lui fit signe de l'aider à se détacher.

— Il a aussi des couteaux et au moins deux armes à feu, ajouta-t-elle.

Snake Eyes mit la Lexus en marche et alluma les phares. Pris dans leur halo, ils se remirent à courir et, de nouveau, Jesse redouta le pire. Si jamais elle trébuchait, Avery risquait de se trancher l'artère jugulaire, ni plus ni moins. Hélas ! Ils ne pouvaient pas s'arrêter pour retirer ce fichu câble.

Ils poursuivirent leur course, montant sur le talus, puis le redescendant. La Lexus noire commença à couper à travers champs pour leur barrer la route.

— Là-bas, s'écria soudain Avery. La rangée de balles de foin ! Il ne pourra pas les traverser en voiture.

La voyant s'accroupir, Jesse grimaça. Il devait absolument lui détacher les mains. Elle ne pouvait pas continuer ainsi, c'était beaucoup trop dangereux.

— On va réussir à aller jusqu'à ta moto, non ? demanda-t-elle d'une voix hachée.

— Ça dépend. S'il retourne sur le chemin, il y arrivera avant nous. Attends, que je te détache.

Laissant tomber la carabine à ses pieds, il se mit au travail.

— Le moins qu'on puisse dire, c'est qu'il t'a saucissonnée, bichette... Tu es prête à cuire !

L'heure étant grave, Avery se retint de rire à sa plaisanterie.

Elle lui facilita la tâche autant que possible tandis qu'il s'évertuait à défaire ce maudit câble. Ce fut un peu douloureux, mais elle savait pertinemment ce qu'elle risquait en continuant à courir ainsi entravée.

Ce n'est pas le moment d'y penser, Avery. Concentre-toi sur l'instant présent.

La Lexus se rapprochait, et elle se sentait de plus en plus vulnérable.

— Dépêche-toi, Jesse, murmura-t-elle en bougeant un poignet.

— Encore un ou deux tours et... Ça y est ! Tu es libre, ma belle.

Elle voulut se tourner vers lui, mais il la maintint en place, le temps de rassembler les câbles et de les jeter.

— Cette fois, c'est bon. Allons-y !

Le fil métallique enroulé autour de son cou lui avait rappelé le collier de choc de la pinède. Et son sentiment d'impuissance à l'idée d'être à la merci de ce sadique.

Ils étaient arrivés près du long empilement de balles de foin quand le tueur commença à tirer.

Jesse se laissa tomber sur le sol, entraînant Avery avec lui. Roulant sur lui-même, il tira à l'aveuglette. La balle s'enfonça dans une des ailes de la Lexus. Snake Eyes braqua pour revenir vers eux. Dans quelques secondes, ils seraient de nouveau pris dans les faisceaux des phares et il pourrait les remettre en joue.

— Avery, pour une fois, tu vas m'écouter et faire ce que je te dis, sans poser de questions !

— D'accord. Sauf si tu me demandes de partir sans toi.

En aucun cas elle ne pourrait abandonner son vieil ami dans ce champ, avec ce malade déterminé à les tuer.

— C'est bien ce que je craignais, répliqua Jesse. Mais il faut que l'un de nous regagne la route principale pour signaler notre présence aux renforts.

Il lui tendit la carabine de son père et le téléphone portable.

— Il n'y a plus de munitions, mais ça peut toujours servir. Voici le plan : tu escalades ce mur de foin et tu redescends de l'autre côté. Tu y arriveras ? Oui. Je te connais. Une fois que tu auras atteint la route, appelle ton frangin. Il sait où nous trouver.

Avery acquiesça sans grande conviction. Jesse avait raison... Jusqu'à un certain point seulement. Car Snake Eyes n'aurait jamais l'idée de regarder ce qu'il se passait au-dessus de Jesse. Elle pouvait encore l'avoir par surprise et...

— Ne prends pas de risques inutiles, murmura-t-elle, afin de donner le change.

— Compte sur moi. Bon. Maintenant, va. Je me charge de retarder ce salopard.

Il lui fit la courte échelle pour l'aider à grimper. Les balles étaient empilées sur une hauteur de près de trois mètres et alignées sur deux épaisseurs. Sur le sommet du mur qu'elles formaient, Avery s'allongea sur le ventre, prête à agir dès que Snake Eyes, abandonnant son carrosse, s'approcherait à pied.

Parce que c'était exactement ce qu'il allait faire, elle n'en doutait pas. Les armes à feu dont il s'était muni ne l'intéressaient guère. Il aimait jouer du couteau. En bon prédateur, il voulait s'amuser un peu avec sa proie, et son arme de prédilection était l'arme blanche. Tout simplement.

— Le revoilà, fit Jesse. Va-t'en. Cours. Par pitié, Avery, fais ça pour moi !

Au lieu de lui répondre, elle s'aplatit davantage sur le foin, de manière à échapper au faisceau des phares. Par chance, il faisait trop sombre pour que Snake Eyes puisse se passer d'éclairage pour viser.

Il dut s'en rendre compte lui aussi, car il fit marche arrière.

Avery vit la voiture s'éloigner, et comprit l'intention du tueur. Il allait revenir en force, et foncer sur Jesse.

Le moteur s'emballa, les phares s'éteignirent.

Elle vit Jesse passer d'un pied sur l'autre, comme un boxeur cherchant à esquiver... un véhicule de deux tonnes.

Snake Eyes accéléra encore et se dirigea droit sur Jesse, qui l'évita d'un bond à la dernière seconde. La voiture rebondit contre le foin, fit un tonneau et retomba lourdement sur ses roues.

Quand Avery se décida à relever la tête, Jesse vidait son chargeur sur un Snake Eyes hébété, au volant de sa voiture de luxe.

Hébété ? Pas tant que ça, car il en sortit presque aussitôt, un couteau à la main.

Jesse recula en retirant son T-shirt qu'il enroula autour de son bras, une parade qu'on leur avait enseignée pendant leur formation. Ainsi, même si la lame s'enfonçait dans son bras, elle n'atteindrait pas l'artère.

Les phares de la voiture, dont le moteur tournait toujours, éclairaient la scène d'une lueur surréaliste. La carabine à la main, Avery se prépara à sauter de son perchoir et attendit que Snake Eyes passe à l'attaque.

Et puis tout bascula.

Après quelques tentatives infructueuses pour le poignarder, Snake Eyes parvint à saisir Jesse à bras-le-corps et posa son couteau contre sa pomme d'Adam. Jesse eut beau lui donner de grands coups de coude dans le ventre, rien n'y fit. De sorte qu'il en fut réduit à s'efforcer de maintenir à distance la lame pointée sur lui.

Sous les yeux horrifiés d'Avery, le tueur resserra encore son emprise et parvint à maîtriser son adversaire. Loin de s'avouer vaincu, Jesse releva brusquement la tête et heurta le nez de son agresseur. Pas assez fort apparemment, car Snake Eyes le fit pivoter sur lui-même et le força à reculer jusqu'au coffre de la Lexus.

Le tenant en respect avec son couteau, il retira sa cagoule pour essuyer le sang qui lui maculait le visage.

— Avery, Avery, Avery..., chantonna-t-il. Y es-tu ? Moi, j'y suis. Me vois-tu ?

Avery distinguait mal ses traits, mais elle comprit sans peine que l'homme était en pleine crise psychotique. Bientôt, il se mit à tournoyer sur lui-même en regardant le ciel, tel un gamin émerveillé par la neige.

Jesse profita de ce moment d'inattention pour se jeter sur lui et le plaquer au sol. Le tueur se débattit comme un diable. Il aurait fallu une camisole de force pour le maîtriser. Il parvint à atteindre Jesse au menton. En rugissant, Jesse riposta de trois directs fulgurants.

Les armes !

Avery sauta à terre, bien décidée à aller les récupérer à l'intérieur du véhicule. Il était temps de mettre fin à cette bagarre une bonne fois pour toutes.

Malheureusement, son geste attira l'attention de leur agresseur. Hurlant comme un forcené, il planta son couteau dans le bras de Jesse, qui recula. Vif comme l'éclair, Snake Eyes se rua sur elle et la plaqua contre la voiture, le couteau sur sa gorge.

— On veut juste s'amuser un peu avec vous, Avery, expliqua-t-il comme s'il s'agissait d'une évidence. Juste s'amuser. Depuis le temps que vous nous échappez, on est frustrés, vous comprenez ?

Elle détourna légèrement la tête pour éviter son haleine fétide et reprit espoir. Jesse s'approchait furtivement.

Entre-temps, Snake Eyes avait tiré deux galets de sa poche. Il les agita triomphalement sous le nez d'Avery.

— Regardez. Ils ne sont pas beaux ? Je les ai choisis pour vous. Dommage que je n'aie pas eu le temps de les peindre.

La lame remonta lentement vers l'un de ses yeux.

— Et... Quelle... Quelle couleur auriez-vous choisie ? bredouilla-t-elle, histoire de gagner du temps.

La carabine qu'elle tenait toujours ne lui était d'aucune utilité. Au moindre mouvement, la pointe du couteau s'enfoncerait dans son œil. Fort heureusement, Jesse semblait prêt à l'attaque. Elle compta jusqu'à trois et, d'un geste vif, écarta le bras de Snake Eyes. Dans le même temps, elle lança la carabine à Jesse.

Le tueur pivota sur lui-même. Avery rua et réussit à le déséquilibrer.

Jesse leva la crosse du fusil, atteignant Snake Eyes en plein menton, puis il le frappa une nouvelle fois à l'estomac. Voyant le couteau tomber sur l'herbe, Avery s'empressa de shooter dedans pour l'expédier au loin.

Snake Eyes s'affala, inerte. Cette fois, il avait son compte. Avery ne voyait plus luire les lentilles fluorescentes qui la hantaient depuis plus d'une semaine.

Le silence retomba, apaisant, presque surréaliste.

— Tu es encore là, toi ? haleta Jesse, mi-figue, mi-raisin.

— Tu croyais vraiment que j'allais t'obéir ? Tu me couvres et je te couvre. C'est comme ça que ça marche, entre coéquipiers.

Jesse s'avança vers elle.

— La prochaine fois...

— Il n'y aura pas de prochaine fois, coupa Avery.

— Certes. Mais si nous devons un jour nous retrouver dans ce genre de situation, essaye de te souvenir que je suis capable de venir à bout d'un homme, aussi dangereux soit-il.

Sur ces mots, il l'attira dans ses bras et la serra contre lui.

— Où est ton Glock ? demanda-t-il en la relâchant.

— Sur le siège avant, je suppose.

— Si Snake Eyes se réveille...

— Je l'estourbis avec le fusil de mon papa, acheva-t-elle.

Jesse alla tout de même récupérer le Glock, ramassa le portable qui s'était égaré pendant la bataille, et les lui tendit.

— Tu peux rappeler Parker ? Il devrait être là depuis un bon moment. Garrison aussi, d'ailleurs.

Avery s'exécuta, le Glock braqué sur l'homme-serpent, à leurs pieds. Inconscient ou non, elle ne voulait prendre aucun risque.

La blessure de Snake Eyes saignant abondamment, Jesse se servit de ce qui restait de sa chemise pour ralentir l'hémorragie.

Avery éprouva une certaine fierté à le voir faire. Elle n'aurait jamais eu autant d'égards pour ce monstre qui avait failli les tuer tous les deux.

— Il reste du fil de fer et du ruban adhésif, dans le coffre, dit-elle. On pourrait le ligoter, non ? Estourbi ou pas, je me méfie.

Jesse secoua la tête et lui prit doucement le Glock des mains.

— Inutile, bichette. Je le surveille.

— Attache-le, je te dis, insista-t-elle. Qu'il ne puisse plus bouger un doigt. Je serai plus tranquille.

— Il ne fera plus de mal à personne, Avery. Fais-moi confiance.

Elle grimaça. Elle était bien placée pour savoir que ce type était capable de renaître de ses cendres.

— A ta place, je me méfierais quand même. Tu l'as vu à l'œuvre, non ? Il faudra prévenir les renforts. Leur recommander de le menotter avant son transfert à l'hôpital.

— Je n'y manquerai pas. A présent, pense à autre chose.

Il avait à peine fini sa phrase qu'un bruit de moteurs se faisait entendre au loin. Quelques instants plus tard, une file de voitures guidées par une moto s'engageaient sur le chemin.

Avery se tourna vers Jesse. Il risquait de s'écouler un bon moment avant qu'ils se retrouvent en tête à tête. Ils allaient devoir rédiger un rapport, répondre à une multitude de questions, subir un débriefing...

— Jesse... Je voulais te dire toute ma gratitude... Merci d'être venu à mon secours. Je ne m'en serais pas sortie toute seule, sur ce coup-là.

— Tu plaisantes ? Tu as toujours eu une longueur d'avance sur lui, répondit-il avant de l'étreindre à nouveau pour lui déposer un baiser sur le front.

Avery frémit de la tête aux pieds. Ils formaient un duo de choc, tous les deux. Et ils avaient besoin l'un de l'autre. Jesse s'en rendrait-il compte un jour ?

Voitures de police et ambulances s'arrêtèrent en cercle autour d'eux, leurs gyrophares éclairant la scène de lueurs bleues et rouges.

La suite se déroula comme dans un rêve. Toujours blottie contre son ami d'enfance, Avery entendait à peine ce qui se disait autour d'elle. Elle accepta la bouteille d'eau qu'un des hommes lui tendait, et la garda en main sans l'ouvrir. Tant et si bien que Garrison finit par venir la chercher pour la conduire jusqu'à une ambulance. Elle le suivit comme un automate.

Un des ambulanciers parla d'état de choc ; il avait sans doute raison.

Allongée sur la civière, elle croisa le regard de Jesse.

Rien ne serait plus jamais comme avant, entre eux. Leur amitié avait pris un tournant, et ils ne pourraient plus revenir en arrière.

C'était fini.

Tout était fini.

25

La dernière fois qu'Avery s'était assise devant une table de pique-nique, elle était pieds nus. Le cou enserré par un collier de choc, elle commençait à douter sérieusement de son avenir le plus immédiat.

Elle n'avait jamais récupéré ses santiags, ce qui n'était pas bien grave en soi. Celles de Jesse, en revanche, avaient été retrouvées aux pieds du malheureux Scott Sutter. Bien que ce soient ses préférées, il les lui laissa. Personne n'ayant réclamé sa dépouille, la petite frappe était partie toute seule. Jesse avait sans doute estimé qu'il avait droit à un semblant de dignité.

Avery consulta sa montre pour la énième fois. Il était en retard. Si ça continuait...

Apercevant un stetson blanc, elle sentit son cœur s'emballer, puis se détendit. C'était son frère qui venait vers elle en souriant d'un air un peu penaud.

— J'ai compris la leçon, sœurette, dit-il humblement. Il est inutile que je vole à ton secours. Tu es assez grande pour te défendre toute seule.

— Eh bien, il t'en aura fallu du temps ! Tout comme pour nous retrouver dans ce champ, d'ailleurs, soit dit en passant.

— On m'a ordonné d'aller à la rencontre de la cavalerie et de la guider, expliqua-t-il.

Il sembla sur le point d'ajouter quelque chose, mais se ravisa.

— Où est-ce que les autorités te cachaient, au fait ?

— C'est toujours top secret. Kenderly est encore là-bas. Cela dit, tu te doutes qu'on n'était pas bien loin de l'endroit où vous avez tendu votre piège au tueur.

— J'avais deviné, oui. Sinon, tu aurais eu du mal à arriver jusqu'à nous avant que tes anges gardiens s'aperçoivent de ta disparition.

Garrison l'attira à lui et l'étreignit longuement.

— Avery, lui chuchota-t-il à l'oreille. Je t'ai menti. Je serai toujours là pour toi, quoi qu'il arrive. Tu es ma sœur, ma jumelle... Je suis venu vous retrouver dans votre planque parce que je t'aime et que, s'il t'était arrivé malheur, je ne me le serais jamais pardonné.

— Moi aussi, je t'aime, idiot. Et j'ai eu exactement la même réaction quand tes ennuis ont commencé. Si j'avais su où te trouver, je serais venue aussitôt.

Garrison la maintint contre lui d'un bras protecteur pendant quelques secondes avant de la relâcher.

D'autres Texas Rangers en tenue d'apparat lui faisaient signe du parking.

— Il faut que j'y aille, dit-il.

— A bientôt, alors.

— C'est un brave gars, reprit Garrison, marchant à reculons. Donne-lui au moins sa chance !

— De qui tu parles ? demanda-t-elle innocemment.

Elle le savait, bien sûr. Nul doute que Jesse avait dû fournir quelques explications sur leur relation. En laissant échapper la vérité, l'autre soir, elle l'avait mis dans une position délicate. D'autant que Garrison était plutôt vieux jeu, quand il s'agissait de protéger sa vertu. Il devait rêver d'un épilogue heureux. Devant l'autel d'une église, par exemple.

Il allait être déçu, mais il s'en remettrait. Et puis, de toute façon, ça ne le regardait pas.

Maintenant qu'elle savait qu'elle avait eu toutes les qualités requises pour devenir Texas Ranger, cela lui faisait un drôle d'effet d'être assise dans le parc du QG de la Compagnie F. D'un autre côté, c'était du passé, ça aussi. Dalhart était peut-être une petite ville perdue en bordure de l'Etat, mais sa place était là-bas.

Elle y avait sa maison et ses amis... A l'exception de l'un d'eux, le plus fiable, le plus cher à son cœur aussi.

Comme s'il avait lu dans ses pensées, Jesse arriva enfin, portant un panier de pique-nique. Il était splendide, avec son Stetson et sa chemise blanche sur laquelle luisait son badge.

— C'est gentil d'avoir accepté de déjeuner avec moi avant de regagner le comté de Dallam, dit-il en guise d'entrée en matière.

— C'était le moins que je puisse faire, répondit-elle gracieusement. Tu m'as sauvé la vie, non ? Comment va ton bras ?

— Bien. On m'a fait quelques points de suture et on m'a averti que j'aurai une belle cicatrice. Ça aurait pu être pire.

Décidément, il garderait toujours le souvenir de cette nuit de terreur et du fou qui les avait tant inquiétés.

— Je suppose qu'on se reverra au procès de Buster Hopkins, alias Snake Eyes. Ce n'est sans doute pas pour tout de suite, cela dit. Aux dernières nouvelles, il avait complètement perdu la boule.

Elle souffla sur sa frange pour la faire remonter sous son chapeau de cow-boy.

— Sympa ton stetson, observa Jesse, tout en sortant du panier des sandwichs et une salade de pommes de terre maison.

La salade était l'œuvre de sa mère, et Avery eut l'eau à la bouche à l'idée du dessert que Mme Ryder avait dû leur concocter. Elle ne fut pas déçue : il se matérialisa sous la forme de deux ramequins recouverts d'un film plastique.

— Miam, du pudding à la banane ! s'exclama-t-elle. Ça fait une éternité que je n'en ai pas mangé.

— Maman l'a préparé ce matin. C'est l'une des raisons pour lesquelles je suis un peu en retard.

Avery l'aida à mettre le couvert. C'était un pique-nique de luxe, avec des assiettes en porcelaine, des couverts en argent, deux verres à vin et plein de bonnes choses à manger.

— C'était celui de papa... Le chapeau, je veux dire, expliqua Avery. Il est un peu trop grand pour moi.

— Ça ne se voit pas. Si vous voulez mon avis, shérif adjoint Travis, monsieur votre père serait fier de vous.

— De vous aussi, Texas Ranger Ryder, renchérit-elle avant de mordre à belles dents dans un succulent sandwich au fromage et poivron.

Elle regarda Jesse remplir leurs verres de son vin de prédilection et s'aperçut que tous les mets disposés devant elle étaient ses préférés.

— Waouh ! Que se passe-t-il, Jesse ?

— Oh ! Rien. Je voulais te faire plaisir, c'est tout.

— J'ai l'impression que tu cherches à me dire quelque chose.

— Pas du tout. Mange, ma belle. Régale-toi. On a encore un peu de temps devant nous.

Avery était terriblement intriguée. Jesse et elle auraient pu s'arrêter n'importe où pour grignoter un hamburger. Au lieu de cela, il s'était donné la peine de préparer un véritable festin et avait mis sa mère à contribution.

— J'étais sérieuse, tout à l'heure. Mon père aurait été fier de toi et de Garrison, tu sais, dit-elle, tentant de reprendre le fil de leur conversation.

— Tu regrettes toujours autant de ne pas être devenue ranger ?

— Non. Plus du tout.

— Et tu m'en veux toujours ou je suis pardonné ?

— Nous sommes amis pour la vie, Jesse. Je ne t'en ai pas voulu très longtemps, tu sais.

Il haussa les sourcils et parut sur le point de dire quelque chose. Elle l'encouragea du regard.

— Tu ne veux vraiment pas prendre un autre vol ? Ta mère serait ravie de t'avoir auprès d'elle un peu plus longtemps, tu sais.

— Désolée, il faut que je rentre. J'ai abusé de la gentillesse de mes collègues. Bo m'a envoyé un message, ce matin. Il a grand besoin d'une nuit de congé.

— Je comprends. Tu as ton travail.

— Jesse ! explosa-t-elle. Qu'est-ce qu'il y a ? Tu es... bizarre, je trouve.

— Rien. J'espérais passer une soirée tranquille avec toi, maintenant que tout ce stress est derrière nous.

— Impossible, mon ami.

Elle l'avait appelé ainsi à dessein. Malgré leur écart de conduite, elle souhaitait par-dessus tout qu'ils se quittent en suffisamment bons termes pour rester... amis, justement.

D'autant que Garrison comptait se marier dès la fin du procès, et qu'ils étaient d'ores et déjà tous les deux invités à la cérémonie. Tenoreno devant comparaître pour la première fois au mois de septembre, Avery reverrait Jesse... fin octobre dans le meilleur des cas.

Or, contrairement à la fois précédente, elle n'avait aucune envie de lui dire au revoir. Est-ce qu'il l'appellerait de temps en temps ?

Quel tour prendrait leur relation, maintenant qu'ils avaient fait l'amour ?

Elle l'observa. Il avait les yeux rivés sur un point indéterminé, face à lui. Il était mal à l'aise et cherchait lui aussi un moyen de désamorcer la situation. Elle le voyait à son expression.

— Avery... Je voulais te demander... hum... Je... On n'a pas vraiment eu l'occasion de discuter, toi et moi. De reparler de...

Espèce d'hypocrite, songea-t-elle avec agacement. *Lâche... Allez, crache le morceau !*

Comprenant qu'il n'y parviendrait pas, elle mit fin à la discussion de la manière la plus abrupte qui soit.

— Il n'y a rien à ajouter, dit-elle d'un ton sans réplique. D'ailleurs, voilà mon carrosse. Allez, je te laisse.

— Je croyais que c'était moi, ton chauffeur ! protesta Jesse.

— Désolée, là encore. Maman et tante Brenda m'ont proposé de m'accompagner, et je n'ai pas pu refuser. Comme tu me l'as fait remarquer toi-même, elles me voient trop peu à leur goût.

— Tu n'as pas fini de manger ! Emporte au moins ton dessert, dit-il, lui tendant l'un des ramequins.

— Remercie ta mère de ma part.

Jesse referma sa main sur son poignet et l'attira à lui. Une seconde plus tard, il posait ses lèvres brûlantes sur les siennes. Avery fut parcourue d'un frisson d'excitation. Ce baiser était un signe, non ?

— Il faut que j'y aille, finit-elle par murmurer à regret.

— Tu ne veux vraiment pas rester un peu plus longtemps ?

— Le devoir m'appelle, Jesse.

Comme son frère un peu plus tôt, elle partit à reculons. Bien sûr, n'étant pas Garrison, elle trébucha sur la racine d'un chêne, mais parvint à se rattraper à temps. Jesse souleva vaguement son chapeau en guise d'adieu.

La tristesse qui s'empara d'elle fut si profonde qu'elle pivota sur elle-même pour courir vers la voiture de sa mère.

— Eh bien, Avery ! Ça, c'est du baiser, commenta sa tante. Je me suis crue au cinéma !

— Ça dure depuis combien de temps, cette histoire ? enchaîna sa mère en démarrant. Je vous croyais fâchés à mort, tous les deux. C'est cette petite aventure qui vous a rapprochés ?

Il n'y avait vraiment qu'elle pour qualifier de « petite aventure » deux tentatives de meurtre sur la personne de sa propre fille. D'un autre côté, minimiser les risques était sans doute sa manière de s'accommoder des carrières de ses deux enfants…

— Si on veut, oui, marmonna Avery, la tête tournée vers Jesse qui remballait les restes de leur pique-nique. Et puis, on ne peut pas rester fâchés bien longtemps, quand on est vraiment amis.

— Tu as une idée de ce qui t'a valu ce baiser ? lui demandèrent les deux sœurs, presque à l'unisson.

— Oui. Je… Je suis presque sûre que Jesse allait me demander en mariage.

26

Trois semaines plus tard

Jesse fit glisser la bague sur le bout de son auriculaire, au fond de sa poche. Il ne la lâchait jamais.

Il y avait des années qu'il songeait à demander Avery en mariage. Maintenant, cela paraissait possible.

Tellement possible qu'il était là, devant la maisonnette de Dalhart, son chapeau à la main, le cœur battant à tout rompre. Il allait bientôt être fixé. Soit cette histoire prenait définitivement fin, soit sa vie changeait du tout au tout. Pour le meilleur.

— Salut, lui lança Avery, de son siège préféré, sur le porche. Tu es en retard !

En petit haut à fines bretelles, chapeau noir et jean coupé aux genoux, elle se balançait lentement, la carabine de son père à portée de main.

— Les embouteillages. Il y avait des travaux au nord de Fort Worth.

— Comment ça va, là-bas ? Bien ? demanda-t-elle en lui tendant une bière.

Il la prit, hocha la tête en réponse à sa question et trinqua avec elle.

— Tu ne le quittes plus, ce fusil !

— C'est qu'il m'a sauvé la vie, une certaine nuit pas si lointaine…

Jesse réprima un soupir. Une fois de plus, elle le prenait de court. Ses jambes interminables lui évoquaient leur après-midi d'amour, et son léger débardeur ne résisterait pas longtemps à ses doigts fébriles.

Ils se connaissaient par cœur, ils avaient passé des heures à discuter, il se tenait debout devant elle, prêt à lui poser la question la plus importante de son existence, et pourtant...

Pourtant il restait muet.

— Bo m'a appelée, dit-elle avec un sourire malicieux. Pour me prévenir que tu avais fait un excès de vitesse en arrivant à Dalhart.

— C'est pour ça que tu m'attendais avec ta carabine ?

— Non. Je la sors chaque fois que je prends l'air sur ce porche, dit-elle, caressant d'un doigt les initiales qu'ils avaient gravées sur la crosse. J'ai l'impression que mon père est là pour me soutenir quand je la tiens ainsi près de moi. J'ai un peu de mal à oublier la dernière fois que je m'en suis servie, tu comprends.

Jesse esquissa un sourire à son tour. Ce qu'ils avaient vécu ensemble, les bons moments, les fichus quarts d'heure, la traque du tueur aux yeux de serpent... Il ne regrettait rien.

— Ne m'en parle pas ! Je n'avais pas eu aussi peur depuis le cauchemar de Thompson Grove, quand je t'ai crue morte entre mes bras.

— Tu ne m'as jamais vraiment expliqué ce qu'il s'est passé, cette nuit-là.

Jesse la prit par la main pour l'obliger à se lever.

— Peu importe. Ce qui compte, c'est que tu ne me fasses plus jamais une peur pareille.

— Si tu es auprès de moi, je ne demande pas mieux que mourir un peu entre tes bras chaque soir, murmura-t-elle.

— Là, c'est différent... Je devrais m'y faire.

Un rayon de soleil éclaira furtivement la carabine. Considérant que le père d'Avery venait de lui donner sa bénédiction, Jesse sortit la bague de sa poche et la garda dans sa main.

— Je t'aime, Avery, dit-il. Tu l'avais deviné, j'imagine. Ce que tu ignores en revanche, c'est que je n'ai jamais aimé personne d'autre. La vie est tout simplement plus belle avec toi. Tu ne t'en es peut-être pas rendu compte la dernière fois que je suis venu ici, mais nous formons une équipe parfaite, tous les deux. Depuis toujours.

— Je...

— Et avant de m'objecter que notre relation serait un cauchemar logistique, sache que j'ai demandé et obtenu mon affectation dans une unité spéciale. La distance ne sera donc plus un problème. Comme je te l'ai répété sur tous les tons ces trois dernières semaines, il ne me viendrait pas à l'esprit de te demander de quitter ton poste. Tu fais une adjointe au shérif hors pair. Dan Myers compte sur toi. Tes collègues t'apprécient. Alors reste ici aussi longtemps qu'il te plaira.

— Jesse...

— Laisse-moi terminer, ma belle. J'en viens à ma question.

Il ouvrit la main, paume tendue vers elle.

— Veux-tu mettre fin à mon supplice et m'épouser ?

— Oui ! répondit-elle sans hésitation.

Terriblement ému, il lui glissa la bague au doigt, puis releva la tête pour se délecter de l'éclat de ses yeux de jade.

Un jour viendrait où il en attendrait davantage de la femme qu'il aimait — un ou deux enfants, par exemple. Mais, dans l'immédiat, il était comblé.

— J'ai bien entendu ? Tu acceptes de devenir ma femme ?

— Oui. J'ajoute que, pour un homme aussi intelligent que toi, tu as mis un temps fou à comprendre que moi aussi je t'aime. Depuis toujours.

Elle baissa les yeux vers sa bague.

— On dirait... La bague que j'avais tant admirée, chez cet antiquaire d'Austin, il y a au moins deux ans !

— C'est celle-là, oui. Je suis allé l'acheter dès le lendemain.

Il aurait pu passer le reste de la journée à l'embrasser là, sur ce porche, au vu et au su de tout le voisinage. Mais il avait d'autres idées et tenta de l'entraîner dans la maisonnette.

Elle l'arrêta d'un geste.

— C'est beau, ce que tu m'as dit tout à l'heure. Tu as répété tout le long du chemin, depuis Fort Worth ?

— Non, ça m'est sorti tout seul. Du fond du cœur. J'ai vu la carabine de ton père et j'ai oublié le discours que j'avais préparé.

— C'était mon rêve le plus cher. Que tu m'ouvres enfin ton cœur.

— Ton rêve le plus cher ? Plus besoin de la fanfare, alors !

Avery commença par s'esclaffer, puis se tourna vers lui et l'observa entre ses yeux plissés.

— La fanfare ? Tu... Tu n'as pas rassemblé la fanfare !

— Si. Cela dit, je peux appeler Julie et lui demander d'annuler !

Avery se jeta dans ses bras avec une telle fougue que leurs chapeaux tombèrent sur le plancher.

— Pas question ! Je prends tout. La déclaration d'amour, cette bague, la fanfare...

Elle l'embrassa et lui décocha un sourire si radieux que tous ses doutes s'évanouirent.

— Et toi. Je te prends toi aussi, conclut-elle.